KB236734

소설의 현실재현 방법 연구

소설의 현실재현 방법 연구

이은주

국학자료원

소설의 힘

2024년 12월 3일 이후 요동치는 감정과 생각은 질병처럼 구체적으로 몸과 마음을 힘들게 했다. 분노와 참담함, 헛웃음과 놀라움을 뒤로 하지 못한 채 내가 있는 자리에서 무엇을 할 수 있을까를 고민하는 날들이 오늘까지 이어지고 있다.

나는 언제부터 책을 읽었을까, 언제부터 소설 읽는 것을 재미있게 여겼을까. 어렸을 때 할머니 댁에 갈 때마다 동화책을 꼭 싸들고 갔던 기억이 난다. 어른들 눈에는 책에 심취한 조숙하고 기특한 아이였겠지만, 나는 할머니 댁에서 보내는 시간, 특히 새까맣고 고요했던 시골의 밤이 무서웠다. 학교에서 배운 반공소년 이승복 이야기 때문이었다. 집 뒤에 있는 산을 넘어 빨갱이들이 소년의 집으로 들어왔고 반항하던 소년은 입이 찢긴다. 도덕교과서에 실려 있던 잔인한 그 삽화는, 이야기가 만들어낸 상상인지 실제 그림이었는지 명확하지 않으나 아직도 내 기억 속에서는 선명하게 그 무서운 장면이 떠오른다. 할머니 댁 뒤편은 야트막한 산이 둘러싸고 있었는데 한낮에도 그 산은 올라가보고 싶다는 모험심을 불러일으키는 곳은 아니었다. 그 산 너머에는 무엇이 있을까 호기심이 생길 것 같으면 얼른 방으로 들어가 동화책을 읽었다. 백조로 변신하는 왕자들이 있었고, 우산을 쓰고 내려오는 요정이 있었으며, 하늘을 나는 양탄자가 나를 태웠다. 다른 세계로 도망을 간 것이다.

내 유년기의 모험심과 상상력을 반공교육으로 도둑맞았다는 것을 알게 되었을 때 쯤 전교조가 결성되면서 이편 저편, 나와 너로 구분되는 경험을 했다. '누구누구는 물러가라'고 붉은 스프레이로 써놓은 화장실의 글귀들을 지우며 정치적 중립이라는 말의 비겁함을 깨달은 것도 학교이고 보면, 학교는 내가 성장하고 여물어간 곳임에는 틀림없다. 그리고 나는 지금까지 학교에 있다. 소설을 읽고, 가르치면서. 여전히 나는 다른 세계로 도망다니고 있는 것인가.

소설 읽는 것이 지루해지고 새로운 소설에도 시큰둥해지면서 모든 것이 엉키던 때가 있었다. 가르치는 것도 재미없고, 연구도 잘 되지 않으니 삶에 새로운 것이 들어올 자리가 없었다. 살아가는 에너지, 생기를 잃어간다는 걸 느끼며 스스로 위태롭다는 것을 감지할 때 만났던 소설이 황정은의 「상류엔 맹금류」이다. 섬뜩했고 뒤통수를 얻어맞은 듯했다. 이야기가 어떻게 전개될까 조마조마했다. 연애 후일담 형식을 한 스릴러장르 소설처럼 읽었다. 내가 소설을 멀리하는 동안 우리나라 소설이 이렇게 달라졌나, 하는 생각에 느슨해졌던 정신줄을 조여야 했다. 그 후로 황정은의 소설을 계속 찾아 읽었고, 떠오르는 생각들을 모두 글로 만들면서 지금까지 무사히 학교에서 가르치고, 연구하는 사람으로 살아가고 있다.

그의 소설을 만나지 못했다면 글을 쓸 엄두를 내지 못했을 것이다.

그래서 모아놓고 보니 황정은 소설에 대한 글들이 많다. 각각의 글들을 쓰고 완성해가던 때의 기억들이 있다. 모두 삶의 현장에서 고민했던 순간들과 연결되어 있다. 악의 평범성, 서발턴, 아버지, 정신과 의사들의 유튜브를 뒤지며 불안과 우울감을 넘어가기 위해 애썼던 시기, 그리하여 그 대척점에 놓인 명랑성으로 시선을 돌렸던 때가 글 속에 고스란히 남아 있다. 이 글들 덕분에 아웃사이더, 서발턴을 모티프로 한 강의를 하고 있고, 가족을 주제로 하는 수업을 설계할 수 있었다. 소설이 나를 먹여 살리고 있다.

현실도 아니고 가상도 아닌, 그 경계 어디쯤에서 사는 것 같다는 생각을 요즘도 종종 한다. 대중교통을 이용하는 대신 주유소마다 다르게 걸려 있는 휘발유 가격에 대한 현실적 감각이 없다. 교직원 카드로 늘 밥을 먹으니 바깥에서는 밥 한 끼가 얼마인지, 쌀과 대파 값은 어느 정도 하는지 잘 모른다. 자동으로 이체되는 세금들에도 눈길을 주지 않으니 수도 요금이 얼마나 나오는지 전기세가 얼마나 올랐는지 알 수가 없다. 그런 내가 현실을 재현하는 장르, 소설을 읽고 글을 쓴다는 것이 스스로 미덥지 못하면서도 부끄러운 것이다.

현실에 대응하는 방식은 너무도 다양하다는 말로 면피하고 위로하며, 여러 학술지에 발표했던 글들을 모아 다시 살피고 보완하여 한 권의 책으로 묶는다. I장에서는 연구영역에서 존재하는 지배담론을 넘어서고자 하는 연구들의 구조적 한계를 밝히며 새로운 문학사는 궁극적으로 새로운 읽기에서 가능하며 그것을 위해 당대 텍스트 읽기가 폭넓게 뒷받침되어야 한다는 것을 강조했다. 1930년대를 배경으로 하는 글들은 기존의 연구 경향과 흐름을 넘어서 새로운 문학사를 상상하는

데 일조할 것이라 기대한다. II장에서는 현대소설이 재현하는 불안, 명랑, 환상이 서로 연결되어 있는 내용이자 형식이라는 것을 볼 수 있도록 재정비했다. 이는 연구의 일관성과 지속성을 보이는 동시에 소설의 내용과 형식이 어떻게 한몸을 이룰 수 있는지를 감각적으로 경험하도록 도울 것이다. III장에서는 가족이라는 동일한 모티프가 시대를 달리할 때 무엇이 현실로 설정되고, 그것이 어떻게 다르게 재현되고 있는지가 부각될 수 있도록 재구성했다. 고평되고 있는 작품들이 다른 작품들과의 상관성 안에서는 어떤 의미로 재탄생할 수 있는지 볼 수 있을 것이다. 더불어 새로운 소설로 평가되는 최근의 작품 연구를 IV장에 배치하여, 책 전체의 구성을 통해 현실을 재현하는 장르로서의 소설의 존재 의미와 그 재현 양태가 어떻게 변해왔는지를 한 눈에 볼 수 있도록 했다. 작가에 대한 애정, 작품을 읽을 때 느꼈던 감정들이 고스란히 되살아난다. 무엇보다 성실하게 열심히 생각하며 살았다는 것을 확인할 수 있는 시간이었다. 경계에 있을지라도 분노할 일에 분노할 수 있고, 힘을 보태야 할 곳에 힘을 실을 수 있는 사람으로 나이 들어가고 있는 것도 절반은 소설을 읽으며 길러진 힘 덕분이다. 여러 의미에서 소설은 나를 재우고, 먹이고, 일하면서 살아가게 한다.

삶의 한 시기를 묶고 정리하는 데 안솔비 편집자님, 정구형 대표님, 조해진 교수님께서 함께 해주셔서 수월하게 일을 진행할 수 있었다. 감사드린다.

2025. 6. 1.
대통령 선거를 앞두고

차례

Ⅲ
현실적 갈등과 이상적 윤리

Ⅳ
새로운 소설이 재현하는 세계

I

현실을 이해하는 한 방법, 젠더

1. 1930년대 여류문사와 여성작가

1) 1930년대 문단의 남성 지배담론 넘어서기

　1930년대 신문, 잡지는 공적영역으로 들어온 여성과 그들이 생산한 담론이 소비되는 장(field)이었다. 매체 발달과 맞물려 탄생한 여기자들은 '여류문사(문인)'[1]로 불리면서 여성문단의 기반이[2] 된다. 여성문인에 대한 논의는 1세대로 불리는 김명순, 김일엽, 나혜석에 대한 담론을 중심으로 구여성과 구별되는 신여성으로서의 문화적 차이점이 부각되었다. 그래서 그들의 연애와 이혼 등 사생활과 관련된 에피소드들이 많이 다루어지게 되는데, 이것은 그들을 호기심과 비판의 대상으로 가십

---

[1] 이 글에서 사용하는 '여류문사'는 당대 매체에 자주 등장하면서 부정적 내용으로 담론화되었던 대상—모윤숙, 이선희, 장덕조, 노천명 등—을 가리키는 말이다. '여성문인'은 대상을 구체화하지 않고 문인으로서의 여성을 포괄적으로 일컬을 때 사용한다. 1930년 당대에 이미 비판(비난)의 대상이 되는 '여류문사'와 전문 작가로서의 '여성문인'이 구체적으로 구분되고 있다고 보았고, 이 글은 그것을 구분하지 않는 선행연구들의 일반화에 문제제기를 하는 성격을 지니므로, '여류문사'가 함의하고 있는 당대적 의미를 드러낸다는 의도에서도 이 글에서 사례가 되는 이들을 가리킬 때는 여류문사를 그대로 사용하며, '여성문인'이라는 말은 제한적으로 사용한다.

[2] 김연숙, 「저널리즘과 여성작가의 탄생:1920-1930년대 여기자 집단 중심」, 『여성문학연구』14호, 2005.12.

화하였던 당대의 저널리즘과 크게 다르지 않다. 이러한 서술방식은 주로 모윤숙, 노천명, 이선희, 장덕조, 최정희 등을 호명하면서 1930년대 저널에서도 반복된다. 즉 이들은 보다 전문화된 2세대 여성문인들로 불리면서도 연애, 이혼담, 외모 등으로 당대 잡지 매체에 오르내렸다. 이에 대한 근래 연구는 그러한 당대의 문단분위기가, 남성문인들(문단 권력)이 여성을 문단에서 배제하기 위해 전략적으로 조성한 것임을 강조하고 있다.

심진경은 「문단의 '여류'와 '여류문단'」3)에서 1930년대 본격적으로 구성되었다고 할 수 있는 여류문단이 남성 중심의 담론에 의해 어떤 식으로 의미화되고 있는지를 밝혔다. 즉 남성적 언술체계가 구조화해 내는 여성문인들에 대한 담론은 여성의 사생활을 스캔들, 가십, 볼거리로 전경화하면서 여성문인들의 작품에 대한 논의를 소멸, 소거, 배제하는 방식이었다고 논증하고 있다. 김양선은 이러한 담론 구성 방식을 '공개장'과 '좌담회'라는 양식을 통해 여성작가의 위치를 구체적으로 드러내면서, 정전으로 자리매김하는 여성문학은 수필 장르를 중심으로 하며, 작품 경향은 당대가 요구한 여성성(단아, 정숙, 상냥, 우아)을 형상화한 작품들이었다고 확인하고 있다4). 이 연구들은 모두 여성 배제의 분위기가 어떻게 구조화될 수 있었는지를 규명했다는 의의를 지닌다. 하지만 이것은 남성의 언설체계가 '어떻게' 여성을 배제하고 있는가에 초점이 맞추어진, 남성의 논리를 분석한 것이어서 그들이 비판했던 1930년대 여류문인의 실체가 어떠했는지는 알기 어렵다. 다시 말해 문단에서

---

3) 심진경, 「문단의 '여류'와 '여류문단'」, 『상허학보』13집, 상허학회, 2004.
4) 김양선, 「여성작가를 둘러싼 공적 담론의 두 양식」, 『한국 근대문학의 형성과 문학장의 재발견』, 소명, 2004; 김양선, 「근대 여성문학의 형성원리 연구」, 『어문연구』35권 4호(136호), 2007. 겨울.

여류 비판이 존재했더라도 그것이 정당하지 못한 것이었다고 판단할 근거는 무엇이며, 제대로 평가할 수 있는 기준과 내용은 무엇인지를 보여주지는 못했다는 뜻이다.

하지만 선행 연구들은 여류문인의 활동이 그 가치를 인정받지 못하고 언제나 근대 문화(문학)의 주변부, 소수자의 담론으로 위치할 수밖에 없는 구조 속에서(구조 때문에) 그 위치와 성격이 왜곡되었다고 일반화해 왔다. 이것은 1930년대 여성문인 연구를 단순화하며 연구방법을 고정하고 실제를 은폐할 위험을 낳을 수 있다. 1930년대 문단에서 여류문사를 향한 비판과 비난이 있었던 것은 사실이다. 하지만 그것이 여성문인 일반으로 담론화되는 것, 여성문인 전체를 피해자화하는 것, 혹은 반대로 1930년대 여성문인들이 근대문학 제도에 저항했다거나 여성적으로 의미화되는 것을 거부하며 작가로서의 주체성을 위해 노력했다는 식으로 투사적 의미를 부여하는 것은 위험하다. 빈곤한 여성문학사를 구성한다는 명분과 당위성 때문에 그 일반론에 부합하지 않는 당대 여류문사들의 텍스트5) 읽기가 소극적으로 되거나 은폐될 수 있기 때문이다.

여성문학(인)에 대한 연구가 일반론을 넘어설 필요가 있다는 문제의식으로 김연숙은 「사적 공간의 미시권력, 소문」6)에서, 1920-30년대 활동한 최승희와 윤심덕이 '같은 신여성'으로 분류되지만, 연애, 결혼 등의 사생활과 관련하여 당대 남성 중심적 지식과 성별 권력에 의해 교만한 윤심덕과 겸손, 검소한 최승희라는 소문을 만들고 그것은 그대로 차

---

5) <참고문헌> 기본자료에서 눈에 띄게 등장하는 여류문사들(모윤숙, 이선희, 노천명, 장덕조)의 텍스트를 무작위로 읽어 보아도 당대의 비판에 수긍이 가는 측면이 훨씬 많다.

6) 김연숙, 「사적 공간의 미시권력, 소문」, 『한국의 식민지 근대와 여성공간』, 여이연, 2004.

별화된 담론으로 매체를 통해 확대, 재생산되었기 때문에 이들은 질적으로 '다른 신여성'이었다는 것을 밝히고 있다. 「저널리즘과 여성작가의 탄생」[7]에서도 1930년대 근대적 매체와 문단의 유착관계를 짚으면서 여기자들이 여류문사와 동일시될 수 있었던 당대적 특성을 정리한후, 최정희를 여성성을 부각하여 문단에 안착한 문인으로, 송계월을 사생활로 주목 받으면서 상대적으로 문단에서 배제되었던 인물로 대조하여 당대 저널리즘이 문단의 권력을 세분화된 방식으로 행사했음을 보여주었다.

하지만 결국 이들 연구도 '남성의 전략'이 '어떻게' 작용했는지를 다룬다는 점에서는 앞서 살펴본 선행연구와 맥을 같이 한다고 할 수 있다. 연구가 이렇게 반복될 경우 권력 내부로 진입한 여성문인이든, 배제된 여성이든 당대 지배담론에 의해 선택되고 배제되는 타자였다는 점에서는 여성문인 전체가 피해자였다는 과거의 논리를 반복하는 것이 되고만다. 따라서 이 글에서는 당대 여류문사(문인)들의 저널 활동이 실제 어떠했는지 살펴보고, 그동안 배제되었던 것—희생자—으로 논의되어 왔던 일반론이 정당한 것인지에 문제제기를 할 것이다. 왜냐하면 당대 신문, 잡지매체에서 쉽게 눈에 띄는 여류문인들의 텍스트는 당대 남성작가는 물론, 여성 유학생들, 가정부인들과 비교해 보아도 지적 수준이 기대에 못 미치고, 현실감각이 떨어진다는 비판을 면할 수 없는 부분이 많기 때문이다. 이 글에서 검증할 내용을 정리하면 다음과 같다.

여류문사(문인)라는 말이 문학 창작물을 생산하는 여성만을 염두에 두고 만들어진 것이 아니라는 것은 당대 매체에서도 언급되었던 내용으로, 최근 연구에서도 당대 여류문사의 개념은 장르에 상관없이 매체

---

7) 김연숙, 「저널리즘과 여성작가의 탄생: 1920-1930년대 여기자 집단 중심」, 『여성문학연구』14호, 2005.

에 글을 발표하거나 문과 공부(대학)를 한 엘리트 여성, 여기자 등으로 폭넓게 이해되고 있다. 이 글에서는 1930년대 여류문사의 개념에 충실하여 그들의 저널활동을 대상[8])으로, 첫째 문학과 관련되는 여류문사의 지적 수준과 내용을 검토하여 문학인으로서의 자질에 대한 당대 비판을 어떻게 수용할 것인지를 되묻게 할 것이다. 둘째, 여류문인들의 현실인식을 살펴 그들이 사회적 주체임을 자각하고 작가의 정체성을 형성하기 위해 노력했는지, 그리고 그러한 행위를 문학 행위와 연계할 가능성을 보여주고 있는지를 검증할 것이다. 그렇게 하지 않을 경우 문제적으로 논의되어야 할 여류문사들이 과도하게 대접받는, 당대와 똑같은 오류를 범하게 되기 때문이다. 이 두 항목은 궁극적으로 이들이 문학의 본질에 (어떻게) 접근하고 있는지를 살펴볼 수 있는 기준이 될 수 있다. 마지막으로 위의 내용을 통해 그동안 여성문인을 범주화할 때 관습적으로 호명하였던 대상에 문제의식을 가져야 한다는 것을 강조할

---

8) 1930년대 여류문인들을 향한 부정적인 담론이 형성될 때 구체적으로 호명되는 대상은 주로 모윤숙, 최정희, 이선희, 노천명, 장덕조 등으로 박화성, 강경애, 백신애는 제외된다. 이 글은 그것을 재검토하여 반박하는 입장이 아니기 때문에 문학텍스트 다시읽기를 하지 않았다. 이 글은 여류문사에 대한 당대의 부정적 평가가, 근래의 연구들이 보여주는 '남성의 여성배제 전략'으로 일반화되는 것이 위험하다, 다시말해 당대 평가가 설득력이 있다는 것을 확인하는 것이므로, 실제로 당대 여류문사들에게로 향했던 비판 중 문학의 본질적 측면과 연관되는 항목으로 2)항과 3)항을 설정하고, 여류문사들이 왜 그런 비판을 받을 수밖에 없었는지를 그들의 실제 목소리를 듣는 것으로 확인하고자 했다. 그들에게로 향했던 당대 비판은 문학적 기법의 숙련부족, 습작 경험부족, 입장의 차이에 대한 반응(배제적 전략)으로 판단할 일이 아니라, 여류문사들의 세계관, 가치관 등이 문학의 본질적 측면에 상응하지 못하는 '실제'와 관련되는 문제이기 때문에 그것을 드러내기 위해서는 허구가 아닌 텍스트를 대상으로 하여야 했다. 나아가 이 글은 '여류문사' 관련 선행연구들이 당대 비판을 지배담론의 전략으로 일반화하면서 남성의 담론을 논의의 중심에 두고 있어, 선행연구들이 드러내놓고 언급하지 않은 여류문사들의 실제 목소리를 드러내기 위해 그것을 가장 선명하게 볼 수 있는 텍스트를 대상으로 했다.

것이다. 문학사적으로 자리매김될 위치가 구별되어야 하기 때문이다. 이 글은 1930년대 '여류'문인들이 소문과 루머 속에서 제대로 평가받지 못했다는 일반론에 의해 오히려 옥석을 가릴 기회를 갖지 못했다는 반성에서 시작하며, 동시에 당대 여류문사들의 텍스트가 질적으로 검증된 적이 없었다는 문제의식에서 출발한다.

2) 지성과 전문성이 부족한 여류문사들

1930년대 여류문사(문인)가 창작물을 발표하는 사람들만을 범주화한 용어가 아니었기 때문에 그들에 대한 부정적 담론이 창작물에만 근거하여 만들어진 것이라고 보기는 어렵다. 남성 중심의 문단에서 여류문인들을 가십거리와 소문의 대상으로 담론화한 것은 사실이지만, 여류문인들이 발표한 글의 내용과 수준에 문제가 있었던 것도 사실이다. 신문잡지에 자주 등장했던 여류문인들의 저널 활동을 살펴보면 당대의 노골적 비판—소녀적, 감상적, 비현실적, (지적)허영의 글쓰기—을 문단의 권력작용으로만 해석할 수는 없게 한다.

심은숙은 「우리 신여성의 진로」9)에서 당대 신여성을 인테리 여성으로 규정하고 가장 본질적인 특징을 새로운 교육을 받은 여성들, 지식이 있는 여성으로 정리하고 있다. 심은숙은 이들이 나아갈 바를 사회활동을 하는 쪽으로 잡으며 허영심, 자존심을 경계할 것을 당부한다. 여류문사는 바로 이러한 인테리 여성의 표본이라 할 수 있겠고, 이들에게서는 교육받은 사람으로서의 교양과 지적 능력을 기대하게 된다. 그러나 토론회나 다양한 글로 여류문사로서 빠지지 않고 등장했던 이선희, 모

---

9) 심은숙, 「우리 신여성의 진로」, 『여성』 2권 2호, 1937.2. 25쪽.

윤숙 등의 지적 수준과 교양은 교육받은 엘리트 여성인지를 의심하게 한다. 노천명, 이선희, 모윤숙, 최정희와 함께 남성문인 6인이 참석한 「남녀대항좌담회」에서는 남녀의 정조문제, 미망인의 재혼문제, 부부 간의 생활문제 등에 대해 토론을 한다. 이원조는 시종일관 남성우월주의적 사고방식을 드러내면서 거슬리는 말을 하지만 그것까지도 그의 (편협한)사고방식이라고 한다면, 이선희는 공적인 자리에서의 발언에 대한 기본 교양도 없는 사람처럼 즉흥적으로 말을 하고 반응하며 시종일관 '학생(아마추어)' 같은 반응을 보인다. 대표적인 한 장면을 보자.

> 함대훈: 만약 여러분은 상대편이 정조를 직히지 안는 경우엔 어
> 떻게 하시겠습니까
> 이선희: 당장 이혼을 해야지요.
> 모윤숙: 하나 이혼이 그리 쉽게 될 수 있나요. 남자편은 몰라도 여
> 자편은 더 불리하게 되니 어째요. 경제력이 없으니까……
> (중략)
> ……여자가 잘 해야 한다는 남성들의 의견 후……
> 이선희: 남자 자신들이 여간 무뚝뚝해야지요. 서양 남자들을 좀
> 보세요. 아주 재미있잖요…… (밤낮 키스하고 껴안고) 그
> 렇게 하라는 건 아니지만 문명인으로서는 어디까지든지
> 재미있는 기교와 표정을 갖추는 것이 대단 필요하다고
> 생각합니다.10)

이혼과 경제력의 문제, 서구문화와 조선문화의 충돌은 남녀/신구 문제와 얽힌 근대 조선의 핵심 쟁점이었다. 이것은 이미 지식인들이 계몽적 성격의 글로 매체에 수없이 발표하여 왔던 것이며, 1세대 여성문인

---

10) 노천명 외, 「남녀대항좌담회」, 『여성』, 1937.5. 18쪽.

들의 삶 전체가 연루된 문제이기도 했다. 그럼에도 엘리트 교육을 받고,『개벽』기자를 하면서 좌담회 등에 빠짐없이 등장하는 이선희에게서는 그에 대한 교양(상식)은 기대할 수 없다. 유사한 사례는 여류문인들만의 좌담회에서 더 많이 발견된다.「여류문사의 '연애 문제' 회의」에서는 나혜석, 윤심덕, 배귀자, 강향란 사건 등을 예시로 연애와 情死에 대해 이야기를 나눈다. 최정희가 비교적 이성적이고 날카로운 통찰력을 보여준다면, 노천명은 정사를 이해할 수 없으며 '사랑하는 사람들이 왜 죽음으로 끝을 맺느냐. 사람이 사는 이유는 오직 행복을 얻기 위해서인데……무인도에라도 가서 살아야지 왜 죽느냐'고 하는 평면적 수준의 이야기에서 벗어나지 못하고, 모윤숙은 인간의 욕망을 도덕, 모성애, 국가와 민족에 연결하면서 여성의 자기희생을 강조하는 당대 지배논리를 그대로 반복하고 있다.

"연애는 비록 至上하여야 할 것이로되 그 至上이란 우리가 사회인이요, 한 나라의 국민인 이상 그나라 국법과 그 사회의 율법 우에서만 하여야 할 것이겠는데 즉 국가나 사회의 이해를 전연 무시하고서 저만 조흐면 한다하는 연애의 길은 우리로써 취할 길이 아닌 줄 아러요" …… "심푸손 부인의 애인이 보통 시정에 있는 사람이 아니고 일국을 통솔하는 군주였섯는데, 일반 국민의 감정은 이 황제가 등극한대로 오래오래 그 국가를 통치하여 주기를 바랬는데 다만 그러기 위하여 이방의 아메리카의 재혼 삼혼하든 이런 여자를 단념하여 주기를 바랬슬 뿐이었지요. 즉 英吉利의 번영과 전 영국민의 감정을 유린하고 기어나 제 사욕을 채엇지요. 국가와 사회의 이익을 희생하고까지 연애지상주의란 설 것일까요. 나는 그렇게 생각되지 안어요……감정이 가라안즐 때까지 (여자가) 수도원으로 가든지……11)

국가를 위해 개인의 자기희생을 명령하는 모윤숙의 인간관, 사랑관, 국가관은 후일 '총동원령 체제에서의 군국의 어머니 담론12)'과 연결되는 단초가 된다. 1세대의 고민에 대한 사유, 그것을 바탕으로 한 자기목소리를 기대하기 어려운, 남성의 지배논리를 반복하여 읊는 것 같은 이러한 태도는 「이광수 선생에게 문학, 연애, 종교를 묻는 여류문사의 모임」에서 이광수에게 사적 연애담을 묻고 궁금해 하는 것, 학생 수준 이상의 논의로 발전하지 못하는 이유와 일맥상통한다. 좌담에 참여하는 여류문인들은 시대와 세계에 대한 1930년대 식의 고민을 보여줄 수 있는 수준에 미치지 못할 뿐더러, 지적으로 단련되어 있지 않다는 것을 알 수 있다.

> 최정희: 사랑조차 종교적으로 보신다면?
> 　춘원: 불가의 억겁 우주에 비하며 인생은 간열푼 일생이 아니
> 　　　　리까…… 그러니 인생을 이저버리고 영원의 사랑을 생각
> 　　　　게 되지 않을 수 없지요.
> 이선희: 生前을 모르는데 었더케 來生까지 미더집니까. 우리들
> 　　　　凡俗은 오직 이 수生만이 그리워요. 貴여워요.
> 　춘원: 허— 모르시는 말슴이지요……三生이란 永遠不絶하게 돌
> 　　　　고 도는 우리들 생애지오.
> 모윤숙: 선생의 인과설도 그러케도 몹시 이번 「사랑」에 高潮하시
> 　　　　든 인과설도 그런 데 근거가 게서요.
> 최정희: 인과란 숙명 혹은 운명의 별명인데 그러케 숨막힐 듯한
> 　　　　인생관 밋헤서 살기는 저는 슬혀요…….

---

11) 모윤숙, 노천명, 이선희, 최정희, 「여류문사의 '연애 문제' 회의」, 『삼천리』10권 5호, 1938.5.1. 2-3쪽.
12) 권명아, 「황민화와 여성 정체성 집단 간의 위계적 차이화의 과정」, 『역사적 파시즘』, 책세상, 2005.

이선희: 선생께서 언제는 '조선 사람을 망치는 것이 팔자타령'이
라고 그러케도 열렬하게 팔자와 사주와 숙명을 부정하시
드니요.
춘원: 불가에서 말하는 인과와 우리가 흔히 생각해 오는 숙명
설과는 달음니다.[13]

인간 존재론, 조선적 운명론으로까지 심화되는 이야기를 기대할 수
는 없다고 해도 이광수의 발언 내용조차 파악하지 못하는 이선희의 마
지막 질문에서 이들의 수준이 명확하게 드러난다.

깊이가 없더라도 주제가 생활에 밀착된 것일 때는 각자 이야기를 하
던 여류문인들은 전문적인 분야에서는 자기 견해를 한 번도 내보이지
못하다가, 흐름을 깨는 말로 토론 내내 한 번도 나오지 않았던 반말까
지 나오게 되는 상황을 만들기도 한다. 조선문학건설을 위한 「문예좌
담회」에는 모윤숙이 여류문인 대표로 혼자 참석하였는데, 조선문단의
조류와 병폐에 대하여 토론할 때는 한 번도 발언을 하지 못한다. 그러
다 토론 마무리 단계에서 조선문학의 독자성이라는 소주제로 조선문
학을 발전시켜나가기 위해 무엇을 어떻게 할 것인가를 논의하는 장면
에서 다음과 같이 처음 말문을 연다.

이무영: 모윤숙씨도 말씀해 주시지오.
모윤숙: 꼭 해야 합니까? …… (웃고) 저는 이런 생각을 해요. 우리
문학에는 너무 우리다운 즉 조선적인 정서가 없어요. 용
어만 하더라도 조선어 아닌 말이 너무 많아요. 예를 든다
면 '彼女'라는 말을 많이들 쓰는데 그런말도 있습니까

---

13) 모윤숙 외, 「이광수 선생에게 문학, 연애, 종교를 묻는 여류문사의 모임」, 『삼천리』
11권7호, 1939.6.1. 4-5쪽.

변영로: 彼女란 말이 퍽도 듣기 싫튼 모양이군.

(중략)

모윤숙: 彼女라든가 하는 종류의 말을 들을 때마다 놀림으로 하
　　　　는 말 같아서 아주 불쾌해요.

김광섭: 그러나 조선사람 자신이 벌써 독자성을 가지고 있습니
　　　　다……14)

　모윤숙의 발언은, 남성문인들이 조선문학의 독자성을 한글, 조선의 지리적, 정치적, 역사적 특성, 고대문학 연구, 비교문학적 입장, 민족정서와 연관하여 얘기하던 중에 이어지는 것이었다. 여류문인을 대표하여 참여하였지만 발언권을 행사하지 못할 뿐만 아니라 조선문학의 독자성이 무엇일지 그 내용을 찾는 것으로 진행되던 이야기의 맥을 끊고 있다. 남성문인들과 비교되면서, 문학에 대한 소양이 부족한, 전문성이 떨어지는 여류문인이라는 당대의 평가가 어떻게 확산되었을지를 짐작하게 하는 부분이다.

　여류문인들의 좌담회에서 상대적으로 논리적이고 자기견해를 뚜렷하게 보여주었던 최정희는 여류문단을 두고, 그동안 완성된 여류작가가 없어서 여성문학사를 기술할 수 없었다고 하면서 '단명하는 무수한 잡지가 생기면서 저널리스트가 만들어준 여류 평가와 작가들이 대두할 뿐'이라는 진단을 한다. 더불어 조선에서 여류작가의 존재를 두고 논쟁이 벌어지거나 여성의 존재(정신과 개성)를 무시하는 일이 생기는 이유를 저널리즘이라고 파악하는 것, 수필을 중심으로 한 단편소설이나 콩트 등이 '무지한 자기자신의 실력을 폭로'하는 모양새가 되었다고 보는 것, 그럼에도 불구하고 이러한 '작품들이 활자화되는 것은 퇴폐한

---

14) 김광섭 외, 「문예좌담회」, 『신동아』5권 9호, 1935.9. 115쪽.

사회적 문화정세―저널리즘―가 나은 것'이라고 파악하는 데서는 다른 여류문인들과 비교할 수 없는 통찰력을 보여준다. 그러나 개별 작가의 문학작품의 수준과 질을 따지는 전문성은 보여주지 못한다. 박화성의 「하수도공사」를 고평하는 이유는 '그 내용이 이데올로기를 가진 남성적 탄력을 보이기' 때문이며 '무게 있고 건실한 수법이 여성의 붓 끝으로 나온 것 같지 않기' 때문이라고 하여, 스스로 당대 여류문인 일반의 붓을 부정하는 의미를 만들고 있다. 그리고 모윤숙의 시집 『빛나는 지역』을 두고는 출판된 것만으로 의미 있다[15]고 하여, 같은 대상 (모윤숙 시집)을 두고 '시끄러운 문단적 사실'로 본 박용철[16]과 대조를 이룬다.

박용철은 '여자로서 첫 시집을 내었다고 무조건한 호기심으로 칭찬' 하는 일을 비판한다. 그리고 문단 한편에서 비난의 소리가 높은데, 감상성 자체가 문제가 아니라 그것이 자족적인가 공유되는가가 중요한 문제라고 설명한다. 즉 독자에게 감동을 주는가 못 주는가의 기준으로 문학을 문학으로 혼자 즐기는 것은 아마추어이고, 전문 문학인으로서의 의무는 문학공부, 표현, 애정을 통해 문학적이라는 것을 어떻게 성취할 것인지에 대해 고민하는 것이 필요하다고 역설한다. 모윤숙은 자족적인 측면이 많은 시집을 내었다는 말인데, 감정적 왜곡, 여성에 대한 편견이라기보다 충분히 수긍할 수 있는, 내용 있는 비판이다. 작품에 대한 냉철한 평가가 여류문인들 사이에서 활발하게 이루어지지 않은 것도 여류문인의 전문성과 지적수준에 대한 시비, 작품비판을 남녀 문제화 하는 것의 한 원인이 되었을 것이다.

이와 같은 비판이 설득력을 갖는 것은 비판의 대상으로 주로 호명되

---

15) 최정희, 「1933년도 여류문단 총평」, 『신가정』, 1933.12. 45-47쪽.
16) 박용철, 「여류 시단 총평」, 『신가정』, 1934.2.

는 여류문사들이 대학에서 문과교육[17]을 받았기 때문에 그것을 기반으로 1930년대 문단의 지적 분위기를 충분히 흡수할 수 있을 것으로 보기 때문이다. 이미 "1920년대에 부르주아문학이 『조선문단』을 통해 제도적으로 정착하면서 이광수의 「문학강화(文學講話)」와 주요한, 김억, 김동인의 '작법' 등이 대중화되고 이 전문화된 지식은 1920년대 문학청년들의 문예지식의 보급, 문예작품의 이해, 문예사상, 문예취미의 안목을 높이는 지침서"[18] 역할을 했다. 때문에 프로문학이 약화된 1930년대 문단에서, 특히나 사상, 이념 등과 무관했던 여류문사들이 학습했어야 할 지식으로 기대할 수 있다. 그러나 여류문사들의 문학에 대한 담론 수준은 소재를 어떻게 취하고, 무엇을, 어떻게, 왜 써야하는지에 대한 자각이 드러나지 않으며, 그들이 고평하고 있는 박영희, 임화[19] 등의 글을 제대로 읽고는 있었는지를 의심하게 한다. 문학에 대한 공부와 지적 성장이 보이지 않는 상황이 반복되면서 여류문인의 작품성, 전문성, 자격에 대한 논란은 1930년대가 끝나갈 때까지도 계속되며, 김남천은 여류문학이 저조한 이유를 다음과 같이 정리해 주고 있다.

> 1. 부인작가들의 작품이 우리문학의 중심문제에 접촉되지 않는 점—정신적, 사상적으로 현대문학과 관련되는 문제제기를 못한다는 것—부인작가들의 글에서는 그걸 찾아 볼 수 없다.

---

17) 이화여전 문과 교육과정(1930년대)을 보면, 영문학개론, 영문학, 영문학사, 연극, 영작, 영문법, 한국문학연구, 문법, 작문, 신문학, 번역, 한국어문학, 한국문학사, 국어작문, 철학(논리학), 심리학, 정치학, 경제학, 역사, 문학평론, 문학개론 등이 포함되어 있다. 이화여자대학교, 『이화 100년사 자료집』, 이화여대출판부, 1994. 346-349쪽.

18) 이봉범, 「1920년대 부르주아 문학의 제도적 정착과 『조선문단』」, 『탈식민의 역학』, 소명, 2006. 167-173쪽.

19) 모윤숙, 노천명, 이선희, 최정희, 김동환, 「여류작가 의회」, 『삼천리』10권 10호, 1938.10. 3-4쪽, 9쪽.

2. 부인의 지위가 사회상을 반영―문화가 뒤떨어짐―도덕, 인습,
   가족제도 등
3. 부인작가나 시인들이 지나친 귀여움을 받아 왔다. 수적으로 적
   어서일수도 있는데, 적고 드물다고 반드시 모두 보석일 수는
   없다.[20]

그래서 소녀문학, 학생작품 수준이 작품행세를 하고 신문잡지는 영리책으로 이들을 대접해줌으로써 여류문인들은 성장하지 못하게 되며, 그 결과 지속적으로 작품활동을 할 수 없는 것이 여류문단의 문제라는 것이다. 김남천의 이 진단에서 3번은 여류문인들과 저널리즘의 관계를 짚은 것이고, 1, 2번은 조선 여성이 처한 현실과 그것을 인식하지 못하는 여류문인들의 괴리를 지적한 것인데, 후자가 3항에서 구체적으로 분석된다.

3) 여류문인의 비현실성

여류문인들의 지적수준, 교양, 전문성을 언급하는 것은 (대)학교교육을 받은 엘리트 여성이었음에도 불구하고 그 수준이 기대에 미치지 못했으며, 졸업 후에는 지적 훈련이 없었다는 것을 지적하는 것이었다. 문학의 본질적 측면, 즉 문학이란 무엇인가, 무엇을, 어떻게 형상화할 것인가 하는 문제는 현실과 문학의 관계에 대한 고민과 맞물릴 수밖에 없는 부분인데, 문학의 본질적 측면에 대한 이해(전문성)가 부족한 여류문사들이 조선 현실에 대해 무관심했다거나 현실 파악(관찰)을 회피했다는 것은 상호 간에 예견되는 결과이다.

---

20) 김남천, 「여류문학 저조의 문제」, 『여성』, 1939.6. 42-43쪽.

1920년대 중반 이후 부르주아 문학의 구심점이 되었던 이광수가 "조선현실의 특수성이 배제된 보편론에 치중"[21]하고 있었다고 해도, 부르주아 문학의 지침으로 이야기되는 「문학강화」에서 문학이란 무엇인가를 논할 때, 그것에 접근하는 기본지식이 필수적일 수밖에 없는 이유를 "문학은 국민생활과 중요한 관계를 가진"[22]다는 데서 찾고 있는 것은 시사하는 바가 많다. 그는 "언어로 이루어진 문학이 사상과 감정을 표현"할 뿐만 아니라 "국민의 특수한 이상과 감정―그 국민의 정치, 종교, 습관 등―이 표현되는 데"가 문학이라고 설명하면서, "오늘날 조선문학이 연애의 고민, 생활난의 고민, 사상적 방황과 난조의 고민으로 一實된 것은 오늘날 조선청년의 생활이 그러한 까닭"[23] 이라고 하여, 문학의 보편성 획득이 작가가 처한 구체적 현실을 도외시한다는 것을 의미하는 것은 아님을 일깨우고 있다. 나아가 문학의 존재 이유를 가치있는 '인류의 생활'과 연관된다고 언급함으로써 '진선미의 가치'가 '인간의 현실'과 동떨어진 것이 아니라는 것을 알게 한다. '인류'라는 어휘가 현실의 구체성을 무화한다고 해석될 수도 있지만, '생활'을 형상화하기 위해서는 구체적 현실을 관찰하고 파악하는 일이 필연적으로 뒤따를 수밖에 없다는 점도 함의하고 있는 것이다.

여류문사들(이선희, 장덕조, 노천명, 최정희)이 고평했던 임화, 박영희가 방향전환을 했다고 해서 현실에 대한 이해가 소홀해진 것은 아니다. 임화는 낭만주의도 "견고한 현실적 구조 위에 선"[24]다는 전제에서 「위대한 낭만적 정신」을 논의하며, 문학의 이상은 '실생활'"특수하고 구

---

21) 이봉범, 앞의 글, 170쪽.
22) 이광수, 「문학강화」, 『이광수전집 10』, 삼중당, 1971. 378쪽.
23) 이광수, 위의 글, 379쪽.
24) 임화, 「위대한 낭만적 정신」, 『임화 문학예술전집3: 문학의 논리』, 소명, 2009. 41쪽. (『동아일보』1936. 1.1.-1.4.)

체적인 현실의 형상화를 통해 현실의 본질을 파악하는 것"25)이라고 주장하면서 문학과 현실의 관계를 일깨우고 있다. 당대 여류문사들에 대해 성실하게 평가26)를 하고 있는 김남천 역시 「문학의 본질」에서 '인간의 생활'에 기반한 '사회의식과 현실에 대한 인식'27)을 강조하고 있다.

다양한 경향과 지향을 보이는 문학이론가들이 현실인식, 현실파악을 문학의 본질 측면에서 강조하는 이러한 논의들이 1930년 당대에서만도 이렇게 활발하였기 때문에 여류문인들이 보이고 있는 비현실성, 허영28)을 비판, 비난하는 당대의 담론을 두고 전략적이라고 해석하기는 어려운 것이다. 그런데 여류문사들의 비현실성이 1930년대 남성문인들과의 비교에서 두드러지게 나타나는 것이 아니고, 외국에서 공부를 하고 온 여성들, 현실문제에 직접적으로 노출되고 있었던 가정부인들과 비교해 보는 것으로도 쉽게 드러나기 때문에 더 문제적인 것이다.

구체적으로 여류문사들이 현실을 어떻게 파악하고 있었는지를 가장 쉽게 볼 수 있는 것이 여성의 현실과 관련된 입장을 드러낼 때이다. 여성의 현실문제를 이야기할 때, 그것이 1930년대 민중의 현실로까지 논의가 확장되지 않더라도, 사회활동을 하는 여성들은 직업과 가정사의 병행을 문제적으로 의식할 수는 있다. 모윤숙은 「직업을 향한 탄성」에서 직업은 '사람과 사람의 교통', '사회생활을 체험할 수 있는 한 개의 길', '자기의 힘을 발휘할 수 있는 발동소'로 추상적 정의를 한다. 이어

---

25) 임화, 「낭만적 정신의 현실적 구조」, 위의 책, 29쪽. (『조선일보』1934.4.14.-4.25.)
26) 여류문사들이 고평했던 임화가 여류문사에 대해 논의한 것은 보지 못했다.
27) 김남천, 「문학의 본질」, 『김남천전집 I』, 박이정, 2000. 190-192쪽. (『조선중앙일보』1936.9.1.-9.4.)
28) 김남천은 문제적 현실에 처한 작가가 자기 폭로를 주저하고, 가면벗기를 기피하는 시민(부르주아) 사회의 처세술을 '허영'이라고 했다. 김남천, 「4월의 창작평」, 위의 책, 204-205쪽. (『조선일보』1937.4.8.)

"직업은 우리에게 다소의 노동을 제공하는 유쾌와 봉사적 양심을 기르게 하며 따라서 경제적 실권을 다소 가지게 하는 점에서 우리의 오래동안 받은 고민을 풀 수 있는 무기가 된다."고 설명한다. 왜 직업을 가져야 하는지가 실질적인 문제의식과 함께 전달되지 않을 뿐더러 직업이 마치 선택적으로 한 번 해 보아야 할 시대적 조류처럼 여겨지게 한다. 여성이 왜 일을 해야 하는지가 조선현실과 삶의 맥락에서 파악된 것이 아니어서 가정을 꾸린 후에 직업생활과 가정사를 어떻게 병행할 것인가라는 현실적인 문제와 만났을 때 다음과 같은 공허한 이야기밖에 할 수 없다.

> 가정에서 아름다운 주부 노릇만 하는 것이 절대로 부당함이 아니다. 그러나 우리의 운명은 그것만에서 끊어지지 않을 운명임을 깨달아야 할 것이다. 현실의 모든 행진은 앞으로 많은 직업을 싣고 우리의 어여쁜 손을 부르고 있음을 잊어서는 안 될 것이다 …… 가정을 아름답게 꾸미자. 이는 우리의 이상이요 큰 천직이다. 그러나 가정을 아름답게 꾸밀 수 있는 여성은 직업선상에서도 실수없이 체계적 노동을 할 수 있는 것이다.[29]

군이 직업을 갖지 않아도 될 사람이, 혹은 일하는 사람을 두고 사는 여류문인의 입장에서는 자기발전을 위해 한 번쯤 고려해 볼 수도 있을 것 같은 뉘앙스의 이러한 직업의식은 여류문인들의 수준에서 통용되는 내용[30]이었다. 여기에는, 그들과 다른 계층의 조선 일반여성들이 왜 직업을 가지려하고, 어떤 일을 어떤 상황에서 하게 되는지에 대한 현실적 관심이 전혀 나타나지 않는다. 즉 가사육아와 직업의 병행이 왜 문제적인지, 당대 여공, 부인노동자들의 증가가 무엇을 의미하는지, 여자

---

29) 모윤숙, 「직업을 향한 탄성」, 『신가정』3권 2호, 1935.2. 26-27쪽.
30) 김남천, 「여성의 직업 문제」, 『여성』5권 12호, 1940.12.1. 26-28쪽.

도 벌지 않으면 안 될(살 수 없는) 시대적 변화를 어떻게 볼 것인지에 대한 통찰은 기대할 수 없다. 이는 프로문학쪽에 있었는가, 아닌가의 문제가 아니다. 매체에 자주 등장하여 여류문사의 대표격이 된 이들(모윤숙, 이선희, 장덕조, 노천명 등)의 사고체계에서는 1세대 여성문인들의 고민과 한계에 대한 깊은 통찰은 기대할 수 없으며, 여성과 사회의 관계를 모색하는 여성문인으로서의 정체성에 대한 고민도 드러나지 않는다.

이미 1930년대 초에, 외국에서 공부하고 온 여성들의 초청 좌담회[31]를 통해 외국에서는 직업부인들이 자녀를 맡길 곳이 필요하므로 탁아소가 활발하게 운영되고 있다는 것, 러시아에서는 탁아소에서도 보수를 준다는 것, 미국에서는 무산부인들을 위해 유산계급 부인들이 자선사업으로 운영한다는 것이 논의가 되었었다. 나아가 아이를 키우는 것도 적성과 관련이 된다는 것까지 이야기되면서 '세계 어느 나라를 놓고 조선여성들처럼 맹목적으로 자녀를 사랑할 데는 없다'는 것도 이야기된다. 그리고 여성이 일과 가정사를 병행하기 위한 정책 중 하나로 산아제한을 정부에서 책임지고 있으며, 그 내용이 미국, 서전, 러시아가 각기 다르다는 것, 여성들의 피임법이 발달하고 있다는 내용도 다루어진다. 이것이 외국에서 공부하고 왔기 때문에 가능한 논의이라고는 할 수 없다. 아니 그렇다면 이러한 기획기사를 통해서라도 먼저 정보를 접하고 배울 수 있었던 사람들인데, 여류문인들에게는 이런 내용이 왜 문제적으로 다루어져야 하는지를 생각하는 것이 보이지 않으며, 그것은 등장하던 초기나 시간이 지난 후나 변함이 없다.

여류문사들의 비현실성(현실에 무관심함)은 가정부인들과 한자리에 모여 여성문제를 두고 토론을 하는 데서 더 적나라하게 드러난다. 「여

---

31) 박인덕, 최영숙, 황애시덕, 「외국대학 출신 녀류삼학사 좌담회」, 『삼천리』4권4호, 1932.4.1.

성문제 좌담회」에서는 가정부인 3인과 여류문인(기자) 5인[32]이 '家庭
內職 문제, 생활의 합리화, 카페黨禁止案, 노라의 후일담' 등을 주제로
토론을 한다. 가정생활의 합리화에 대해 이야기하는 한 장면이다.

> 허영숙: 조선사람은 불경제야요. 어떤 일본 사람집에 가보니까
> 월 3백원이나 3백50원을 밧고 아이가 셋식이나 되는 집
> 에서도 하녀는 열한살 먹은 것 하나만 두엇겠지요. 그래
> 서 그것을 보고와서 나도 하녀 하나를 내보낸 일도 잇슴
> 니다. 그럿치만 우리살님은 간단해서 경제슬컷해도 단 5
> 원가령박게는 더 경제가 안되니까 머리악을 쓰고……
> (절약할 생각은 없다)
> 사회자: 의복에 드는 시간과 노력을 절약할 수는 엄습니까?
> 모윤숙: 다듬이를 페지햇스면!
> 변영애: 옷감에 달녓지요. 명주삼필 갓흔것이야 안다듬을 수 있
> 나요.
> 허영숙: 명주삼필은 입지말어야해요. 우리집에서는 다듬이는 일
> 절안합니다. 꼭 한가지 홋이불만 대리기가 거북하니까
> 하인들이 몰내 가지고가서 다듬어 옵니다.[33]

이 대화는 가정부인들이 돈을 벌기 위해 (한 달에 10원이 어려운) 가
정내에서 봉지만들기, 바느질, 수예, 양계, 양봉 등의 일을 한다는 이야
기 다음에 이어진 내용이다. 허영숙이 가정부인으로 참여하긴 했지만
대화 중에 이미 '배운 것이 의사'라는 말을 하고 있어 그가 엘리트여성

---

32) 가정부인: 최활란, 변영애, 허영숙(이광수 부인이 가정부인으로 참석—배운 것이
　　의사라는 말을 함)
　　여류문인(기자로 표기): 최의순(동아일보), 김원주(매일신보), 최정희(삼천리), 모윤
　　숙(女論社), 김정순(음악가)
33) 최정희 외, 「여성문제 좌담회」, 『신동아』, 1932.11. 78쪽.

이라는 것은 알 수 있는 상황인데, 앞선 가정부인들의 현실과 매우 동떨어진 이야기를 마치 조선의 일반 가정부인의 사례인 것처럼 얘기하고 있다. 현실 문제를 논하면서 모윤숙과 허영숙은 진지한 태도를 보이지 않아 변영애(가정부인)와 감정적으로 대립각을 세우기도 한다. 여류문인들의 태도가 조선의 일반여성 현실과 동떨어진 인상을 주는 것은 사실이며, 이미 당대에 "이 사람들도 조선 사람인가, 아니 조선 여자들인가? 우리의 생활감정과는 하나도 통하지 않는[34]"다는 비판을 받고 있다. 이것이 매체에 자주 등장하던 여류문인들의 현실이었다. '노라의 후일담' 부분에서조차 여류문인들은, 생활에서 얻어진 가정부인들의 현실 통찰력을 따라가지 못한다. 그러한 안목에서 만들어진 가정부인들의 문학적 이해력마저도 여류문인들보다 설득력 있다. 상대적으로 여류문인들이 속물스럽다는 인상마저 주고 있는 좌담회의 말미에 가서는 모윤숙마저도 허영숙에게 면박을 준다. 아래는 노라에 대해 이야기하는 한 장면이다.

> 사회자: 노라가 (집을)나왔다는 전제하에서 거러갈 길이 무엇일까요?
> 변영애: 그것이 어렵지요.
> 최활란: 도로 드러가지(박장대소)
> 모윤숙: 철학연구를 하지
> 허영숙: 이지적으로 나왔다면 중이 되든지 다른데로 시집 가든지!
> 변영애: 다시 시집가지말고 경제적 독립을 엇도록 노력해야지요.
> 김원주: 조선현실에서는 이상뿐이야요. 위선 직업부인이되여서 경제문제를 해결해야지요.
> 최활란: 결혼하지 말어야해.

---

34) 임순득, 「불효기에 처한 조선여류작가론」, 『여성』, 1940.9. 52쪽.

> 모윤숙: 사회운동을 하려면 독신이 좋고 다른직업을 엇으려면 배
> 우자를 구해도 무방하지요.
> 허영숙: 헬만의 안해엿슬때보다 난사람이 되어야겠스니 늘거서
> 학교에 갈수없다면 책이나 만히 싸가지고 절노가겟소.
> 변영애: 절에 가면 밥은 누가주나요?[35]

가정부인들과의 좌담회에서 시종일관 현실문제에서 겉돌고 있는 허
영숙과 모윤숙의 발언들은, 계몽의지와 사회개혁의 꿈으로 삶을 채웠
던 1세대 지식인 여성과 비교하지 않더라도, 1930년대 여류문인들의
유명세가 虛名이라는 인상을 지울 수 없게 한다. 조선의 현실과 동떨어
진 삶의 태도와 인식을 드러내던, 매체에 자주 등장하는 여류문인들의
특성은 「여류작가 의회」에서 더 직접적으로 드러난다. 이 좌담회에서
는 '빈민굴, 법정, 기녀생활에서 取材하여 본 적이 있는가'라는 질문을
던지고 이야기를 나눈다.

> 사회자(김동환): 여러분은 빈민굴을 찾어가 본 적이 있습니까? 빈민
> 굴은 우리 생활의 연장이요, 또 일면이니까 호기심으로서가
> 아니요, 진실로 우리들 자신의 생활을 해부, 묘사한다는 의
> 미에서 가장 중요한 일면이 되는 것이니까요.
> 노천명: 예전 이전 문과 다닐적에 영어실습소가 서대문박 낭떠러지
> 우에 있었기에 그 앞을 지나가는 길에 (보았는데) 빈민들이
> 굼베지 모양으로 움실거리고 사는 양을 보고 현실이란 참으
> 로 참혹하고나 하는 생각이 들어서 나도 장래에 작품을 쓰
> 는날이 있다면 그것을 써보려고 했더니요, 그 때에는 머리
> 속에 그네들의 말과 호흡이 팽팽 돌더니만……
> 이선희: 그런데 었쩐지 조선의 최하층 생활 속에서는 그가 소설이

---

35) 최정희 외, 「여성문제 좌담회」, 『신동아』, 1932.11. 82-83쪽.

되고, 희곡이 되고, 시가 되고, 노래가 되어질 미감을 찾어
낼 수가 없어요. 외국 같으면 그 생활이 아모리 추하고, 악
하고, 가난하더래도, 또 싸홈과 질투와 살인과 강도가 되푸
리하더래도 그속에선 었쩐지 작가의 食味를 강렬하게 당기
는 '썸싱'이 있는드시 늣겨지지만요. 이것은 거짓없는 나의
실감이여요.

최정희: 그야 그러치는 안켓지요. 서양작가들도 보잘 것 없는 소재
를 골나서 조직하고 묘사하고…… 발효식혀내니까……그
런 예술품이 되어진 것이 아니였을까요?……조선적인 매력
있는 제재를 붓잡지 못했다면 그는 우리들 재조의 부족이
아닐까요.

이선희: 그러터래도 나는 었쩐지 달는 듯해요. 조선은 문화수준이
아모래도 서양과 달르니까.

(중략)

모윤숙: 취재하기 위해서 일부러 법정 기록을 뒤지거나 죄인들보러
나다닌 적은 저는 없으나… 공포와 전율의 시간, 고민과 절
망의 심경, 이런 체험을 가져보았으면 거기에서 위대한 작
품이 써질 것 갓해져요. 저는 원래 미지근한 생활이 실혀요.
아조 귀족이 되든지 그렇지 않으면 몸에 남루를 걸친 유―
고의 「노틀담 곱사등 사나이」같은 거지의 생활을 하고 말
든지, 한 개의 여성으로서도 푸리 마돈나나 비아드릿치가
되든지 그렇지 않으면 아조 창부가 되어버리든지……중간
적 소시민 생활이 정말 실혀요.36)

1930년대 매체에 가장 많이 등장하는 여류문인, 모윤숙, 노천명, 이
선희는 빈민의 삶, 정미공장, 방직 공장의 여공들의 생활, 이주민들의

---

36) 모윤숙, 노천명, 이선희, 최정희, 김동환, 「여류작가 의회」, 『삼천리』10권 10호,
1938. 10. 1.

생활, 소시민 생활을 외국 문학작품이나 조선 남성문인들의 작품을 통해 간접적으로, 혹은 취재용(기자)으로 접근할 수 있는 흥밋거리, 호기심, 바라보기(관조)의 대상, 남의 삶에서 취할 수 있는 글감, 미감, 감흥의 대상 정도로 인식하고 있음을 보여준다. 현실적 빈궁, 생활의 어려움을 잘 모르는 현실 인식의 한계를 드러냄과 동시에, 거지도 '노틀담 곱사등 사나이 같은 거지'를 운운하는 모윤숙과 이선희의 서구 동경의 태도는 여기에서도 변함없이 등장한다. 함께 자리했던 최정희는 "여류작가충도 인생의 맨 밑바닥"도 알아야 하며 "늘 온실에만 있지 말고, 꿈과 로맨스에만 살지 말고 우리의 시야를 좀 널피고 작품의 폭을 널펴야 할 것"이라고 여류문인들의 문제를 짚어주고 있는데, 노천명, 이선희, 모윤숙의 '비현실성, (지적)허영'을 지적한 것이라 할 수 있다.

이들의 현실인식은 박화성, 강경애, 최정희, 백신애 등이 비참하게 살아가는 무산아동, 제사공장 여공들의 성희롱, 성폭력, 백화점 점원 등의 삶을 고발하는 작품들을 통해 여성작가로서의 사상과 정체성을 찾으려 했던 것과 대조를 이룬다. 박화성은 「여류작가가 되기까지의 고심담」37)에서 "두 아이를 유치원에 보내어 과분한 학비와 비용이 든다. 신여성으로서 유치원교육의 중요성을 깨달아 그렇게 하는 것이 아니고, 자신의 창작 세계에 방해가 되는 두 아이('두 악마')를 몰아내기 위한 이기적인 어미의 간사한 꾀"라는 말로 생활고, 육아와 글쓰기 병행에 대한 어려움을 드러낸다. 강경애는 한 걸음 더 나아가 생활개선, 가정개혁이 곧 사회개혁의 길이라는 것, 여자의 역할만으로 생각해서는 안 되고, 육아, 가사는 가정의 일인 동시에 사회문제라는 인식이 필요하다고 주장하며 '가정과 사회는 한 큼직한 융합체38)'로 파악하는 안

---

37) 박화성, 「여류작가가 되기까지의 고심담」, 『신가정』, 1935.12. 47쪽.
38) 강경애, 「조선 여성들의 밟을 길」, 『강경애 전집』, 소명, 1999. 711쪽. (『조선일

목을 보여준다.

당대 문단에서 박화성의 작품을 두고 '선이 굵고 테마가 뚜렷'하며 '사회현실에 대한 관찰과 해부를 게을리 하지 않는 점'이 '여류문단의 한 이채'[39]라고 한 것은, 매체에 자주 등장했던(여류문단을 대표했던) 여류문인들이 사회현실을 냉철하게 보지 못했다, 잘 몰랐다, 사회현실 파악에 게을렀다는 것을 반증하는 평가로 볼 수 있다. 당대 안회남은 '여자가 쓴 글은 읽지 않고, 글쓰는 여자와 여자가 글을 쓰는 것을 싫어한다'는 말을 하여 여류문인들의 공분의 대상이 되었다. 현재도 여류문인 폄하의 상징적 예로 자주 언급되는데, 임순득은 이 발언에 대해 '한 개인의 기벽에 불과한 하찮은 독설'이라고 넘겨들을 수 없고 '이 속에 침통한 교훈이 있다[40]'고 하여, 1930년대 여류문인들의 문제점을 일깨우고 있다.

4) 타자의 인정투쟁

여류문인들이 문학이 무엇인가, 문학적인 글쓰기란 어떤 것인가에 대한 고민과 이론적 공부가 부족하고, 현실을 통찰하는 능력도 날카롭지 않으며 탐색하고자 하는 의지마저도 가정부인보다 못 하다고 할 때, 그들은 글쓰는 자신의 정체성을 어떻게 만들고 있었을까. 저널리즘의 필요에 의해 표면적으로는 여류문사라 칭송되며 대접을 받았지만 당대 문단에서 존재감을 인정받았다고 보기는 어려우며, 신문잡지사의 기자라고 하지만 "사내에서는 화초와 같은 존재로 방문직 영업사원의

보』,1930.11.28.-29.)
39) 양주동, 「여류문인」, 『신가정』, 1934.2. 36쪽.
40) 임순득, 「불효기에 처한 조선여류작가론」, 『여성』, 1940.9. 51쪽.

역할"이 주임무였고, "가정란이나 학예면에 국한되어 있던 글쓰기"도 주로 인물탐방기와 같은 사교적 측면이 강조되거나 그것마저도 "대개 학예부주무자인 남자기자에게 딸려 있는[41]" 형국이었다. 그렇다면 여류문사로 저널활동을 하면서도 이들은 직업활동에서 갈등했을 것이라 짐작할 수 있다. 그러나 그러한 갈등은 허영숙에게서 발견될 뿐, 쉽게 드러나지 않는다. 허영숙의 기자된 동기부터 들어보자.

> 나는 공부는 의학공부를 햇으나 처음부터 의학은 실혓고 문학에 취미가 만헛엇습니다. 그래서 기자가 되면 문학공부에 도움이 될가 하고 생각해서 기자가 되엿엇습니다.
> 내가 쓴 글을 수만흔 사람이 읽는다는 자부심과 호기심이 나서 기자가 되고 싶엇지오.[42]

이광수가 동아일보에 있을 때 동아일보에 입사한 허영숙은 당대 여류문사 좌담회에 참여한다든가 수필류의 글을 발표하면서 기자출신의 다른 여류문인들과 같은 행보를 보여준다. 그걸 보면 위에서 말한 바와 같이 문학 혹은 글쓰기에 취미가 있었던 것 같기도 하다. 하지만 불과 7개월 후 같은 잡지에 「나는 영원히 여류문사가 아니다」[43]라는 글을 발표한다. 글을 쓴 이유는 "어떤 잡지에서는 (내)이름을 실어 놓고 여류문사라하고, 다른 잡지에서는 자네까짓게 무슨 여류문사냐 아무것도 아니"라고 하고 있으니 글을 쓸 수밖에 없었다는 것이다. 둘 다 저널의 상업성에서 비롯된 일이라는 것을 알지만 자신은 여류문사를 바라는 사람이 아니며, 될 자격도 없다는 것을 이야기한다. 이유는 "문학을 공부

---

41) 김연숙, 「저널리즘과 여성작가의 탄생」, 『여성문학연구』14호, 2005.12. 93-98쪽.
42) 김연숙, 위의 글, 102쪽. 재인용. (원문: 「여기자좌담회」, 『신동아』, 1932.5.)
43) 허영숙, 「나는 영원히 여류문사가 아니다」, 『신동아』, 1932.12. 108-109쪽.

한 적이 없고, 의학을 공부했다. 문학적 소질도 없다. 문사로 불리려면 발표한 문학작품이 있어야 하는데 그런 적도 없다."고 하며, 자신을 여류문사라고 쓰는 사람이 착각하고 있는 것이고 자신은 문사로 불리고 싶은 마음이 없음을 재차 강조하고 있다.

　동아일보사 기자가 되었을 때는 이미 "여류문사로 十三道방방곡곡에 널니 일홈이 널려진분", "단독 병원도 내고 자선사업에 힘쓰다가 직업을 (기자로)전환44)"한 사람으로 소개되고 있었으며, 기자로 몸담았던 동아일보는 물론 동아일보사가 발행한 『신가정』에 집필진으로 참여하였고, 『신여성』에서도 필자인 허영숙의 이름이 눈에 많이 띈다45). 1930년대 다른 여류문인들의 글이 월등히 뛰어났던 것도 아니고, 대학교육을 받은 기자출신의 엘리트여성이라는 외형적인 측면에서는 허영숙이 이선희, 장덕조, 모윤숙, 노천명과 다를 바 없었다. 그럼에도 불구하고 여류문사가 아니라고 공개적으로 밝힐 수밖에 없었던 것은, 하는 일(수준)과 상관 없이 여류문인으로 정체성을 만들 수 있는 자격이 제도화되고 있었기 때문이라고 짐작할 수 있다. 1930년대 여류문인으로 범주화되었던 사람들은 지속적으로 문학작품을 발표하지 않았지만 모두 신춘문예나 문학동인 활동을 통해 문학인으로 등단을 했거나 대학에서 문과공부를 했다46)는 공통점을 가지고 있다. 허영숙이 '문학에 취미가 많'고 '문학공부'를 할 마음은 있었으며 잡문을 매체에 발표하고 있었지만, 남성문단에서 수준미달로 비판받고 있었던 여류문단도 취미로 소속되거나 문과고등교육을 받지 못한 사람이 발을 들여놓을 수

---

44) 여학교졸업생언파레―드, 「제7회 경성여고보편」, 『신여성』, 1932.11. 31-32쪽.
45) 「남편에게 대하여 사모하는 점」, 『신여성』, 1926.5; 「아들 봉근이를 일코」;
　　「나의 남편공개장―변함업는 그때의 그분」, 『신여성』, 1933.9.
46) 김말봉, 박화성, 강경애, 백신애, 모윤숙, 이선희, 노천명, 최정희, 장덕조 등
　　심진경, 「문단의 '여류'와 '여류문단'」, 앞의 책, 283-284쪽.

있는 곳은 이미 아니었던 것으로 볼 수 있다. 여류문단이라는 말이 저 널리즘에 의해 만들어진 것이었지만 근대문학(문인)이 제도화되어가던 조선의 현실에서 여류문단도 형식적으로는 전문인 집단의 틀을 만들어갔음을 짐작할 수 있다. 그랬기에 여류문인들에 대한 당대 비판은 더 혹독했을 수 있고, 또 그랬기에 이선희, 모윤숙, 노천명 등은 여류문인들에 대한 당대 비판의 내용을 다 드러내면서도, 정체성을 고민한 흔적은 남기지 않으면서 여류문인이라는 타이틀로 수많은 좌담회에 참여하고 글을 발표할 수 있었을 것이다.

신문잡지에 등장하면서 여류문사로 불렸지만, 권력(남성문단)으로부터 인정을 받지 못하던 여류문인들―모윤숙, 최정희, 노천명, 이선희 등―은 어떤 방식으로 글쓰는 자기의 정체성을 만들었을까. 매체에 가장 많이 등장하는 모윤숙은 1930년대 말에도 이광수의 『사랑』에 대한 감상[47]을 쓰면서 자신을 평범한 여성독자에 위치시키고 '소설 전체를 문학적 의미에서 논함을 피하여' 글을 쓰겠다고 전제하고 있다. 굳이 '평범한 여성독자' '문학적 의미를 피함'과 같은 표현으로 비전문가의 글, 혹은 잡문이라는 것을 밝히는 이유는 무엇일까. 바로 그런 이유로 남성작가들은 여성이 쓴 글에는 관심이 없고, 읽을 가치도 없다는 의미를 담론화하고 있는데 말이다.

여류문사들은 자신들의 비전문성을 비판하는 당대 문단에서 마치 관용어구처럼, 아는 바도 없고, 잘 모르고, 공부한 것도 없는 상황에서 쓰는 것이라고 밝히며 글을 시작한다. 상대적으로 논리적인 글을 썼던 최정희도 「1933년도 여류문단 총평」[48]을 시작하면서 '이 총평은 만담적(漫談的) 스케치에 지나지' 않는다고 하여 스스로를 아마추어의 자리

---

47) 모윤숙, 「『사랑』 후편을 읽고」, 『조광』, 1939.8. 220쪽.
48) 최정희, 「1933년도 여류문단 총평」, 『신가정』, 1933.12. 45쪽.

에 위치시킨다. 이런 아마추어 의식은 글쓰기에서만 드러나는 것이 아니다. 「문예좌담회」에서 있었던 다음과 같은 일화를 보자.

> 정인섭: (조선문단)의 타개책을 몇가지 말씀해볼까요. ―은 약속한
> 　　　　원고료일진대 독촉키 전에 지급할일……
> 모윤숙: 나는 문인들이 너무 원고료원고료 하는 것 같습니다. 좀더
> 　　　　희생적으로 우리의 문학건설을 위해서 쓴다는 생각을 가졌
> 　　　　으면 좋겠어요.
> 유진오: 원고료를 안받는다는 것은 이상으로서야 좋은 일이지오.[49]

원고료에 대한 모윤숙의 태도는 원고료 때문에 글을 쓰기도 했던 박화성과 대조되는 부분이기도 하다. 심지어 김남천은 「작가의 생활」[50]에서 작가의 정신적 활동을 보장할 수 있는 최저생활비를 제시하고, 그것이 신문연재 소설, 단편소설, 잡문을 얼마 만큼 써야 가능한 일인지를 상세하게 기술하고 있기도 하다. 앞서 살펴본 바와 같이 직업에 대한 인식, 여성과 직업문제에 대한 현실인식이 부족한 상태에서 직업으로 글을 쓴다는 것을 어떻게 파악하고 있었는지를 따지는 것은 무의미할 것이다. 상황이 이러하다보니 여류문인들은 자기만족의 수준에서 글을 쓰거나 작품집을 내는 경우가 많다고 비판을 받게 되고, 김림은 직접적으로 모윤숙을 향해 '누구의 추천으로 작품집을 내는 것처럼 다른 사회적 세력에 의지하여 문학인의 삶을 이어나가지 말고 예술가로서의 자존감을 지키라'[51]고 말한다. 여기에서 우리는, 근대적 의미의 직업으로서의 작가의식이 부족한 사람들이 왜 비판을 받으면서도 끊

---

49) 김광섭 외, 「문예좌담회」, 『신동아』5권 9호, 1935.9. 115쪽.
50) 김남천, 「작가의 생활」, 『김남천 전집I』, 박이정, 2000. 442-444쪽. (『청색지』, 1938. 12.)
51) 김림, 「여류문인」, 『신가정』, 1934.2. 38쪽.

임없이 문학관련 글을 썼을까를 묻지 않을 수 없다.

　1930년대 모윤숙, 이선희, 장덕조 등은 희생적 모성을 강조하고 있으며, '여류문인'이라는 타이틀 아래 모인 좌담회에서도, 육아에 대한 이야기에 초점을 맞춘다. 모윤숙이 장덕조를 향해 '글마다 애기 이야기'라고 말을 건네자 '난 변태'라고 응하는 장덕조의 대답은 참석자 모두의 공감을 얻고 있다. '애기 이야기를 그만두고 좌담회를 진행해 달라'는 주최측을 향해 모윤숙은 '생의 연장을 위한 생명' 운운하며 '연설을 한바탕 내뿜는다'. 여성―모성―육아 이야기로 형성되는 공감대는 1세대의 문제의식을 자조적 웃음으로 만들어버린다[52]. 1세대 여성작가들이 헌신적, 희생적 모성에 대한 기존 관념에 문제제기를 하면서 자기애를 강조하였던 세대였다. 그것이 당대 사회에서 곱게 받아들여지지 않았고 1세대 여성문인들의 삶이 순탄하지 않았던 것에 대한 반작용으로 1930년대 여성 작가들은 모성에 대한 표현에 적극적이었다. 특히 모윤숙은 여러 글(좌담회 포함)에서 국가와 가족을 위한 자기희생을 표나게 강조하고 있다. 이러한 정황을 놓고 보았을 때, 1930년대 여류문인들은 당대의 문학수준, 남성문인들의 위상 등을 기준으로 여성문학가로서의 정체성을 구성한 것이 아니라, 앞세대 여성문인들과의 변별적 자질로 공적영역에서 자리잡기를 의도하는 '세대론적 인정투쟁의 전략을 의식적, 혹은 무의식적으로 구사'[53]하고 있었던 것으로 볼 수 있다. 앞 세대 여류문사들의 문학적 성과는 미미했을 뿐더러, 장(field)에 안착하는 것이 중요한 과제라는 것을 일깨운 세대였기 때문이다.

　세대론적 인정투쟁에서 모성애를 강조하였던 것이 궁극적으로 지배

---

52) 모윤숙, 이선희, 장덕조, 「여류문인 자동차 횡주기―첫 애기 난 세 어머니들의 측면」, 『여성』, 1936.8.
53) 권성우, 「4.19세대 비평의 성과와 한계」, 『문학과 사회』50, 2000.5.

(남성)담론이 원하는 바를 내면화한 결과라고 한다면, 문단에서 인정받고 있었던 박화성의 존재방식은 달랐을까. 남성에게 의존하는 방식으로 자신의 존재를 증명한다는 점에서는 본질적으로 다르지 않다. 당대 여성문인들 중 사생활이나 외모, 저널리즘과의 관계가 아닌 작품으로 인정받은 것으로 논의되는 박화성조차도 '여류작가로서의 존재감'을 이광수, 김동인에 의존하여 증명하기 때문이다. 그가 「여류작가가 되기까지의 고심담」54)에서 가장 먼저 꺼낸 말이 "먼저 머리에 떠올르는 것은 저 이름 높으신 김동인씨(문단의 노대가라고 자타가 공인하는)의 화성을 평하신 말슴"이었다. 반론의 형식으로 쓰고 있지만, 독자의 입장에서는 김동인이 언급한 작가, 김동인에게 반박문을 쓰는 작가, 박화성이 되는 것이다. 김동인 평의 핵심 내용은 '일개 여류문예독호가로 습자' 수준의 작품을 발표하고 4~5년이 지났지만 지금까지 조금도 전진하지 못하고 있다는 것인데, 박화성은 김동인의 이 말을 "네까짓게 무슨 여류작가야? 습자시대에서 헤매는꼴에 작가가 무슨 건방진작가야?"라는 조소로 받아들이고 있다. 김동인 비판의 핵심은 현재의 상태를 질타한다기보다, 습작수준이지만 어떻게든 작품활동을 시작하였으면 직업의식을 가지고 지속적으로 작품발표를 하여 발전과 변화를 보여야 하는데, 지속적이지도 않고 그렇다보니 발전도 없다는 의미였다. 그런데 그것에 대한 이야기는 하지 않으면서 김동인류의 발언이 '여류작가'로서의 '무거운 멍에'라고만 반응한다. 문학인으로 인정받는 박화성이 자기의 존재감을 드러내려면 여류문사를 포함한 여성문인 일반이 놓여 있는 사회, 문화적 맥락을 진단하고 분석하는 것이 필요했다. 즉 고심담은 왜 여자는 그런 멍에를 질 수밖에 없는지에서 시작되어야 했

---

54) 박화성, 「여류작가가 되기까지의 고심담」, 『신가정』, 1935.12.

다. 하지만 박화성의 '고심담'은 여자라서 힘들고 억울하다는 감정적인 하소연에 기대고 있다.

이어서 문제가 되었던 이광수의 후광 부분도 여류문단(문인)을 바라보는 현실 맥락을 고려하지 않고 개인의 억울함을 호소하듯이 서술하고 있다. 동광(東光) 5월호에 실린 「하수도 공사」에 '춘원추천소설'이라는 '우수운 렛텔'이 붙은 이유가 원고료를 받지 못한 값이었고, 그 '춘원추천소설이란 귀한 간판' 덕에 구설이 많았으며 이는 모두 자신이 '여자이기 때문에, 시골뜨기이기 때문에' 일어난 에피소드라고 하소연하고 있는 것이다. 이와 유사한 일은 「소설『백화』에 대하여」[55]에서도 반복된다. 백화가 동아일보에 실리기까지에도 이광수의 도움이 있었고, 본인도 백화 후에 "각 잡지사에서 글을 청구하는 부탁이 오는데 차차 각 신문사니 잡지사에서 소설이니 수필이니 청이 마구 들어와 세 번에 한 번씩 써보낸다 하여도 큰 일[56]"일 정도로 이름이 알려졌음을 시인하면서도, "한심한 것은 아무리 조선이 좁다기로 장편소설 한 편이 신문지상에 연재된다고 그것이 최고의 영예? 일약 일류 여류문사? 아리따운 명예? 등등이 될 것인가"라며 격분한다. 실제로 박화성의 이름을 알게 된 것은 "출세작품『백화』가 동아일보에 연재된 때부터였[57]"다고 말하는 문인도 있는데 말이다.

당대 문단에서는 여류문인이 되는 것은 남성문인과의 '정실(情實)관계'를 가진자에게 국한되는 것 같다는 비판도 있었고, 유명한 신문잡지에 글 한편 발표하고 여류문인 행세를 한다는 비판도 많았다. 남성문인

---

55) 박화성, 「소설『백화』에 대하여」, 『박화성 문학전집18』, 푸른사상, 2004. (『동광』, 1932.11.)
56) 박화성, 「여류작가가 되기까지의 고심담」, 『신가정』, 1935.12. 44-45쪽.
57) 한효, 「평론가로서 작가에게 보내는 편지」, 『박화성 문학전집18』, 푸른사상, 2004. 320쪽. (『신동아』, 1936.3.)

이 신문잡지의 편집자인 경우가 많았으므로 결국 여류문인, 저널, 남성 문인의 관계가 큰 논란거리가 되는 것이 현실이었는데, 자신이 이광수, 동아일보와 직접적으로 얽히고, 유명해졌으면서도 자신에게로 향하는 의혹과 비난을 현실적 토대 위에서 냉철하게 파악하는 능력을 보여주지 못하고, 억울하다는 말만 되풀이한다.

기억해야 하는 것은 바로 박화성이 격분에 차서 실명을 거론하며 하소연을 하는 이런 감정적 반응이 또 논란거리가 되고 가십이 되면서 그의 입지를 다지는 데 영향력을 행사했다는 점이다. 이는 매우 논리적이고 이성적으로 조선의 문단을 진단58)하고 있는 임순득이 오히려 글에 사적 감정, 개인사를 드러내지 않음으로써 저널리즘의 수혜를 누리지 못하는 것과 대조된다. 논란의 대상이 되지 않았던 임순득은 당대에 큰 주목을 받지 못했지만, 박화성은 '우스운 레테르' 덕에 더 쉽게 이름을 알릴 수 있었던 것은 사실이다. 박화성은 이광수를 부정하는 상징적 행보를 보임으로써 조선문단은 자신의 고유한 능력과 가치를 인정하라는 투쟁을 했지만, 정작 그의 이름과 작품을 널리 알리는 데는 부정하고자 했던 내용—이광수와의 관계—이 저널을 통해 확산된 데 힘입은 바가 적지 않다59).

---

58) 임순득, 「여류작가의 지위—특히 작가 이전에 관하야」, 『조선일보』1937.6.30.-7.4; 「창작과 태도—세계관의 재건을 위하여」, 『조선일보』1937.10.15.-10.2;「여류작가 재인식론—여류문학 선집 중에서」, 『조선일보』1938.1.28.-23; 「불효기에 처한 조선여성작가론」, 『여성』, 1940.9.

59) 이러한 상황이 1930년대 여성문인을 한덩어리로 묶어서 단순화하는 빌미를 제공했을 것이다. 그러나 이것은 여성의 담론이다. 남성의 담론에서 박화성은 논란이 되더라도 중심에 사생활이 아니라 언제나 작품이 있다는 것으로 다른 여류문사들과 구분이 되며, 더 많은 남성담론에서 박화성, 강경애 등은 '여성작가'로 대접(인정) 받으며 '여류문사'와 구분되고 있음을 볼 수 있다.

5) 문제적 인물과 여성문학사

1930년대 초 이혜정은 '여류작가'라는 호칭을 만들어 유명세를 타게 한 것은 저널리즘(잡지편집자들)이었는데, 그 저널리즘에 의해 여류작가가 작가적 소양이 부족하다고 비판받는 것은 앞뒤가 맞지 않는다고 억울해 했다. 당대 여성필자들도 동의하듯이 그 시기는 "습작시대에 있다고 보는 것이 타당"[60]한데, 그들을 과장하여 추켜세우는 것이나 비판하는 것 모두가 상업적으로 이용하는 것이라고 진단했던 것이다. 문제는 그 습작시간이 너무 길었으며, 문단 활동은 물론 다른 텍스트를 통해서라도 성장하는 자신을 보여주지 못했다는 데 있다. 1930년대 말까지도 좌담회나 잡문 등으로 이름만 알리면서 여류문인이라는 명성을 이어갔던 것이다. 이렇게 여류문학이 저조한 이유를 김남천은 직업으로서의 문학인으로 각오가 부족한 데서 찾았다. 그들의 텍스트에서 현실인식의 노력, 문학에 대한 치열한 공부, 주제탐구를 위한 집요한 관찰 등이 포착되지 않기 때문이다. 그것이 작품을 구성하고 주제를 드러내는 문학창작의 방법론의 문제가 아니었다는 것을, 이 글에서는 당대 여류문인들의 저널활동을 통해 살펴보았다. 여류문인들을 두고 소녀(문학), 학생(작품), 감상적 센티멘탈리즘, (지적)허영, 비현실적 글쓰기 등으로 비판한 것은 그들의 삶, 가치관, 현실을 바라보는 태도와 관련이 된다. 당대 여류문인에 대한 비판을 두고 여성들을 문단에서 배제하기 위한 지배담론의 전략이었다고 일반화할 수 없는 이유가 여기에 있다.

여성문학사를 연구하고 새롭게 구성하고 있는 이상경은 이 글의 입장이 당대 남성비평가들이 만들어 놓은, 여류문인을 타자화하는 남성

---

60) 이혜정, 「억울한 여류작가」, 『신여성』, 1932.8. 38-39쪽.

중심적 담론을 그대로 답습하는 연구 경향이라고 비판[61]하며, 당대 남성지배 담론은 물론 그것을 반복하면서 그 담론이 침묵하도록 만들었던 존재(담론)를 탐구해야 할 것을 제기[62]하였다. 문제는 침묵하던 존재(담론)들의 흔적을 찾기가 쉽지 않다는 것이다. 그것이 당대 매체가 주류에서 배제했던 결과일 것이다. 그래서 이 글에서는 반복적으로 호명되는 여류문사들을 정당하게 평가하기 위해 그들의 저널활동을 살펴보았다. 여류문인들에게로 향했던 당대의 비판—지적 허영, 비현실적, 소녀문학 등—이 지배담론의 편견이고, 여류문인은 남성시각의 피해자라는 식의 일반화는 당대 널리 알려졌던 여류문인들의 실제 저널활동을 은폐하는 것일 수 있다. 특히 모윤숙, 노천명, 이선희, 장덕조 등은 지금까지도 여류문인을 언급할 때마다 반복적으로 호명되는 인물들인데, 여성문학사는 여류문인에 대한 부정적 의미가 소문과 루머에 의해서 만들어진 전략적 담론이라고 일반화할 수 있는 것인지부터 검증하고, 문학사에 어떤 의미로 편입시킬 것인지 고민해야 할 것이다.

당대 백철은 이선희를 두고 "이선희는 결코 첨단적 유행가도 아니요 바눌 같이 예민한 신경을 가진 여기자깜은 더군다나 아니요 속무적요소(俗務的要素)가 지극히 풍부한 가정의여인[63]"이라고 평가했다. 이글에서는 여류문인의 저널활동을 남성문인, 가정부인, 외국유학파와 비교해 본 결과, 1930년대 이선희뿐만 아니라 모윤숙, 허영숙, 노천명 등의 지적 수준, 문학적 안목이 교육받은 엘리트에 대한 기대에 미치지 못했다는 것을 밝혔다. 아울러 조선 현실과는 동떨어진 감각으로 문장

---

61) 이상경, 「여성 활동가와 모던 걸 사이에서」, 『문학사상』, 2002.1.
62) 이상경, 「1930년대의 신여성과 여성작가의 계보연구」, 『여성문학연구』12호, 2004.12;
　　「식민지에서의 민족과 여성의 문제—최정희와 임순득」, 『실천문학』, 2003. 봄; 「임순득, 혹은 여성문학사의 재구성」, 『한국 근대여성문학사론』, 소명, 2002. 등 참고.
63) 장덕조, 「동무 이선희」, 『여성』, 1939.9. 49쪽.

을 만들고 있다는 것도 보았다. 여성문학사의 1930년대 장에서 그들을 어떻게 의미화할 것인지에 대한 논의가 새롭게 필요한 이유이다. 습관적으로, 무비판적으로 여성문인으로 호명하는 것에 문제의식을 가질 때 여성문학사는 제대로 쓰여질 수 있을 것이며, 당대 남성들의 폄하와 비난에도 제대로 대응할 수 있을 것이다. 이선희, 허영숙, 장덕조 등을 계속 여성문인으로 호명하고, 모윤숙을 1930년대에서 어떻게 의미화할 것인지를 고민하지 않는 논의에서는 당대의 비판을 반박하기 어렵다. 여류문인들에게 부과되었던 부정적 평가의 대부분은 그들이 원인을 제공하고 있기 때문이다.

수적으로 적어서 호명할 수밖에 없다는 것은 과거의 오류를 반복하는 것밖에 되지 않는다. 저들이 여류문인의 타이틀을 유지할 수 있었던 것은 '수적으로 적어서 지나친 귀여움을 받았'던 때문이라고 이미 당대에서 지적하고 있기 때문이다. 우리는 이미 호명되는 것 자체가 권력이 된다는 점을 1930년대의 저널리즘으로 확인하였고 그것을 비판하여 왔다. 여성문학사를 빈곤하게 하는 것은 수적으로 적음이 아니라, 냉철하게 여류문인의 실제활동에 접근하는 작업을 미루는 것, 그래서 내용 없이 여성문인으로 범주화되고 있는 인물들을 계속 호명하는 것에서 비롯될 것이다.

2. '신여성이라는 현실'이 재현되는 다른 방식
― 이선희, 박화성, 강경애를 대상으로

1) 현실적 삶과 구분되는 현실 재현

1930년대 '여류문사'로 불린 모윤숙, 최정희, 이선희, 노천명, 장덕조 등은 2세대 여성문인들로 구분된다. 그들은 당대 매체에서 문학작품보다는 공개장, 좌담회, 방문기, 탐방기, 만담, 문인인상기, 소식란을 통해 연애, 결혼, 이혼, 직업, 출신학교 등으로 담론화되었다. 신변잡사를 통해 볼거리의 대상으로 문단에 포섭되면서 그들에 관한 이야기는 작품(수준)과 동일시[1]되었고, 여류문사는 "궁상을 떨지 않는 사람" "집안일을 하는 사람이 따로 있으며" "손이 많이 가는 흰치마에 보랏빛 깨끼 저고리를 늘 입는 사람" "남편의 외조로 경제적 곤궁이나 가정의 잡무, 육아에 얽매이지 않는 환경을 가진자"[2], 학벌 등의 정실관계로 문단에 안착한 사람들로 이미지를 굳힌다. 그들은 조선의 현실과 동떨어진 삶을 사는 유한 계급이자 전문성이 떨어지는 글(잡문)을 쓰는 여사들로 분류되면서, 가정을 이탈한 여성들의 비생산적 행위를 재현하거나 허영적

---

1) 심진경, 「문단의 '여류'와 '여류문단'」, 『상허학보』13집, 상허학회, 2004, 292-295쪽.
2) 이선희, 「동무 장덕조」; 장덕조, 「동무 이선희」, 『여성』, 1938.9.

이고 물신주의적 태도를 보인다고 비판받아 왔다.

근래, 궁핍한 식민지 현실과 근대 도시문화가 교착하던 1930년대 속에서 식민지 본국의 대도시를 동경하는 피식민지인의 개인적 욕망을 드러냄으로써 부르주아적 감수성과 근대 체험자로서의 새로운 감각과 취미의 발견을 보여준다고 재평가되고[3] 있지만, 1930년대 여성작가들에 대한 접근 방법은 여전히 박화성, 강경애, 백신애와 이선희, 장덕조, 노천명, 모윤숙으로 구분하는 방식을 넘어서지 못하고 있다. 즉 리얼리즘 계열의 작품을 생산한 작가들은 당대의 현실과 문제적 지점을 효과적으로 형상화했다고 평가되며, 그 반대쪽에 있는 작가들을 향해서는 식민지 모순에 대한 현실 인식 없이 도시문화를 탐닉하였다거나 식민지라는 특수성 안에서 식민지 여성으로서의 주체성을 확보하고 있다는 내용으로 반복된다.

문제는 당대 여성작가들의 작품을 리얼리즘 계열과 부르주아 감성을 드러낸 작품으로 구분하지 않은 상태에서 읽었을 때 상당히 낯선 사실들이 드러난다는 점이다. 그것은 기존의 평가들과 상반된다고도 볼 수 있는데, 작품에 등장하는 여류문사를 포함한 신여성[4]이 박화성, 강경애에게서는 가부장체제에 순응하는 수동적인 인물로, 현실성을 확

---

3) 오태호, 「이선희 소설에 나타난 젠더의식 연구」, 『한국문학이론과 비평』48집, 2010.9.
　　서지영, 「산책, 응시, 젠더: 1920-30년대 '여성 산책자'의 존재방식」, 『한국근대문학연구』21, 2010.4.
　　하신애, 「식민지 여성 소비자와 1930년대 후반의 근대 인식」, 『한국현대문학연구』37, 2012.
　　이선옥, 「이선희-집과 거리의 긴장의 미학」, 『역사비평』39, 역사비평사, 1997.5.
4) 신여성의 범주는 매우 넓다. 의미를 확장하면 신문물을 소비하는 외형적인 이미지와 동일시되어, 기생, 카페여급, 여배우, 모던걸까지를 모두 포함할 수 있다(임옥희, 「신여성의 범주화를 위한 시론」, 『한국의 식민지 근대와 여성공간』, 여이연, 2004. 참조). 이 글에서는 박화성, 강경애, 이선희의 소설에 등장하는 여성들 중에서 근대 제도교육을 받은 여성과 여류문사로 한정한다.

보하지 못한다고 비판받아 온 이선희의 작품에서는 1930년대 현실을 의식하고 있는 모습으로 재현되고 있다. 그렇다면 박화성, 강경애를 두고 당대의 현실과 문제적 지점을 효과적으로 형상화하고 있다고 한 기존의 평가에 의문이 생기게 된다. 삶의 기반과 지향점이 바로 현실을 구성하는 눈이라면, 그동안 그 눈을 한 곳에만 맞추어 온 것이 아닌가 하는 의문 말이다. 이것은 이선희 등의 유한계급이 현실에 무지하거나 비현실적인 것이 아니라 또 다른 현실을 형상화하고 있었던 것은 아닐까 하는 생각으로 확장된다.

그래서 이 글에서는 1930년 당대부터 구분되었던[5] 박화성, 강경애와 다양한 신변잡사를 통해 부르주아적 생활 감각을 드러내면서 그에 상응하는 소설 세계를 구축한 이선희의 텍스트를 대상으로[6], 신여성이 어떻게 형상화되고 있는지, 재현된 신여성은 비참한 조선 민중현실을 어떤 시선으로 바라보고 있는지를 비교할 것이다. 그 결과는, 당대는 물론 최근까지도 현실에 무지하다고 비난[7]을 받았던 부르주아 여류문사(이선희)의 텍스트가 특정 영역에 대한 현실적 고민을 보여주고 있음을 밝힌다는 점에서 의미가 있다. 아울러 1930년 당대 여성작가들이 '신여성이라는 현실'을 어떻게 다르게 재구성하고 있는지도 눈여겨 볼 부분이다.

---

5) "현재 여성작가로 논의할만한 대상은 박화성, 강경애" 등의 표현으로 구분하였다. 양주동, 김림, 「여류문인」, 『신가정』, 1934.2. 36-39쪽; 이청, 「여류작품 총관」, 『신가정』, 1935.12; 안함광 「여류문사에 대하여」, 『비판』, 1933.3; 이무영, 「여류작가 槪評」, 『신가정』, 1934.2; 김팔봉 , 「구각에서의 탈출: 조선의 여성작가 제씨에게」, 『신가정』, 1935.1. 76-77쪽.
6) 이 글에서 다루는 텍스트는 박화성 <신혼여행>, 강경애 <그 여자>, <원고료 이백원>, 이선희 <가등>, <계산서>, <탕자>다.
7) 이은주, 「여류문인의 저널활동과 여성문학사」, 『현대문학이론연구』46집, 현대문학이론학회, 2011.9.

2) 1930년대, 여류문인, 현실

1930년대 경성은 근대 문물이 들어오면서 서구 도시문화와 유사한 스펙터클을 체험할 수 있는 공간이 되었다. 동시에 "경성부에서 10만 명에 이르는 극빈자 계급, 100만에 가까운 조선의 실업자수, 북부 경성의 '빈민촌화' 등에 관한 기사들은 당시 식민지 도시 경성의 불균형한 개발과 조선인의 빈곤을 시사한다"[8]. 식민지 도시의 자본주의화가 만들어 내는 계급적 격차는 날로 심화되었는데, 그 시공간에서 살고 있는 다양한 사람들이 당대를 유사하게 경험할 수는 없었을 거라고 짐작할 수 있다. 이국적 정서나 개인 욕망에 치중하고 있는 이선희의 소설이 박화성과 강경애의 소설에서 볼 수 있는 빈궁의 체험이나 환멸스러운 현실에 대한 시선과 격차를 드러낸다고 하여 "이 사람들도 조선 사람인가, 아니 조선 여자들인가? 우리의 생활감정과는 하나도 통하지 않는"[9]다고 당대와 같은 비판을 반복할 수만은 없는 이유가 여기에 있다.

현실은, 다르게 현상하는 온갖 것들을 특정 맥락 속에서 전유하려는 인간의 욕망(의지)에 의해, 관념적으로 구성되는 것이다. 나를 중심에 둔 경험 체계를 넘어서는, 있는 그대로의 현실이라는 것을 상상할 수는 없다[10]는 의미이다. 현실은 그것을 말하는 사람이 있다는 점에서 담론화된 것이고, 누가 말하느냐에 따라서 다르게 서술될 수밖에 없다[11]. 즉 현실이 재현되고 구성되는 것이라면 그것은 "쓰고 있는 자가 속해

---

8) 서지영, 「산책, 응시, 젠더: 1920–30년대 '여성 산책자'의 존재 방식」, 『한국근대문학연구』21, 2010.4. 220쪽.
9) 임순득, 「불효기에 처한 조선여류작가론」, 『여성』, 1940.9. 52쪽.
10) 이경훈, 「현실의 전유, 텍스트의 공유」, 『상허학보』19, 상허학회, 2007.2. 83-86쪽.
11) 강정구, 「창비 세대와 그 이후의 '현실', 그리고 리얼리즘」, 『계간 시작』8권 3호, 2009.8. 66쪽.

있는 문화나 그룹에 대한 중요성을 기준으로"[12] 하게 된다는 뜻이다.

이미 임화는 작가의 상상물인 문학작품이 예술이 될 수 있는 이유를 "작가가 실존한 인간생활에서 출발하여 잡연한 세부를 정리하고 중요하고 중요치 않은 것을 나누어 실제 있는 것보다 일층 정교한 전형으로 재현시켰기 때문"[13]이라고 하면서, 현실을 작가의 눈과 연관하여 논의하였다.

> 문학의 세계란 작가의 '눈'을 통하여 독자 앞에 전개된 현실세계 그것이다……. 바로 작가의 '눈'이란 작품 위에 현실세계를 반영할 뿐 아니라 작가 자신의 자태를 투영하는 '렌즈'다. 작품 가운데는 우리의 생활이 있을 뿐 아니라 작가 자신의 생활이 있다……. 작가는 작품 가운데 하나의 세계상을 보여주나 그 세계상은 작가의 독특한 혈색으로 항상 농후하게 착색되어 있는 것이다…… 작가는 자기의 '피'가 될 영양물을 전혀 현실생활이란 토양에서 섭취하는 수밖에 없는 것이라…[14]

1930년대 사실주의 이론 논쟁에서 창작방법론을 따질 때도 "현실 인식의 문제와 표현 방식의 문제가 모두 중요한 것이며 작가가 현실을 인식하고 표현하는 일이 결코 단선적으로 도식화될 수는 없는 일임을 강조"[15]하면서 이론이 유입되었고, "작가가 속한 계급과 집단적 현실의 반영이라는 측면에서"[16] 논의가 지속되었다. 1930년대 부르주아 감성

---

12) 헤이든 화이트, 「리얼리티 제시에서의 서술성의 가치」, 『현대 서술 이론의 흐름』, 전은경 옮김, 솔, 1997, 191쪽.
13) 임화, 「주체의 재건과 문학의 세계」, 『임화전집3: 문학의 논리 』, 솔, 2009, 58쪽.
14) 임화, 「작가의 '눈'과 문학의 세계」, 위의 책, 226-227쪽.
15) 김영민, 『한국 근대문학 비평사』, 소명, 1999, 397쪽.
16) 김영민, 위의 책, 425쪽.

을 드러낸다고 이야기되는 작가를 두고 '조선의 비참한 현실'을 작품에서 다루고 있는가, 아닌가의 기준으로 살핀다는 것은 '단선적이고 도식적인' 일이 될 수밖에 없을 것이다. 1930년대 등장한 여류문사들의 삶의 기반, 현실생활이라는 것이 생존을 위협받는 환경에서 삶을 견뎠던 일반 민중들의 삶과는 동떨어져 있었기 때문이다.

그렇다면 1930년대 부르주아 감성을 드러낸다고 비판 받아온 여류문사들의 삶은 어떠했는가.

> 윤숙: 선히!(이선희) 노래나하나 하우
> 덕조: 내 우름이 터지면 어쩌나
>
> 리선희씨 얼마간사양을 하다가 솔베―지쑹을 부르고, 덕조씨는 윤숙씨의 무릅우에 몸을 싣고 설어워 웁니다
> 노래와 우름이 지난뒤 '조타'·'깁브다'·'이모임이 비극을 나을 중조라'·'우리중에 하나가 죽을 것 갔다' 등의 이야기가 있은 다음 또 찬송가를 부른다……이렇게 부르고 싶은 찬미를 추려 마음껏 부릅니다. 하나 마음은 더 설고 더 안타가웠든가바요. 유쾌하다고는 하면서도 괴로워하고 슬퍼하면서도 웬 까닭인지 몰으겠습니다. 유쾌한 절정에서 비애를 느낀다는 것이 모순된 일인줄도 그분들은 다―잘알 것입니다. 한숨과 괴롬과 비애를 버리지 못한 채 밤아홉시가 되어 그분들을 어느 찻집 앞에서 자동차를 돌려보내고 아이스크림, 소―다수, 아이스커피를 마시며 음악을 드르며 또 이야기의 시간을 보냅니다[17].

당대 가정부인들은 돈을 벌기 위해 가정 내에서 바느질, 양계, 양봉 등의 일을 했으며, 농촌 피폐는 극에 달했고[18], 몰락농의 상당수는 자

---

17) 모윤숙, 이선희, 장덕조, 「여류문인 자동차 횡주기」, 『여성』, 1936.8. 8-9쪽.
18) 지수걸, 「식민지 농촌현실에 대한 상반된 문학적 형상화」, 『역사비평』22호, 역사

유노동자 또는 공장노동자가 되든가 생계를 위해 일본이나 만주 등지로 이주, 유랑하고 있었다.[19] 그런데 인용문에서는 젊은 가정부인들(모윤숙, 이선희, 장덕조)끼리 자동차를 타고 드라이브를 하다가, 밤 아홉 시에 찻집에 들러 아이스크림, 소다수, 아이스커피를 시키고 더 늦게까지 자유시간을 보내고 있다. 여류문사들의 이런 삶(현실)은, 서구지향적 취미, 감각, 풍속 등을 언급하지 않아도 당대 민중현실과 많이 동떨어져 있음을 알 수 있다. 1930년대 잡지매체로 확인할 수 있는 여류문사들의 생활이 대체로 이와 크게 다르지 않다.

> 사회자(김동환): 여러분은 빈민굴을 찾어가 본 적이 있습니까? 빈민굴은 우리 생활의 연장이요, 또 일면이니까 호기심으로서가 아니요, 진실로 우리들 자신의 생활을 해부, 묘사한다는 의미에서 가장 중요한 일면이 되는 것이니까요.
>
> 노천명: 예전 이전 문과 다닐적에 영어실습소가 서대문박 낭떠러지 우에 있었기에 그 앞을 지나가는 길에 (보았는데) 빈민들이 굼베지 모양으로 움실거리고 사는 양을 보고 현실이란 참으로 참혹하고나 하는 생각이 들어서 나도 장래에 작품을 쓰는날이 있다면 그것을 써보려고 했더니요, 그 때에는 머리 속에 그네들의 말과 호흡이 팽팽 돌더니만……
>
> 이선희: 그런데 었쩐지 조선의 최하층 생활 속에서는 그가 소설이 되고, 희곡이 되고, 시가 되고, 노래가 되어질 미감을 찾어낼 수가 없어요. 외국 같으면 그 생활이 아모리 추하고, 악하고, 가난하더래도, 또 싸홈과 질투와 살인과 강도

비평사, 1993.2. 202쪽.

19) 최창근, 「1920-30년대 목포 노동자들의 현실과 문학적 재현」, 『국어국문학』154호, 2010.4. 251쪽.

가 되푸리하더래도 그속에선 었쩐지 작가의 食味를 강렬

하게 당기는 '썸씽'이 있는드시 늣겨지지만요. 이것은 거

짓없는 나의 실감이여요.

최정희: 그야 그러치는 안켓지요. 서양작가들도 보잘 것 없는 소재

를 골나서 조직하고 묘사하고…… 발효식혀내니까……

그런 예술품이 되어진 것이 아니였을까요? … 조선적인

매력 있는 제재를 붓잡지 못했다면 그는 우리들 재조의

부족이 아닐까요.

이선희: 그러터래도 나는 었쩐지 달는 듯해요. 조선은 문화수준

이 아모래도 서양과 달르니까.

(중략)

모윤숙: 취재하기 위해서 일부러 법정 기록을 뒤지거나 죄인들보

러 나다닌 적은 저는 없으나…공포와 전율의 시간, 고민

과 절망의 심경, 이런 체험을 가져보았으면 거기에서 위

대한 작품이 써질 것 갓해져요. 저는 원래 미지근한 생활

이 실혀요. 아조 귀족이 되든지 그렇지 않으면 몸에 남루

를 걸친 유─고의 「노틀담 곱사둥 사나이」같은 거지의

생활을 하고 말든지, 한 개의 여성으로서도 푸리 마돈나

나 비아드릿치가 되든지 그렇지 않으면 아조 창부가 되

어버리든지……중간적 소시민 생활이 정말 실혀요.[20]

인용문에서 볼 수 있듯이, 여류문사들에게 공장 노동자들, 이주민들
의 빈한한 삶과 소시민 생활은, 자신들의 삶과 연계된 현실이 아니라
외국문학이나 남성문인들의 작품을 통해 간접적으로, 혹은 취재용으
로 접근할 수 있는 흥밋거리, 호기심, 바라보기의 대상 정도[21]였다는
것을 알 수 있다. 그렇기 때문에 궁핍한 생활을 했던 박화성 등과 비교

---

20) 모윤숙, 노천명, 이선희, 최정희, 김동환, 「여류작가 의회」, 『삼천리』10권 10호, 1938.10.1.
21) 이은주, 「여류문인의 저널활동과 여성문학사」, 『현대문학이론연구』46집, 2011. 161쪽.

하여 여류문사를 비참한 조선현실을 외면한 비현실적 존재들로만 평가하는 것은, 부르주아계층의 눈에서 재현(재구성)된 또 하나의 현실을 도외시하는 결과를 낳게 된다.

김남천은 문제적 현실에 처한 작가가 자기 폭로를 주저하고, 가면벗기를 기피하는 시민(부르주아) 사회의 처세술을 허영[22]이라고 비판했다. 하지만 그 허영과 자기과시가, 민중과 자신을 계급적으로 구분함으로써 자신의 정체성을 정립하였던 이광수의 엘리트주의[23]에 맞닿아 있음을 볼 때, 그리고 부르주아 문학의 제도적 정착과정에서 지속적으로 호명[24]된 사람이 이광수임을 염두에 둘 때, 1930년대 조선 사회 여성엘리트들, 즉 부르주아 여류문사들의 처세술은 삶의 한 방식으로 다루어볼 문제이다. 삶에 대응하는 방식을 통해 그 밑에 숨어 있는 문제적 현실을 공유할 수 있고, 공유된 경험을 교환하는 것이 현실인식이자 시대인식[25]이며, 그것을 통해 전망을 가능하게 하는 것이 문학(소설)이 지닌 '리얼'의 힘이자 기능일 것이기 때문이다. 그렇다면 1930년대 여성작가는 '여류문사(신여성)라는 현실'을 어떻게 재현하고 있는가.

---

22) 김남천, 「4월의 창작평」, 『김남천 전집I』, 박이정, 2000, 204-205쪽.
23) 하정일, 「자율적 개인과 부르주아 결사로서의 민족」, 『이광수 문학의 재인식』, 소명, 2009, 160-163쪽.
　　이광수의 엘리트주의는 문학적 걸작을 설명할 때에도 표출된다. 이광수는 연애를 그릴 때에도 "상류사회, 상류사회 중에도 유교육자, 유교육자 중에도 재모 유한 자", 즉 '상류사회의 재모를 겸비한 엘리트들'의 연애를 다루어야 문학적 걸작이 될 수 있다고 말한다. 하정일, 위의 글, 161쪽. 재인용.
24) 이봉범, 「1920년대 부르주아문학의 제도적 정착과 '조선문단'」, 『탈식민의 역학』, 소명, 2006, 155쪽.
25) 유종호, 「근대소설과 리얼리즘」, 『창작과 비평』11, 1976.3. 242쪽.

3) 부르주아 문학[26]에서 재현된 현실

(1) 여성작가가 그려내는 여류문인(신여성)

박화성의 <신혼여행(1934)>은 R보육학교 졸업반 복주와 성대의과 (城大醫科) 사년 준호의 신혼여행 과정을, '출발—호남선—목포—어촌 —새로운 출발'의 순서로 서사화하고 있다. 이들의 결혼식 풍경은 '너 울이 화려한 웨딩드레스, 셋이나 되는 들러리, 희고 붉은 장미로 장식 된 테이블, 신부 전담 미용사, 피로연회석' 등의 소재만으로도 1930년 대 부르주아 가정의 예식임을 알 수 있게 한다. 방학 20일 간을 신혼여 행 기간으로 잡을 만큼 모든 면에서 여유롭다고 할 수 있는데, 텍스트 에서는 준호를 전남 갑부의 아들로, 복주는 경성에서 유수한 실업가의 딸로 설정하고 있다.

"(복주) 부모는 준호가 시골사람이라고 꺼리는 것을 복주가 우겨서" 결혼에까지 이르게 되었다는 것으로 보아 복주는 결혼과 연애에 자유 로워진 1930년대 신여성들의 모습을 보인다고 할 수 있다. 그러나 이들 의 신혼여행은 복주가 그 행선지를 모르는 상태에서 준호가 내민 목포 행 삼 등 차표로 시작된다. "일등석을 이용할 자격을 가졌는데 부득부 득" 이 여행을 우긴 준호는 "복주가 일평생 살아야 도무지 구경 못할 곳"으로 간다고 말한다. 친구들의 부러움 속에서 치러진 화려한 결혼식 뒤의 이런 신혼여행에 대해 복주는 불만을 표현할 만하지만 자기 목소 리를 크게 내지 않는다.

이들의 신혼여행에서 눈여겨보아야 할 부분은 신교육을 받은 부르

---

26) 이선희, 노천명, 모윤숙, 장덕조 등의 문학을 일컫는 말로 개념 설정을 따로 하지는 않는다. 박화성, 강경애가 동반자작가로 활동하면서 리얼리즘 문학을 지향했다는 점에서 이와 구분된다는 의미로 사용하였다.

주아 여성이 자기가 살던 세계(현실)와 다른 세계를 '구경'하면서 보여주는 심경변화이다. 애초에 준호와 결혼하면서 지녔던 복주의 꿈은, 졸업 후 성대병원 연구과에 있을 남편과 모교에 취직한 자신이 문화주택에서 피아노를 사고 고급살림을 하다가, 남편이 개업하면 의사부인이 되든지 박사부인이 되는 것이었다. 그러나 삼 등 차표로 신혼여행을 시작한 준호는 벽촌에서 병원을 개업한 후 어민과 농민들의 건강을 돌보고 청년회관을 지어 청년들의 동무가 되겠다는 자신의 미래를 보여주기 위해 이 신혼여행을 계획한 것이다.

이 계획 속에서 준호가 호남선 주변의 평야를 바라보는 시선은 "훙, 이런 게 다 부자들의 창고를 채워 줄 풀밭이거든요. 전국의 부는 다 거기서 나오거든. 당신네 논도 거기 제일 많이 있을 게요. 아마 우리 아버지 몸뚱이에 흐르는 기름도 거기서 가장 많이 짜 왔을 걸요"로 서술된다. 근대 지식인 남성(준호)이 포착한 현실은 박화성이 현실을 보는 눈과 다르지 않다. 이에 대해 복주는 "생글생글 웃으며 준호를 쳐다보거나 손수건을 입에 대고 간드러지게 웃"을 뿐이다. 그러한 복주를 바라보는 준호는 "저 어린애를 어떻게 키워서 사람다운 사람을 만드나.", "우리 애기가 오늘 얼마나 컸나?", "오 마이 띠어(내 사랑), 어느 새 이런 말을 다할 줄 아나? 이건 정말 기특한데." 등으로 표현된다. 이것은 1930년 당대 매체에서 여류문사(신여성)를 '소녀, 화초'로 담론화하던[27] 방식과 다르지 않다.

신학문을 배우고 준호와 나이차도 없는 신여성이지만 박화성 <신혼

---

27) 김팔봉, 「구각에서의 탈출—조선의 여성작가제씨에게」, 『신가정』, 1935.1; 최정희, 「문인인상기」, 『문예월간』2권 1호, 1932.1; 민병휘, 「여류문사에 대하야」, 『비판』 1933.3; 홍구, 「1933년의 녀류작가의 군상」, 『삼천리』5권1호, 1933. 1.1; 김남천, 「여류문학 저조의 문제」, 『여성』, 1939.6; 최재서, 「여성, 문학, 가정」, 『여성』, 1938.2.

여행>의 복주는 '어린아이, 가르쳐야 될 사람, 가르치면 기특한 말을 할 줄은 아는 대상'으로 그려지고 있다. 그래서 신혼여행의 여정은 준호가 복주에게 조선의 빈궁한 실상을 보여주면서 그것을 어떻게 보는지를 묻고, 대답하며 무엇을 어떻게 봐야하는지를 가르쳐 주는 계몽의 서사가 된다. 그렇다보니 "어딜 가서든지 항상 방관하는 태도보다도 자신이 그 눈앞에 보이는 현실에 폭 들어가서 느껴보고 생각해 보고 알아보려는 그런 자세를 가져야 됩니다. 알아들었지요?" 류의 교시적 어투가 반복된다. 목포에 도착한 황혼 무렵 유달산의 집들이 어떻게 보이는지를 묻고 대답하는 과정에서 이러한 태도가 잘 드러난다.

> "아까 보니깐 유달산 중턱에 돼지우리 같은 움막집이 다닥다닥 붙어 있는 것이 우스워 보이더니만 지금 보니깐 불이 반짝반짝한 게 퍽 곱게 보여요"
> "움막집이 우습게 보입디까? 돼지우리 같은 그 움막 속에서 나마도 살겠다고 발버둥을 치며 낮이면 시장에 몰려나와서 자본가니 중산계급이니 소상이니 거간이니 들의 발부리에 채여가며 허덕이다가 밤이 되면 켜놓은 저 석유 등잔불들! 그것이 전등보다 아름답게 보여서야 되겠소? 움막집이 우습게 보이다가 애처로운 불들이 곱게 보이다가 그래서야 되나?"[28]

황혼 무렵 산동네에 다닥다닥 붙어 있는 것들이 움막집이라는 것을 알아볼 수 있을 때는 그것이 낯설고 신기해 보이다가, 집의 형체가 사라지고 불빛만 남게 되는 밤에는 그것이 곱게 보인다는 복주의 말은, 자신이 속하지 않은 타인의 세계를 바라보는 자의 가감 없는 시선일 것이다. 그러나 준호의 어조는 엄숙하고, 복주는 동감하면서 긴장하는 자

---

28) 박화성, 「신혼여행」, 『박화성 문학전집16』, 푸른사상사, 2004, 189쪽.

세가 된다. 그리고 "엄한 스승처럼 종아리를 때려가면서 가르칠 것은 가르쳐 주는 남편! 자모보다도 더 깊고 상냥스럽게 아끼고 귀여워하고 사랑해 주는 저 위대하고 고마운 남편"은, 신혼여행에 대해 잠시라도 불만을 가졌던 자신을 반성하게 만드는 존재가 된다.

신혼여행이 끝나갈 무렵, '파라솔'과 '핸드백'을 들고 결혼 선물로 받은 '털부채'로 부채질을 하던 복주, 보리밥을 꼭 한 번 먹어본 일이 있다던 복주는 '쓰린 현실'을 며칠 바라본 후 꿈꾸던 문화생활을 접고 다음과 같은 심경변화를 보이게 된다.

> 나는 당신의 아내! 내가 무슨 딴 생각이 있겠어요? 당신이 의사노릇을 하실 때 나는 간호부 노릇이라도 하겠고, 당신이 청년들의 선생이 되실 때 나는 이 섬의 어린아이들의 보모가 되겠어요. 그리고 밤이면 처녀들과 젊은 부인들을 위하여 내 힘과 몸이 자라는 데까지 야학이라도 세워서 정성껏 가르쳐 보겠어요, 준호 씨! 당신의 열정만 변치 말아주세요[29].

농어촌의 궁핍함, 조선 민중들의 비참한 생활, 목포의 퇴폐향락적 문화가 조선의 현실이라는 것은 의식 있는 신지식인 준호를 통해 작가의 의도대로 전달되고 있다. 그러나 그러한 실상을 처음 접하는 신여성 복주의 심경변화는 너무나도 단순하여 오히려 비현실적인 것이 되고 만다. 복주의 다짐은 지금까지 살아온 삶의 맥락에서 특정 계기에 의한 갈등을 통해 획득되는 자기의 것이 아니라 남편의 가르침을 배우고 따르는 것이 옳다는 당위적 지향에 의해 제시되는 선언문처럼 되고 말기 때문이다. 박화성의 <신혼여행>에서 교육받은 신여성은 여전히 계몽의 대상이고

---

29) 박화성, 「신혼여행」, 위의 책, 204쪽.

남편을 따르면서 "사람다운 사람이 되어가는 어린아이"일 뿐이다.

"리얼리즘 문학이 현실을 어떻게 반영하는가라는 문제"에서 "작가적 시각의 주객관적 통합과정을 거쳐 예술적 형상화라는 특수한 방식으로 일정한 시대의 객관적 현실을 반영한다"[30]는 1930년대 사실주의 이론을 염두에 두면, 박화성이 보여주는 1930년대 신여성 복주에게서는 여성 특유의 작가적 시선이 포착되지 않는다. 박화성이 형상화하고 있는 신여성은 1930년 당대 저널리즘이 담론화해 나간 여류문사의 모습과 일치하는데, 그것은 당대 문단의 남성(지배) 언술체계가 여성을 배제하고 주변화하는 전략적 방식[31]이었다. 그 방식을 그대로 답습하고 있는 박화성의 부르주아 신여성을, 그들의 현실을 객관적으로 반영하는 인물로 보기는 어렵다.

이 시기 근대적 교육을 받은 신여성들은 자유주의, 사회주의 계열 구분 없이 개인으로서의 자신을 자각하고 사회적 존재로서의 경제적 독립을 통한 여성해방을 지향했다[32]. 자유연애를 통해 자기욕망을 실현하는 것이 어떤 것인지를 감각적으로 알고 있고, "서구나 일본의 부르주아적 생활을 동경하면서" "근대교육을 통하여 바람직하게 생각하였던 개인주의적 삶, 근대적인 가족 생활"[33]을 이상화하고 있던, '경성의 유수한 실업가의 딸' 신여성 복주가 당면한 상황에서 갈등하고 저항하는 모습을 보이지 않는다는 것은 작가가 신여성의 현실을 객관화하지

---

30) 김영민, 앞의 책, 426쪽.
31) 심진경, 「문단의 '여류'와 '여류문단'」, 『상허학보』13집, 상허학회, 2004.
32) 김경일, 「1920-1930년대 한국의 신여성과 사회주의」, 『한국문화』36호, 서울대 규장각 한국학연구원, 2005.12; 김연숙, 「사회주의 사상의 수용과 여성작가의 정체성」, 『어문연구』제33권 4호, 2005. 겨울.
33) 권희영, 「한국의 근대성과 신여성의 병리」, 『정신문화연구』제25권 4호, 2002. 겨울, 181; 195쪽.

못한 결과라고 볼 수밖에 없다.

강경애의 <원고료 이백원>에 등장하는 여류문사도 계몽의 대상으로 재현된다. 화자인 여류문인은 신문에 장편소설을 연재하고 원고료로 이백원을 받는다. 그 돈으로 "가는 금반지, 시계, 남편의 양복" 등이 사고 싶었으나, 남편은 "웅호 동무를 입원" 시키고 "홍식 부인과 그 아이를 돌봐야"한다고 말한다. 의견 차이로 싸우던 남편은, "너도 요새 소위 모던껄이라는 두리홰눙년이 되고 싶은 게구나. 난 그런 일류 문인의 사내 될 자격은 못 가졌다. 머리를 지지고 볶고, 상판에 밀가루 칠을 하구, 금시계에 금강석 반지에 털외투를 입고, 입으로만 아! 무산자여 하고 부르짖는 그런 문인이 되고 싶단 말이지."라며 아내를 쫓아낸다.

쫓겨난 이 여성이 두려워하는 것은 경제적으로나 문화적으로 이혼녀로 살 자신이 없다는 것이다. 고향으로 돌아 갔을 때 고향 사람들의 비웃음을 감당할 자신이 없으며, 신문사나 잡지사에 취직을 하자니 "종래의 여기자들이 염문만 퍼뜨린 걸로 보아 나 역시 별다른 인간이 못 된다는 것"이고, 동경 유학을 떠나자니 돈이 없다. 결국 다시 돌아갈 곳은 남편 옆이라고 결론을 내리는 여류작가는 지금 헐벗지 않았으므로 더 바라는 자기 마음은 허영이었다고 정리하여, 물질 소비에 대한 자신의 욕망(텍스트의 표현을 빌리자면, 교환가치 향상에의 몰두)을 '낙오자요 퇴패자'의 것으로 만들어 버린다. 허영과 허튼 꿈, 공상에서 벗어난 자리는 삼남의 이재민, 빈한한 군중, 기아선상에서 헤매고 있는 전 세계의 무산 대중을 생각하며 사는 것이 차지하게 되며, 그것은 현실에 착안한, 사회적 가치를 향상시키는 삶이 된다.

1930년대 여류작가를 포함한 신여성들이 모두 부르주아 계층은 아니었다. 하지만 근대 교육기관과 근대적 직업군들이 경성에 밀집해 있었고, 조선 여학생의 70%(3천 4백여 명 정도)가 경성에 있었다고 추정되는[34] 현실에서, 당대 유행과 소비문화를 이끌었던 신여성(여학생)의 근대 물질문화에 대한 동경과 욕망은 생활감각으로 자리잡아가고 있었으며, 자신들이 지향해야 할 삶의 방식이기도 했다. 그런데 그 동경과 욕망이 신념을 따른다는 당위만으로 제어된다는 것은 당대 신여성의 현실성을 담보하기 어렵다. 더욱이 사회주의 여성해방 운동의 주도층이 신여성, 가정부인이었고, 여성해방 운동에서 우선적으로 전제했던 것이 신여성의 경제적 독립[35]이었는데, 강경애의 신여성에게서는 그러한 전망도 불투명한 것이 되고 만다.

이 소설에서 더 문제적인 것은 근대문물이 가시화되는 공간에서 그것을 누리고 소비하지 못하는 계층이 느꼈을 소외감이 첨예하게 주제로 부상하지 못한다는 점이다. 그 문제적 현실이 문제적으로 다루어질 가능성은 있었다. 원고료 이 백원을 받은 후, 양산과 털목도리, 시계로 상징되는 1930년대의 여학교 소비문화 속에서 소외되었던 자신의 학창시절을 떠올리는 장면과 자기가 번 돈을 어떻게 쓸 것인지를 상상하는 부분은 4쪽에 걸쳐 서술되며 1930년대 무산자 신여성의 현실성을 확보한다. 그러나 그것이 무산자 여성집단의 문제로 전면화되지 못한 상태에서 곧바로 부정해야 할 욕망으로 치부되고, 신여성은 남편이 요구했던 아내의 모습으로 돌아가게 된다.

'작가가 속한 계급과 집단적 현실의 반영[36]'이라는 1930년대 리얼리즘 지향을 굳이 언급하지 않더라도, 당대 무산계급이 소비, 물질에 대한 욕망과 그것의 좌절에서 경험했을 계급적 갈등은 '집단적 현실'로

---

34) 김수진, 『신여성, 근대의 과잉』, 소명, 2009, 76쪽.
35) 김경일, 앞의 글, 259쪽.
36) 김영민, 앞의 책, 425쪽.

형상화되어야 할 문제적 현실이다. 소비, 물질 욕망에 의해 작동되는 자본주의의 도래 속에서 그 욕망을 부정하는 것으로는 프롤레타리아의 현실을 전유했다고 보기는 어렵다. 또한 박화성의 복주처럼 섬마을에서 간호부 노릇을 하든, 청년들이나 어린아이들을 가르치는 야학 선생님이 되든, 그것은 어디까지나 남편이 의사를 할 때 그 옆에서 보조자 역할을 할 수 있다는 것이지, 자기 욕망을 충족하기 위해 결정한 자기 삶의 방식은 아니었다. 박화성의 <신혼여행>과 강경애의 <원고료 이백원>에서 신여성들은 반성하는 자아로 제시되기는 한다. 그런데 자기 반성의 계기이자 가치 기준은 여성(욕망)이 아니라 남편의 가치관이 된다. 그것이 늘 옳고 여성의 욕망과 감정은 반성의 대상이 되고 있다는 것은, 1930년대 가부장적 체제 안에서도 일탈과 독립을 욕망했던 신여성들의 현실과는 차이가 있다.

1930년대, 신여성의 감정적, 물질적 욕망을 집요하게 관찰하고 있는 작가가 이선희다. 그의 <가등>, <계산서>, <탕자>에는 박화성과 강경애의 작품에서는 볼 수 없는 신여성들이 등장한다. <가등>의 명희는 '날마다 어디든지 갔다 오려고 계획을 가진다. 하루라도 방 안에 들어앉아 있는 것은 도무지 견딜 수 없는 일'로 여겨지는 도시 사람이다. 그녀가 집을 나와 가는 곳은 '문화고급품을 늘어놓고 선량한 사람들의 눈동자를 유혹하는' 백화점이다. 명희에게 이 백화점이 있는 거리는 단순히 볼거리를 제공하는 공간이 아니다. 도시의 번화가는 '화려의 극치를 이루고 환락의 본원지인 것처럼 과장되어 보일 때'가 있는 곳이면서, 어떤 날은 '쓸쓸하고 가난하고 보잘 것 없어 측은하게' 보이기도 하는 곳이다.

이선희가 포착하고 있는 이 이중성이 식민지 신여성의 현실성을 담보한다. "도시 신여성을 중심으로 한 소비와 유행은 1930년대 더욱 확산되면서 소비문화의 대중화가 진전되었다."37) 그리고 그것은 각종 매체의 광고를 통해 당대인들에게 "당시의 현실, 또는 앞으로 나아가야 하고 자신들이 실천해가야 할 지향점"38)으로 수용된다. 그러나 여성들의 경제적 독립에 대한 욕구와 갈망을 충족시킬 수 있는 경제적 기반이 식민지 조선에서는 만들어지지 않았으며, 백화점의 상품을 실제로 소비할 수 있는 층은 매우 제한적이었다. 많은 경우 근대문화 향유와 체험은 간접적이거나 상황적인 것39)이 될 수밖에 없었다. 명희는 이 욕망(이상)과 현실 사이의 간극에서 이중적 태도를 보이는 것이며 그것이 당대 신여성의 현실성을 확보하게 된다.

이선희 <계산서>에서는 행복하게 잘 살던 신여성이 아이를 유산하면서 한 쪽 다리를 잃게 된 후 자신의 심경이 변해가는 과정을 집요하고 파헤친다. 아이를 잃은 슬픔, 모성애 등은 어디에서도 보이지 않는다. 임신을 알았을 때도 "나는 이 엄마가 된다는 새로운 사실을 하느님이 베푸신 이적이라고 생각한 일도 없고 우리들의 생을 무한히 연장시키는 것이라고 해석한 적도 없다." 나는 '그림이란 그림은 모조리 갔다가 벽이 보이지 않게 붙여놓고 기둥마다엔 조각 인형, 거울 같은 바이올린, 나중에는 고무로 만든 개까지 달아 매놓'는 수선을 피우면서, 한 쪽 다리를 잃은 후 자기를 버텨나가지 못하는 내면 변화에 집중할 뿐이다. 화장품에 쓰는 돈이 제일 아깝지 않았던 이 신여성은 '공연히 의붓자식처럼 눈치만 보이고 기운이 줄어들며 오랫동안 화장하기를 잊는'

---

37) 김경일, 「서울의 소비문화와 신여성: 1920-30년대를 중심으로」, 『서울학연구』19호, 서울시립대 서울학연구소, 2002.9. 235쪽.
38) 목수현, 「욕망으로서의 근대」, 『아시아문화』26호, 한림대 아시아문화연구소, 2010.8. 6쪽.
39) 김수진, 앞의 책, 97-100쪽.

것으로 정체성의 흔들림을 드러낸다. 급기야 남편의 슬픔은 자기를 위해서가 아니라 남편 자신을 위해서라는 생각을 하게 되고, 그것은 남편을 의심하는 데까지 이른다. 그렇게 변해가는 자신을 보면서 부부생활을 끝내야 될 때가 온 것이라고 생각한다. 부부생활을 끝내는 방법으로 내가 생각하는 것은 남편의 목숨을 받는 것이다.

그 생각을 정리하기 위해, 한쪽 다리를 잃은 몸으로 나는 현재 북국에 머물고 있다. <계산서>의 '내'가 현재 머물고 있는 북국의 추운 밤은, 강경애의 <원고료 이백원>에서 '내'가 쫓겨난 후 북국에서 지내는 밤의 모습과 비교할 만하다. 강경애의 '내'가 있는 북국은 남편에게 쫓기어 간 곳이고, 남편의 옆으로 돌아오기 위해 머무는 반성과 회개의 시공간으로 설정된다. 그래서 그곳의 찬바람은 남편의 화를 내던 그날의 차가움에 비할 바가 못 된다. 그러나 <계산서>에서 내가 있는 북국은 자발적으로 집을 떠나 머무르고 있는 곳이다. 나는 "아직 살인을 하지 않은 채" 이곳에 머무르고 있고, "얼마 동안 이곳에 더 머무를 것이다. 내 계산서를 완전히 청산할 때까지 이 땅에 더 있을 것"이라고 하여 삶의 중심은 자기임을 보여준다.

오로지 변해가는 자기 내면에 집중하고 있는 <계산서>의 나는, 어머니 눈치, 동네사람들의 수근거림, 도시의 소문들을 걱정하다 결국 자기에게 "치사한 년, 두리쾌능년"이라고 화를 냈던 남편에게로 돌아가는 <원고료 이백원>의 나와는 다르다. 이선희의 <탕자>역시 처음 보는 젊은 남자(등대지기)에게 이끌리고 그 모습을 잊을 수 없어 잠 못 이루는 신여성의 욕망이 그려지고 있다. 그녀는 자신의 욕망에 당황해하며, 그 욕망의 근원에 접근하고자 끊임없이 등대의 주변을 서성이는 자기의 심연에서 이야기(소설)가 끝날 때까지 빠져나오지 못한다.

(2) 재현된 신여성이 바라보는 농촌(농민), 노동자

박화성의 <신혼여행>에 등장하는 신여성 복주가 보게 되는 농,어촌은 '일평생 살아야 도무지 구경 못할 곳' '험한 곳'으로 설정된다. 그녀는, 홍수로 집과 농토를 잃은 노파를 만난 후 "비록 신문이 떠들며 수해 참상을 보도하였으나 자기와는 전연 거리가 멀다고만 생각하였던 현실이 완연한 사실로 자기 눈앞에 나타날 때 꿈에서 깬 듯한 놀라움과 동정이 가슴에서 들고 일어"남을 느끼며, "철도 연선의 산이나 들의 풍경은 호남선이 퍽이나 아름다워요. 그런데 생활 정도가 참혹한 까닭인지 차창에서 보이는 집들은 모두가 말이 아니"라고 놀라워하는 존재다.

목포 유달산 산동네를 본 복주는 산 중턱에 움막집이 다닥다닥 붙어 있는 것을 두고 '돼지우리' 같아 우스워 보인다고 한다. 하층민들의 삶은 짐승들의 삶에 비유되고 있는데, 이러한 시선은 어촌에 들렀을 때도 반복된다. "뻘 속에서 무엇인지를 더듬어 찾고 있는 부인들의 모양은 **사람이라는 것보다 짐승**이라고 하는 것이 적당"하며, 그들은 "바다에 얽매어서 허덕이며 살아가는 **가련한 한 동물**에 지나지 못하"고, "가정 생활이라는 것은 알고 보면 그야말로 **양키들의 가축 신세보다 몇 십 배 나 가련**"한 것이 되고 만다. 그렇기 때문에 그들에게는 "위생이라는 게 있을 리가" 없다. 이러한 남쪽 섬 지방을 '호기심'으로 '구경'하고 '놀라던' 복주는 '쓰린 현실'을 알게 해 준 남편에게 "나는 오히려 당신에게 감사해야 되겠어요. 꿈엔들 이런 세상이 있다는 것을 내가 어떻게 알았겠어요? 난 오늘 가슴이 어떻게 뻐근하고 쓰리고 갑갑한지 어쩔 줄을 모르겠"다고 한다.

1930년대는 민족해방 운동이나 지성사적인 측면 또는 사회경제면에서 새로운 전기를 마련하는 시기였다. 1920년대부터 성장해 온 사회운동이 구체 현실에 맞는 사회운동으로 성장하였고, 이를 바탕으로 한 지식인들의 민중생활 이해도 구체 실상에 근접하게 되었다. 이는 사회주의 세력이나 민족개량주의 세력이나 마찬가지의 성과를 거두는 지점이 되면서 극도로 피폐해지는 노동자, 농민, 농업현실[40]은 이들의 인식을 더욱 진지하게 만들었다[41]고 평가된다. 그 결과 준호와 같은 지주의 아들도 그런 진지함을 드러내는 지식인으로 재현될 수 있다. 그러나 부르주아 신여성 복주에게 조선의 궁핍한 현실은 '꿈에도 알 수 없었던 세상'이며 남편을 통해 비로소 알 수 있게 되는 다른 세상이다. 동시에 일반적인 신혼여행지로 선택되는 '몽금포와 온천' 등은 '오락적이고 향락적인 곳', 신흥도시 목포는 퇴폐적 타락이 현상하는 곳으로 분류된다. 그리하여 복주와 준호는 인간 이하의 삶을 사는 가련한 조선 하층민들 위에서 "농민들의 건강의 아버지"가 되어야 하고 그들을 '지도'해야 하며 건전한 마을 문화를 위해 '청년회관이라도 다시 지어'야 한다. 여기서는, 어린아이이자 계몽의 대상이었던 신여성이 민중 앞에서는 지도자가 되는 아이러니가 발생하게 된다.

이렇게 신여성이 지방, 농어촌, 농어민, 노동자를 하위 계급으로 위계화하는 시선을 극대화하고 있는 소설이 강경애의 <그 여자>이다. 신여성 그 여자는 "장난 비슷하게 신문, 잡지에 글을 써보내다가 일약 여류문사가 되어버린" 마리아이다. 그녀는 "쉽사리 여류작가가 된 것을 반성하지는 않는" 사람이며, 오히려 "자기와 같은 재사(才士)는 드물다"고 여기는 사람이다. "길가에 나서면 모든 사람들의 눈이 자기 한 사람에게로 집

---

40) 최창근, 「1920-30년대 목포 노동자들의 현실과 문학적 재현」, 『국어국문학』154호. 2010. 4. 참조.
41) 이경란, 「1930년대 농민소설을 통해 본 '식민지 근대화'와 농민생활」, 『일제의 식민지배와 일상생활』, 혜안, 2004, 388-389쪽.

중된 듯하며 그만큼 자기는 인기 인물 같이 생각"하고 있기도 하다.

그녀는 오늘 외촌에 강연을 하러 간다. 원고를 준비하던 마리아는 '그들이 알아들을까? 하고 얼굴을 찌푸'린다. "그가 고향에서 본 농부들이란 오직 먹는 것과 애 낳는 것, 일하는 것밖에는 아무것도 모르"며, "그들 중 무엇을 안다는 것을 기어코 지정하자면 고담에 나오는 유충열이나 조웅을 알 법이지, 그 외에는 나라가 어찌 되는지 민족이 어찌 되는지 그저 태평"인 사람들이기 때문이다. 그들은 "뫼산자 보에다 바가지 몇 짝을 달아매고 구럭짐 몇짐 짊어지고 어린 것들을 앞세우고 나서면서까지도 어째서 자기네는 그리운 고향을 등지게 되나? 어째서 가산을 탕패케 되었나?를 생각해 보지 못하고 자신들의 설움과 생활난을 다만 운명에 돌리고 못나게 우는 농부들"이다.

마리아는 "제일 못난 것이 농부들인 동시에 제일 불쌍한 사람이 농부들"이며, "구할래야 구할 수 없는 그런 불쌍한 인간들"이 농부들이라고 생각한다. 그래서 강연의 목적도 "문예가는 때때로 여행도 해야 한다"는 것에 맞춰져 있으며, "농부들보다도 농촌의 자연미를 구경하는 호기심 그것에서 어떤 명작이나 하나 얻을까 하는 기대를 갖"고 마차를 타고 외촌으로 향하게 된다. 말을 모는 마부가 이를 닦지 않고 웃자 마리아는 "저것들도 인간이라고 할가?" 하여, <신혼여행>에서의 복주와 준호가 보여준 시선을 보여준다. 복주와 준호의 시선이 가련함으로 이어지는 것과 달리 마리아의 시선은 경멸과 환멸로 이어지는 차이를 보이지만, 위계화된 시선을 유지한다는 점에서는 동일하다.

이러한 마리아의 시선은 극대화되어 강연을 듣기 위해 모인 외촌 농부들은 "모두가 흑인종" 같이 보이고, "그 옷주제며 햇빛에 그을 대로 그을은 얼굴들이 바라보기에도 끔찍"한 것으로 재현된다. 그리하여

"자기는 닭의 무리에 봉이 한 마리 섞인 듯하고 혹인종에 백인종이 섞인 듯한 느낌"으로 자리하게 된다. 그래서 그 속마음은 "저들이 나를 얼마나 곱게 볼까. 내 말에 얼마나 감복이 될까…하는 생각"이 지배하게 되고, 그 마음으로 노동자, 농민을 부르짖고 현대 조선 사회상을 들추어낸다. 그러나 마리아가 생각하는 것과 달리 모여든 군중은 마리아를 '어여쁜 인형이 기계적으로 말하는' 것 같다고 여기고, '공부한 신여성', 무엇을 안다는 여자는 다 저 모양이지 하는 생각만으로 비웃음과 함께 앉아 있다.

마리아 역시 그 비웃음을 느끼지만 "적어도 나는 조선의 최고 학부를 마치었으며 더구나 조선에서 드문 여류작가이고 게다가 어여쁜 미모의 주인공이다, 이러한 생각을 하며 **까칠한 눈으로 그들을 노려보았다. 그 입모습에는 확실히 비웃음이 떠돌았다…… '농민이 아니냐'" 하고 마리아는 그들을 얕잡아 보고 있는 것이다.**

박화성이 보여주는 신여성은 계몽의 대상이었다. 그들이 가르치면 바뀔 수 있는 대상으로 재현된다는 것은 당대 매체들이 여류문사(신여성)를 소녀, 어린아이로 담론화하던 맥락과 다르지 않다. 그래서 그녀들이 바라보는 조선의 비참한 현실 공간은, 구조적 모순에 대해 문제제기하고 개혁해야 할 공간으로 이야기되지 못하고, 연민과 동정의 공간, 혹은 희생이 필요한 곳이 된다. 강경애가 보여주는 여류문사 역시 부정성이 강조된 인물이다. 강경애는 여류문사와 농민들의 대립관계를 극대화하기 위해 1930년대 소문과 루머로 형성되던 여류문사(신여성)의 이미지를 그대로 재현하고 있다. 박화성, 강경애 두 작가 모두 조선의 비참한 현실을 문제적으로 다루는 데서는 호평을 받는 여성문인이었음에도, 당대 신여성과 그들이 바라보는 조선 현실을 재현하는 데서는, 지배(남성)담론을 넘어서는 여성작가 특유의 시선을 보여주지는 못하고 있다.

이선희 <계산서>에서 신여성이 바라보는 농어촌은 자아를 표현하기 위한 배경으로서의 자연으로 재현된다. 그들에게 중요한 것은 자기의 욕망과 내면 탐색이므로 농어촌이라는 공간은 산과들, 바다로만 존재한다. 조선에서 이주해간 사람들이 많이 사는 곳, 만주는 힘겨운 삶의 터전으로 묘사되지 않고 "바람이 모래알을 몰아다가 내 방문 창호지 위에 탁—뿜고 내빼"며 나의 외로움을 극대화하는 공간이 된다. 내가 머물게 된 부락은 "대다수의 호인과 약간의 우리 동포들이 살고 있고 그 가운데 어디서 흘러왔는지 모르는 두어 가족의 백계 노인이" 있는 걸로만 소개되며, 빵장사하는 백계노인의 집에 유숙하기로 결정한 것은 "이왕이면 좀 더 여러 가지의 생활을 씹어보려"는 이유에서다. 내가 쓸 방은 삼면이 흙벽으로 되고 바닥은 마루를 깔지 않고 맨봉당으로 되었는데" 그것은 "카—챠 차이콥스키—또네치카—**내 신세와 같이 영원한 거지들**"을 환기시킨다. 자연과 외부 현실은 자신의 심경을 드러내고자 하는 의도에 맞게 재구성되는 대상물이다.

이선희 <탕자>의 배경이 되고 있는 섬 역시, 박화성이 보여주었던 복주와 준호의 어촌 섬마을과 다르다. <탕자>에서 내가 보는 빈 배 한 척은 "해적선에서 모반하는 놈을 목을 매달아 말리는 것"을 생각하게 하고 "어쩐지 이 무인절도에 빈 배가 끔찍이 무시무시" 한 이야기를 상상하게 하면서 "여기에 무슨 옛날 로맨스라도 있을 성 싶게 생각되"는 곳이다. 동백나무를 보고는 "동백꽃을 사랑했다는 '말그리트 고오체'의 그 슬픈 이야기를 생각해서 무슨 불길한 예감"을 느끼게 하는 공간이 된다. 등대지기조차도 "그 사람은 얼굴이 희다 못해 창백하고 머리는 긴데 그 표정이란 처참하리만치 날카로운" 모습이다. 그는 "우리는 극도의 정신주의자가 됩니다. 아까 사무실에서 보시던 사람들은 차츰 말하는 것을 잊어버리고 말더군요. 본래부터 그런 천치들은 아니었지요. 이러한 고독을 다소나마 짐작하실 수 있습니까."를 물으며 이 섬을 생활감각과 전혀 다른 감각으로 사는 세계로 만들고 있다.

이선희의 신여성들이 경험하는 시골, 바다, 섬 등은 생활의 터전이나 삶의 현장이 아니라 이국적 정서를 환기하고 기이한 이야기가 만들어지는 상상의 공간으로 재현된다. 그리하여 <계산서>의 북국조차도 "마적이 있어서 좋고 돼지가 죽은 아이 시체를 물고 뜯어먹는다는 이야기가 있어서 좋고 죽음 같은 고독이 있어서 좋은" 곳이 된다.

4) 같은 시공간, 다른 현실

박화성, 강경애, 이선희는 1930년대라는 동시대를 산 여성작가들이다. 하지만 그들이 재현하고 있는 여류문사(신여성)의 모습은 다르다. 당대 여류문사, 신여성이라는 현실은 누구에 의해, 무엇이 어떻게 재현되느냐에 따라, 계몽이 필요한 아이 혹은 속물적 인간으로 재현되거나 자기 욕망과 내면에 집중하는 근대 개인으로 체현되기도 한다. 박화성의 <신혼여행>에서 복주는 신학문을 배운 신여성이지만 근대 남성(남편)이 계몽해야 할 대상이다. 하층민의 생활을 태어나서 처음 접하는 걸로 설정되는 이 부르주아 신여성은 조선 민중현실을 모르고 빈궁한 생활이라는 것의 실제를 상상하지도 못 하는 존재이지만 박화성에 의하면 지도와 계몽이 가능한 순진한 처녀로 이해된다. 1930년대 연애담과 사치, 허영 등의 부정적 에피소드들로 담론화되었던 여류문사에 대한 소문들을 그대로 받아쓰기하지는 않았지만 당대 가부장 문화에서의 일탈과 독립을 욕망하던 신여성을 담아내지는 못했다.

강경애의 <그 여자>에 등장하는 여류문사 마리아는 1930년 당대 매체를 통해 형성되었던, 조롱과 반감의 대상으로서의 여류문사(신여성)의 모습과 일치한다. 자기반성을 모르는 안하무인의 선민의식, 내용 없는 겉치레만으로 배웠다는 것을 뽐내는 지적 허영 등은 강경애가 재구성한 당대 여류문사의 일면이다. 박화성과 강경애가 1930년대를 산 여성작가였지만, 그들이 바라보는 여류문사와 당대 지배(남성)담론이 일치하고 있다는 것은 시사하는 바가 많다. 즉 박화성과 강경애는 신교육을 받은 여성작가로 살았지만, 여성 특유의 시선으로 1930년대라는 시공간에서 욕망하고 욕망의 좌절로 고뇌하는 무산계급 신여성의 전형은 만들어내지 못했음을 알 수 있다.

반면에 비현실적이고 비생산적 행위를 재현한다고 이야기되어 왔던 이선희의 작품에는 자기의 욕망, 감정, 내면의 변화에 집중하는 신여성들이 등장한다. 이들은 식민지 근대를 살아야 하는 도시인들의 양면성, 즉 근대 문화를 향유하면서도 그 속에서 느끼는 소외감과 내 것이 될 수 없음에서 느끼는 고독을 육화하고 있다.

1930년대 여성작가들이 신여성을 재현하는 눈은, 조선의 빈궁한 삶(과 공간)을 바라보는 신여성의 시선에도 그대로 투영된다. 박화성의 신여성은 놀라고 배우는 자세로 조선 하층 현실을 수용한다면, 강경애의 여류문사는 자기가 사는 세계와 다른 세계, 인간들이 사는 곳이라고 할 수 없는, 그래서 내가 있어서는 안 되는 공간으로 위계화한다. 한편 이선희의 신여성들에게 농촌과 어촌은 생활과 삶의 공간이 아니라 개인의 욕망과 자아가 투영되는 배경(자연)이 될 뿐이다. <탕자>에서의 섬은 신비, 환상, 인간의 원초적 욕망을 일깨우는 곳이고, <계산서>의 북국 땅은 기이하고 신기한 이야기와 고독이 있어서 좋은 곳이 된다. 부르주아 신여성들에게는 나(의 욕망) 자신에 대한 몰두가 곧 삶이고 생활이었기 때문에 외부세계는 중요한 것으로 선택되지 못한다. 그들의 현실은 조선 민중의 현실과 다른 것이었다.

근대 교육을 받으면서 서구(일본)의 물질문명을 생활감각으로 익히고, 그러한 삶을 동경하면서 직업적인 독립을 추구하던 여성들, 자유연애를 통해 자신의 욕망을 자각하고 확장하고자 했던 여성들, 우리는 1930년대의 이들을 신여성이라 부른다. 자유연애에 따른 높은 이혼율, 소비문화 향유와 맞물린 물질적 욕망, 경제적 자립의지와 맞물린 직업의식, 그것이 가능해 보였던 동경의 대상으로서의 신여성은 집단적으로 존재했으며, 그러한 신여성이 가시적으로 경성을 점령했던 1930년대의 현실은 화려하고 활기차 보인다. 그러나 실제로는 비가시적인 일본인 여학생의 수가 압도적으로 많았으며, 선망의 대상이었던 조선의 여학생은 진학난과 취직난에 시달렸고 근대적 직업을 가진 여성은 실상 주변화와 하층화라는 모순[42]에 봉착하는 것 또한 당대 신여성이 처한 현실이었다. 그리하여 카페, 백화점, 극장, 번잡한 거리로 상징되는 근대 공간은 화려함으로 치장되면서도, 체념, 무기력, 좌절, 냉소, 허무의 분위기를 만들어내는 이중성을 지닐 수밖에 없으며, 그 속에 등장하는 신여성은 갈등과 균열 속에서 허무, 외로움, 이유 없는 증오와 같은 병리적인 모습[43]으로 존재하게 된다. 이선희의 신여성들이 현실성을 확보하는 지점이 바로 여기이다.

---

42) 김수진, 「1930년 경성의 여학생과 '직업부인'을 통해 본 신여성의 가시성과 주변성」, 『식민지의 일상, 지배와 균열』, 공제욱, 정근식 (편), 문화과학사, 2006, 489쪽.
43) 김경일, 「서울의 소비문화와 신여성: 1920-30년대를 중심으로」, 앞의 책, 242-243쪽.

3. 방법으로서의 퀴어

— 박상영 소설을 중심으로

1) 퀴어[1] 소설에서 무엇을 기대하는가

박상영[2] 소설에 주목하는 것은 「알려지지 않은 예술가의 눈물과 자이툰 파스타」와 「우럭 한점 우주의 맛」이 2018년, 2019년 '젊은 작가상 수상작품'에 선정된 것에서 시작된다. 심사 경위에서 수상작에 대해 "젊은 작가들의 소설 중에서 가장 뛰어난 일곱 편을 선정하는데, 이 상의 제정 취지와 심사 및 시상 방식은 폭넓은 이해와 동의를 얻고 있는

---

1) 퀴어(Queer): 퀴어를 정의하는 데 결정적인 합의는 없다. 비결정성이 이 용어의 매력이다. 일반적으로 요약되는 내용은, 염색체적 성(sex), 젠더(gender), 성적 욕망(sexual desire) 사이에 모순들이 있다는 것을 드러내는 태도 혹은 분석 모델을 가리킨다. 이성애를 안정성의 근원이라고 주장하는 것을 거부하면서 성, 젠더, 욕망 사이의 부조화에 초점을 맞춘다. 많은 이론가들이 퀴어를 또 하나의 담론적 지평, 성적인 것을 사고하는 또 하나의 방식으로 보며, 어떤 관점에서는 퀴어의 효능에 의구심을 드러내기도 한다. 퀴어는 젠더 중립적으로 보이며, 현재진행 중이고 진화하고 있는 용어라고 볼 수 있다. 이 글의 제목에서 '방법으로서의'라는 수식어는 박상영의 소설이 보여주는 태도는 물론 그것을 분석모델로 하는 이 글의 태도도 포함하고 있다.
Jagose, Annamarie, 『퀴어이론 입문』, 박이은실 옮김, 여이연, 2012, 10-11쪽.
2) 박상영(의 소설)에 대한 대중적 인지도와 관심이 높은 가운데, 『대도시의 사랑법』이 2022년 3월 영국의 문학상인 부커상 인터내셔널 부문(The International Booker Prize) 1차 후보에 올랐다.

듯싶다”3)고 밝히고 있는데, 박상영 소설의 어떤 점이 '가장 뛰어난' 요소일까 하는 의문은 작품해설이나 심사평을 통해서도 해소되지 않았기 때문이다.

박상영 소설의 핵심 모티프인 동성애와 관련된 논의는 자유연애 담론이 폭발하던 1910년대까지 그 범주를 확장한다. 동경유학생들을 중심으로 형성되었던 내면 형성 담론과 연애가 연계되면서 발견된 내면의 형식이자 내용으로 사랑은 필요충분 조건이 되었다. 동시대의 감정을 동년배를 대상으로 드러내는 이광수의 「사랑인가」, 「윤광호」 등이 동성애 연구에서 호출4)되면서 동성애 문학의 계보가 만들어지고 있으며, 현재 '한국 퀴어 문학사를 상상'5)하는 단계까지 와있다. 근래 퀴어 문학 연구에서 '당사자성'에 주목하며6) 박상영, 김봉곤의 작품에 대한 논의가 진행되는 가운데 퀴어 문학에 접근하는 방식에 대한 논의7)도

---

3) 심사위원, 「심사 경위」, 『2018 제9회 젊은작가상 수상작품집』, 문학동네, 2018, 335쪽.
4) 백종륜, 「한국 근대 퀴어 서사의 계보학」, 『서울대학교 석사학위논문』, 2019(백종륜, 「한국, 퀴어 문학, 역사: '한국 퀴어 문학사'를 상상하기」, 『여성이론』41, 여이연, 2019, 166쪽 재인용); 정은경, 「현대소설에 나타난 '동성애' 고찰」, 『현대소설연구』39, 한국현대소설학회, 2008, 83쪽.
5) 백종륜, 「한국, 퀴어 문학, 역사: '한국 퀴어 문학사'를 상상하기」, 『여성이론』41, 여이연, 2019.
6) 백종륜, 위의 글, 161-164쪽; 오혜진, 「지금한국 퀴어문학장에서 '퀴어한 것'은 무엇인가(1)」, 『문학과사회』31(4), 문학과지성사, 2018, 83-85쪽; 인아영, 「퀴어―되기를 위한 주제와 변주」, 『문학과사회』31(3), 문학과지성사, 2018.
7) 김건형, 「한국 퀴어 소설에 나타난 자기 반영적 서술 전략」, 『횡단인문학』6호, 숙명여자대학교 인문학연구소, 2020; 김형중, 「성(性)을 사유하는 윤리적 방식」, 『창작과비평』34(2), 창비, 2006; 오혜진, 「지금한국 퀴어문학장에서 '퀴어한 것'은 무엇인가(1)」, 『문학과사회』31(4), 문학과지성사, 2018; 오혜진, 「구겨버린 입장권」, 『문화과학』100, 문화과학사, 2019; 유민석, 「퀴어에 대한 언어, 퀴어의 언어」, 『여/성이론』32, 도서출판여이연, 2015; 정미경, 「매개체로서의 동성애」, 『뷔히너와 현대문학』43, 한국뷔히너학회, 2014; 하신애, 「나의 가장 사적인 모빌리티(Mobility)」, 『현대소설연구』84, 한국현대소설학회, 2021; 차미령, 「너머의 퀴어」, 『창작과비평』45(2), 창비, 2017; 한계, 「퀴어가 특수하지 않은 시대가 오기를 바라며」, 『자음

활발하게 이루어지고 있다.

박상영 소설을 퀴어 '장르'로 의미화하는 논의들은, 주류 예술이 관습적인 젠더성에 무게를 싣고 있는 환경에서 퀴어는 "인간에 대해, 감정에 대해 함부로 말하지 않고 섬세하게 다루려 하는 그 조심성을 드러내는 효과적인 '소재'로만 기능하는 경우가 적지 않"은데, 박상영의 소설은 소재로만 사용되는 "소비적 재현을 넘어 퀴어가 하나의 '장르'가 되도록 밀고 나간다"8)는 것을 그 핵심 내용으로 한다. 이 내용에는 '당사자성'이 포함된다. 문학에서 동성애를 다룰 때 동성애적 욕망(same-sex desire)이나 동성애적인 행동(homosexual behaviour) 등 성적 지향의 일부분으로 다루는 것이 일반적이었다면, 박상영 소설에서는 성적 지향을 통해 자아를 규정하는 인격체인 동성애자(the homosexuals)라는 정체성 혹은 인간형9)이 핵심 인물로 등장하여 서사적 상황을 재현하는 동시에 비규범적 성별 정체성과 성적 실천을 낭만화하는 상상력도 넘어서고 있다10)고 보는 것이다.

박상영 소설의 인물들은 동성애자(게이)라는 성정체성을 명확히 드러내고 있다. 그래서 규범적 문화로 인한 고달픔이 드러나기는 하지만 정상/비정상으로 시달리거나, 비이성애를 부인하거나 교정11)하는 문제로 자신의 성적 정체성을 고민하는 것은 주요 서사내용이 되지 않는다. 그러한 점에서 박상영 소설의 독자성이 확보된다고 할 수 있는데,

---

과모음』45, 자음과모음, 2020.

8) 노태훈, 「깨어 있는 꿈―예술가의 정체성, 퀴어라는 장르」, 『2018 제9회 젊은작가상 수상작품집』, 문학동네, 2018, 326쪽.

9) 서동진, 「인권, 시민권 그리고 섹슈얼리티」, 『경제와 사회』, 비판사회학회, 2005, 74쪽; 정은경, 앞의 글, 83쪽.

10) 김건형, 「알려지지 않은 농담의 역학과 예술가의 이름」, 『문학과사회』31(4), 문학과 지성사, 2018, 210쪽; 오혜진, 앞의 글, 2018, 93쪽.

11) 정은경, 앞의 글, 39쪽.

그랬을 때 그의 소설을 '퀴어 장르'로 구분할 수 있는 요소는 무엇일까. 이러한 의문에 대해, 게이들의 사랑이야기에서 특별한 것을 기대하는 것은 "철저히 대상화에 입각한, 이성애자의 관점"일 것이라는 일침, "퀴어 소설은 전혀 특별할 것 없는 그들의 일상적인 이야기일 뿐"이고 "퀴어 서사는 퀴어의 일상이어야만 한다고 말하는 편이 더 정확"[12]할 것 같다고 제시되는 독법의 가이드라인은 퀴어 소설에 대한 질문들을 침묵하게 만든다.

　퀴어한 이야기는 무언가 특별해야 한다는 것을 주문하는 것이 아니다. 의문은 소설을 왜 읽는가, (단편)소설이란 무엇인가와 관련된다. 박상영 소설의 주요 모티프가 사랑과 연애일 때, 동성애자들이 일상적으로 어떻게 연애(사랑)하는지를 들여다보기 위해 소설을 읽지는 않는다. 그것은 이성애 연애소설에도 해당되며, 보편적인 사랑, 특별한 사랑을 구분할 수도 없는 일이다. 연애(사랑) 모티프를 통해 무엇을, 어떻게 사건화하고 서사화하고 있는가, 그리하여 미처 추수할 수 없었던 삶의 비의(秘義)를 얼마나 효과적이고 탁월하게, 혹은 섬광처럼 강력하게 재현하고 있는가, 가 중요하다. 이것은 퀴어 (연애)서사에 국한된 것이 아니라 모든 소설에 해당되는 이야기이며, 소설의 존재 이유가 여기에서 찾아질 것이다.

　그러한 이유에서 박상영의 소설이 다루고 있는 사랑(연애)을 두고, "한국 사회를 둘러싼 사랑의 감정학", "(퀴어 정체성을 가진) 자기 서사를 통해 '나'를 가시화하여 주변에 지배 규범을 넘은 새로운 관계를 요구하고, 새로운 사랑을 여는 힘이 있다."[13]고 의미화하는 것에 대한

---

12) 노태훈, 앞의 글, 327-328쪽.
13) 김건형, 「사랑이 아름답지 않을 때 해야 할 일」, 『2019 제10회 젊은작가상 수상작품 집』, 문학동네, 2019, 103; 105쪽.

의구심은 더욱 커진다. 박상영 소설이 보여주는 '새로운 사랑'이란 무엇일까.

동일한 행위를 반복하는 것으로 자기동일성을 확인하고 중식하는 것이 박상영 소설의 특징이자 퀴어 소설의 정체성이라고 했을 때, 소설에서 포착할 수 있는 반복되는 요소들은 그간 젠더 트러블로 논의되어 온 내용 혹은 편견을 크게 벗어나지 않는다. 아울러 박상영 소설의 '새로움'을 포착하지 못하는 이유가 이성애적 질서에서 훈련되고 구조화된, 비규범적 성적 지향(실천)에 대한 무감함을 그대로 반복하는 데 있는 것은 아닌가 하는 자기검열까지도 이 글이 박상영의 소설을 읽는 방법을 통해 확인하고자 하는 내용이다.

이 글에서는 박상영의 소설 「알려지지 않은 예술가의 눈물과 자이툰 파스타」, 「재희」, 「우럭 한점 우주의 맛」, 「대도시의 사랑법」, 「늦은 우기의 바캉스」를 대상으로, 연애소설임에도 왜 재미가 없는지를 소설의 본질로부터 세부적으로 검토하는 과정을 통해 논의해 볼 것이다. 즉 다 읽은 후에도 큰 윤곽이 그려지지 않고, 다섯 편의 서사는 각기 다른 이야기로 구분되지 않으며, 연애 이야기가 지루하게 느껴지는 이유를 밝혀볼 것이다. 그것은 소설에서 재미를 느끼게 하는 요소가 무엇인지를 가늠하는 방식으로 역추적되며, 전개되는 내용은 박상영 소설이 뛰어난 소설로 선정된 것에 대한 의문을 구체적으로 제시하는 방식이기도 하다.

2) 퀴어 (연애)소설이란 무엇인가: 깨지지 않는 편견

(1) 실종된 인물: 고정된 이미지

소설은 인간의 경험에 형태를 부여하여 이야기를 만드는 데서 시작된다. 이야기를 통해 인간의 경험은 의미 있는 것으로 재발견되고, 삶은 의미를 얻게[14] 되는 것이다. 경험의 주체인 개인은 특정한 문화적 맥락 안에 놓인다. 그것은 특정 이해, 권력관계와 연루된다는 뜻이다. 박상영 소설의 인물들은 이성애가 사법적 모델인 사회를 배경으로 하면서 자신의 성적 지향을 동성애자로 정체화한 존재들로 등장한다. 그렇지만 성적 정체성을 둘러싼 갈등과 그로 인한 상처, 고통에 집중하거나, 사회적 혐오를 폭로하는[15] 데 서사의 초점이 맞추어지지는 않는다.

자연스럽게 등장인물들에 대한 관심은, 성적 지향을 선언한 인물이 어떤 경험을 하고 있는가, 즉 서사화된 경험은 어떤 새로운 인간형을 창출하는가로 모아진다. 퀴어 이론가들 역시, 동성애 행위는 모든 유형의 사회에서 계급과 역사를 아우르며 존재해 왔고 자격부정, 무관심 그리고 혹독한 괴롭힘에도 살아남았다는 사실을 강조한다. 역사적 조건하에서 진화하면서 결정적으로 중요하게 구분되는 지점은 동성애 정체성(동성애자)을 말하는 사람이 등장했다는 것이다. 그에 따라 동성애에 부여해 왔던 의미들, 동성애를 봐왔던 방식들, 그리고 동성애 행위에 관여한 이들이 스스로를 어떻게 보는가 하는 것을 살펴 그 문화적 의미를 짚어 내는[16] 것이 중요하다는 데 합의하고 있다.

「알려지지 않은 예술가의 눈물과 자이툰 파스타」, 「재희」, 「우럭 한 점 우주의 맛」, 「대도시의 사랑법」, 「늦은 우기의 바캉스」 모든 텍스트에서 1인칭 화자로 등장하는 동성애자 인물의 존재방식은 '영'으로 수

---

14) Ricœur, Paul, 『시간과 이야기2』, 김한식, 이경래 옮김, 문학과지성사, 2000, 6-7쪽.
15) 심영의, 「관계와 사랑의 본질 그리고 퀴어 소설(들)」, 『민주주의와 인권』21(1), 전남대 5.18연구소, 2021, 195; 201쪽.
16) Jagose, Annamarie, 『퀴어이론 입문』, 박이은실 옮김, 여이연, 2012, 30-31쪽.

렴된다. '영'은 자의식이 과잉되어 있음을 노골적으로 드러내는 서술방식과 속마음을 괄호로 처리하는 기법으로 그 과잉을 무화시키면서, '객관적인 자기판단 능력'이라는 것이 뭐 별 것인가, 라는 의미를 생성하고자 한다. 그런데 그 방식이 모든 텍스트에서 장황하게 반복적으로 사용되고 있어 서사의 구심점이 사라지는 것은 물론 피로도를 높인다. 결과적으로 '영'이 가볍게 넘어서고자 했던 자의식 과잉은 '과잉'으로 재생산된다.

> 재희는 167에 51, 나는 177에 78이었는데, 둘 다 키가 평균보다 좀 컸다 뿐이지 얼굴이 반반하지도 못했으나 아예 박색은 아니었고, 데리고 다닐 정도는 됐다. (내가 소설로 신인상을 받았을 때 심사평에 가장 자주 등장했던 구절은 '객관적인 자기판단 능력'이었다.) (괄호처리 ― 원문)

> 그 시절 나는 나 자신을 냉면집의 발깔개 정도로 여기고 있었다. 대충 발이나 털고 지나가버리면 그만인, 그런 존재. (객관적인 자기판단 능력!)[17](괄호처리 ― 원문)

자기 비하를 담고 있는 자조적 웃음이 상대방에게서도 웃음을 유발하면서 메시지 전달에 성공하려면, 속 뜻의 무거움과 서술하는 태도의 가벼움이 서사의 전체 흐름 속에서 균형감과 긴장감을 유지해야 한다. 그런데 겸양의 태도를 취하고 있는 외양에 대한 서술(인용문 위)은 수치로 제시되는 우월성에 기대고[18] 있어 '객관적 판단'이라는 것을 재차

---

17) 박상영, 「재희」, 『대도시의 사랑법』, 창비, 2019, 14쪽(인용문 위), 18쪽(인용문 아래).
18) 교육부 학생건강정보센터 통계자료에 의하면 2019년 고3 학생 기준, 평균 신장(체중)은 남: 174(71), 여: 161(58)로 표시된다.『키는 권력이다』((Nicolas Herpin, 김계영 옮김, 현실문화, 2008)라는 사회학 저서의 표제가 말해주듯이, 인용문의 신체조

강조하는 화자의 속엣말은 신뢰하기 어려운 말이 된다. 이어지는 화자의 자기 판단(인용문 아래) 역시 연애가 제대로 되지 않는 것이 유일한 고민거리였던 서사적 맥락에서는 과장된 것으로 보이기 때문에 '객관적'이라는 괄호 처리는 그 과잉을 희석하려는 포즈로 읽힌다. 여기에서 확인되는 것은 화자가 과장되고 과잉된 자기 감정을 끊임없이 의식하고 있다는 점이다.

더구나 예술가 페르소나를 통해 전하는 "퀴어 작품들이 과잉된 감정에 사로잡혀 있어 남성 동성애자의 현실과는 거리가 멀어 혐오감이 생겨날 지경"(「알려지지 않은 예술가의 눈물과 자이툰 파스타」)이라는 직접적인 발화, '객관적 자기 판단 능력'이라는 어구를 반복하는 지속적인 자기 검증, "한 원로 소설가가 심사평에서 옐로 저널리즘적 취향이 우려된다고 평했다"(「재회」)는 제도권에 대한 조롱과 자조는 반어적 태도를 기반으로 하지만 과잉으로 인한 피로로 그 효과가 반감된다. 박상영의 텍스트 전체를 지배하고 있는 이와 같은 '영'의 목소리는 너무도 일관되게 그 태도를 유지하고 있어, 오히려 개성 있는 소설 속 캐릭터로 입체화되지 못하고, 작가의 당사자성을 환기하는 역할로 고정되고 만다.

'재희'라는 인물을 표제로 하는 「재회」 역시 현재의 사회문화적 맥락 안에서 게이로 사는 것 못지않게 "여자로 사는 것도 만만찮게 거지 같다는 것을 알게"(45-46쪽) 해주는 인물로 설정된다. 하지만 그 '거지 같음'에 동의하고 반전의 출구를 상상하도록 하는 매력적인 캐릭터로 수

건은 우월하다고 할 수 있다. 현시대의 독자라면 이러한 통계자료가 아니어도 직관적으로 알 수 있는 내용이다.
https://www.schoolhealth.kr/web/srs/selectPublicDataList.do?sMenuId=0100008900 (2022.2.16 접속)

용되지는 않는다. 이미 우리는 그 거지 같음을 넘어서고자 했고, 넘어선 '나혜석' 혹은 '사비나(『참을 수 없는 존재의 가벼움』)'와 같은 인물들을 무수히 알고 있기 때문에 재희의 텍스트적 의미는 생산적으로 구축되지 않는다.

「재희」를 두고 "소설은 여자와 게이의 입장에서 약자를 가격하는 세상의 권력을 해부한다"고 보며, 그 권력은 "여성을 평가와 훈육, 서열화의 대상으로 만드는 맨스플레인 공간"[19]으로 재현되고 있다는 데서, 세상에 던져진 약자들의 존재 자체를 보여준다고 의미화하는 입장도 있다. 그런데 상호 간의 유일성이 담보된 친구 '영'이 있고, 재력가인 부모가 있으며, 평균 이상의 외모로 원하는 대로 남자를 만나는 삶을 지속하다가 그 삶이 불안해질 무렵 직장에 안착할 수 있는 학력(지력)을 갖추었고, 안정감을 위해 선택한 결혼이라는 제도에도 무사히 진입할 수 있는 재희의 삶에서 무엇이 '거지 같음'으로 귀결되는 걸까[20]. 계급 문제로 환원할 수 있는, 상반되는 다양한 상황을 문제적으로 다루고 있는 소설들을 소환하지 않더라도 그 거지 같음이 '여자'라는 구분으로 이야기되기에는, 치밀하게 구별짓기하며 마이너리티를 생산해내는 이 시대의 문화적 맥락에서는 억지스럽다.

'영'의 욕망을 금지하고, '재희'의 욕망을 억압하는 역사·문화적 구조, 규범은 비판적으로 다루어야 할 대상임에 틀림없다. 문제는 그것을 보편적 정서로 공감할 수 있도록 재현하는 소설적 의미 층위에 있다. 「재희」에서 영과 재희의 욕망 역시 지배적 권력구조가 만들어낸 구성물[21]

---

19) 이경, 「밀레니'을'들이 사는 법」, 『오늘의 문예비평』, 오늘의 문예비평, 2020, 49-50쪽.
20) 텍스트에서 구체적인 예를 보면, 재희가 클럽에서 술을 마시거나 남자를 만나 노는 시간, 학교 근처 자취방에 모여 술을 마시는 남학생들은 재희를 포함한 여학생들에 대해 '만나기 쉽다. 헤프다.' 등의 언표로 품평을 한다. 그런데 누가 '거지 같은지'를 다시 생각해보면, 왜 이런 재현이 억지스럽다고 하는지 이해가 될 것이다.

이기도 하다. 즉 중산층 이상의 평범한 가정에서 성장하여 좋은 대학을 다니는 이십 대 젊은이인 인물들이 자기 욕망을 자유롭게 언표화하고 수행할 수 있는 존재로 재현된다는 점에서, 텍스트가 의도한 대로 재희가 '거지 같은 삶 속에 놓인 여자' 일반을 호출할 수 있는가를 되묻게 된다는 뜻이다. 텍스트는 사회적 약자라는 공통분모로서 재희를 등장시켜 '영'과의 위치 변경을 통해 게이에 대한 이해를 확장하고자 했으나, 재희를 경유하면서 삭제된 계급(성)[22]은 이 시대에서 세밀하게 논의해야 하는 여성, 소수자, 약자들의 고통, 차별 문제를 견인하지 못한다. 재희는 규범에서 벗어나는 것은 물론 규범으로의 (재)진입도 자유로울 수 있는 인물로 그들만의 '끝나 버린' 이야기에 고정된다.

(2) 사건 없는 사랑: 조건화되지 않는 육체성

박상영의 소설은 동성애라는 성적지향을 드러내는 과정, 혹은 스스로 수용하고 말하기 어려운 현실 자체가 서사가 되는 수준을 넘어서고 있다. 소설은, 퀴어 작품에 대해 대중적으로 퍼져 있는 "게이들이 섹스

---

21) Butler, Judith, 『젠더 트러블』, 조현준 옮김, 문학동네, 2008, 40쪽.
22) 동성애적 욕망을 받아들이는 태도는 당사자들의 계급적 조건들과 관련이 있는 것으로 보인다. 동성애는 단순히 섹슈얼리티의 측면에서만 타자화된 것이 아니라, 규범적 이성애가 제시하는 삶의 모형, 계급성으로부터 배제를 전제하는 것이기 때문이다. 동성애를 수행적인 것으로 동일시하면서 이성애적 결혼 제도로 진입하는 사람들에게서 이 위계는 더 명확하게 발견된다. 현재의 계층 유지, 상위 계급에 대한 동일시는 이성애적 삶에 대한 동일시로 나타나기 때문에 이성애는 하나의 계급성으로 동일시되기도 한다. 사회적 일탈 행위로 여겨지는 정체성과 계급적 인식은 관련이 깊다고 보고된다. 이 맥락에서 '중산층 이상의 평범한 가정'에서 나고 자란 것으로 성장배경이 강조되는 박상영 소설의 인물들은 규범에서 벗어나는 행위(정체성), 규범으로의 (재)진입이 오히려 자유로운 인물들로 볼 수 있다.
임동현, 「동성애적 정체성 형성의 퀴어이론적 분석: 노년 게이 남성의 구술생애사를 중심으로」, 『미디어, 젠더&문화』34(3), 한국여성커뮤니케이션학회, 2019, 255-262쪽.

에 미쳐 사는 사람들처럼 과잉 성애화"된다는 생각이 편견이라는 것을 문제적으로 서사화하고 있어, 독자는 소설이 그것을 어떻게 깨뜨리면서 넘어서는가에 주목하게 된다. 그런데 연애소설 형식을 하고 있음에도 연애와 관계지속, 육체적 욕망과 사랑에 접근하는 새로운 길은 발견되지 않는다.

박상영의 연애 이야기는 진부하고 지루하다. 첫 번째 이유는, 연애 대상을 우연히 만나 밥먹고, 술먹고, 섹스하며 지내다 헤어졌다는 내용이 계속 반복되는 데서 찾을 수 있다. 텍스트의 모든 관계가 그 패턴으로 반복되면서 등장인물의 행위와 상황에서 기대할 수 있는 새로운 사랑에 대한 사유의 확장은 중단된다. 텍스트들은 변별력이 없을뿐더러, 확장되는 바깥 이야기가 없기 때문에 주제의식마저 모호해진다. 연애 이야기를 통해 무엇을 보여주고 싶은 것일까.「알려지지 않은 예술가의 눈물과 자이툰 파스타」에서 화자인 '박감독'의 말을 빌자면 '그냥 연애하는' 소설을 쓴 것이므로 새로운 무언가를 기대하거나 찾지 말아야 한다.

평론가 김이 참지 못하고 끼어들었다.
박감독, 너무 기분 나쁘게 생각하지 말고 잘 들어봐. 박감독 영화는 사실 특별한 지점이 부족해… 젊은이들이 나와서 술 먹고 춤추고 성관계하는 게 전부인데.
그들이 하도 지점, 지점 거려서 난 뭐 프랜차이즈 업체를 말하는 건 줄 알았다. 그는 나에게 도대체 무엇을 기대한 것일까. 끓어오르는 화를 꾹꾹 누르며 대답했다.
잘 보셨네요. 저 그냥 젊은 사람이 술 먹고 섹스하는 영화 만들고 싶었어요.
그럴 거면 동성애자 영화를 찍은 이유가 뭔가? 유행이라서?
전 동성애 영화 찍은 거 아니고 그냥 연애하는 영화 만든 건데요.[23]

소설가의 페르소나로 볼 수 있는 '박감독'의 말에 근거하여 소설 읽는 이유를 다시 생각해 볼 필요가 있다. 박상영 소설가의 의도가 동성애 소설이 아니라 '그냥 연애하는 소설'을 쓴 것이라 해도 기대되는 것은 '사랑의 서사'이지 타인의 연애 과정(내용)은 아니다. "어떻게 읽힐 것인가에 대한 사유가 없다"며 "작가의 무책임"을 비판한 것에 주목하는 것은 이와 같은 맥락에서이다. 이미 알려진 예술가로서 박상영은 "퀴어 문학이라는 특수성을 넘어 이 시대의 소설적 가치, 문학성에 대한 방향"24)도 고민해야 한다.

그의 소설이 새롭지도, 흥미롭지도 않은 두 번째 이유가 소설적 가치, 문학성에 대한 구체성과 관련된다. 연애소설임에도 불구하고 지루한 것은, 연애하던 대상과의 이별을 이야기하면서도 그것을 사건으로 구성하여 현실성을 응축하는, 소설적 재현방식에 대한 고민이 미미하다는 점에서 찾을 수 있다. 연애소설이 쓰여지는 것은 연애가 끝나고 난 후가 될 수밖에 없고 그런 이유에서 가장 큰 사건은 이별이 된다. 그랬을 때 남겨진 자는 이별의 원인을 찾거나, 해명하거나, 변명하는 과정을 서사화하면서 사건을 재구성하게 된다. 익숙한 것들이 낯설게 재배치되면서 새로운 사랑의 서사가 탄생한다. 젊은작가상 수상작 중에서 황정은의 「상류엔 맹금류」와 김금희의 「너무 한낮의 연애」가 그것을 잘 보여주는 사례가 된다. 두 소설은 모두 연인과의 이별 후 그 이유를 회고하는 형식으로 서사가 진행된다. 전자는 남자친구 가족과의 나들이에서 겉돌고 이상했던 그날의 분위기에 초점을 맞춘다. 그날의 불

---

23) 박상영, 「알려지지 않은 예술가의 눈물과 자이툰 파스타」, 『2018 제 9회 젊은작가상 수상작품집』, 문학동네, 2018, 286쪽.
24) 한계, 「퀴어가 특수하지 않은 시대가 오기를 바라며」, 『자음과모음』45, 자음과 모음, 2020, 344-345쪽.

편함은 닿을 수 없는 타자와의 거리 때문이고 그 기원은 가부장문화, 가족주의라는 매우 공고한 틀이라는 것이 점심식사 한 장면에서 폭발적으로 확인된다. 후자는 연인은 물론 인간관계에서 들추어내서는(들켜서는) 안 되는 부분을 드러내는 사건을 통해 인간의 수치심, 부끄러움 등의 감정을 마주하게 한다.

연애와 이별 이야기가 오래도록 예술작품의 주요 모티프가 될 수 있는 것은 그 구체적 개별성을 관통하여 확보할 수 있는 보편적 지점, 타자와의 관계를 통해 통찰해 낼 수 있는 삶의 본질을 내장하고 있기 때문이다. 일상에서 존재에게 새로운 것이 일어난다는 것은 이질적 영역에서 일어난 일들을 조건화하는 것에 다름 아니다. 그것을 우리는 사건25) 이라고 부른다. 인용문에서 '평론가 김'이 '박감독'에게 기대하는 것도 바로 이것이다. '그냥 연애하는 이야기'가 소설과 동일시될 수 있을지는 의문이다. 새로운 이야기는 일상생활에서 기존 질서와 단절하는 상황을 새롭게 조건화하는 것이고, 시간과 장소를 어떻게 조건화하는가, 그리고 그러한 조건화가 주제(내용)와 어떻게 조화를 이루는가 하는 것이 새로움을 실천하는 소설적 가치가 될 것이기 때문이다.

박상영의 연애 이야기에서도 이별이 핵심 모티프가 되지만 그것을 사건으로 구성하지 않기 때문에 서사는 구심력을 잃는다. 결과적으로 대상만 바뀌는, 평면적으로 만나고 헤어지는 것을 반복하는 연애 이야기에서 각인되는 것은 육체성이다. 성적 행위는 두 사람 간의 신뢰를 강화하고 특별함을 지속적으로 유지할 수 있도록 한다. 배타성을 기저에 두고 있기 때문이다. 상대방에 대한 친밀성의 재발견을 가능하도록

---

25) Badiou, Alain, 『존재와 사건』, 조형준 옮김, 새물결, 2013, 819-838쪽.

해주는 기제로서 성적 행위는 두 사람의 관계에서 배타성을 반복하려는 무의식적인 욕망과[26] 관련된다. 그런데 박상영의 연애 이야기에 화자로 등장하는 '영(들)'과 영과의 위치 바꾸기 역할을 하고 있는 '재희' 등이 보여주는 육체적 욕망은 대상의 배타성을 전제하지 않고 행위로 이어진다. 심지어 원치 않는 임신으로 낙태를 생각하는 재희는 아이의 아버지가 누구인지 특정하지 못한다. 배타성이 신뢰를 보장해주지는 않지만 신뢰를 다져주는 중요한 자극이 된다[27]고 할 때, 등장인물들이 끝없이 반복하는 "진부하고 지루한 섹스"는 대상과의 친밀성, 관계 지속, 특별함을 재발견하는 행위와 연계되는 서사를 만들지 못한다. 행위와 욕망만 확인되는 '영(들)'의 육체적 관계는 그래서 억압된 욕망에서 해방되는 행위가 아니라 강박적 행위로 읽히며, 그것은 퀴어 예술이 과잉 성애화되고 있다는 편견과 또 다시 연루되는 오류를 일으킨다.

(3) 확장성 없는 서사

「알려지지 않은 예술가의 눈물과 자이툰 파스타」에서 창작자인 화자는 퀴어 작품의 과잉 성애화에 대한 자의식을 드러내고 있다. 그런데 소설이 문제의식을 넘어서지 못하는 것은 육체적 욕망을 표나게 드러내면서도 성적 친밀성이 두 사람 사이의 관계 유지, 사랑의 지속에 어떻게 관여하는지를 상상하고, 사유하도록 하는 서사로 확장되지 않기 때문이다. 퀴어 문학을 "그저 '사랑에 대한 탐구'로 읽어내려는 것이 부주의한"[28] 접근법일 수 있다고 경계하는 시선도 있지만, 사랑에 대한

---

26) Giddens, Anthony, 『현대사회의 성·사랑·에로티시즘』, 배은경, 황정미 옮김, 새물결, 1996, 209-213쪽.
27) Giddens, Anthony, 위의 책, 213쪽.
28) 오혜진, 앞의 글, 2018, 87쪽.

탐구로 읽어낼 수 있을 때 그 사랑을 통해 무엇을 이야기하고자 하는지도 면밀하게 살필 수 있을 것이다.

더 정확하게 말하자면, 그냥 사랑에 대한 이야기를 하는 연애소설은 없다. 낭만적인 포장을 벗겨내는 작업으로 연애가 어떻게 작동하는가를 물으면서 연애가 시대문화와 어떻게 접속하고 있는지를 논의[29]할 수 있는 것은, 특정 연애소설에 한정되는 것이 아니다. 연애와 사랑은 "외로움, 증오, 수치심 등의 인간적인 감정들은 물론 결혼, 가족 등의 관계망으로 섹슈얼리티를 볼 수 있도록 하며, 사회구조를 새롭게 발견해 낼 수"[30] 있도록 돕기 때문에, 사랑에 대한 탐구는 퀴어 문학에서 오히려 더 본질적인 부분으로 다루어야 한다.

그러므로 「재희」에서 '영'은 동거하던 재희가 결혼함과 동시에 "재희와 나의 시절이 영영 끝나버렸다"고 선언하는 데서 이야기를 끝내서는 안 된다. 서로를 "지구상에서 가장 가깝고 편한 사람"으로 자리매김하면서 서로의 외로움을 공유하고, 결혼할 상대가 싫어하고 불편해하는 것을 알면서도 회피하고, 거짓말을 하면서까지 함께 살고자 하는 이 특별한 관계의 의미를 물어야 한다. 재희를 두고 "나의 악마, 나의 구세주, 나의 재희"라고 말할 수 있는 '영'은 재희와의 관계를 다음과 같은 말로도 확인케 한다.

> 재희와 내가 공유하고 있던 것들이, 둘만의 이야기들이, 다른 사람에게 알려지는 게 싫었다. 우리 둘의 관계는 전적으로 우리 둘만의 것이라고 믿었기 때문에. 언제까지라도.[31]

---

29) 김미현, 「연애부터 연애까지」, 『문학과사회』14(1), 문학과지성사, 2001, 168쪽.
30) Giddens, Anthony, 앞의 책, 13쪽.
31) 박상영, 「재희」, 『대도시의 사랑법』, 창비, 2019, 53쪽.

관계의 유일성을 보여주는 재희와 영의 관계에서는 성적 욕망이 작동하지 않는다. 성적 긴장만 빠진, 친밀감과 신뢰로 오래도록 함께 사는 관계를 지속하고 유지해 온(유지할 수 있는) 이 둘의 관계는, 결혼을 결심하고도 동상이몽인 재희 커플과 대비되어 더더욱 사랑이 무엇인지, 성적 욕망이 작동한다는 것에 어떤 의미를 두어야 하는지를 묻게 한다.

재희가 결혼을 결심한 이유는 동거하는 동성애자 '영'과의 관계에서는 느낄 수 없는 "안정성, 인생에 대한 낙관"을 기대했기 때문이다. 규범화된 이성애 영역으로 들어감으로써 제도화된 사회적 안전망을 갖추겠다는 것을 의미한다. 그런데 결혼을 앞두고 "바람피우지 않고 살 수 있을까?" "살다가 아님 말고"를 전제하고 있는 재희의 내면이, 타자(규범성)를 통해 안정성을 확보할 수 있을지는 의문이다. 재희가 말하는 안정성이란 무엇이며 어떤 상태일까.

규범과 질서가 유지되는 것, 전통과 문화가 안정되고 견고한 사회를 만든다는 믿음이 지속되는 것도 결국 불안한 존재가 안정성을 추구하며 스스로 구축해온 결과이다. 안정성을 위해 결혼이라는 제도 속으로 자발적으로 걸어들어가면서 "애는 안 낳고, 그냥 연애하는 것처럼 살겠다"는 말로 그 규범성을 부정하는 재희를 향해 영은 어떤 질문도 던지지 않는다. 견고한 이성애적 규범 속으로 들어가면서, '연애하는 것처럼' 살겠다는 말로 관계의 지속성에 대한 기대와 상상을 드러내는 것이야말로 제도로서의 결혼은 물론 자기가 경험한 "아무 것도 남지 않는" 연애를 낭만화하는 자기기만이다. 규범 문화를 비웃고 조롱하던 그들의 연애가 규범적 삶을 전복시킬만한 사건으로 제시된 적이 없기 때문이다.

그런데도 재희가 결혼하는 것으로 이야기가 끝났기 때문에 재희와 영 누구에게도 육체적 욕망과 사랑, 결혼과 안정성, 함께 산다는 것의 의미를 물어야 하는 순간은 오지 않는다. 텍스트는 "영원할 줄 알았던 재희와 나의 시절이 영영 끝나 버렸다"고 말하는 자리에서 재희와 나는 무슨 관계인가, 왜 그 관계와 삶의 방식을 끝내야 하는가라는 질문으로 이야기가 확장될 수 있도록 고안되어야 한다.

성적 행위가 이루어지는 등장인물들 사이에서는 주기적으로 섹스를 하는 것 외에 관계의 친밀성, 신뢰감 등의 유일성이 확인되지 않는다. 관계의 유일성이 확인되는 '재희'와 '영'에게서는 육체적 욕망이 작동하지 않는다. 그런데도 그 육체적 욕망과 관계의 지속성, 유일성에 대한 서사가 확장되지 않으므로, 언제든 교체 가능한 상대와의 사이에 권태로움이 찾아오고, 모호하게 이별한 상황에서 농약을 마시는 '영'의 선택은(「우럭 한점 우주의 맛」) 느닷없는 것으로 읽힌다. 그것은 사랑에 대한 영의 독백 때문에 더욱 그러하다.

> 내게 있어서 사랑은 한껏 달아올라 제어할 수 없이 사로잡혔다가 비로소 대상에서 벗어났을 때 가장 추악하게 변질되어버리고야 마는 찰나의 상태에 불과했다. 그 불편한 진실을 나는 중환자실과 병실을 오가며 깨달았다.[32]

'영'의 말대로라면 찰나의 상태에 불과한 사랑은 육체적 욕망과 같은 것인가. 찰나를 연장하기 위한 것으로 보이는, 연인이었던 '형'을 엄마에게 소개하려 했던 '영'의 마음은 또 어디쯤 위치시켜야 할까. 엄마에게 소개하려는 '영'과 결혼으로 진입하는 '재희'는, 결국 기존의 (가족)제도 속에 스스로를 결박함으로써만 안정감이라 믿고자 하는 삶의 형태에 도달할 수 있다고 말하는 것인가. 재희의 결혼으로 중단된 이야

---

32) 박상영, 「우럭 한점 우주의 맛」, 위의 책, 169쪽.

기, 연인과의 이별을 사건화하지 않은 '영'의 연애는 더 이상 억압과 해방의 기제, 관계 지속의 (불)가능성에 대한 서사로 확장되지 못하여, 소설이 열어줄 수 있는 사랑과 욕망, 비규범적 삶의 형태에 대한 사유의 길도 막혀 버린다.

3) 지속되는 질문: (퀴어, 연애)소설이란 무엇인가

이 글에서 박상영 소설에 대해 취하고 있는 비판적 관점이 소설을 읽는 규범적 방식, 익숙한 틀에서 연유한 것은 아닌가를 염려할 때, 다음과 같은 견해는 같은 문제의식을 공유한다는 점에서 되새길 필요가 있다. 퀴어 문학에 접근하는 연구자를 '뒤죽박죽(messy)'인 삶 속의 한 개인으로 위치시키고, 퀴어 문학사 서술에서 상상적 자원으로서의 기록자의 위치를 강조하며, 자신이 처한 사회적 맥락과 위치를 직시해야 함을 강조[33]하는 것이 그것이다. 그러한 기록자로서의 내용까지도 점검한다는 의미가 이 글의 제목인 '방법으로서의'의 범주에 포함되며, 그 위치에서 다시 소설이란 무엇인가를 묻고자 한다.

예술작품이 인간 실존의 복잡성을 포착해 내기 위해서 고민한 흔적이 예술 양식, 형식 등의 이름으로 발전되어 왔고, 소설에서는 특별한 재현방식이 내용과 상동성을 이루며 소설성, 문학성을 담보해왔다. 박상영의 소설들은 「알려지지 않은 예술가의 눈물과 자이툰 파스타」에서 화자를 통해 암시했듯이 '그냥 연애하는 이야기'이다. 우연히 만나고 어떤 한순간에 고정되어 우연은 지속성을 촉발하며, 지속된다는 것

---

33) 백종륜, 「한국, 퀴어 문학, 역사: '한국 퀴어 문학사'를 상상하기」, 『여/성이론』41, 여이연, 2019. 154-157쪽.

에 대한 믿음과 그 믿음에 대한 충실성을 빈번히 재확인하는[34] 과정을
이어가는 것으로서의 연애 말이다. 질문은 '그냥 하는 이야기'가 소설
인가에 대한 것으로 문학적 재현과 관련된다.

역사적으로 소설에 대한 개념은 계속 변화해 왔고, 소설의 형식은 온
갖 양식들을 집어삼키는 자본주의적 속성을 그대로 채현한다고 이야
기되듯이 그 형태가 고정되어 있지 않다. 본질적인 물음은 문학성, 소
설적 가치가 어디에서 비롯되는가일 것이다. 소설은 이야기를 통해 구
체적인 특수성을 재현하지만 그 특수한 계기들을 보편성으로 구성해
냄으로써 소설 장르에 부합하게 된다. 정황적이고 파편적으로 보이는
우연의 토대 위에서 보편성으로 나타나게 하는[35] 이야기의 힘이 소설
의 힘이자 예술작품의 원리일 것이다.

이야기는 우선 재미있고 흥미롭게 구성되어야 한다. 흥미롭게 의미
를 전달하기 위해 이야기를 구성하는 것이라고 말하는 것이 더 옳을 것
이다. 연애 이야기를 하고 있는 박상영의 텍스트들이 재미있게 읽히지
않는 것은 이야기의 구심점이 없기 때문이다. 일상의 이야기 속에서 주
변 사건들이 흥미로울 수 있는 것은 구심력에 의해 이야기에 탄력이 생
기면서 독서 과정이 긴장과 기대감으로 채워지기 때문이다. 그 과정에
서 환기되는 독자의 유사한 경험, 혹은 낯섦이 이야기에 몰입하고, 상
상력이 확장되도록 돕는다. 구심점을 만들기 위해 배경과 인물을 조건
화하고, 시간과 공간을 재배치하는 사건이 구성되는 것이다. 연애 이야
기에서는 연인 사이의 갈등, 이별이 가장 큰 사건이 될 것이다. 사건을

---

34) Badiou, Alain, 『사랑예찬』, 조재룡 옮김, 길, 2010, 51-62쪽.
35) 주디스 버틀러는 『젠더 트러블』에서 여성의 정체성, 보편적 범주로서의 여성에 대한
　　논의를 하면서 이와 같은 맥락을 보였다. 퀴어 소설의 맥락과도 상통한다고 판단했다.
　　Butler, Judith, 앞의 책, 21쪽.

통해 한 개인의 연애 이야기는 삶(죽음)의 본질적인 한 면을 통찰하도록 하는 소설적 가치를 내장하게 된다. 근래 만날 수 있었던 「상류엔 맹금류」(황정은)와 「너무 한낮의 연애」(김금희)는 그러한 효과를 가장 탁월하게 성취하고 있다.

박상영의 많은 연애 이야기에서 화자이자 주인공으로 등장하는 '영'을 비롯한 등장인물들이 매력적으로 다가오지 않는 것은 사건이 없는 것과 긴밀히 연결된다. 평면적 이야기의 서술자 위치에 머무르고 있는 '영'과 영의 시선으로 전달되는 인물들은 선택, 판단, 행동력, 수행력 등을 애써 간파해야 할 서사구조 속에 놓이지 않으므로 입체적으로 상상되지 않는다. 대신 "월드컵과 샤넬이라면 언제나 샤넬"(「알려지지 않은 예술가의 눈물과 자이툰 파스타」), "넥타이핀, 커프스버튼, 목덜미에서 느껴지는 톰포드 레더 냄새, 루이비통 장지갑"(「늦은 우기의 바캉스」) 등으로 제시되는 "게이란 인간들의 일상"과 더불어 "그냥 여드름 짜러 간다고 생각하며 낙태하러 가는 '재희'"(「재희」), "난임 클리닉을 다니고 있는 '미자'"(「알려지지 않은 예술가의 눈물과 자이툰 파스타」)는 익숙한 편견을 재확인토록 하면서 인물과 그들의 이야기를 진부하게 만든다.

박상영 소설이 메타—예술형식을 통해서, 그리고 글쓰는 동성애자를 화자로 등장시킴으로써 그의 독자성을 부각시킨 것은 의미화해야 할 부분이다. 그런데 그것이 환기하는 '당사자성' 혹은 '동성애자라는 인물형 등장'으로 소설의 정체성을 반복, 환원한다면 퀴어가 여전히 자기 정체성을 확인하는 방법으로만 작동한다는 의미일 것이다. 퀴어가 장르라면 텍스트 내부에서 퀴어 소설의 정체성을 만들어야 할 것이다. 결혼의 규범 속으로 진입할 수 없는 동성애자의 연애에서 에피소드적 만남을 넘어 연애의 유지를 가능케 하는 동력이 무엇인지, '둘의 무대'

가 가져오는 고통과 불확실성을 감수하고 그것과 반복적으로 대면하
면서 두 사람의 지속가능성을 사유할 수 있는 길은 없는지, 퀴어한 사
랑이 재발명되어야[36] 하는 것이다.

36) 바디우가 하고 있는 작업은 선언된 사랑을 지속하고 유지하는 것에 대한 성찰이다.
   그것이 사랑에 대한 성찰이라고 말한다. 머리말에 랭보의 시구절 "사랑은 재발명
   되어야만 한다. 우리가 익히 알고 있듯이."를 옮겨 놓고 있다.
   Badiou, Alain, 『사랑예찬』, 앞의 책, 159-165쪽.

II

현실을 재현하는 태도와 형식

4. 명랑
― 현실 재현의 태도로서 '명랑(성)'의 의미

1) 왜 명랑(성)인가

학술 용어로 적절해 보이지 않는 '명랑(성)'이라는 어휘가 눈에 띄게 등장한 것은 근대문학 연구영역에서다. 여기서 식민지시기를 범위로 명랑성을 언급할 때 그 낯설음은 배가된다. 중일 전쟁기 신세대 논쟁을 재해석한 김철의 「우울한 형/명랑한 동생」[1]은, 그간 근대적 시공간에서의 정신구조 분석에서 언급되어[2] 온 명랑, 쾌활, 우울, 퇴폐, 무력감 등의 분위기를 당대의 정신적 지표로 맥락화하면서 명랑(성)의 시대적 의미가 당대인의 내면 풍경의 일면이었음을 보여준다.

식민지적 조건에서 피식민자의 운명은 분열적인 상태로 그 존재 조건을 특징지을 수밖에 없다. 김철은 그 분열의 양상을 '우울한 형과 명

---

[1] 김철, 「우울한 형/명랑한 동생―중일 전쟁기 '신세대 논쟁'의 재독(再讀)」, 『상허학보』25, 상허학회, 2009.
[2] 김수림, 「제국과 유럽: 삶의 장소, 초극의 장소」, 『상허학보』23, 상허학회, 2008; 김예림, 「전시기 오락정책과 '문화'로서의 우생학」, 『역사비평』, 역사비평사, 2005; 신형기, 「총력전과 멜로드라마」, 『민족이야기를 넘어서』, 삼인, 2003; 차승기, 「추상과 과잉」, 『상허학보』21, 상허학회, 2007; 차승기, 「전시체제기 기술적 이성 비판」, 『상허학보』23, 상허학회, 2008.

랑한 동생'의 구조로 논의하고 있다. 즉 형의 우울과 무력감이 내선일
체 정책에 따른 각종 시스템의 전면적인 변화, 동원 체제에서 질주하는
시대의 변화를 막을 수 없는 피식민자들의 공포를 드러내는 것이었다
면, 동생의 명랑은 전쟁 경험에서 분리된 식민지 조선인이 새 시대의
사실을 새로운 도덕과 가능성으로 해석하고, 과장과 비약 속에서 동원
체제의 사회구조 재편성을 긍정할 수밖에 없었던 정신 상태로 읽어낸
것이다. 근대문학의 장에서 우울과 명랑은 이분화되거나 대척점에 위
치하는 것으로 해석할 것이 아니라 식민지 시기의 압도적인 위력 앞에
서 부정과 긍정의 동시적 공존으로 봐야 할 식민지 지식인의 내면 표정
이었던 것이다.

그런데 이 명랑이 수상하다고 문제제기하는 『불온한 경성은 명랑하
라』3)에서 '명랑'은 근대적 감정으로 자리한다. 총독부의 감정 정치에서
이식되어 주입된 것으로 추적되는 명랑은, 1930년대 총독부의 명랑화
작업과 함께 조선을 근대에 맞게 재편하고 식민 지배체제를 공고히 하
려는 수단으로써의 모습을 드러낸다. 그리고 조선인의 신체는 물론 두
뇌까지 통제하려 했던 명랑화 작업의 방식은 해방 후에도 지속되고 있
음이 드러난다.

1930년대 대중잡지에서 처음 출현한 대중서사로서의 유머소설은 '명
랑=건전'이라는 공식을 통해 세태를 풍자하고 비판하는 현실대응 방식
이었음을4) 보여준다. 1940년대 신체제기가 요구한 명랑성의 내용은 일
상성과 결합하여 건실함, 건전함을 내용으로 당대 행동지침으로 작용
하는 통제의 기제가 되고 있음이 밝혀졌다5). 1930-40년대 총동원체제

<hr>

3) 소래섭, 『불온한 경성은 명랑하라』, 웅진지식하우스, 2011.
4) 김지영, 「일제강점기 유모어소설의 현실인식과 시대적 의미」, 『우리문학연구』44,
  우리문학회, 2014.

가 요구했던 감정정치의 핵심어 '명랑'은 현실재현의 방식이자 태도로서 존재했다면, 1950-60년대 '유모어소설', '명랑소설'이라는 장르로 모습을 바꾸어가는 텍스트에서는 지배담론에 긍정적이고 미래지향적인 정서로 작용한, 순응적 문화장치의 한 코드로 맥락화되기도6) 한다.

선행연구는 '명랑성'이 식민지 시기 감성정치의 기제로 만들어진 생활윤리이자 지배담론의 전략에 접속한 정서였다는 것을 공통분모로 하고 있으면서도, 어떤 연구에서는 감정으로, 어떤 연구에서는 전략적 지배기제로, 또 어떤 연구에서는 태도로 보는 등 공통 핵심어의 사용 스펙트럼이 매우 넓다는 것을 알 수 있다. 이에 따라 연구대상도 연구자의 의도에 따라 담론, 소설, 비평문, 대중(통속)소설 등으로 범주화되면서, 명랑성은 식민지시기의 시대적 정신구조와 상태에 접근할 수 있는 태도로 의미화되는가 하면, 전망 찾기에 실패한 해당 시기의 소설이 시대적 요구와 결합한 서사의 통속화 양상으로 읽히기도 한다.

이미 이러한 구분에 의해 명랑성을 핵심어로 하는 논의들의 범주가 다르다는 것을 명확히 한 연구도7) 있다. 1930년대 이후 강조되거나 혹은 강요된 명랑은 통치 이데올로기로 작동하거나 자본주의적 감정관리와 맞물리는 가치가 되었다는 것이다. 그런데『불온한 경성은 명랑하라』에서는 이 둘과 달리 명랑을 태도로 규정한 이가 김기림이었음을 역설하면서, 이는 막스 베버가 감정의 근대화론에서 주장했던 '태도(attitude)'로서 '부정의 정신'을 추구하는 것으로 자리매김하기도 했다.

명랑(성)이 사회구조의 변동논리에 상응하는 태도라고 볼 때, 불확실

---

5) 박숙자, 「'통쾌'에서 '명랑'까지: 식민지 문화와 감성의 정치학」, 『한민족문화연구』 30, 한민족문화학회, 2009; 박진숙, 「박태원의 통속소설과 시대의 '명랑성'」, 『한국현대문학회 학술발표회자료집』, 한국현대문학회, 2009.
6) 김지영, 「'명랑성'의 시대적 변이와 문화정치학」, 『어문논집』78, 민족어문학회, 2016.
7) 소래섭, 앞의 책, 250-273쪽.

한 미래와 가혹한 경쟁에 노출된 근래의 환경에서 생산되는 소설들의 명랑성 또한 '명랑성 연구사'에 포함될 단서를 마련한다. 『불온한 경성은 명랑하라』에서 1930년대의 명랑성이 20세기의 '명랑', 21세기의 '행복'과 연동되는 기표라는 것을 제시하고 있듯이, 근대문학장에서 제기된 문제의식들로부터 최근의 문제를 아우르는 연구를 지속적으로 보여주는 소영현, 김예림[8] 또한 한국적 근대라는 큰 틀 안에서 '명랑성'을 새롭게 조망할 아이디어를 제공하고 있다.

이 글은, 식민지시기를 대상으로 하는 명랑성 연구가 1960년대 명랑소설의 연구로까지 이어져 특정 개념을 중심으로 연구사를 재구성할 수 있다는 점, 1970-90년대를 배경으로 하는 한국사회와 청년들에 대한 우울한 진단이 명랑과 만나고 있는 지점에서 1930-40년대의 신세대 내면 표정을 읽어내는 방식을 떠올리게 된다는 점을 연구의 시작으로 삼는다. 본 연구는 생존주의로 압축되는 근래의 암울한 현실, 대안 없는 현실 속에서 만들어지는 텍스트의 명랑함은 어떻게 이 시대의 의미 층위를 만들 수 있는지를, 누적된 연구방법과 개념에 기대어 보여줄 것이다.

김홍중은 88만원 세대라 불리는 21세기 한국의 청년세대는 생존에 대한 불안이라는 감정과 서바이벌을 향한 과열된 욕망, 그리고 경쟁에서의 승리를 위해 자기 존재의 가능성들을 전략적으로 계발하려는 집요한 계산으로 특징지어진다[9]고 보았다. 이러한 특징을 보이는 청년들의 삶을 다루고 있는 소설들(박민규, 김애란, 김사과, 황정은, 박솔뫼 등

---

8) 김예림, 「전시기 오락정책과 '문화'로서의 우생학」, 『역사비평』, 역사비평사, 2005; 소영현, 「연대 없는 공동체와 '개인적인 것'의 행방」, 『상허학보』33, 상허학회, 2011; 소영현, 「한국사회와 청년들: '자기파괴적' 체제비판 또는 배제된 자들과의 조우」, 『한국근대문학연구』26, 한국근대문학회, 2012.

9) 김홍준, 「서바이벌, 생존주의, 그리고 청년 세대: 마음의 사회학의 관점에서」, 『한국사회학』49(1), 한국사회학회, 2015.

의 소설들)에 대한 해석이 '명랑(성)'을 호출하면서[10] 이 작품들이 보여주는 명랑성의 이면을 생각하게 할 때, 그 사유의 기원은 1930년대를 향하게 된다.

따라서 본 연구는 차이와 분열의 상태로 견딜 수밖에 없는 현실에서 그것을 일시적으로 은폐하거나 망각하게 한 기제로 명랑을 읽어낸 근대문학장에 대한 연구로부터 그 사유의 방법을 계승하며, '명랑(성)'을 현실재현의 태도로 본다. 본 연구는, 2000년대 이후 전망 없는 이 현실 상황을 재현하는 데 명랑성을 특정 태도로 취하고 있는 대표작가의[11] 작품 「달려라, 아비」(김애란, 2004)와 「모자」(황정은, 2006)를 중심으로, 유사한 재현 태도로 세계를 어떻게 다르게 의미화하고 있는지를 살펴볼 것이다. 여기에서 드러나는 다름은 소설이 현실과 관계 맺는 방식의 다름이자 우리시대 인간과 삶의 의미가 다르게 해석되는 지점일 것이다. 그 다름을 관통하는 명랑은 식민지시기 지배담론이었던 명랑과 다를 것이며, 현실도피적이었던 1950년대의 태도, 순응적 문화장치였던 1960년대, 1990년대 이후 인간이 견딜 수밖에 없는 삶의 극한에서 부끄러움과 부러움 없는 태도로서의 상상력[12]과도 다른 명랑일 것이다.

---

10) 권유리야, 「김애란 소설에 나타난 친밀감의 착시와 연극적 가족진리」, 『동북아 문화연구』48, 동북아시아문화학회, 2016; 김미정, 「'김애란식 긍정성'의 이면」, 『자음과모음』13, 자음과모음, 2011; 박진영, 「명랑한 상상, 즐거운 생성」, 『Journal of Korean Culture』7, 한국어문학국제학술포럼, 2005; 소영현, 앞의 글, 2011; 2012; 장성규, 「2000년대 이후 한국문학에 나타난 가족로망스의 변화 양상연구」, 『인간연구』36, 가톨릭대학교 인간학연구소, 2018.

11) 현실(체제)과 그 속의 인간을 재현하는 데서 드러나는 황정은의 비범한 통찰력은 이야기와 시적 직관력이 결합된 형태로, 특정 작품마다 다른 방식으로 구현된다. 그런 의미에서, 그가 선택한 명랑한 태도는 어떠한 의미 층위를 만들고 있는지 주목하지 않을 수 없다. 김애란의 소설에서 명랑성에 주목한 선행연구는 이 글 각주 10)에서 정리했다. 두 작품을 비교하는 것은 시대성을 담아내는 작가의 대표성과 작품의 소재, 발표시기, 재현 태도의 유사성에 근거를 두었다.

12) 소영현, 앞의 글, 2011, 146-153쪽.

2) 가족 로망스

김애란의 「달려라, 아비」에서 아버지는 표면적으로 부재한다. 이야기 대로라면, 아버지는 어머니의 임신에 대한 두려움, 가장으로서의 책임감 등으로부터 도망친 사람이다. 아버지가 사라진 이후 어머니와 단둘이 살고 있는 화자 나는 어머니로부터 그러한 처지를 "연민하지 않는 법을 가장 큰 유산으로 물려"받았다고 하며, "어머니는 내게 미안해하지도, 나를 가여워하지도 않"았고, 그래서 나는 "어머니가 고마웠다"고 말한다. 어머니와의 관계를 "구원도 이해도 아닌 당당한 관계"라고 이야기하는 화자에 기대어, 많은 연구들은 이 소설을 두고 "새로운 모계 가족에 대한 상상력을 보여준다"거나 "아버지가 부재한 상황에서 어머니와 딸 간의 관계 설정을 통해" 새로운 가족 형태를 제시한다[13]고 평가하기도 한다.

그러나 「달려라, 아비」는 시작부터 끝까지 한결같이 아버지가 이야기의 중심에 있다. 아버지가 부재한다는 것과 관련된 이야기뿐만이 아니라, 아버지가 없다는 것과 맥락이 닿지 않는 사건들도 모두, 없는 아버지와 엮이면서 이야기로 만들어진다.

> 어머니는 내가 성적인 질문을 할 때도 매번 멋지게 대답해주었다. 아버지가 없는 나는 궁금한 게 많았다. 한번은 교통사고로 다리를 절게 된 아저씨를 보고 "저 아저씨는 부부관계를 어떻게 할까?"라고 물은 적이 있다. 어머니는 나를 한번 흘겨 보더니 "다리로 하냐?"라고 퉁명스럽게 대답했다.[14]

---

13) 박진영, 앞의 글; 서은경, 「'가족모티프'의 측면에서 바라본 김애란 소설의 변모 과정」, 『돈암어문학』33, 돈암어문학회, 2018; 장성규, 앞의 글; 정혜경, 「여성 성장소설에 나타난 가족서사의 재구성」, 『국제어문』44, 국제어문학회, 2008.

14) 김애란, 「달려라, 아비」, 『달려라, 아비』, 창비, 2005, 16쪽. (이하 텍스트 인용은 본문에 쪽수만 표시함)

성적인 질문, 특히나 모르는 아저씨를 대상으로 하는 성적인 질문은 '아버지가 없는' 것과 상관이 없다. 아버지가 있다고 해서 저 호기심이 생기지 않는 것도 아니고, 해소될 수 있는 내용도 아니다. 아버지에게 물어볼 수 있는 궁금증은 더더욱 아니다. 화자 나의 표현대로라면 "여기 없다는 것뿐"이지 아버지는 "항상 어딘가에 계셨"고, 금기(어)가 아니었기 때문에 어머니와의 대화 속에서 늘 살아 있다. 그렇기 때문에 십수년 내내 '나'의 상상 속에서 '분홍색 야광 반바지 차림'으로 계속 달리면서, 맥락이 닿지 않는 상황에서도 화자 나와 어머니의 삶 속으로 자연스럽게 들어와 그 존재를 확증할 수 있는 것이다.

그리고 없는 아버지를 대신하여 어머니의 존재감(매력)을 말해주는 가족이 가까이에 있다. 그 사람은 어머니와 죽을 때까지 사이가 좋지 않았다고 얘기되지만, 나와 어머니가 살고 있는 곳에 '우연히 들르는' 일을 멈추지 않았고, 사소한 트집잡기와 끊임없는 참견으로 가족의 이야기를 완성한다. 그는 외할아버지이다. 그를 통해 화자 나는 어머니의 어릴 적 비행에서부터 드셌던 성정, 유순한 이모 이야기를 들을 수 있었다. 그런 왕래 속에서 화자 나는 외할아버지가 "외할머니에게 첩의 빤쓰를 빨게 했"고, 어머니는 그런 아버지를 많이 원망했다는 가족사를 구성할 수 있었다.

외할아버지가 혼자 아이를 낳고 키우는 어머니를 수시로, 대놓고 비난하는 덕분에 화자 내가 아버지를 환기하는 것 또한 자동반사적인 일이 된다. 반복적으로 환기된 아버지는 "전쟁터에 나간 것도, 다른 아내를 원한 것도, 사막에 송유관을 묻으러 간 것도 아니"고, 그저 "달리기를 하러 집을 나갔"기 때문에 더 이상 비천해지지는 않는다. 화자 내가 아버지 없음에서 가질 수 있는 소외감과 결핍감은, '있는 아버지(외할아버지, 미국 아들의)'가 '없는 아버지(화자 나의 아버지)'보다 나을 것도 없는 가족사 안에서 원망 없이 "계속 뛰고 있는" 아버지, 마침내 어머니와 나에게로 돌아올 수 있는 아버지를 지속적으로 상상할 수 있도록 한다.

십수년 내내 원망 없이, 웃으면서 달리는 아버지를 상상할 수 있었던 화자 나는 그 상상 속에서 자신을 재정립하면서 아버지를 용서할 수 있는 힘을 키웠다. 그리고 마침내 죽어서 편지로 돌아온 아버지가 "세상에서 가장 시시하고 초라한 사람이라고 할지라도" "썬글라스를 씌워 더 잘 뛰게" 만드는 것으로 어머니와 나 그리고 아버지로 이루어진 가족을 완성하게 된다.

현실적으로 무능력하고 무책임해 보이는 화자의 아버지가 화자의 상상 속에서 구축되는 방식은, 전형성을 벗어나고는 있지만, 가족로망스15)가 작동하는 방식을 빗겨가지는 않는다. 실제적이고 비참한 아버지를 "웃으면서 달리는 아버지, 달리는 걸 좋아하는 아버지"로 상상하면서 어머니와 화자 나의 곁으로 돌아올 수 있는 사람으로 만들었다는 점에서 그러하다. 회귀하는 그 아버지를 기점으로 더 성장하는 화자의 목소리를 들을 수 있다는 점에서 「달려라, 아비」의 명랑한 분위기를 만들어가는 농담과 웃음, 그리고 거짓말은 모두 가족의 관계를 이어가고, 지탱하며 그들의 역사를 공유하는 기능을 하면서 아버지를 구축하는 데 관여하고 있다는 것을 알 수 있다.

반면 모자로 변신하는 아버지의 이야기를 중심 모티프로 하고 있는 「모자」는 끊임없이 아버지 이야기를 하는데 아버지가 없다. 가부장의 권위가 약화되면서 아버지의 역할이 축소되고, 아버지가 부재하는 새로운 가족 형태의 가족 이야기가 등장한 것은 2000년대 이후 한국문학

---

15) 권명아, 『가족 이야기는 어떻게 만들어지는가』, 책세상, 2000, 27쪽; 140-141쪽.

에 나타난 두드러진 특징이었다16). 「모자」에서는 아버지가 모자로 변신하면서, 실질적으로 '벽에 박힌 못' 하나의 자리만큼의 크기와 무게로 사물화된다.

모자로 변신하는 아버지는 자주 세 남매에게 "밟히고", "발로 차이고", "구겨 넣는" 존재로 이야기된다. 그런데 어렸을 적부터 모자로 변신했던 아버지의 과거 이야기를 알고 있는 할머니와 어머니, 그리고 현재의 세 남매에게서 아버지의 변신은 사건조차 되지 않는다. 할머니는 아들의 변신을 본 적이 있지만 "누구도 묻지 않았기 때문에 자기에게 그런 기억이 있다는 것도 알지 못한 채" 과묵하게 나이를 먹고 있었다. 세 남매의 어머니는 남편의 변신에 대해 더 이야기할 사이도 없이 이미 세상을 떠나고 없다. 아버지의 변신은 세 남매에게 그저 "지독한 일", "별 도움이 되지 않는 일", "전혀 해롭지 않은 일"일 뿐이며, "모자인 채로 묵묵히 하루를 보내는 모자의 세계"가 있나보라고 추측되는 정도다.

친밀성과 호혜성을 특징으로 한다는 가족의 관념은 오래전부터 재정립해야 할 가치체제로 논의되어 왔다. 말하자면 가족에 대한 정상성을 말하는 것이 근대 이후 유동하는 개념으로17)서의 가족에 접근하는 방법이 되기는 어렵다는 뜻이다. 그렇다하더라도 「달려라, 아비」에서 화자 나와 어머니는 아버지를 그리워하고 기다리며 마침내 돌아가셨다는 편지로 돌아온 아버지를 맞이하는, 가족로맨스를 부정하지 않는 서사를 완성했다. 그러나 「모자」에서는 애써 아버지의 권위를 부정하지도, 가족체계를 해체하지도, 가족에서의 일탈을 보여주지도 않는다. 대신 느닷없이, 아주 가벼운 농담처럼 아버지를 사물로 변신하게 하고,

---

16) 장성규, 앞의 글, 11쪽.
17) 정민구, 「김수영의 시에 나타난 가족 사유의 한 양상」, 『어문논총』35, 전남대 한국어문학연구소, 2019, 7-9쪽.

그 주변 사람들을 사물화하면서 가족이데올로기를 와해한다. 등장하는 첫째와 둘째, 셋째는 세 남매인지 세 자매인지도 구분되지 않을 정도로 몰개성적이며, 미약한 서사를 이어가는 세 남매의 이야기는 아버지가 모자로 변하는 핵심 사건에 어떤 영향도 미치지 않는다. 그들이 주고받는 대화는 심각하지 않고, 모든 일은 심드렁하여, 아버지가 모자로 변하든 말든 이들의 삶은 평화로움이라는 외피를 쓰고 지속된다. 그리하여 「모자」에는 아버지가 부재한 상태에서 의식적으로 구성한 '형제들의 가족 로맨스'[18] 또한 찾아볼 수 없다.

3) 재현적 거리: 살아 있는 인물, 감정, 관계

「달려라, 아비」와 「모자」는 아버지가 부재하거나 그 자리가 위태로워진 가족의 이야기를 다루면서도 비관적이거나 고통스러운 서사를 보여주지는 않는다는 공통점을 갖는다. 오히려 세계의 맨얼굴을 보아버린 사람들[19]이 선택한 것은 표면적으로 무겁지 않음, 심각하지 않음, 부정적이지 않음 등으로 요약될 수 있다. 그것이 이 두 작품을 명랑성과 유머[20]를 키워드로 논의하는 이유이기도 하다. 그런데 현실을 재현하는 태도로서의 명랑은 가족로맨스를 유지하고 있는 「달려라, 아비」와 삭제하고 있는 「모자」에서 매우 다른 양상을 나타낸다.

「달려라, 아비」의 모든 등장인물들이 살아 움직이는, 살아가는 생

---

18) 권명아, 앞의 책, 25쪽.
19) 김미정, 앞의 글, 712쪽.
20) 김애란의 작품을 명랑의 키워드로 논의하는 문헌은 무수히 많다. 이 글에서 선행연구, 참고문헌으로 다루고 있는 논의들은 모두 해당된다. 황정은의 작품을 두고 명랑성을 논의한 대표적인 문헌은 다음과 같다. 서영채, 「명랑한 환상의 비애—황정은론」, 『미메시스의 힘』, 문학동네, 2012.

활인으로 기억되는 것은 등장인물 모두가 사라진 아버지에 대한 과거의 서사를 공유하고 있고, 현재에도 나누고 있으며, 돌아올 것을 기대하고 있기 때문이다. 화자 나는 외할아버지와 어머니의 사이가 죽을 때까지 좋지 않았다고 서술하고 있지만, 외할아버지는 돌아가시기 직전까지 우연을 가장하면서 딸의 집에 들러 참견을 하고, 트집을 잡으면서 가족관계를 이어간다. 화자 내가 어머니에게 물려받은 유산 중 가장 고마운 것을 "자신을 연민하지 않는 법, 미안해하지도, 가여워하지 않으면서 자식을 길러낸 힘"이라고 이야기하고 있듯이, 외할아버지 역시 남편 없이 혼자 자식을 키우고 있는 딸을 연민하지도, 가여워하지도 않는다. 오히려 "혼자 아이를 낳은 딸을 빈정댔고" 자신에게 "대들고 악악댔던" 딸을 흉보며, 가족만이 공유할 수 있는 과거를 환기하는 역할로, 사라진 아버지가 현재까지 어머니와 화자 나에게 어떤 영향을 미치고 있는지를 증거한다. 그리고 종국에는 "그래도 내가 연애를 하면 작은 년이랑 하지, 큰 년이랑은 안한다."는 말로 어머니의 존재를 인정해주는 역할을 한다.

외할아버지와 어머니 사이에서 평생 오고간 요동치는 감정이 가족이라는 테두리 안에서 가능했다는 것은 너무도 자명하다. 어머니가 사라진 남편에 대한 원망을 안고, 궁핍한 상황에서 살아가면서도 화자 나에게서 아버지를 금기시하지 않을 수 있었던 힘도 거기에서 비롯된다. 그리고 사라진 남편을, 아버지를 가족이라는 명분 안에서 기다릴 수 있었기 때문에 어머니와 화자 나의 기다림과 그리움은 농담과 유머를 할 수 있는 정신적 조건을 공유하게 된다. 아버지에 대한 적대적 감정 없이 형성된 일정 정도의 우호(友好)와 얼마간의 무관심이 아버지에 대한 이야기를 심각하게 만들지 않으면서[21] 감정을 공유할 수 있는 통로가 되고 있는 것이다.

「달려라, 아비」에서의 농담은, 농담을 하는 어머니와 듣는 화자 나를 모두 명랑, 유쾌하게 만들고, 그 농담을 듣고 있는 우리(독자, 제 3자)까지 웃음으로 이끌고 있다. 어머니가 하는 농담에, 그 어머니의 농담을 우리에게 들려주는 화자의 명랑한 태도에, 사라진 아버지에 대한 생각의 금지, 억제 또는 억압의 강도에 해당하는 만큼의 심리적 비용이 투입된다고 했을 때, 농담에서 나오는 웃음은 그 심리적 비용을 덜거나 극복하거나 방출하는 에너지가[22] 되었을 것이다. 가족사로 공유되는 어머니와 화자 나의 감정은, 농담을 통해 사라진 아버지에 대한 저항감을 없애는 힘을 길러냈으며, 그 힘은 다시 명랑한 농담을 가능하게 하는 순환을 불러오고 있다.

「모자」의 세계는 아버지가 모자로 변신하는 현실이 비관적이거나 고통스럽지는 않지만 그 심각하지 않음과 가벼움[23]이 유쾌함으로 이어지지 않는다는 점에서 「달려라, 아비」와 구분된다. 「모자」의 명랑성은 그 특유의 심드렁하고 무뚝뚝함[24]을 넘어 불쾌함에 도달하게 한다. 아버지가 자주, 아무 곳에서나 모자로 변하는 것이 남의 눈에 띄고 소문이 번지는 바람에 자주 이사를 다니는 것이 아무렇지도 않게 되어버린 가족은, 여름이 오기 전 또 이사를 결정할 때 다음과 같은 일을 겪게 된다.

---

21) Sigmund Freud, 『프로이트 8: 농담과 무의식의 관계』, 임인주 옮김, 열린책들, 1997, 191-193쪽.
22) Sigmund Freud, 위의 책, 195-197쪽.
23) 서영채는 이를 "명랑성과 비애가 결합된 마조히즘적인 명랑성"이라고 부른다. 부조리한 세계 상태에 대해 체념할 수밖에 없는 불가피성 때문에 오히려 그런 상태를 적극적으로 수용해버리려고 함으로써 마조히즘적인 명랑성이 만들어진다는 것이다.(서영채, 앞의 책, 251쪽.) 그러나 이 글은 이 기괴한 명랑을 '부조리한 세계를 적극적으로 수용'하는 태도로 보지 않는다는 점에서 서영채와 입장을 달리한다.
24) 서영채, 앞의 책, 264쪽.

이웃에 살고 있어요, 라고 그녀가 인사했다. 첫째는 집 안쪽을 가리켰다.

들어오세요.

아니에요.

이웃 사람은 뭔가를 곰곰 생각해보는 듯하더니 등을 펴고 다시 한번 말했다.

아니에요.

그녀는 그 부근의 집들에 담이 없다는 말부터 시작했다…… 그러다보니 싫어도 남의 집 마당을 보게 되는 일이 많은데, 일전엔 자기 아이가 이 앞을 지나다가 이 집 마당을 들여다보았다는 것이었다.

우연히 모자를 봤다고 하네요…… 댁의 아버님이 마당에서 모자가 되어 있는 것을 그애가 본 모양이에요. 우리 부부가 그 문제에 굉장히 신경을 쓰고 있다는 걸 말씀드리고 싶었어요.

그냥 모자가 됐을 뿐인데요.

하지만 애들이 보잖아요.

전혀 해롭지 않아요.

애가 자꾸 물어봐서요. 뭐라고 대답해야 할지도 모르겠고.

이웃 사람은 정말 난처한 이야기라는 듯 얼굴을 찡그리고 말했다.

모두가 볼 수 있는 장소에서 모자가 되는 것은 바람직하지 않은 일이라고, 우리 부부는 생각하고 있어요.

……

아무튼 유감이에요.[25)]

이 장면은, 이웃 간의 거리를 없앤다는 취지로 담장 없애기 사업까지 벌이면서 공동체적 삶을 지향하는 쪽으로 진화하는 듯한 환경 속에서의 우리의 진짜 삶을 압축해 놓고 있다. 담장을 없앴지만 이웃의 집으

---

25) 황정은, 「모자」, 『일곱시 삼십이분 코끼리열차』, 문학동네, 2008, 41-42쪽. (이하 텍스트 인용은 본문에 쪽수만 표시함)

로 쉽게 들어가지 않으며 들이지도 말아야 한다는 것을 우리는 어릴 때
부터 교육 받는 것이 현실이다. 그 현실에서 이웃은, 모자로 변하는 사
건에 대한 반응으로 어울리지도 않는 말을 늘어놓는다. '애들이 보기
에' 적절하지 않은, '바람직하지 않은 일'을 운운하며 윤리적 측면을 자
극하고, 감정적으로 연결될 수 없는 예측가능하고 표준화된 관용어구
'유감이에요'를 통해 형식만 남은 예의를 차린다. 그리고 '우리 부부가
굉장히 신경 쓰고 있다', '우리 부부는 생각하고 있다'는 말로, 이웃이
만 어떠한 사건과 이야기들에 감정적으로, 심각하게 개입하지 않겠다
는 선을 긋는 것을 잊지 않는다.

서영채는, "추한 것은 불쾌하지만 추한 것에 대한 미메시스는 유쾌하
다고 아리스토텔레스가 말했을 때, 대상의 추함과 미메시스의 유쾌함
사이에서 만들어지는 정서적 긴장감"26)을 두고 황정은 식 명랑이라고
해석하고 있다. 그런데 이 명랑(katharsis)이 성립하려면, 미메시스의 대
상(현실)과 미메시스(재현) 사이의 '재현적 거리(poiésis)'27)가 확보되어
야 한다. 단순 발랄하게 재현되고 있는 이 장면이 명랑을 넘어 불쾌함
으로 이어지는 이유는, 이 재현적 거리가 삭제되었기 때문이다.

「달려라, 아비」에서 화자 나는 어머니에게 대답하기 곤란한 성(性)
적인 질문을 하고 어머니는 농담으로 받아 넘긴다. 이 장면이 유쾌하게
수용되는 것은 현실과 재현 사이의 거리를 독자가 암묵적으로 수용할
수 있기 때문이다. 이 거리는, 「달려라, 아비」의 이야기에 살아 있는 인
물, 감정이 그들의 세계를 구축하면서 그 행위의 필연성과 개연성을 받

---

26) 서영채, 앞의 책, 264쪽.
27) Poul Ricœur, 『시간과 이야기 1』, 김한식, 이경래 옮김, 문학과지성사, 1999, 84-104
    쪽; 김한식, 「이야기의 논리와 재현의 패러다임」, 『프랑스어문교육』34, 한국프랑
    스어문교육학회, 2010, 333쪽.

아들일 수밖에 없게 만듦으로써 확보된다. 「모자」는 의도적으로 인물의 개성, 감정, 사건, 관계의 특수성을 삭제하고, "사회적으로 약속된 규칙, 통제할 수 있는 수준의 표현, 부정적 감정을 친절함과 예의로 포장한 태도"28)로 아버지가 모자로 변하는 핵심사건과 상관없이 살아가는 인물들을 삽화 식으로 끼워 넣는다. 그래서 전체 흐름이라고 할 수 있는 이야기가 구성되지 않고, 나열된 장면으로 기억된다. 그것이, 서사화된 세계의 특수한 이야기가 아니라 바로 우리의 현실이라는 것을 직관적으로 깨닫게 만들고 있다. 우리가 살고 있는 현실 세계의 추함(위선적인 평화로움)이 재현적 거리 없이 추한 상태 그대로 제시됨으로써, 「모자」의 심각하지 않음, 심드렁함, 기계적 대화, 실없는 농담 같은 분위기는 유쾌하지 않은 현실 고발 장면이 되고 있는 것이다.

4) 인간적 시간과 이야기: 어른 혹은 미래

소설에서 이야기를 이끄는 것은 시간이다. 구체적인 사건에서 인물의 행동이 재현되면서 이야기는 입체감을 얻게 되는데, 그 행동을 의미 있는 차원으로 만드는 것이 시간이다. 「달려라, 아비」는 그 시간을 화자 나와 어머니의 것으로 만들면서 자신들의 세계를 구축한다. 화자 나는 태어나던 시점을 이렇게 기억하고 있다.

> 그때 아버지가 어디 계셨는지는 기억나지 않는다. 아버지는 항상 어딘가에 계셨지만 그곳이 여기는 아니었다. 아버지는 언제나 늦게

---

28) 이은주, 「환상소설의 두 경향」, 『비평문학』73, 한국비평문학회, 2019, 220쪽.

오거나 오지 않았다. 어머니와 나는 펄떡이는 심장을 맞댄 채 꼭 껴
안고 있었다.

—「달려라, 아비」 (9쪽)

　부재하는 아버지가 '항상 어딘가에 계셨다'는 것, 다만 '기억나지 않'
을 뿐이라는 것을 보증하는 것은, 화자 나의 '지금 여기'는 아니라는 시
간 인식이다. 어머니와 내가 '펄떡이는 심장을 맞댄' 지금의 시간 속에
있다는 것은, 기억하고 기다리는 것과 불가분의 관계를 맺는 현재로
존재하게 하는 것에 의해 결정된다[29]. 지금, 여기가 추상적인 어떤 순
간이 아니라 노동과 삶의 시간으로 해석되는 것도 기억, 기다림과 결합
하여 시간화되는 과거, 현재, 미래의 흐름이 의미를 갖기 때문이다. 즉
「달려라, 아비」의 이야기에서 화자 내가 마음을 쓰는 것에 시간이 어떻
게 상응[30]하고 있는지, 어떤 일이 벌어지고 있는지 질서를 잡아 보여주
고 있는 것이다.

　가족사라고 할 수 있는 이 질서를 통해, 아버지와 어머니의 만남이
있었고, 화자 내가 태어나고 아버지가 사라졌으며, 어머니와 외할아버
지의 사이가 나빠진 과거가 만들어진다. 그리고 그것을 기억하고, 사라
진 아버지를 기다리는 나와 어머니의 현재가 있기 때문에 기다리는 아
버지가 돌아올 미래를 기대할 수 있었다. 기억하는 과거와 기대하는 미
래, 그리고 이 둘을 가능하게 하는 현재의 체험을 이야기로 만들고 있
는「달려라, 아비」는 그래서 잘 짜여진 한 편의 이야기가 된다.

　이 이야기의 시간 속에서는, 많은 것을 알지만 어린 아이였던 화자

---

29) Poul Ricœur, 앞의 책, 145쪽; Frank Kemode, 『종말 의식과 인간적 시간』, 조초희
　　옮김, 문학과지성사, 1993, 58쪽.
30) Poul Ricœur, 앞의 책, 144-145쪽.

나와 피임약 먹는 법도 몰랐던 순진했던 어머니가 함께 성장하고 어른이 된다. 그 어른됨을 먼저 보여준 것은 외할아버지였다. 혼자 몸으로 자식을 키우는 딸에 대한 연민과 걱정을 사소한 트집과 참견으로밖에 표현하지 못했던 외할아버지는 돌아가시기 며칠 전, "그래도 내가 연애를 하면 작은 년이랑 하지, 큰 년이랑은 안한다."는 말로 아버지이자 할아버지의 모습을 보인다. 어머니 역시 죽어서 편지로 돌아온 남편에 대해 원망도, 무엇도 없는 낮은 목소리로 "잘 썩고 있을까?"를 말할 수 있다. 그래서 화자가 아버지에 대해 이야기하는 마지막 장면은 가족로망스를 회복하는 명랑한 화법으로 전달되고 있지만 단순한 긍정의 포즈, 낙관적 세계의 전망으로 읽히는 것에서 끝나지 않는다. 세계를 모르지 않는, 어른으로 성장한 사람들이 보여주는 이 유머와 명랑의 정체에 대해 궁금증31)을 남기는 것이다.

> 아버지가 비록 세상에서 가장 시시하고 초라한 사람이라고 할지라도— 그런 사람도 다른 사람들이 아픈 것은 같이 아프고, 다른 사람들이 좋아하는 것을 같이 좋아할 수 있다는 생각을 하지 못했다. 그러니 아버지는 내가 아버지를 상상했던 십수년 내내, 쉬지 않고 달리는 동안 늘 눈이 아프고 부셨을 것이다. 그래서 나는 오늘밤 아버지의 얼굴에 썬글라스를 씌워드리기로 결심했다…… (중략) …… 그것은 아버지에게 썩 잘 어울린다. 그리고 이젠, 아마 더 잘 뛰실 수 있을 것이다.
>
> —「달려라, 아비」 (28-29쪽)

「달려라, 아비」가 이야기의 시간성을 통해 등장인물의 성장과 미래 전망을 상상하게 한다면, 「모자」의 등장인물들은 자라지도 않고, 감정

---

31) 김미정, 앞의 글, 712쪽.

도 없으며, 기계적으로 현실에 적응하는 듯한 괴물성을 드러낸다. 모두가 괴물 같은 세계에서 감정을 드러내며 현실에 기계적으로 적응하지 못했던 아버지는 개인의 힘으로 어쩔 수 없는 거대하고 견고한 세계에 부딪쳤을 때 모자로 변할 수밖에 없는 것이다.

앞서 살펴본, 아버지가 모자로 변하는 것을 알게 된 이웃과 첫 째의 대화 장면으로 상징되듯이 자유와 개성을 상실한 등장인물들의 기계적 대화는 이웃과의 관계에만 국한된 것이 아니다. 남매 간, 남매와 아버지, 아버지와 할머니 등 등장인물들 모두는 자신의 특수한 이야기에 무관심한 듯 자신을 삭제하고, 생각과 행동에 기술적 의무, 규칙, 구조만 담는다. 「모자」의 세계에서는 아버지 변신에 대한 이야기도 그것이 어머니의 기억인지, 할머니의 기억인지 중요하지 않으며, '더 오래 전 기억'으로 전해지는 시간 순서도 큰 의미를 갖지 못한다.

등장인물들에게는 자신의 희망, 두려움, 가치를 형성하고[32], 마음 쓰는 것에 상응하는 인간의 시간이 없다. "시간은 서술적 양태로 엮임으로써 인간의 시간이 되며, 이야기는 시간적 실존의 조건이 될 때 그 의미가 충만"[33]해지기 때문이다. 그런데 「모자」에서는 자라지 않는 등장인물들, 대상을 특정할 필요 없는 무의미한 대화, 그리고 '어릴 때부터

---

32) 마르쿠제는 선진산업사회의 획일성을 분석하는 『일차원적 인간』에서, 새로운 방식의 지배와 사회통제가 확산되면서 그에 순응하고 만족하는 사람들의 사고방식과 행동양식을 분석한다. 일차원적 인간은 자신의 운명에 순응하지 않고 이를 통제할 수 있는 능력, 자유, 개성을 잃었거나, 잃고 있는 사람들이다. 이들은 자신이 필요로 하는 것이 스스로의 의견이 아니기 때문에 진정으로 원하는 것이 무엇인지를 모르며, 통제되고, 이중적이며, 타율적이고, 지배에 저항하거나 자율적으로 행동할 수 없는데, 그 이유는 그들이 대중의 행동을 자신과 동일시하며 존재하는 힘을 모방하고 이에 복종하기 때문이다. 본문의 문장은 이러한 맥락에서, 일차원적 인간이 포기한 내용이 된다.
H. Marcuse, 『일차원적 인간』, 박병진 옮김, 한마음사, 2009, 23쪽.
33) Poul Ricœur, 앞의 책, 125쪽; 145쪽.

모자로 변하는 한 남자가 있었다. 그 남자는 우리 아버지로, 지금도 자주 모자가 된다'로 아버지의 삶을 요약하는 가족들을 보여주며, 다차원적인 인간 주체와 인간의 시간이 삭제된 섬뜩한 세계를, 짐짓 심각하지 않은 척하는 태도로 재현하고 있다.

5) 불안을 봉쇄하는 자기보호 장치

현실을 재현하는 한 태도로서의 명랑(성)은, 차이와 분열의 상태로 견딜 수밖에 없는 현실에서 그것을 일시적으로 은폐하거나 망각하게 하는 기제로 논의되어 왔다. 근대문학장에서부터 2000년대 이후 최근까지 명랑성은 이러한 기제로서의 역할을 지속하고 있다. 1930년대는 감성정치의 기제로, 1950-60년대는 지배담론에 순응한 문화장치의 한 코드로 맥락화되었다. 1970-90년대를 배경으로 하는 한국사회와 청년들에 대한 우울한 진단도 명랑과 만나고 있다. 이 글은 2000년대 이후 「달려라, 아비」(김애란, 2004)와 「모자」(황정은, 2006)에 초점을 맞추었다. 생존주의로 압축되는 암울한 현실, 대안 없는 현실 속에서 두 텍스트는 명랑함이라는 태도를 유지하면서도 이 시대의 의미 층위를 다르게 만들어 내고 있기 때문이다.

첫 번째는 두 텍스트를 받치고 있는 명랑한 태도가 가족로망스를 유지하는가, 삭제하는가에 따라 다르게 작용하고 있었다. 전자에서 농담, 용인되는 거짓말 등으로 만들어가는 명랑함은 아버지를 구축하는 일, 가족사를 공유하는 과정이 되고 있었다. 2000년대 이후 전통적인 가족의 의미가 의문의 대상으로 다루어지면서, 「달려라, 아비」가 가족로망스를 유지한다는 것이 가족에 대한 정상성 회복을 강조하는 것으로 의미화되는 것은 아니다. 하지만 돌아올 수 있는, 달리는 아버지를 상상하게 하는 명랑함은 현실의 불안을 방어하는 역할을 한다.

반면 「모자」에서는 아버지, 형제들, 조부모가 모두 있음에도 불구하고 그 같이 있음이라는 것이 도대체 무슨 의미가 있는 것인지를 심각하지 않은 방식으로 보여준다. 가족의 의미를 되물어야 하지만, 그것은 평화로움이라는 외피를 단단히 쓰고 있어 명랑을 가장한 「모자」의 세계는 깨질 이유도, 필요도 없어 보인다. 「모자」의 폐쇄적인 명랑은 어떠한 가능성으로도 전환되기 어려워 보인다.

두 번째로 「달려라, 아비」의 농담과 웃음이 유쾌함으로 이어진다면, 「모자」의 능청스러움과 심드렁함은 불쾌한 감정으로 남는다는 차이에 주목했다. 전자가 살아있는 인물들의 개성과 감정, 맥락 있는 대화를 통해 공유되는 정보와 이야기 속에서 웃음을 유발하기 때문에 이 명랑에는 웃을 수밖에 없는 객관적 통로가 만들어진다. 그런데 「모자」에서 재현되는 실없는 농담 같은 이상한 세계는, 잘 짜여진 이야기를 통해 전해지는 것이 아니라, 현실의 추한 상태 그대로를 장면, 장면 던져놓는 것과 같은 방식으로 펼쳐진다. 그렇게 함으로써 추함과 그것의 미메시스 사이에서 만들어지는 정서적 긴장감이 삭제되고, 추한 것이 추한 상태 그대로 감지된다. 그 추함이 가볍게 장난처럼 펼쳐지므로, 우리는 외면했던 현실을 당황스럽고 불쾌한 상태로 직면하게 된다.

고도경쟁, 평생경쟁, 무한경쟁 사회로 불리는 이 시대는 경쟁과 그에 따르는 책임, 불안마저도 개인화할 수밖에 없는 자기통치(self governance), 자기착취의 시대로도 명명[34]된다. 연대가 불가능한 이 사회에서는 저

---

34) 박형신, 정수남, 『감정은 사회를 어떻게 움직이는가』, 한길사, 2015, 103-137쪽; 221-263쪽; 한병철, 『피로사회』, 김태환 옮김, 문학과지성사, 2012, 109-114쪽. 이 문단에서 언급한 시대(2000년대)에 대한 진단은 박형신, 정수남, 김태환의 문

항과 분노도 연대에 의해 표출되기 어렵기 때문에, 어떠한 희망, 기대, 정의감이 작동하기 어렵다. 예측할 수 없고, 통제불가능한 상황에서 개인의 불안과 공포는 일상화되며, 개인이 경험하는 공포감이 사회적 차원으로 공유되거나 분담되지 않을 때, 개인은 타인(이웃)과 거리를 유지하면서, 감수할 위험, 위협적인 현실에 거리두기를 할 수밖에 없다. 「달려라, 아비」와 「모자」가 보여주는 명랑은 그 거리두기의 장치로 자기보호, 보호색의 기능을 한다. 2000년대 명랑이 방어적이고 폐쇄적일 수밖에 없는 이유도 여기에서 찾아진다.

과거의 명랑(성)이 감성정치의 기제나 지배담론에 순응하게 하는 장치로 외부로부터 주어진 것이었다면, 「달려라, 아비」와 「모자」를 관통하는 명랑은 사적이고, 배타적이라는 특성을 보인다. 두 텍스트의 차이는 우리시대 인간과 삶을 이해하고 살아가는 태도의 양면으로 볼 수 있다. 「달려라, 아비」가 주체적 인간과 인간적 시간을 포기하지 않으면서 2000년대 이후 생존주의로 일컬어지는 이 현실상황을 타개해 나갈 한 방향을 생각해 보게 한다고 합의를 할 수 있지만, 그것은 일시적일 수밖에 없다. 「달려라, 아비」가 명랑으로 가리고 있는 현실이 바로 「모자」의 세계라는 것을 어른들은 알고 있기 때문이다. 「모자」는 「달려라, 아비」가 보여주는 모든 가능성을 삭제하면서 개인적 포부, 희망, 두려움, 가치 등을 포기하게 만든 사회와 그 사회를 닮은 인간 그 자체가 되고 있다. 현실을 자각하게 하는 「모자」의 세계가 가볍고 심드렁하며, 아무것도 모르는 척하는 태도를 취하고 있어, 그 세계에서는 어떠한 동의와 화해도 필요하지 않고, 균열도 발생[35]할 수 없을 것 같다. 신

헌을 참고했다.
35) 모리스 블랑쇼는 산업사회의 가장 발전한 단계에서 자본주의 체제 지배의 종언을 요구하는 혁명적 태도로, '절대적 거부'라는 형태를 논하면서 다음과 같은 말로 설명하

체와 정신이 모두 사물화된 세계의 심각성은 그래서 더 섬뜩하게 전달
될 수밖에 없다.

고 있다. "우리가 거부하는 것은 가치가 없거나 중요성이 없어서가 아니다. 분명히
그렇기 때문에 거부할 필요가 있다. 우리가 더 이상 받아들일 수 없는 이성이 있고,
우리를 두렵게 만드는 지혜의 현상이 있다. 우리가 더 이상 응하지 않을 동의와 화해
의 구실이 있다. 균열이 발생한 것이다. 우리는 더 이상 공모를 허용하지 않을 솔직
성으로 되돌아온 것이다." 이 글에서 인용한 부분은, 모리스 블랑쇼가 말한 맥락을
역설적으로 활용한 것이다.
H. Marcuse, 앞의 책, 309쪽.

5. 불안
— 불안의 미메시스

1) 불안을 재현하는 방식

불안을 포함하여 우리시대의 위험을 경고하거나, 그 위험을 돌파할 연대와 공동체의 (불)가능성에 연루된 삶의 양태를 그려내는 데 황정은 은 독보적인 스타일을 구축하면서 "현재 한국 소설의 한 정점에 근접 해"[1] 있는 작가, 가장 주목받고 있는 작가로 자리매김되고 있다[2]. 세상 사람이 일상에서 경험했음직한 사소한 일을 구체적인 사건으로 구조 화하여 인간 삶의 본질, 비의에 충격적으로 도달하게 만드는 황정은의 탁월함은 그의 모든 작품에서 확인된다. 문체와 기법, 주제가 다양한 만큼 텍스트가 환기하는 의미 또한 강렬한데, 환상적 기법에 대한 관 심[3]부터 돌봄, 치유를 핵심어로 하여 공존과 연대를 향한 바람을 담은

---

[1] 이효석문학상 심사위원회, 「심사평」, 『이효석문학상 수상작품집 2014』, 문학의숲, 2015, 332쪽.

[2] 윤국희, 「황정은 소설에 나타난 '윤리적 폭력' 비판」, 『한국근대문학연구』20(2), 한국 근대문학회, 2019, 305쪽; 이미나, 「황정은 소설에 나타난 '공감'의 사유와 '공존'하는 연대의 가능성」, 『인문과학연구』42, 대구가톨릭대학교 인문과학연구소, 2021, 1쪽.

[3] 서영채, 「명랑한 환상의 비애」, 『미메시스의 힘』, 문학동네, 2012; 신수정, 「2000년 대 소설에 나타나는 유령 화자의 의미」, 『한국문예창작』18(2), 한국문예창작학회,

논의4)까지 다른 삶과 세계를 꿈꾸는 그 마음을 되짚어보는 논의들은 그 자체로 불안한 이 시대를 관통하는 키워드로 보인다.

특히 황정은의 작품에서는 자본의 경쟁 논리로 내면을 채운 개인, 그로 인해 공허한 자들이 내적 불안을 승화시킬 방법을 찾지 못해 위태로운 인물들로 초점화되는 예가 많은데, 현대소설에서 재현되는 불안한 분위기, 인물은 일차적으로 근대사회의 경제, 정치에서 비롯되는 불확실성에 대한 미적 반응으로 설명될 수 있다.5)

국가마다 상이한 근대화의 특성과 자각에 따른 다른 속성들로 계몽 자체의 불안과 존재론적 간극의 양상이 다르게 나타남을 고찰한 연구6)에 주목하게 되는 것은, 근현대 불안을 설명하는 거시적 관점뿐만 아니라 미시적 접근 가능성도 열어보이기 때문이다. 서영채는, 근대화 시기 계몽의 원리가 작동하는 생활세계와 그 바깥의 공허감에서 생겨나는 다양한 형태의 불안에 접근하면서, 한국, 중국, 일본의 대표적 계몽문학인들이 어떻게 다른 길을 걷게 되는지를 보여준다. 문학인들이 계몽의 자기 한계에 어떻게 반응하는가에 따라 가는 길이 달라질 수밖에 없는데, 이광수는 현실적 불안이 존재론적 불안을 압도했을 것이라는 분석

2015; 심진경, 「황정은 소설의 환상과 리얼」, 『한민족문화연구』49, 한민족문화학회, 2015.

4) 강지희, 「도시의 악몽을 빠져나오는 방법」, 『문학과사회』23(3), 문학과지성사, 2010; 김미현, 「21세기 한국소설에 나타난 감정 윤리의 동학─ 긍정의 정치학을 중심으로」, 『우리말글』82, 우리말글학회, 2019; 박신영, 「고통에서 벗어나는 언어행위: 황정은의 소설을 중심으로」, 『한국학논집』69, 계명대학교 한국학연구원, 2017; 백지연, 「삶의 전환을 꿈꾸는 돌봄의 상상력」, 『창작과비평』49(2), 창비, 2021; 이미나, 「황정은 소설에 나타난 '공감'의 사유와 '공존'하는 연대의 가능성」, 『인문과학연구』42, 대구가톨릭대학교 인문과학연구소, 2021; 이소영, 「호모 파티엔스(Homo Patiens)의 서사와 인권」, 『현대문학이론연구』85, 현대문학이론학회, 2021.

5) 김동규, 『철학의 모비딕』, 문학동네, 2013, 184-215쪽.

6) 서영채, 「계몽의 불안: 루쉰과 이광수의 경우」, 『한국현대문학연구』51, 한국현대문학회, 2017.

은 설득력 있게 다가온다. 상대적으로 "네이션이나 공동체가 당면한 현실문제로부터 한 발 떨어져" 있는 것이 가능했던 일본의 아리시마 다케오가 근대성이 초래한 존재론적 불안에 개인의 차원에서 맞서고 있다면, 지사이자 지식인의 위치에서 계몽적 민족담론의 언어로 글을 써야 했던 이광수의 현실적 불안은 한 개인의 존재론적 불안을 압도했을 것이라는 해석이7) 특히 그러하다. 서영채의 논의에 등장하는, 이광수의 문학에서 감지되는 "내부가 없는 인간"과 같은 "기이한 증상"은 자기 안의 (존재론적) 불안을 외부로 투사함으로써 만들어지는 것으로 현실문제(근대국가 건설, 계몽, 생존)와 구성적 상동성을 보인다는 논법은8), 시차를 넘어 21세기 불안한 한국사회에서 소설은 어떻게 반응하고 있는가를 묻는 데도 유효하다. "삶의 거의 모든 영역 또는 생애과정 전체에서" 서바이벌, 경쟁 등의 형태로 생존이라는 현실문제가 모든 의미를 압도하고 있는 한국사회에서9) 생활세계와 그 외부 공간의 공포와 불안에 대해 소설은 어떻게 대응하고 있는지 묻지 않을 수 없기 때문이다.

같은 맥락에서, 계몽에 의해 존재의 안정성에 균열을 일으키면서 발견된 주체의 불안과 동요가 괴담의 서사양식으로 등장하고 있음에 주목한 논의10)도 흥미롭다. 논리적이고 이성적인 이해의 지평을 넘어서는 존재의 두려움을 괴담이라는 오락물로 구성하면서 시대적 불안은

---

7) 이 글에서 '두 겹의 불안'을 착안하는 데 서영채의 이 해석이 큰 도움을 주었다. 서영채는 계몽기 이광수 작품의 특이성을 설명할 때 현실적 불안, 윤리적 불안, 존재론적 불안을 함축한 증상으로 해석하고 있다. 그 중 현실적 불안이 나머지 심적 상태를 압도했을 것으로 보는데, 이러한 논의 전개방식이 황정은 소설을 분석하는 데 아이디어를 제공했다.

8) 서영채, 위의 글, 129-137쪽.

9) 김홍종, 「서바이벌, 생존주의, 그리고 청년세대: 마음의 사회학의 관점에서」, 『한국사회학』49집 1호, 한국사회학회, 2015, 193-194쪽.

10) 김지영, 「계몽의 불안과 공포의 영토화」, 『어문논집』87, 민족어문학회, 2019.

대중이 정서적으로 수용 가능한 방식으로 조정되고, 이를 통해 괴담은 인간의 불합리한 감각들, 진짜 두려움을 해소하고 덜어주는 기능을 했다는 것이다. 그 연장선에서, 작가 이상의 작품 공간을 불안과 공포를 가중시키는 공간으로 해석하고, 불안의 원인을 이십 세기 근대 소비도시를 추구하면서도 십구 세기적 가치와 도덕에 갇혀있다는 자의식, 거기에서 오는 갈등과 모순에 대한 인식이라고 지목하는 것도[11] 시대적 불안에 대응하는 내부 반응에 초점을 맞춘 작업으로 의미화할 수 있다.

문학 영역에서 불안에 대한 연구는 현대사회 인간이 처한 환경, 상황의 구조적 문제를 공통 배경으로 하는데[12], 실제적 궁핍은 줄었다고 하지만 여전히 상존하는 궁핍감, 박탈감에 대한 논의[13], 선망하는 대상과의 비교에서 오는 수많은 불평등에 대한 정서, 불쾌한 기분에 둘러쌓인 불안한 인물들에 대한 성찰[14] 등이 현대인의 내면화된 불안과의 상관성 속에 놓인다[15]. 근래 한국사회의 구조적 문제에서 비롯되는 지위 불안에 초점을 맞춘 논의[16]도 시의성을 갖는다. 고된 노동, 저소득, 불안정한 고용, 비교문화가 지위 불안을 초래하고 한국 젊은이들은 그러한 한국사회에서의 탈출, 해방을 기대하며 이민을 선택한다는, 매우 현실

---

11) 김효순, 「이상 문학의 불안과 마키노 신이치 문학의 방법」, 『일본근대학연구』36, 한국일본근대학회, 2012.
12) 신승희, 「현대사회의 불안을 보는 한 문학적 시선」, 『한국문예비평연구』49, 한국현대문예비평학회, 2016.
13) 황영경, 「김숨 소설 속의 주거 공간, 불안의 극대화 설정구조 양상」, 『인문사회21』10권 5호, 아시아문화학술원, 2019.
14) 이양숙, 「도시공간의 게토화와 불안의 정동」, 『국어국문학』195, 국어국문학회, 2021.
15) 김길웅, 「불안과 근대: 낭만주의 시대의 유토피아로서 미적인 것」, 『독어독문학』58(2), 한국독어독문학회, 2017, 64쪽.
16) 이행선, 「장강명의 소설 『한국이 싫어서』(2015)에 나타난 한국사회 내 불안의 속성과 이민의 의미」, 『인문사회과학 연구』31권 1호, 세명대학교 인문사회과학 연구소, 2023.

적인 접근을 통해 한국사회의 불안이 인간의 존엄, 의미 있는 삶을 성찰하는 계기가 되어야 함을 역설하고 있다.

지금까지의 논의들은 논자와 분석대상 모두 다양한 시공간을 배경으로 하고 있지만 구조화된 시공간에서의 현실적인 불안을 재확인한다는 공통점을 보이며, 거기에서 마무리된다는 아쉬움을 남긴다. 황정은의 소설은 현실적 불안을 전경화하면서도 존재론적 불안에 대한 사유로 무게 중심을 옮기며(「낙하하다」는 그 반대) 불안의 중첩성을 동시에 재현한다는 특징을 보인다. 지금까지 문학적, 미적으로 담론화되어 온 현실적 불안에 대한 감각을 유지한 채 그 불안이 존재론적인 것과 같은 무게로 재현되고 있는 것이다. 이 존재론적 불안은, 현실적 불안을 해결하면 동시에 해결되는 것, 혹은 현실적 불안이 사라지면 없어질 것으로 기대하며 우리가 회피하거나 도망쳐온 감정 상태, 현상이라 하겠다.

황정은의 「누가」(2013)와 「낙하하다」(2011)는 연작소설이 아님에도 짝을 이룰 때[17] 상호 반영적으로 그 의미가 구체화되면서 현대인의 내면화된 불안과 그 속성을 정면으로 응시하게 만든다. 불안의 상태를 사실적 감각으로 재현하는 동시에 그 너머를 의식하게 만드는 「누가」의 이야기는, "세계의 중심 없음과 끝없음, 무한공간의 공포와 불안"[18]

---

17) 제 15회 이효석문학상 수상작품집에 수상작 「누가」와 함께 수상작가 자선작으로 「낙하하다」가 나란히 실렸다(황정은 외,『이효석문학상 수상작품집 2014』, 문학의숲, 2014.). 이 글에서는 두 작품의 발표 순서와 상관없이 텍스트가 짝을 이루었을 때 각각의 텍스트가 완결하고 있는 양면이 서로를 미러링할 수 있도록 도와 그 의미가 생물화된다는 것을 보이고자 했다. 인간 외부에서 내부로 향해가는 서사 분석의 흐름을 고려하여 텍스트 분석은 발표 순서와 다르게 「누가」를 앞에 둔다. 이와 달리 발표 순서대로 "두 작품을 겹쳐 읽으면서" 텍스트들 사이에서 인식론적 변화를 읽어낸 논의도 있다(전기화, 「황정은 다시」,『창작과비평』46(3), 창비, 2018, 329-330쪽.). 이 시각에서는 「낙하하다」가 이 세계에 발붙이고 싶어하는 화자를 등장시켰다면 「누가」의 화자는 세상 끝으로 더는 몰리지 않겠다는 태도(체념의 의지)로 응답하고 있다고 해석한다.

으로 추상화되었던 존재론적 불안을 무감각 상태로 전경화한 「낙하하
다」와 짝을 이루면, 현실적 불안과 존재론적 불안이라는 두 겹의 불안
은 텍스트 각각의 안과 밖은 물론이고 서로의 겹을 확인시켜주는 거울
모양의 이야기로 거듭난다.

　기술시대에서 존재자는 자신의 고유한 존재를 갖지 못하고 인간의
처분에 맡겨진 에너지 자원, 수단으로 전락한다는 의미에서 하이데거
는 "존재가 존재자에게서 빠져 달아나버렸다"[19]고 말한다. 이어서 그
러한 환경에서 일상을 살아가는 개인이 어떠한 계기에 의해 본래적 존
재를 맞닥뜨리는 순간, 즉 세계―내―존재로서의 자기 자신에 직면하
게 될 때 불안이라는 근본심정성을 경험하게 된다고 설명한다[20]. 이 글
에서는, 현대적 삶의 조건이 견인하는 현실적 불안과 그 너머의 인간
존재론적 불안이[21] 「누가」(2013)와 「낙하하다」(2011) 각각에서 감각
과 무감각을 변주하는 방식으로 두 겹의 불안을 동시에 재현하며 서로
를 비추고 있음을 보여줄 것이다. 이는 21세기 현 지점에서 소설이 인
간의 불안에 어떻게 반응하고 있는지를 살피는 한 방식이기도 하다.

---

18) 서영채, 앞의 글, 114쪽.
19) 박찬국, 『삶은 왜 짐이 되었는가』, 21세기북스, 2017, 65-70쪽.
20) 박찬국, 『하이데거의 『존재와 시간』 강독』, 그린비, 2014, 246-253쪽.
21) 이 글에서 불안은 하이데거의 불안 개념에 바탕을 둔다. 하이데거의 불안 개념에 대
　　해서는 박찬국의 논저(『하이데거의 『존재와 시간』 강독』)에 기반하여, 다음 자료
　　를 참고했다. 권순홍, 「불안의 실존론적 구성과 비본래성의 가능성」, 『철학논총』
　　78집, 새한철학회 논문집, 2014; 권순홍, 「현존재의 실존과 불안의 두 얼굴」, 『현대
　　유럽철학연구』51집, 한국하이데거학회, 2018; 김길웅, 「존재와 불안」, 『독일어문
　　화권연구』27, 서울대 독일어문화권연구소, 2018; 김길웅, 「불안, 시간 그리고 존재」,
　　『독일언어문학』86집, 한국독일언어문학회, 2019; 박일태, 「불안의 형이상학적 의
　　미」, 『철학연구』130집, 철학연구회, 2020; 조홍준, 「시간은 어떻게 공간이 되는가?」,
　　『동서철학연구』105호, 한국동서철학회논문집, 2022.

2) 감각으로 변주되는 두 겹의 불안

(1) 현실적 불안을 전경화하는 물리적, 감정적 사건

불안의 문제를 문화적 맥락에서 해석할 때 근대의 불안은 그 이전 세계구상에서 버팀목 역할을 했던 토대, 즉 정신적 안정의 구심점으로서의 공동체의 질서나 가치들이 취약해짐으로써 발생하는 문제로 본다[22]. 구심점의 사라짐, 즉 총체성의 붕괴로부터 예측 불가능성, 사회구조의 불안정성, 사회적 유대감의 파괴 등이 21세기 사회의 문제적 지점으로 논의되는[23] 가운데 현대적 삶의 양식에서 경험하는, 근대 초기에 인간 해방을 칭송하던 의미와 다른 것이 되어 버린 개인(주의)화[24]가 우리시대 인간 내면을 잠식하는 불안의 본질로 진단되고 있다. 현대적 인간 상황, 생활방식에서 감지되는 불평등, 사회문제가 개인적 부적응, 죄책감, 불안, 갈등, 노이로제와 같은 식으로 개인의 위기로 나타난다는 뜻이다[25].

「누가」에서는 등장인물 '그녀'가 방 바닥을 닦고 있는 장면으로 그 위기가 전면화된다. '그녀'의 행위가 심상치 않음은 '일곱 시간째' 그걸 하고 있다는 데서 드러난다. 일주일 전에 이사한 집의 도배 풀 흔적을

---

22) 김길웅, 「문학적 인간학의 관점에서 본 '감정'」, 『괴테연구』29, 한국괴테학회, 2016, 194-195쪽.
23) 김길웅, 위의 글, 198쪽.
24) 개인화는 주어진 것으로서의 인간의 정체성이 아니라, 이를 하나의 과제로 삼아 그 과제를 수행할 책임과 결과에 대한 책임을 (부작용을 포함해) 행위자에게 지우는 것이다. 인간은 더 이상 그들의 정체성을 원래 품고 태어나지 못한다…개인의 자기만족과 자기 충족성은 또 다른 환상일 수도 있다…개인들이 자신들이 겪는 좌절과 고난을 다른 누군가의 탓으로 돌릴 수 없게 되었(으며), 사회적으로 위험과 모순은 끊임없이 생겨나는데 그것들을 해결할 의무와 필요는 계속 개인 차원의 문제가 되어간다. Zygmunt Bauman, 『액체 현대』, 이일수 옮김, 필로소픽, 2022, 88-93쪽.
25) Ulrich Beck, 『위험사회』, 홍성태 옮김, 새물결, 2006, 171쪽.

지우기 위해 바닥을 닦고 있는 것인데, 끈적끈적하고 시큼한 냄새가 그녀를 불쾌하게 만들고 있다고 하지만 그녀는 왜 그렇게까지 집요하게 바닥을 닦고 있을까.

그녀가 이사하기 전으로 돌아가보자. 그 동네 환경은 모든 것이 과도했다. 집 앞 가게의 주인은 과도하게 친절하고 친밀하게 굴었으며, 과도하게 의욕적이어서 동네 손님들을 "형님, 누님"으로 불렀다. 새로 생긴 휴대폰 매장에서는 풍선 간판과 LED조명등 앞으로 시끄러운 음악을 하루종일 틀었다. 온갖 소음과 진동, 취향이 그녀의 공간을 점령했고, 급기야 그녀의 몸을 점령하여 이유 없이 아픈 사람이 된다. 자기 힘으로 어쩔 수 없는 환경, 상황과 맞닥뜨리면서 그녀가 선택한 것이 이사였다. 그리고 "조용할 것", 이것이 이사의 가장 중요한 조건이 된다. 타인의 취향으로부터 차단될 방법을 찾아 떠나왔지만, 이사 온 집에는 또다른 소리가 침범한다. 근원지를 알 수 없는 층간소음이 있는 것으로 보이며, 그 소리를 윗집 여자는 이렇게 전한다.

> 이 집에서 어제 누가 싸우지 않았어요? 어제요? 누가요? 누가 막 싸우고 울면서 우리 애기 불쌍해서 어쩌나 그러지 않았어요? 어제요? 몰라요. 이 집에 애기 없는데. 남자는요 남자하고 싸우지 않았어요? 막 울고? 저 어제 집에 없었어요.[26]

윗집 여자의 이야기가 신뢰할만한 것이라면, 공동주택 어딘가에서 부부싸움을 했고, 그집 애기가 울면서 발생한 소음이 멀리까지 번진 것으로 이해할 수 있다. 윗집 여자는 우선적으로 아랫집(이사온 그녀의

---

26) 황정은, 「누가」, 『아무도 아닌』, 문학동네, 2016, 116쪽. 이후 인용 부분은 인용문단 끝에 쪽수만 표시함.

집)이 소음의 발생지라 의심하여 확인 차 아랫집에 사는 그녀를 방문하고 조심해달라는 경고를 질문 형식으로 던지고 있다. 그런데 윗집 여자의 말이 길어지면서 그녀의 말은 신뢰할 수 없는 것이 되고, 텍스트의 갈등은 물리적인 층간소음 문제가 아닐 수도 있겠다는 의혹이 생긴다.

> 내가 저기 윗집 사는데 어제 우리 윗집에서 지랄을 하는 거야. 시끄럽다고. 우리집이 그랬대. 소리지르고 울고 애기 불쌍하다고. 우리집에 우리 딸하고 나아고 둘이 사는데 내가 장사를 하느라고 낮엔 집에 없고 딸이 집에 있거든. 딸이 서른다섯인데 공부하고 직장 다니다가 집에 있어요. 우리가 개를 세 마리 키우는데 개들이 짖지는 않아. 그런데 어제하고 그제는 개새끼들이 지랄병이 나가지고⋯
>
> 네?
>
> 윗집에서 시끄럽다고 우리집이.
>
> 윗집에서 아주머니한테요?
>
> 아니 내가.
>
> 네?
>
> 아니 내가 딸하고 둘이 사니까 어미가 딸을 데리고 나왔네 뭐네 말도 많고 찧고 까불어들. 그래서 그렇게 따졌거든.
>
> 저 무슨 얘긴지⋯⋯
>
> 못 알아듣겠는데요. (117쪽)

이쯤 되면 이 공동주택에서 소음이 진짜 발생했는지도 의아하고, 윗집 여자에게 뭔가 문제가 있는 것 아닌가 의심하게 된다. 주인공 '그녀'도 윗집 여자를 "좀 이상하고 미친 것 같"다고 판단한다. 그래도 이사 온 곳은 먼저 살던 곳보다 조용해서 좋다고 되뇐다. 그러나 곧 꿍꿍거리는 발소리와 진동, 뭔가를 굽는 냄새, 연기, 떠드는 소리, 웃음소리로 소란스러워 그녀는 윗집으로 올라간다.

얼마 전 그녀를 방문했던 윗집 여자는 서른 다섯된 딸 하나와 살고 있다고 했는데, 윗집에서는 이십 대 초반의 여자애들이 고기를 구워 먹고 있었으며, 조용히 해달라는 그녀의 말은 받아들여지지 않는다. 그리고 윗집 여자애들은 그녀의 집 현관 벨을 누르고 도망가는 일까지 벌인다. 꿍꿍거리는 소리가 반복되면서 그녀는 집안의 물건을 천장으로 던지기 시작한다. 층간소음에 대한 일종의 보복행위를 감행한 것인데, 그날 새벽 그녀는 집을 방문한 누군가로부터 "아래층이야 씨발 년아."라는 말을 듣는 것으로 소설은 마무리된다.

"아래층이야 씨발 년아."라는 마지막 문장을 통해 등장인물들은 서로가 서로에게 아랫집, 윗집이며 불안과 갈등을 일으키는 존재라는 것이 드러난다. '그녀'의 다음과 같은 독백은 아래층 남자의 독백이기도 하고, 위층 여자의 독백이기도 한 것이다.

> 윗집 여자는 좀 이상했지. 미친 것 같았다…… 미친년이 별 것도 아닌 용건으로 문을 두드리고 아 사람 바쁜데…… 아 싫다. 아 피곤하다. 만나기 싫고 마주치기도 싫다. 요즘은 어디나 이상한 사람들 천지다. 미친년에 아 미친놈, 천지다. (119쪽)

텍스트의 불안은 여기에서 증폭된다. 이사하기 전 '그녀'를 불편하게 만든 것은 LED조명, 시끄러운 광고음악 등 출처가 명확한, '그녀' 외부에 있는 것들이었다. 그것은 피할 수 있는 것으로 여겨졌다. 그런데 도피한(이사한) 공간에서 문제가 되는 소음과 냄새는 출처가 모호하다. 게다가 소음에 대한 등장인물들의 반응이 누적될수록 그 소리가 물리적으로 존재하는 것이 아닐 수도 있다는 의심이 들고, 나아가 실체를 확인할 수 없다는 데서 형성되는 섬뜩하고 무시무시한 기운은 텍스트가 전면화했던 시각, 청각, 후각, 촉각 등의 온갖 현실적 감각들을 넘어서 텍스트 전체를 휘감는 불편한 정서가 된다. 이 불편한 정황이 감지되면 감각으로 전면화되었던 사건들 너머의 그로테스크한 침묵의 순간들이 개인화된 불안의 심연이라는 것을 깨닫게 된다.

소음을 듣는 인물들이 소리로부터 시작되는 괴로움을 쏟아내는 장면에 다시 집중해보자.

> 아니 내가 딸하고 둘이 사니까 어미가 딸을 데리고 나왔네 뭐네…… (중간생략) ……인간들이 뭐가 어쩌고저쩌고 말도 많고 까불지들. 그래서 내가 지금 찾으러 다니는 거야 범인을. 어느 집에서 그렇게 해가지고 내가 욕을 먹었는지 잡고 말 테다……어느 염병할 집에서 우리를 모함하고 모욕을 주고 괴롭히는지, 내가 이번엔 넘어가지 않을 테다 두고봐…… (117-118쪽)

인물들이 마주보고 말을 하고 있는 장면이지만 철저하게 독백인 말, 서로가 서로에게 아래층 사람이고 윗집 사람이 되는 인물들의 입을 통해 제시되는 불안 요소들은 특정 인물에 한정하여 맥락화할 수 있는 사건의 의미를 넘어서서, 내용과 상관없이, 그 내용을 감당해 왔을 개인의 시간, 감당할 수 없어 위기에 처한 개인들의 내면을 상상하게 만든다.

즉, "일곱 시간째 바닥을 닦고 있는" 강박적 인물은 무슨 생각을 하며 바닥을 닦고 있는가, "딸하고 둘이 사니까" 어미가 딸을 데리고 나왔네 뭐네 말이 생기는 문화 안에서 "어느 염병할 집에서 우리를 모함하고 모욕을 주고 괴롭힌"다고 여기는 사람은 그 말을 입 밖으로 꺼내기까지 어떤 심정으로 그 순간들을 견디어 왔는가, "가장자리가 우그러진 양은 밥상에 밥과 보리차와 김치 한 가지를 두고 먹고" 사는 노인의 식사 시간은 오히려 가장 무감각하고 허기지는 시간이 아니었을까, 금융권의 도급 전화 상담원에서 계약이 해지되었다는 말로 일자리를 잃은 선배와 함께 한 술자리에서 "아무런 감흥 없이, 실은 얼마간 불쾌한 기분"으로 앉아 있었다고 하는 그녀의 내면은 무엇으로 채워지고 있었을까.

텍스트에서 전경화되는 사건은 무직, 계약직, 일인 가구, 소수 가족 형태로 구체화된 인물을 내세워, 일곱 시간째 바닥을 닦는 이상행동을 하거나 상호 간에 "미친년, 미친놈"으로 호명되고 "찧고 까불고, 염병" 하는 상황을 보여준다. 인물들은 서로가 서로의 과거이자 현재이며 미래의 모습으로 재현되는 것이다. 텍스트는 그것을 "사람들이 망해가는 모습"이라고 말하고, 인물들은 망해가는 모습이라는 것을 인지하며 그것으로부터의 해방, 차단될 수 있는 권리가 실현될 수 없다는 것도 감지하고 있다.

> 그녀는 그때 자신이 계급적 인간이라는 것을, 자신이 속한 계급이라는 걸 알았다. 이런 거였구나. 이웃의 취향으로부터 차단될 방법이 없다는 거, 계급이란 이런 거였고 나는 이런 계급이었어…… 돈으로 그 권리를 실현할 수 있어야 하는 거야…… 그런데 나는 그게 아니지. 나는 지금 그게 아니고 아마 죽을 때까지도 그게 아니다. 나는 그래 그거다. 그렇게 할 수 있는 방법이 없는 계급…… (123-124쪽)

경제적 성취와 관련하여 지위(status)가 부여되기 시작한 이래 사회적 지위와 인간의 가치를 동일시하는 속물근성이 편재한 사회에서 낮은 지위에 처한 사람은 점차 감정적으로 견디기 힘든 처지에 놓이게 된다[27]. 속물적인 세상이 중요한 상징을 갖추지 못한 사람들에게 보이는

---

27) Alain de Botton, 『불안』, 정영목 옮김, 이레, 2005, 85쪽.

무시와 외면 때문인데, 알랭 드 보통은 이 시대 가난이 '물질적 형벌'이라면 그 영향이 '감정적 형벌'[28] 이라고 설명한다. 「누가」에서 소음과 냄새는 그 형벌을 형상화한 것으로 볼 수 있다. 현대가 낳은 경제적 진보, 현대적 생활방식으로서의 질서 구축에서 밀려나는 사람들의 감정적 동요가 등장인물들의 이해할 수 없는 행동과 위협적인 말로 현실적 불안감을 구체화하고 있는 것이다.

텍스트 전체를 지배하는 불쾌한 정서는, 인간은 출생과 동시에 어떤 지위, 즉 계급에 속해 있으며 거기에서 죽을 때까지 벗어날 수 없다는 데로 옮겨간다. 그것은 눈에 잘 띄지는 않지만 미끌거리고 끈적거림으로 계속 그녀를 불쾌하게 만드는 도배 풀처럼 그녀에게 들러붙어 있는 것이다. 이 현실적 불안은, 가게 스피커 소리처럼 명확하게 나의 외부에 존재하는 물리적인 소음으로 재현되다가 점차 출처가 의심되는 벨소리, 문소리, 웃음소리, 말소리, 냄새, 진동, 이명을 감지하는 개인적 망상과 환각으로 옮겨오며, 각자 혼자 견디어 온 침묵의 시간, 감각할 수 없는 낯설고 공포스러운 시공간을 응시하게 만든다.

현대사회는 지위에 기반한 계급 해체, 이탈로부터의 해방을 전망했었다. 그러나 해방된 사람들은 개인을 통제하는 구조[29] 속에서 자신이 겪는 고난과 좌절, 그로부터 생겨나는 불안을 사회적 위험과 모순으로 재구조화하지 못하고 층간소음, 즉 위험한 이웃과 그것을 자각하는 개

---

28) Alain de Botton, 위의 책, 38쪽.
29) 현대사회의 개인이 생활 상황들의 모든 설계에서 제도적 종속성에 놓이게 되는 현상을 말한다. 해방된 개인들은 노동시장에 의존하게 되며, 그 때문에 교육, 소비, 복지국가의 법령과 생활보조, 교통계획, 소비자 공급에 의존하게 된다. 그리고 의학적, 심리학적, 교육학적 상담과 보호의 가능성과 방식에 의존하게 된다. 모든 개인들을 제도—의존적으로 통제하는 구조를 개인주의화로 고찰하면서 울리히 벡은 현대사회를 위험사회로 규정한다. Ulrich Beck, 앞의 책, 215쪽.

인의 위기로 떠안는다.

그런데 여기서 중요한 질문이 다시 제기된다. '그녀'는 자기의 불편한 심정이 충간소음 때문이라고 믿고 있을까. 그녀는 이사를 결심하고 단지 '조용할 것'만을 바란다고 했는데, 그 '단지 조용함'은 아무나 누릴 수 있는 것이 아니라는 것을 그녀는 이미 알고 있었다.

> 예컨대 잡상인, 이런저런 방문객, 확성기 소음, 휴대폰 매장의 무자비한 플레이리스트, 사람들이 망해가는 모습, 그런 것으로부터 해방…… 해방이라기보다는 차단될 수 있는 권리……그걸 확실하게 실현하려면 돈을 가지고 있어…… 야 비로소 그 권리를 가지고 있다고 할 수 있는 계급인 거야. 그런데 나는 그게 아니지. 나는 지금 그게 아니고 아마 죽을 때까지도 그게 아니다. 나는 그래 그거다. 그렇게 할 수 있는 방법이 없는 계급…… (124쪽)

'그녀'는 죽을 때까지 그 조용함을 누릴 수 없을 것임을 눈치채고도 이사를 한다. 개인의 힘으로 어찌할 수 없는 현실 조건, 그로부터 발생하는 불안과 그 불안을 통제할 수 없고, "참을 수 없는 일이지만 참고 있고 참아 왔다"는 그녀가 이사를 하며 기대한 것은 무엇이었을까. 이사를 한 후에도 그 참을 수 없는 일이 여전히 반복되는 현재, 그녀는 무엇을 할 수 있을까.

> 나는 그 노인보다 낫지만 지금의 나하고 그 노인 사이엔 거의 아무것도 없다. 아무것도 없으니까 언제고 나는 그 노인이 있었던 곳에 스무스하게 당도할 것이다……나는 미래에 아주 매끄럽게 그 노인처럼……그렇게 될 것이다. 그런 예감이고 그런 예지다. (134쪽)

이사 후, 소음 출처의 불확실성으로 구체화된 사건들 끝에서 그녀는
자신을 불편하게 만들었던 일들이 해결 "방법이 없는" 일이라는 것만
재확인한다. 외부 소음으로부터 탈출(이사)하여 출처 불명의 소음으로
옮겨온 그녀의 '무섭고 불쾌'한 심정은 이제 그녀 내부와 직면해야 한
다. 마주해야 하는 '무섭고 불쾌한' 그 순간은, 외부소음, 층간소음, 음
식냄새, 끈적이는 풀, 노인의 삶의 흔적 등 온갖 감각으로 전면화되었
던 사건 뒤를 떠받치고 있던 섬뜩하고 낯설며 아득하고 공허한 침묵의
시공간이다.

(2) 無감각으로 재현되는 존재론적 불안

현대사회의 불확실성 속에서 자신의 행동 유형과 구성 방식은 자명
하지도, 주어지지도 않으며 개인화되고 사적으로 변하였다. 그에 따른
부담과 실패의 책임이 개인에게로 떨어지는 시대가 된 것이다[30].「누
가」의 그녀가 인식하고 있는 계급적 종속, 한계는 이제 체제와 정치의
문제가 아니라 개인의 실패와 책임으로 미시화된다. 이러한 시대의 인
간 조건에서 비롯되는,「누가」에서 후경화 방식으로 재현되었던 낯설
고 섬뜩한 정서의 심연은「낙하하다」에서 '계속 낙하 중인 인간'의 심
상으로 재현되고 있다.「누가」의 마지막 장면은 정체 모를 소음으로 불
안해하던 그녀가 자신이 소음의 원인으로 지목되는 "아래층이야 씨발
년아."라는 말을 듣는 것으로 끝난다.「낙하하다」는「누가」의 바로 이
마지막 장면에서 이어질 수 있는 '그녀'의 내적 상태이자「누가」전체
를 감싸고 있으면서도 사건으로 전경화할 수 없었던, 각 인물들이 견디
어 온 심연의 시간을 재현하고 있다.

---

30) Zygmunt Bauman,『액체 현대』, 이일수 옮김, 필로소픽, 2022, 45-46쪽.

「누가」의 '그녀'는 자신을 공동주택에서 발생하는 소음과 냄새의 피해자로만 생각했었다. 그리고 그 소동으로부터 벗어날 수 없는 자신의 처지를 계급 문제로 치환한다. 즉 '그녀'는 이웃을 "백 퍼센트의 고객으로는 평생 살아보지도 못 한" 채 "웃는 얼굴로 사람을 모욕하고 병신 만드는 미친년들"로 여긴다. 또한 서로가 서로에게 시달리면서도 계급의 문제도 인지하지 못하는 "니들 같은 인간들", "니들 같은 이웃"으로 구분하기도 한다. 그런데 "아래층이야 씨발 년아."라는 이 한 마디는 그녀가 내뱉은 '니들 같은 인간'이라는 불쾌한 범주 속으로 그녀를 밀어 넣는다.

나와 니들(이웃)을 구분하고, 참는 자와 무례한 자로 구분하며, 문제의 본질을 직시한 자와 그렇지 못한 자로 구분했었던 '그녀' 자신도 후자에 속한다는 것을 회피하지 않을 때, 익숙하게 구분지었던 자신의 일상적 세계, 틀이 무너지며 세계 전체가 낯설게 자신을 드러내게 된다. 이때 그녀는 자신의 본래적인 존재에 직면함으로써 마음의 불편함(ungeheuer)을 느끼게 되는데, 하이데거는 이 상태를 불안으로 설명한다.31) 「낙하하다」의 이야기는 섬뜩하고 낯선 세계에 단독자로 직면한 존재의 불안에 대한 부연설명이자 "내던져진(being thrown, 被投) 세계—내—존재 자체"32)이다.

떨어지고 있다.
삼년은 지났을 것이다. 검은 공간을 하염없이 떨어져내릴 뿐이니 시간이 얼마나 흘렀는지는 알 수 없다. 삼년은 지났을 것이다. 그렇게 생각하자고 생각해두었다. 삼십년은 지났을 것이라고 생각하면

---

31) 하이데거는 현존재가 자신의 존재와 관계 맺는 방식을 마음씀(sorge)으로 해석하고, 현존재가 탁월하게 자신에게 개시되는 현상적 지반으로 불안을 들고 있다. 박찬국, 『하이데거의 『존재와 시간』 강독』, 그린비, 2014, 243; 246-253쪽.
32) 박찬국, 위의 책, 248쪽.

아득하다. 삼일 정도 지났을 거라고 생각해도 아득하다. 삼년은 지났을 것이다. 생각에 생각을 거듭한 끝에 그렇게 생각하기로 생각해 두었다. 삼년째 떨어지고 있다.

어째서 떨어지고 있는지 모르겠다.

삼년 전, 떨어지고 있네, 라고 생각하며 떨어지고 있는 자신을 깨달은 뒤로 계속 떨어지고 있다.[33]

황정은의 소설 대부분이 그러하듯이 「낙하하다」의 탁월성은 흥미로운 이야기와 이야기가 재현해 내는 전체의 상(像)이 결합하여 메시지가 완성된다는 데 있다. 등장인물 '나'는 삼 년 전에 떨어지고 있음을 깨달았다고 하지만 실제로는 시간이 얼마나 흘렀는지 알 수 없는 상태에서 계속 떨어지고 있는 것이 이 소설의 전경화된 이야기이다. "떠오르고 있다는 느낌이 들 때도 있"고, "어쩌면 상승하고 있는지도 모르겠다"고 하며, "다리를 껴안고 머리를 숙이면 머리와 어깨가 구르며" 방향을 바꾼다고 하는 것으로 미루어보면 끝도 없는, 아무런 물질에도 닿지 못하는 무중력의 우주공간을 떠다니는 것일 수도 있다.

「누가」에서 '그녀'가 사람이 싫어졌다고 이야기하며 이사를 결정한 이유는 그녀의 삶이 경계 없이 다른 존재자들로부터 침범 당하는 일상 속에 놓여 있다는 인식 때문이었다. 그녀는 일상세계에 변화를 주는 것, 즉 이사를 통해 타자들로부터의 해방, 권리실현, 가능성(변화) 등에 가까워질 수 있을 것을 기대했다. 그런데 이사 후에 그녀가 마주하는 무섭고 불편한 심정은 구체적으로 실재하는 대상에서 비롯되는 것이 아니었다. 모든 불편한 것들에 대한 책임과 실패를 스스로에게 돌리는

---

33) 황정은, 「낙하하다」, 『파씨의 입문』, 창비, 2012, 61-62쪽. 이후 본문 인용은 쪽수만 표시함.

심경은, 노인이 살던 집으로 이사를 간 후 그녀가 "나는 정당하게 세를 내고 이 집으로 들어왔을 뿐인데 노인을 내쫓았다는 기분"을 느끼는 데서, 모든 갈등 속에서 되뇌는 "왜 내게 이런 일이 생기는 걸까. 왜 이렇게 참을 수 없는 일이 많아졌을까……뭔가 요령 같은 것을 잃어버린 것 같다는 생각"을 하는 순간순간에 그대로 드러난다. 그리고 그녀의 이 불안은 「낙하하다」를 통해 그 정체를 드러낸다.

> 아주머니도 쓸쓸했을까.
> 평소엔 친절하게 대답해주는 사람도 별로 없어 쓸쓸하게 살고 있었을까…… 그러므로 지금쯤 어디선가 떨어져내리고 있지는 않을까. 아주머니만의 지옥에서, 하나도 만족스럽지 않은 상태로, 혼자서 떨어지고 있지는 않을까.
> 다름아니라 나였을지도 모르겠다.
> 나는 아주머니였을지도 모르겠다.
> (중략)
> 낮에는 서랍 냄새가 밴 옷을 입고 외출했다가 저녁엔 누구도 친절하게 대해주는 사람 없는 집으로 돌아가고는 하지 않았을까
> ………………
> 이것뿐이다.
> 스스로의 목소리뿐이다.
> 어디에도 부딪히지 못하고 메아리로 돌아오지도 않는 독백뿐이다. 혼자서 말하고 있다. (74-77쪽)

더는 꿈꾸지 않고, 꿈꾸는 데 익숙하지도 않게 보이는 완고한 얼굴의 아주머니를 만나 지하철의 출구 방향을 가르쳐주고, 무뚝뚝한 표정으로 고맙다는 인사를 들었던 '나'의 기억은, 아주머니만의 독백, 아주머니만의 침묵의 시공간(지옥)으로 치닫고 그것이 결국 '나였을지도 모르

겠다'는 생각으로 돌아온다. 꿈꿀 수 없고, 소통할 수 없으며, 친밀감과
연대도 어려운 구조적 문제들은 개인의 지옥으로 환원되고, 지옥에 있
는 개인은 더 이상 묻지도, 따지지도, 탓을 하지도 못하는 상태를 지속
할 뿐이다. "혼자서 말하고 있는" 이 침묵의 상태를 견디는, 각자의 지
옥에서 떨어지고 있는 개인들의 텍스트(「낙하하다」)에서는 지하철역
에서 한 번 만난 아주머니와 세 계절을 빠짐없이 만난 사람이 특별히
구분되지 않는다.

> 야노 씨와는 봄부터 가을까지 만났다. 봄부터 가을까지 빠짐없이
> 만났다. 어느날 가치관이 맞지 않네요, 라는 말을 듣고 헤어졌다. 어
> 떤 면에서 가치관이 맞지 않는다는 것인지 자세한 내용도 듣지 못했
> 다. 가치관이 맞지 않으면 안되는 것인가요, 묻고 싶은 것도 묻지 못
> 하고 헤어졌다…… 어떤 면에서 가치관이 맞지 않았는지는 지금도
> 모르겠다. (71쪽)

「누가」에서 일상세계에 사로잡힌 개인의 불안이 원인과 대상이 있
는 것처럼 사건으로 전경화되면서, 중첩되는 공허함은 불쾌한 것으로
남겨두었다. 「낙하하다」는 바로 그 불쾌함, "친숙하고 편안한 일상 세
계의 보호막을 찢고 등장하는 존재론적 동요"[34]의 순간을 경험적 시공
간을 무화시키는 방식으로 재현하고 있다. 텅빈 공간, 진공상태, 무감
각을 전면화하면서 그것을 걷어냈을 때 보이는 약간의 친절함, 소박한
만족의 순간들이 겹을 이루고 있는 것이다.

　우리가 생각하는 시공간은 추상적으로 존재하기 때문에 구체적 존

---

34) 김동규, 『철학의 모비딕』, 문학동네, 2013, 47쪽.
　하이데거는 전자를 비본래적 불안으로, 후자를 본래적, 존재론적 불안으로 구분하고 있다.

재 양식을 가지지 않는다. 구체적 시공간은 세계—내, 현존재의 세계에 근거해서만 발견 가능하다고 할 수 있는데, 「낙하하다」의 '나'를 통해 볼 수 있는 세계에서는 '아주머니와 야노 씨'도 구분되지 않고, '복숭아와 사과'도 중요하지 않으며, '빗소리와 빗방울'도 큰 의미를 갖지 못한다. 그 세계에는 "우주처럼 무한한 공간을 끝도 없이" 헤매고 있을 뿐이라는 목소리만 존재한다.

> 떨어지고 떨어지길 거듭하다보니 직선이라기보다는 곡선으로 떨어진다는 느낌이 들 때도 있다……떨어진다고 해도 상당히 큰 구심력에 휘둘려 결국은 둥근 원을 그리고 있는지도 모르겠다. 떨어지고 떨어지며 떨어지기 직전까지 무엇을 하고 있었는지 열심히 생각해보았지만 아무래도 생각나지 않는다. 운 나쁘게 웜홀이라거나 무슨 차원의 터널에 빨려들어 전혀 다른 공간으로 이동하는 중인지도 모르겠다. (62쪽)

존재하는 각각의 존재자들은 자기 자리를 가진다. 그러한 자리가 다른 존재자의 자리도 배치하도록 방향을 제시한다. 그것이 현존재의 주위 세계를 구성할 때 우리는 그것을 공간으로 인식할 수 있다. 또한 그 공간성이 가능한 것은 현존재의 근원적 시간성 때문이다[35]. 현존재가 지금(시간)을 그 자리에서 연속(지속)하기 때문에 시공간은 발견될 수 있는 것이다. 그런데 「낙하하다」의 '나'는 계속 떨어지고 있기 때문에 자리와 방향을 정할 수 없다. 그 때문에 떨어지는 것인지 상승하는 것인지, 직선으로 나아가는지 둥근 원을 돌고 있는지도 모호하다. 통속적으로 상상할 수 있는 시간의 흐름을 깨뜨리는 텍스트의 상황에서는 유

---

35) 조홍준, 「시간은 어떻게 공간이 되는가?」, 『동서철학연구』, 105호, 한국동서철학회논문집, 2022, 481-487쪽.

한성, 한계, 시작과 끝이라는 맥락을 통해 의미를 획득하는 죽음(삶), 지옥(천국), 이별(만남, 사랑) 등이 모두 무화(無化)된다.

> 이것은 결국 꿈일지도 모르겠다. 세상에서 가장 지루하게 이어지는 꿈을 꾸고 있는지도 모르겠다…… (중간 생략) ……죽었는지도 모르겠다고 생각할 때가 이따금 있다. 죽었을지도 모른다…… (중간 생략) ……장래희망이 무엇이냐고 묻는 사람에게 잘 죽고 싶다고 대답한 적도 있다……여름엔 복숭아를 듬뿍 먹고 가을엔 사과를 양껏 먹을 수 있는 정도로 만족하며 살다가 양지바른 곳에서 죽고 싶다고 생각했다……그 정도가 지복이라면 요즘의 인생이란 서글픈 것이로구나, 지나가듯 생각했다…… (중간 생략) ……줄곧 떨어지다가 어디든 닿기 전에 결국 희미해질지도 모를 일이다. 공허한 마찰을 거듭하다가 나달나달해져 이윽고 사라져버리는 순간이 올지도 모르겠다. (62-65쪽)

> 아무도 아무것도 없으니 세계랄 것도 아닌 세계를 아무에게도 아무 곳에도 닿지 못하고 떨어져내린다……어느 것이든 밑도 없는 시작으로 끝도 없다. (70-71쪽)

"아무에게도 아무 곳에도 닿지 못하고" 떨어져 내리고 있기만 한 '나'에게서는 시간, 공간, 타자가 모두 사라진다. 삶의 구체성과 의미가 사라진다는 뜻이다. 이 상태의 지속 혹은 반복 속에서 '나'는 "외롭고 두렵고 무엇보다도 지루하다"고 말할 뿐이다. 하이데거는 '나'와 같은 상태로 내던져지는 것(被投性)이 인간 존재의 운명이라고 말하며, 현존재가 자신의 본래적인 존재에 직면할 때 불안의 심정, 기분에 놓이게 된다고 분석한다. 떨어지는 '나'가 할 수 있는 것은 '공허한 마찰'에 그칠 수 있는 '생각하고 생각하는' 것뿐이다. 인간 존재는 자기 자신이 불안의 근원지인 셈이다36). 「낙하하다」는 바로 인간 존재의 근원적인 불안, 세계―내―존재로 내던져진 존재론적 불안 자체를 계속 떨어지고 있는 한 인간의 독백으로 재현한다. 「누가」에서 가시화되지 못한 불쾌하고 무시무시한 정서의 정체를 거울처럼 비춰주고 있는 것이다.

(3) 현존재의 존재방식: 도피 혹은 견뎌냄

「낙하하다」가 재현하고 있듯이 인간은 세계에 내던져진 존재이다. 그 본래적 심정이 불안이라고 했을 때 세계―내―존재로 살아가면서 불안에 직면한다는 것은 하이데거가 주장하듯이 근원적인 존재가능성이 열리는 순간이 된다. 그래서 하이데거는 이때의 불안은 우리를 허무감과 무상감에 빠뜨리는 것이 아니라 세인(das Man)들의 세계에서 해방시켜 우리를 단독자화하면서 본래적인 실존 가능성을 여는 계기가 될 수 있다고 말한다37). 현존재가 살아가는 세인들의 세계는 자신이 삶의 주체가 되기 어렵고 익명의 타인들에게 예속되어 휘둘리는 환경이된다.38) 그런데 불안에 직면한 현존재는 존재를 응시하며 세계를 둘러보는 것이 가능해지기 때문에 세계의 세계성이 이해되고 존재자들이 우리에게 와 닿을 수(angehen)있게 되는 것이다. 특히 이 불안의 계기가 중요하다고 이야기되는 이유는 피투(被投)로서의 존재 이해가 선취되었을 때 현존재가 세계―내―존재로 자신을 기투(企投)하는 존재양식을 가질 수 있기 때문이다39).

---

36) 박찬국, 앞의 책, 246-247쪽; 김동규, 앞의 책, 46쪽.
37) 박찬국, 앞의 책, 241-251쪽; 권순홍, 「현존재의 실존과 불안의 두 얼굴」, 『철학논총』76집 2권, 새한철학회 논문집, 2014, 189쪽.
38) 박찬국, 앞의 책, 179쪽.
39) 박찬국, 앞의 책, 190-191; 204-205쪽.

이 불안을 감지하고도 그 기분, 심정에 직면하지 않는 것을 두고 하이데거는 존재적 불안의 상태를 은폐하는 것이라고 말한다. 그리고 그 은폐의 방식은, 자신이 처해 있는 삶의 조건들이 자신의 소망에 부응하지 않기 때문이라고 생각하며, 그러한 조건들만 바뀌면 자신의 삶도 견딜 만한 것으로 나타나고 자신의 불안도 바뀔 것으로 생각하는 것이라고 지적한다[40]. 세계―내―존재로 살아가는 인간은 삶에서 요구, 수행, 고려되는 것들에 몰입해 있다. 세상의 가치, 일상성, 세인(das Man), 공공성 등이 몰입의 방향성을 가리킨다. 우리가 평균적 일상성에 몰입하는 것은 그것이 편안한 자신감, 안정감을 주기 때문인데 이것이 세간에서는 구체적 삶의 고양이나 성취로 해석된다. 그러한 삶의 방식에 집착하는 것을 두고 하이데거는 비본래적 존재 양식으로 휘말려 들어간다고 보며 퇴락이라고 부른다[41].

그렇다면 비본래적 존재 양식으로서의 퇴락의 삶과 기투하는 존재 양식으로서의 삶은 어떻게 다른가. 기투의 존재 양식에서는 불안이 사라지는가. 「누가」와 「낙하하다」는 존재의 불안을 재현함으로써 이 의문이 우리의 실제 삶에서 어떻게 구체화될 수 있는지를 보여주고 있다. 「누가」의 '그녀'와 「낙하하다」의 '나'의 존재 양식을 되짚어보자.

「누가」의 '그녀'는 존재적 불안의 상태를 소음, 지나친 친절과 관심 등 환경 조건들, 즉 계급 문제로 은폐한다. 그리고 삶의 조건이 바뀌면 자신의 불편한 심정도 바뀔 것이라 기대하고 그것에 부응하기 위해 이사를 한다.

그녀는 본래 사람을 싫어하는 사람은 아니었다. 아니었다고 그녀

---

40) 박찬국, 앞의 책, 186-187쪽.
41) 박찬국, 앞의 책, 237-240쪽.

는 생각하고 있었다. 싫어져서 싫은 거다. 이제 사람이 싫다, 싫어졌다. 결정적으로 그렇게 된 것은 이전에 살던 집에서였다…… (중간 생략) ……더 많은 돈을 가져서 더 많은 돈을 지불할 수 있다면 더 좋은 집에서 살 수 있을 테니까. 더 좋은 집에서 산다는 것은… 이웃의 소음과 취향으로부터 차단될 수 있는 방법이 있는 동네일 테니까. 그런 동네에서는 서로 간섭하거나 간섭되는 일이 없으니……너무 친절하게 구는 일도 없을 것이고 지속적인 소음에 시달리는 일도 없을 것이다. 그런 세계는 좋을 것이다. (120; 123-124쪽)

그러나 이사를 하고 환경이 바뀌면서 불안을 야기하는 요소들은 형체가 없는 이웃, 추적할 수 없는 소음, 근거 없는 소문 등으로 다시 등장한다. 이사 전의 심정적 괴로움과 불편함은 이사 후 무섭고 불쾌한 기분으로 전화하여 그녀의 불안을 증폭시키고 일상에의 몰입을 방해한다. 그녀는 다시 계급 문제로 전가하며 자신의 불안을 희석시킨다.

나는 돈이 없지. 이상하게 지금 돈이 없고 어쩌면 영원히 없지. 그러니까 말하자면 방법이 없는 거야……. 그 와중에 니들 같은 인간들한테 시달리면서……니들 같은 이웃한테 시달리면서……그냥 죽……사는 거야. 니들은 다를 줄 알지? 다른 줄 알고 다를 것 같지? 백 퍼센트의 고객으로는 평생 살아보지도 못하고 어? 나는 이게 다 무서워서 불쾌한데 니들은 이게 장난이고 나만 미쳤고 내가 우습지? (134쪽)

그런데 '그녀'가 이웃에게 했던 말들을 아래층으로부터 되돌려 받는 순간 그녀는 자기 불안을 응시할 수밖에 없다. 그 불안의 정체가 재현된 「낙하하다」에서 '나'는 인간 존재의 피투성을 드러낸다. '나'는 언제, 어디서 와서 어디로 향하는지 모르는 채 계속 떨어지거나, 상승하거나, 원을 그리며 떠다니고 있다. 그 상태를 '나'는 꿈, 지옥, 혹은 죽음의 모습일 수도 있다고 얘기한다. 우주처럼 무한한 공간을 끝도 없이 떨어지는 '내'가 어딘가에 닿을 것이라는 기대를 할 수 있는 단서는 떨어지기 전에 경험했던 "고마워요, 정도로 친절하게 대답"해주고, "이야기를 들어주는 정도의 마음"으로 표현된다. 그 기대감을 '나'는 이렇게 재현하고 있다.

> 외롭고 두려운 것도 관성이 되었다.
> 관성적으로 외롭고 두렵다.
> 외롭고 두렵고 무엇보다도 지루하다.
> 떨어지고 떨어지고 떨어진다.
> 어디든 충돌했으면 좋겠다고 생각한다. 슬슬 어딘가 충돌해도 좋을 것이다. 부서지더라도 충돌하는 것이 좋을 것이다…… (중략) ……이렇게 떨어져서야 가망이 없다는 낙담뿐이다. 누가 누가 누가 없어요, 나와 나와 나와 충돌해줘. (77-78쪽)

떨어지고 있는 나는 "슬슬 어딘가 충돌해도 좋을 것"이라고 생각의 방향을 바꾸고, "부서지더라도 충돌하는 것이 좋을 것"이라고 마음을 다잡으며 결국 "나와 충돌해줘"라고 절박함을 드러낸다. 이것은 근원적 불안을 감추고 일상의 세계로 다시 돌아가고자 하는 결단일 수도 있고, 피투성의 존재가 기투하는 존재로 전환되는 순간일지도 모른다. 이 충돌의 세계는 「누가」의 세계와 다른 것일까. 평균적(세속적) 일상성으로 다시 몰입했을 때 세계—내—존재의 삶은 어떻게 변화될 수 있을까.

> 조금도 빨라지지 않았다. 좀 전과 같은 속도로 떨어진다.
> 삼년 전과 같은 속도로 떨어진다.
> 농담이 아니다.

　　떨어지고 있다.
　　상승하고 있다. (78쪽)

「낙하하다」가 전하는 마지막 말은, 죽음 이전의 인간은 감추든 견디든 불안을 피할 수는 없는 존재라는 것이며, 현존재의 존재방식을 견뎌보겠다, 견뎌내겠다고 결단할 수는 있다는 것이다. 이 결단이 불안으로부터 해방되는 삶으로서의 희망을 전하거나 긍정적 전망을 암시하는 것은 아니다.

3) 불안의 재현과 실존

현대사회의 도래가 인간 삶의 새로운 조건과 전망으로 내세웠던 자유와 해방, 즉 점점 살기 좋은 세상으로 발전하고 있다는 믿음, 정의로운 사회, 갈등 없는 사회 등에 대한 윤리적, 정치적 담론은 오늘날 개인의 의무와 결정 영역으로 재배치되었다. 사회적으로 위험과 모순은 끊임없이 생겨나는데 개인들은 자신들이 겪는 좌절과 고난을 다른 누군가의 탓으로 돌릴 수 없게 되었고, 그것을 해결할 의무와 필요는 계속 개인 차원의 문제가 되어가고 있는 것이다[42]. 신자유주의 체제 안에서 우리는 어떻게 스스로를 지키고 삶의 방향과 균형을 찾을 수 있는지 혼란스럽다.

이러한 개인의 삶의 유약성은 「누가」에서 정체를 알 수 없는 소음과 냄새에 시달리고 있는 인물들을 통해 구체화된다. 피할 수 없는 불안을 회피하는 대표적인 방법이 불안의 대상을 만들고, 제거하며 피하는 것

---

42) Zygmunt Bauman, 『액체 현대』, 이일수 옮김, 필로소픽, 2022, 83-93쪽.

이다43). 과거에는 자신들의 불행과 수치스러운 패배, 삶의 좌절을 설명하는 데 악마, 악몽, 악령, 마녀, 괴물, 빨갱이, 이방인 같은 먼 대상들이 동원되었다44). 「누가」에서는 두려움의 대상이 등장인물 각자의 주변을 배회하는 이웃으로 설정되고 있다. 가까이에 있는 그들은 서로 간에 지속적인 공격성과 적대적인 모습을 보이지만 끝내 그 불안의 대상은 실체를 드러내지 않는다.

제거할 수도 피할 수도 없는 불안, 각자의 이웃으로 은폐되었던 이 두렵고 낯선 감정을 전경화하는 것이 「낙하하다」이다. 「낙하하다」는 '계속 떨어지고 있는 상태'를 상상하도록 하면서, 「누가」의 경험적 시공간에서 섬뜩한 낯선 세계로 들어가도록 돕는다. 그 세계는 "나쁜 꿈"에서 깨지 못하는 어떤 상태, 죽음에 닿아 있는 어떤 상태에서 "사라져 버리는 순간"을 연상하도록 반복된다. 궁극적으로 텍스트 자체가 "공허하고, 두렵고, 외로우며, 서글프고, 무척 쓸쓸"한 것으로 구조화되면서 일상 세계의 질서와 의미를 무화시키는 구성물이 된다. 피투된 인간의 근원적 불안이 재현된 것이다.

계급에 순응하고 정착하는 것, 즉 일상 세계에 몰입하는 것으로 인간의 존재론적 불안을 회피할 수 있을 것이라 기대했던 「누가」의 '그녀'는 「낙하하다」의 '나'와 결합되어 인간 존재의 현실적 불안과 존재론적 불안을 마주보게 한다. 하이데거는 이 순간이 인간의 본원적 존재성을 직면하는 계기라고 설파하는데, 「누가」는 현실적 불안을 전경화하면서 존재론적 불안을 견인하는 방식으로, 「낙하하다」는 존재론적 불안의 순간에서 현실의 그 순간들을 다시 견뎌보고자 하는 인간을 재현하면서, 각각의 두 겹의 불안은 서로의 후경화한 부분을 비추고 있다.

---

43) 김동규, 앞의 책, 48쪽.
44) Zygmunt Bauman, 앞의 책, 199쪽.

6. 환상
― 환상소설의 두 경향

1) 현실 대응방식으로서의 환상성

'세계를 어떻게'에 초점을 맞추는 소설 장르에서는 세계를 어떻게 규정할 것인가, 무엇을 현실로 볼 것인가가 중요할 수밖에 없다. 그리하여 소설 연구에서 리얼리티(reality)와 재현(mimesis)에 관련된 화제는 핵심문제가 되어 왔다. 그 세계가 지칭하는 현실이 누구의 현실인지를 묻고, 그 현실을 담아내는 예술창작의 원리로서의 미메시스가 어떻게 작동하고 있는지를 밝히는 것이 소설 연구로 수렴되기 때문이다. 소설 연구는, 무엇이라고 정확히 말할 수 없는 현실에 대한 대응방식을 밝히는 것, 즉 리얼리티와 형식의 탐구라고 할 수 있다.

본 연구에서 주목한 환상성(the fantastic)은 바로 이 형식의 하나다. 그동안 환상문학(the fantastic literature)에 대한 관심은 고정되고 닫힌 리얼리즘 양식에 대한 반발(김성곤, 임옥희) 형식으로 보거나 현실세계의 부조리함에 대한 비판(김욱동)으로 보는 시각에서 주목받았다. 이어서 현실 전복적이기보다는 현실 도피적이라고 보는 시각(김성곤, 하응백, 심진경 등)[1]도 등장함으로써 환상성을 다룬 서사(the fantastic novel)

에 대한 접근방식이 다양해질 수 있음을 예고했다.

환상문학이 한국 문단에 본격적인 화두로 등장한 것은 1990년대 중반이다. 이 때의 개념 수용에 문제가 있었음을 지적하고 있는 논의2)에서는 '환상(fantasy)'과 '환상성(the fantastic)'의 구분을 강조한다. 일반적으로 초자연성을 드러내는 서사요소로서의 환상은 전 세계에 보편적으로 편재하는 문학 고유의 허구적 속성이다. 그러나 초자연적인 요소가 등장한다고 해서 모두 환상성이 성립하는 것은 아니다. 환상성은 초자연적 현상 자체를 드러내는 데 머물지 않고 보다 적극적으로 이성적 현실인식의 한계를 제기할 때 사용할 수 있는 개념이다. 소설연구에서 환상을 이야기할 때는 근대 이후의 문학적 특성으로서 환상성을 문제 삼는 것이다.

그러나 이 개념을 명확히 구분하지 않은 상황에서 그동안 환상문학에 대한 논의3)는 츠베탕 토도로프의『환상문학 서설』, 캐서린 흄의『환상과 미메시스』, 로즈메리 잭슨의『환상성—전복의 문학』을 두루 참고하는 방식으로 진행되었다. 기존 환상문학 논의들은 주로 무엇이 어떻게 환상적 요소로 전달되는가를 해석하였다. 그래서 환상의 핵심적 속성으로 이야기된 전복과 위반을 소설의 의미로 수렴하는 평면성을 넘어서지는 못하고 있다. 그러나 소설에서 환상성이 이야기와 관계 맺

---

1) 심진경,「환상의 기원, 환상문학의 논리」,『실천문학』, 실천문학사, 2000. 11. 231쪽.
2) 전용갑,「환상성 개념의 사회적, 역사적 조건 연구」,『세계문학비교연구』24, 2008 가을호.
3) 이에 대한 서지사항은 심진경, 송연주, 김미영, 백지은이 꼼꼼하게 정리하고 있다. 심진경,「환상의 기원, 환상문학의 논리」,『실천문학』, 실천문학사, 2000; 송연주, 「여성소설에 나타난 변신 모티프와 환상성 연구」,『한국문학이론과 비평』41, 한국문학이론과 비평학회, 2008; 김미영,「현대소설에 나타난 변신 모티프와 환상」, 『문학교육학』30, 한국문학교육학회, 2009; 백지은,「2000년대 소설에서 '환상'을 사유하기」,『Journal of Korean Culture』29, 한국어문학 국제학술포럼, 2015.

는 방식은 소재나 모티프별로 나열할 수 있을 만큼 단순한 것이 아니다. 환상성을 드러내는 서사는 무엇을 현실로 규정할 것인가 하는 문제(reality), 그 현실을 어떻게 볼 것인가 하는 태도 문제(mimesis), 그리고 환상성을 어떻게 이야기로 재구성할 것인가의 문제(mythos)가 복합적으로 얽혀 총체성으로서 존재하는 것이기 때문이다.

환상성을 생산한다는 것은 무엇이 비정상(초현실)으로 보일 수 있는가에 대한 판단이 개입된 행위이다. 이 자체가 이미 현실적인 것이 무엇인가를 전제한다는 점에서 환상성 논의는 리얼리티에 대한 논의와 불가분의 관계를 맺게 된다. 또한 그것이 개연성 있는 이야기로 읽힌다는 점에서 미메시스와 미토스는 연계되지 않을 수 없다. 본 연구는 바로 이 내용과 형식의 통일체에 대한 연구이다.

한국소설 연구사에서 리얼리티와 미메시스, 환상과 리얼리티, 미메시스와 미토스를 핵심어로 하는 개별 연구는 무수히 많다. 그런데 그것이 텍스트를 구성하는 논리로 어떻게 작용하고 있는지를 밝혀 해당 작품의 의미는 물론 그것의 장르적 의의와 시대적 의미까지를 조망할 수 있도록 하는 입체적 연구는 찾기 어렵다.

즉 1990년대 소설들이 환상(성)에 관심을 가진 것은 앞 시대의 리얼리즘 소설의 경직성을 극복하는 가능성이자 1990년대 세대의 다원화 의식을 반영하는 방식이었다고 설명하는 데 머문다. 관련 논의들에서 찾아지는 공통어구는 '억압된 것으로의 회귀', '위반에의 은밀한 초대', '중심을 전복하는' 등의 어구이다. 그런데 이 어구는 환상(성)에만 사용될 수 있는 말이 아니다. 어느 시기나 새롭게 등장하는 문학작품은 이러한 선언들과 함께 등장해 왔다. 이에 대해 문제제기를 하는 논의4)도

---

4) 심진경, 「환상의 기원, 환상문학의 논리」, 『실천문학』, 실천문학사, 2000. 11; 심진경, 「황정은 소설의 환상과 리얼」, 『한민족문화연구』49, 한민족문화학회, 2015;

새로운 이론(정신분석 이론)을 추가하고 있을 뿐 작품을 통해 텍스트의 존재론적 가치를 밝히는 데까지는 나아가지 못한다.

2000년대를 표제로 삼고 있는 환상에 대한 사유5)는 환상(성)의 작동 문제, 재현 관습을 문제 삼고 있기는 하다. 하지만 우리의 경험 현실인 매체 환경의 변화와 텍스트의 허구성을 평면적으로 동일시하는 한계를 드러낸다. 문학에서의 환상성(초현실)을 다루면서 현실과의 충돌, 갈등, 균열을 문제 삼을 때 핵심어가 되는 현실에 대한 논의는 보다 더 세분화될 필요가 있다. 독자의 일상적 현실과 작품 내적 현실이 동일시될 수 없음6)에도 그것에 대한 구분 없이 환상문학 연구가 진행되어 왔다는 것은 많은 논자들에 의해 지적되어 온 문제다.

이 글은 환상성 서사의 논리와 전략적 차이를 밝히기 위해 분석대상을 「투명인간」(손홍규, 2009)과 「모자」(황정은, 2006)로 한정한다7). 두 작품은 비슷한 시기에 쓰여진 것으로, 아버지의 변신을 모티프로 이야기를 구성하여 근대질서의 균열을 감지하는 우리가 전제하고 있는 현실의 실체에 접근하도록 한다. 그러나 두 작품이 선택한 형식으로서의 환상성은, 현실을 보는 태도, 세계관의 차이를 반영하듯 다른 차원의 환상성을 구현한다. 이 환상적인 것은 단순한 기능, 소재가 아니라 맞

심진경, 「변신하는 주체와 심리적 현실로서의 환상」, 『세계문학비교연구』65, 세계문학비교학회, 2018.겨울호.

5) 백지은, 「2000년대 소설에서 '환상'을 사유하기」, 『Journal of Korean Culture』29, 한국어문학 국제학술포럼, 2015.

6) 홍진호, 「환상과 현실」, 『카프카연구』21, 한국카프카 학회, 2009, 334-335쪽.

7) 필자는 황정은의 소설을 내용과 형식이 서로를 견인하면서 소설장르의 완결성을 구현한다고 보았다. 「투명인간」 또한 내용과 형식의 상동성으로 소설의 완성도를 높인 작품이다. 이 글이 형식으로서의 환상성을 다루면서 리얼리티, 미메시스, 미토스를 논의하고 그 과정에서 차이를 드러내야 한다는 점에서, 형식과 내용이 모두 완성도를 갖추고 어느 한 쪽으로 무게가 기울지 않으면서 환상성의 다른 경향을 표나게 드러낼 수 있는 「투명인간」과 「모자」를 연구대상으로 한정했다.

서게 되는 다른 세계를 보여주는 수단이자 내용이 된다. 이 차이를 밝혀 가는 과정에서 리얼리티, 미메시스, 미토스의 역동성이 입체적으로 논의될 것이다. 이 논의가 도달하는 지점에서는 환상성의 다른 경향이 구분될 수 있을 것이다.

2) 리얼리티: 견고한 세계와 비현실적 현실

소설 연구에서 부재하거나 왜소해진 아버지를 형상화하는 것은 한 인간의 성장을 이끄는 상징으로 읽혀 왔다. 즉 생존본능, 결핍, 상처의 흔적으로 아버지 부재를 드러내고, 존재의 의미가 약화되어가는 왜소한 아버지를 형상화하는 것은 궁극적으로 아버지를 정점으로 하는 가족 체계로 편입되는 것을 정상적인 것으로 제시하는[8] 가족로망스가 작동되는 것이라고 보았던 것이다. 2000년대 이후 상상적 아버지를 거부하거나 가족이데올로기, 가족로망스의 정상성 자체를 해체하는 담론 역시 변형된 가족로망스를 통해 또 다른 형태의 가족이야기를 만들면서 가족의 신성함을 강화하는 역설적인 결과[9]를 낳고 있다고 논의되기도 한다.

「투명인간」과 「모자」에는 변신하는 아버지가 등장한다. 그런데 '투명인간'이나 '모자'로 변신하는 아버지를 가족로망스의 정상성을 해체하는 모티프로 의미화하든[10] 가족의 신성함을 재확인하는 것으로 보

---

8) 권명아, 『가족이야기는 어떻게 만들어지는가』, 책세상, 2000, 26-27쪽; 장성규, 「2000년대 이후 한국문학에 나타난 가족로망스의 변화 양상 연구」, 『인간연구』 36, 가톨릭대학교 인간학연구소, 2018, 8쪽.

9) 권명아, 위의 책, 17-18쪽.

10) 근래 김애란 소설에 대한 논의들이 이에 대한 예가 될 수 있다. 권유리아, 「김애란 소설에 나타난 친밀감의 착시와 연극적 가족진리」, 『동북아 문

든, 지금까지의 가족이야기 연장선상에 위치시키는 것으로는 「투명인간」과 「모자」의 시대적, 장르적 가치를 온전히 드러내기 어렵다. 우리를 둘러싼 세계를 어떻게 재현할 것인가를 보여주기 위해 '초라해진 아버지'를 소환한 것인데, 그 내용을 담고 있는 환상성이라는 형식은 차이를 보이면서 다른 현실을 재현해 내고 있기 때문이다.

근대 이후 근대질서에 대한 문제제기 형식으로서의 환상성은, 계몽의 신화로부터 탈주하고자하는 의식적 방법론11)이라 할 수 있다. 「투명인간」과 「모자」는 표면적으로는 모두 전통적 자리를 잃은 아버지를 보여줌으로써 가족로망스를 비판 혹은 강화하는 듯하다. 그런데 그 이야기를 담고 있는 소설적 장치들은 그렇게 단순하게 작동하지 않는다.

아버지 생일날 가족들은 아버지를 투명인간 취급하는 연극을 준비한다. 아버지도 모르는 척하며 그 연극에 동참한다. 그런데 이 연극은 어디서 끝을 내야 할지 방향을 잃고 만다. 연극의 시간이 길어질수록 서로 보이지 않는 것처럼 지내는 것이 익숙해지다가 마침내 아버지와 나머지 가족은 서로 진짜 보이지 않는 것은 아닌지 의심하기 시작한다. 텍스트는 이 연극이 끝난 것인지, 다시 말해 가족들이 진짜 서로 보지 못하게 된 것인지 아직도 연극 중인 것인지를 명확히 하지 않는 환상적인 상황 속에 가족과 독자를 가두고 있다.

화연구』48, 동북아시아문화학회, 2016; 서은경, 「'가족모티프'의 측면에서 바라본 김애란 소설의 변모 과정」, 『돈암어문학』33, 돈암어문학회, 2018; 장성규, 위의 글; 윤재민, 「너무 많이 아는 아이들을 위한 가족 로망스」, 『창작과비평』40(4), 2012.
11) 보르헤스 연구자로 유명한 하이메 알라스라키(Jaime Alazraki)는 우리가 살아가는 세계를 이성과 논리의 견고한 축조물로 보았던 19세기의 실증주의적 현실관에서 벗어나 이 세계 자체를 또 하나의 '허구'로 보는 인식론적 방법에서 이 환상성을 개념화했으며, 토도로프의 환상과 구분하기 위해 '신환상성'으로 명명했다. 전용갑, 「신환상성, 마술적 사실주의, 아메리카의 경이로운 현실: 장르비교를 위한 이론적 고찰」, 『중남미연구』33권 1호, 한국외국어대학교 중남미연구소, 2014, 59-86쪽.

연극으로 시작된 이 허구가 현실이 되어버린 상황은 이 가족에게만 해당되는 일이다. 하지만 독자는 텍스트 내 현실과 같은 현실세계에 위치하고 있기 때문에 이 사건이 사실적으로 느껴진다. 그리하여 독자도 설명이 불가능한 이 상황에서 가족과 마찬가지로 알 수 없는 두려움을 경험하게 된다.

> 나는 어둠이 내린 거리를 걸어 집으로 돌아갔다. 그곳에서 아버지를 보았다. 아버지는 누군가와 통화를 했는데 이런 내용이었다. 집에 아무도 없어. 식구들이 사라졌어. 난 이제 어떻게 해야 하지? 말 끝에 아버지가 울지 않았다면 나는 아버지가 연극을 하는 것이라 믿었으리라.[12]

아버지는 누군가와 통화를 했고, 상대방은 아버지 목소리를 듣고 있으므로 서로의 존재가 완전히 사라져버린 기막힌 상황은 이 가족에게만 해당되는 일로 볼 수 있다. 그러나 아버지가 연극을 하고 있는 것이 아니라는 걸 증명할 수는 없다. 화자 '나'는 아버지가 울었기 때문에 연극이 아니라고 생각하지만 독자는 이 지점에서 판단을 망설이게 된다. 정말 보이지 않는 것인가? 아버지는 여전히 연극을 하고 있는 것 아닐까?

독자가 느끼게 되는 이러한 정서적 반응은 여러 층위에서 설명될 수 있다. 언제나 견고하게 유지될 걸로 믿었던 가족 공동체가 일시에 사라져버리는 꿈 같은 일, 평온한 일상을 뒤흔든 이 이상한 일이 특별한 사건이나 계기로 벌어진 것이 아니라는 것, 알고 있다고 믿었던 현실의 아버지와 투명인간으로 행동하는 아버지 모습의 격차 등 이성적으로

---

12) 손홍규, 「투명인간」, 『2010 이상문학상 작품집』, 문학사상, 2010, 238쪽. 이하 텍스트 인용은 본문에서 쪽수만 표시하기로 함.

설명할 수 없는 이 모든 것은 텍스트가 끝날 때까지 등장인물 모두를 정서적으로 불안하게 만든다. 등장인물들은 우리와 똑같은 현실을 살고 있기 때문에 그들의 정서가 그대로 독자에게 전이되는 것은 무리가 아니다. 그리고 이러한 불안은 생전 처음 보는 아버지의 다음과 같은 모습에서 증폭된다.

> 아버지는 케이크를 끼고 앉은 채 텔레비전을 보았다……그는 손에 얇고 투명한 비닐장갑을 꼈는데 손가락에 붙은 생크림을 빨아 먹을 때마다 입에서 부스럭대는 소리가 났다. 그는 식사예절을 까다롭게 따지지는 않았다……하지만 그는 정갈하고 깔끔하게 식사하는 방법을 알았다……. 아마도 어린 시절부터 몸에 밴 습관이기에 가능했던 것이리라. 아버지는 내게 그런 사람이었기에 소파에 앉아 싸구려 케이크를 게걸스럽게 먹어대는 모습은 괴기스럽기까지 했다. 죽음을 눈앞에 둔 상처 입고 피 흘리는 괴물이 제 몸에서 떨어져나온 살점을 씹는 것만 같았다……그 순간의 아버지는 안간힘을 다해 결핍을 채우려는 사람이었다. (233-234쪽)

연극 밖의 현실에서는 볼 수 없었던 아버지의 게걸스러운 모습은 인용 표현대로 '괴기스러울' 정도로 낯설다. 가장 가까이에 있는 가족의 본질의 한 단면을 투명인간 취급을 하는 연극(허구) 속에서 보게 되는 이런 아이러니가 「투명인간」의 환상성이 견인하고 있는 현실성이다. 그렇다면 화자 '내'가 알고 있는 아버지는 현실에서 계속 한 가지 모습을 연기해 온 것인가? 알고 있다고 믿었던 현실세계에서 맞닥뜨리게 되는 당혹감, 일상적이고 가까웠던 것들이 갑자기 낯설고 괴기스럽게 다가오는 데서 발생하는 섬뜩함(uncanny)의 정서는 환상문학이 전통적으로 만들어왔던 효과13)이기도 하다.

그럼으로써 정상적이고 자연적이라고 판단하고 믿었던 것들에 균열을 일으키고 틈을 만드는 것이 문학에서 환상성을 장치로 이용하는 이유다. 「투명인간」은 텍스트가 끝날 때가지 이 연극의 종말지점을 알리지 않음으로써 삶 자체가 역할극(연극, 허구)일 수 있다는 것, 현실과 허구의 경계가 명확하지 않다는 것, 존재의 동일성이 유지되는 것도 결국 허구(가면을 들키지 않는 것)에 의해 가능하다는 것, 이 연극(삶)을 누가 언제 끝낼 수 있는지 알 수 없다는 것, 연극이 끝나면 이전의 현실이 다시 구축될 수 있는지 확언할 수 없다는 것 등을 가족과 독자가 믿고 있는 견고한 현실을 불안하게 만들면서 일깨우고 있다.

반면 아버지가 수시로 '모자'로 변신하는 「모자」의 등장인물은 그 누구도 심각하지 않다. 이는 마치 카프카의 「변신」에서 "어느 날 아침, 뒤숭숭한 꿈에서 빠져나오며, 그레고르 잠자는 침대 속에서 진짜 벌레로 변한 모습으로 잠에서 깨어났다"는 첫 문장에 대한 등장인물들의 반응과 유사하다.14) "세 남매의 아버지는 자주 모자가 되었다."로 시작되는 「모자」에서 가족들에게는 이 일이 일상으로 수용되고 있다. 문제가 되는 것은 아버지가 모자로 변신한다는 사실이 아니라 모자로 변한 아버지가 못에 걸리거나 하여 곤란해질 수 있다는 거다. 아버지가 모자로

---

13) 전용갑, 「서구 환상문학의 이론적 관점에서 본 한국의 환상문학」, 『세계문학비교연구』48, 세계문학비교학회, 2014, 7-8쪽.
14) 이러한 특성을 '신환상성(neo-fantastic)'이라 한다. 신환상성을 기존의 환상성과 구분짓기 위해 하이메 알라스라키(Jaime Alazraki)가 명명한 것인데, 토도로프도 『환상문학 서설』 말미에서 기존 환상문학과 다른 환상성을 카프카의 「변신」을 통해 발견했다. 토도로프는 인간이 벌레로 변신하는 것이 사건이 아니라 발목 골절과 같은 일상에서 벌어질 수 있는 이야기 같은 느낌으로 서사가 전개되고 있음에 주목하여, 기존의 환상소설과 차이가 있는 환상소설(카프카의 소설들)이 등장했음을 알리고 있다.
    츠베탕 토도로프, 『환상문학 서설』, 최애영 옮김, 일월서각, 2013, 325-335쪽.

변하는 것을 본 이웃은 이렇게 반응한다.

> 우연히 모자를 봤다고 하네요.
> 이웃 사람이 말했다.
> 댁의 아버님이 마당에서 모자가 되어 있는 것을 그 애가 본 모양
> 이에요. 우리 부부가 그 문제에 굉장히 신경을 쓰고 있다는 걸 말씀
> 드리고 싶었어요.
> 그냥 모자가 됐을 뿐이데요.
> 하지만 애들이 보잖아요.
> 전혀 해롭지 않아요.
> 애가 자꾸 물어봐서요. 뭐라고 대답해야 할지도 모르겠고.
> 이웃 사람은 정말 난처한 이야기라는 듯 얼굴을 찡그리고 말했다.
> 모두가 볼 수 있는 장소에서 모자가 되는 것은 바람직하지 않은
> 일이라고, 우리 부부는 생각하고 있어요.[15]

　인간이 모자로 변할 수 있다는 것에 대한 당혹감이나 공포, 현실과
초현실이 충돌하는 지점에서의 놀라움은 어디에서도 드러나지 않는다.
아버지가 모자로 변하는 초자연성은 구체적인 현실 세계 내에서 발생
하고 있고, 그것은 단지 '신경쓰이고, 난처한 이야기이며, 바람직하지
않은 일'일 뿐이다. 텍스트 밖 독자에게는 초현실적으로 보이는 일이
텍스트 안에서는 현실과 구분되지 않는 것이다. 초현실적 상황을 묵인
하도록 하는 규칙이 작동되고 있는 이런 텍스트 맥락에서는 독자도 심
각할 수 없다. '신환상성'의 가장 큰 특징으로 꼽는 공포나 망설임의 부
재가 여기에서 이해될 수 있다. 토도로프가 환상문학의 큰 특징으로 보

---

15) 황정은, 「모자」, 『일곱시 삼십이분 코끼리열차』, 문학동네, 2008, 41-42쪽. 이후 텍
　　스트 인용은 본문에서 쪽수만 표시하기로 함

왔던 '알 수 없는 공포와 망설임'이 현실과 환상의 경계에서 현실세계의 견고함을 의심하게 만드는 역할을 했다면, 그 견고함을 가볍게 무시하는 「모자」의 초자연적인 사건은 텍스트 안과 밖 어느 쪽에서도 동요를 일으키지 못한다. 이는 마치 「투명인간」의 연극적 세계가 오래도록 지속되어 이제는 이 비정상이 정상이 되어버린 것 같은 인상을 준다. 이 세계에서 문제가 되는 것은 모자로 변신하는 아버지를 불편해하는 사람들을 피해 자주 이사를 해야 된다는 것 정도이다.

「투명인간」의 세계에서는 인간이 투명하게 변할 수 없는, 견고하고 부동인 현실이 있다고 믿기 때문에 아버지의 '투명성'이 문제적일 수 있다. 그리고 그 문제적인 사건 때문에 견고하고 부동인 현실이 진짜 부동인가를 다시 물을 수 있다. 모자가 되는 아버지가 단지 난처한 이야기일 뿐인 「모자」에서 우리는 이 '심드렁하고 천연덕스러운'[16] 비정상의 자연스러움에 당혹감을 느낄 뿐이다. 그러나 이 당혹감마저도 오래가지 않는다. 일상이 지닌 불모성과 세계의 불가지성이 포착된 것은 이미 오래 전이기 때문이다. 합리성의 세계를 구축한다는 근대기획의 마법에서 풀려난 사람들은 평화로움으로 가장한 무심한 모습으로 재현되고 있다.

「투명인간」과 「모자」는 변신(초현실)의 모티프를 활용하여 무엇을 현실로 볼 것인가를 다시 묻는다. 전자는 부동의 현실을, 후자는 비현

---

16) 서영채는 황정은의 환상성을 비애와 명랑성이 결합된 마조히즘적 특성으로 설명하고 있다. 그는 이 환상성이 부조리한 세계 상태에 대한 체념에서 나온 방법론으로 보고 있다. '명랑성'이라는 어휘를 선택하거나 하는 세부적인 내용에서는 필자와 의견을 달리 하지만 전체적으로 황정은의 환상성을 분석하는 서영채의 시각은 이 글의 입장과 다르지 않다.
서영채, 「해설—명랑한 환상의 비애」, 『일곱시 삼십이분 코끼리열차』, 문학동네, 2008, 269-270쪽.

실의 현실이라는 다른 현실을 전제함으로써 초현실을 생산하는 환상성은 뚜렷한 차이를 드러낸다. 「투명인간」은 텍스트 안의 인물과 밖의 독자가 동시에 불안과 공포를 느낄 수 있는 초현실적 상황을 제시함으로써 우리가 현실이라고 믿고 있는 부동의 것, 견고한 것이 무엇인지를 다시 한 번 확인시키고 있다. 반면 「모자」가 전제하고 있는 비정상의 정상이라는 현실은 아무도 눈치 못 챈 것처럼 평화롭고 천연덕스럽게 재현됨으로써 기만적인 현실의 괴물성을 가중시킨다.

3) 미메시스: 불안한 슬픔과 탈감정[17]의 태도

근대 이후 소설의 환상성 자체가 근대기획의 틈에서 탄생했다면, 독자는 그 틈을 통해 현실의 비정상성, 설명할 수 없음을 엿보게 된다. 그런데 「투명인간」과 「모자」의 환상성을 통해 볼 수 있는 정서는 다르다. 두 텍스트 모두 근대질서의 중심축인 아버지의 위치를 소거하고 있는데, 전자에서는 아버지의 사라짐이 곧 나의 사라짐으로 확장되면서 가족공동체 전체가 파국으로 치닫는 무거운 감정곡선을 그린다면, 후자의 인물들은 무력하게 느껴질 정도로 간접적이고 가볍고[18] 표준화된 태도를 취한다.

---

17) '탈감정'은 스테판 G. 메스트로비치의 '탈감정사회(postemotional society)'에서 가져온 용어이다. 탈감정사회는 이전 시대라면 사람들의 마음을 움직였을 사건과 위기에 사람들이 반응을 하지 않는 사회를 의미한다. 개인들은 둔감해졌고 개입을 싫어하지만, 지적이기 때문에 그러한 사건들이 중요하고 감정적으로 반응할 만한 일이라는 점은 잘 알고 있다. 그러나 개인의 감정은 타자지향적으로, 예측할 수 있는 방식으로, 표준화되고 친철한 모양으로, 포장된 상태로 적합하게 시연하는 것이 된다. 스테판 G. 메스트로비치, 『탈감정사회』, 박형신 옮김, 한울, 2014, 12; 137-139쪽.
18) 서영채는 이러한 정서를 "비참의 직접성을 명랑한 비애의 형식으로 대체시켜 놓은 것"으로 해석한다. 서영채, 앞의 글, 283쪽.

두 텍스트는 잘 짜여졌다고 믿었던 세계의 질서를 흔들고 비튼다는 점에서 고통스러운 현실을 재현하고 있다는 공통분모를 갖는다. 그런데 그 고통을 재현하는 방식으로서의 환상성은 정서와 태도를 달리 함으로써 결이 다른 고통을 드러낸다. 「투명인간」에서 아버지를 없는 사람 취급하는 연극의 시간이 길어지면서 아버지도 이 연극에 적극적으로 동참하게 된다. 이 연극은 이제 깜짝 선물이나 이벤트를 넘어서 언제 어떻게 끝날지 모르는, 또 다른 세계로 진입하는 끔찍한 사건이 되고 있다.

> 그쯤에서 신경전이 펼쳐진 듯했다. 그러니까 어느 쪽도 먼저 항복하기 싫어했던 것 같다. 우리는 우리대로 아버지는 아버지대로 상대 쪽이 먼저 고개 숙이길 바랐다. 아버지는 당연히 우리가 지금까지 연극을 했을 뿐이었노라 고백하길 바랐을 테고 우리는……아버지가 좀 더 고분고분하길 바랐던 거다! 그랬다. 아버지는 한 번도 고분고분한 적이 없었다. (227쪽)

> 그는 귀가 멀고 눈이 먼 사람 같았다……나는 이처럼 우리 식구가 서로를 안중에도 없다는 듯 여기며 살아도 썩 불편하지 않다는 게 못내 서럽다고 생각했다. 그런 생각이 불쑥 든 건 아닌 듯 평범했던 꿈조차 서글펐다. (236쪽)

「투명인간」 전체를 감싸고 있는 정서는 슬픔이다. 무엇이 아버지와 나머지 가족들을 신경전으로 치닫게 했을까. 서로를 안중에도 없다는 듯 여기며 살아도 썩 불편하지 않은 사람들이 끝끝내 모여 살고 있는 이유는 무엇인가. 그러한 생각들에서 확산되는 이 슬픔은 후회, 비탄, 가책, 비애를 고통스럽게 직접적으로 감지하는 아버지의 것이자 '날마다 아버지를 잃어버리는' 화자 '나'의 것이며, 연극과 현실의 경계에서 헤매는 독자의 것이기도 하다.

그러나 오래 전부터 모자로 변신해 온 아버지의 과거, 현재를 보여주는 「모자」는 어디에서도 현실과의 갈등, 균열지점을 노출하지 않는다. 세 남매에게 기억되는 아버지의 변신은 "그거 지독하네", "그것도 지독하네"로 함축되는 간단한 일이다. 어머니의 좀 더 오래된 기억에서 아버지의 변신은, 옷장을 업고 나서다 대문 앞에서 모자로 변신한 아버지 때문에 "대문을 가로막은 이불장을 피해 드나드느라고 온 식구들이 애를 먹었"던 일보다 덜 심각한 일이 된다. 그 보다 더 오래된 할머니의 기억에서 아버지의 변신은 "누구도 묻지 않았기 때문에 그런 기억이 있다는 것도 알지 못한 채 조용히 나이를 먹는" 것으로 덮힌다.

아버지가 모자로 변신하는 이 비정상적인 사건은 아무 저항과 반항과 의심 없이 자연스럽게 일상화된다. 이렇게 잘 조작된 평화로움은 친절함에 떠받쳐져 현재까지 지속된다. 아버지의 변신을 문제 삼고 있는 이웃의 말은 이 비정상의 정상화가 어떻게 가능했는지를 가늠할 수 있게 한다.

> 댁의 아버님이 마당에서 모자가 되어 있는 것을 그애가 본 모양이에요. 우리 부부가 그 문제에 굉장히 신경을 쓰고 있다는 걸 말씀드리고 싶었어요……모두가 볼 수 있는 장소에서 모자가 되는 것은 바람직하지 않은 일이라고, 우리부부는 생각하고 있어요……아무튼 유감이에요. (41-42쪽)

한 인간이 모자로 변신하는 것은 잘잘못을 따질 수 없는 놀랍고 특별한 사건이지만 「모자」의 세계에서는 규격화된 타자지향[19)의 용어들을

---

19) 타자지향은 사람들의 승인, 인정, 타인에게 미치는 효과에 가치를 두는 태도를 가리

소환하여 '바람직하지 않은 일'에 대해 '유감'을 표시하는 것으로 이 사건을 아무것도 아닌 일로 만든다. 이웃의 행위와 태도에는 어떠한 특수성도 없다. 사회적으로 약속된 규칙, 통제할 수 있는 수준의 표현, 부정적 감정을 친절함으로 포장한 잘 훈련된 언어만 있을 뿐이다. 죽은 추상화된 감정을 사용하는 감정적 빈곤 사회, 탈감정의 사회에서는 냉정함을 유지하는 것이 도덕적 기품의 표지이며 존중받기를 원하는 화자들의 약속이다[20]. 이웃은 어떠한 사건과 이야기들에 감정적으로 관여하지 않는다는 것을 보이며 이 약속을 실천하고 있는 것이다. 이웃의 반응에 별다른 저항도 없이 세 남매와 아버지는 "그렇게 말하는 사람하고는 이웃을 할 수 없"다는 자기설득을 하고, 여름이 오기 전에 다시 이사를 하면서 삶을 이어간다.

이 세계에는 저항, 반항, 개인의 감정 등이 개입할 틈이 없다. 감정을 소거하고, 이야기의 대상을 간접화하고 타자화하는 방식으로 모든 피로해지는 것들에서 벗어나고 있다. 여기에는 관용, 인류애, 유토피아 등이 들어설 필요가 없다. 아버지가 모자로 변할지라도 삶은 평화롭게 지속되고 있기 때문이다. 이 조작된 평화로움을 가능하게 하는 탈감정의 태도는 세 남매가 예비군 훈련병이 벌인 추행을 인지하는 과정에서 보다 분명하게 나타난다.

> 만진 것 같아.
> 뭐.
> 만진 것 같다고.

킨다. 그 가치를 위해 예측가능하고 계획적인, 사회적으로 표준화되고 조작된 행위, 태도를 지향한다.
스테판 G. 메스트로비치, 앞의 책, 109-124쪽.
20) 스테판 G. 메스트로비치, 앞의 책, 131-132쪽.

뭐를.

가슴을.

어. 하고 셋째가 뒤를 돌아보았지만 다섯은 벌써 담을 넘어 사라지고 없었다.

…… (중략)

만진 걸까. 아니면 닿은 걸까.

모두 그것을 생각하고 있었기 때문에 입을 다물고 있었다. 모르겠어, 하고 첫째는 생각했다. 만졌다기보다는 스친 것 같았다. 손가락 두 개가. 어설프다면 어설프게 가슴 위쪽을. 유리를 만지려다 우연히 닿은 것일 수도 있었고 처음부터 가슴을 만지려고 유리를 만지는 척했을 수도 있었다. 미묘하네, 하고 둘째도 생각했다……언제까지나 가슴만 생각하고 있을 수는 없다고 생각한 첫째가 가장 먼저 입을 열었다.

튀김 먹고 싶다. (58-59쪽)

추행을 당했을 수 있는 첫째의 말에는 개인의 내면이 드러나지 않는다. 처음 보는 사람이 타인이 안고 있는 고양이(유리)를 만지려고 일정거리를 넘어서는 것부터가 문제적인 행동이다. 그런데 첫째는 그 상황에 대하여 객관적으로, 다시 말해 타자의 시각으로 분석, 판단하려고 하는 모습을 보인다. 자신의 내면으로 반응하지 않는 것은 둘째, 셋째도 마찬가지다. 자기에게 벌어진 일조차도 감정적으로 대응하지 않는 이 초연함, 추행이 미묘하고 우연한 일로 타자의 시각에서 처리되는 이 대화 과정은 어떠한 참여의식과 책임의식도 요구하지 않는다. 둔감함, 무심함을 가장한 무력함은 모자로 변하는 아버지가 아니라 오히려 아버지를 제외한 사람들에게서 발견된다. 이는 내면으로 침잠하고 자기 감정에 열정적으로 반응하는 아버지의 태도와 상반됨으로써 선명하게 대조된다.

앗, 했을 때에는 모두 달아난 뒤였어.

여기까지 얘기가 진행되었을 때, 뜻밖에 아버지가 버럭버럭 소리
를 질렀다.

너희는 바보냐.

아버지.

그런 일을 당하고도 그냥 집으로 돌아오면 어쩌자는 거야.

하지만 미묘했어.

미묘고 뭐고.

정말 그랬어.

셋이 같이 있었으면서 말 한마디 못 하다니.

못 한 게 아니라.

셋이 똑같다.

아버지가 벌떡 일어났다. (60-61쪽)

그 길로 집을 나온 아버지는 파출소로 가서 예비군 동원훈련장을 자
식 추행으로 고발하겠다고 "고집을 피우다가 아무도 대꾸를 해주지 않
으니까" 조금 뒤에 파출소 의자 위에서 모자가 되어 버린다. 파출소에
서는 추행에 대해 어떤 언급도 하지 않고, 모자로 변신한 아버지를 모
셔가라고 세 남매에게 친절하게 전화를 해준다. 「모자」의 세계에서는
아버지가 모자로 변신하는 것이, 놀랍고 혼란스러운 일이 아니라 오히
려 가족과 공동체를 평화롭게 만드는 일이 되고 있다.

이 평화로운 삶을 가능하게 하는, 텍스트 전체를 장악하고 있는 심각
하지 않음, 친절함, 개인의 내면 감정을 드러내지 않는 예의바름은 타
자 지향의 합성되고 꾸며진 그리고 궁극적으로는 위선적인 형태의 호
의이다. 이 태도는 삶에서 예측가능하고 계획적인 방식으로 자신과 타
자를 조작하는 것을 포함하는 행위이다[21]. 고통스러운 현실을 이렇게

간접화하는 태도는 현실과의 충돌로부터 자유롭다. 즉 이상하고 비정
상적인 일에 대해 설명하지 않아도 되고, 이해하지 않아도 되며, 궁극
적으로 어떠한 책임도 질 필요가 없다. 「모자」의 환상성이 탈감정의 태
도를 통해 불안과 갈등을 제거하면서 보여주는 것이 바로 얼렁뚱땅 넘
어갈 수 있는, 삶에 대한 책무의식, 책임의식의 면제를 욕망하는 사람
들이 살아가는 세상이다. 불안, 혼동, 균열을 통해 현실의 고통을 재현
한 「투명인간」의 환상성과 다른 지점이다.

4) 미토스: 끝날 수 있는 연극과 내면화된 연출

「투명인간」과 「모자」는 가족담론이 해체되고, 가족연대가 느슨해
지는 과정에서 발생하는 우리 시대의 이야기를 재현하고 있다. 아버지
의 자리에서 재구성되는 갈등은 근대의 질서, 근대의 기획이 압축하고
있는, 견고하다고 믿었던 세계의 틈을 보여주는 것으로 확장된다. 두
텍스트가 그 틈과 균열을 보여주는 방식으로 택했던 환상성은 초현실
적인 것을 보여줌으로써 우리가 전제하고 있는 현실적인 것의 실체를
가늠하게 한다. 그런데 이 리얼리티라는 것이 있음에 대한 환상일 뿐
결국은 알 수 없는 것이라는 생각에 도달한 현재, 소설에서의 리얼리티
구현은 자기모순에 빠지게 된다22). 알 수 없는 것을 선택하고, 말할 수
없는 것을 말하며, 눈에 보이지 않는 것을 가시화해야 하는 운명에 놓
여 있기 때문이다.

「투명인간」과 「모자」는 그 운명에 대응하는 방식으로 동일하게 환

---

21) 스테판 G. 메스트로비치, 앞의 책, 112쪽.
22) 정주아, 「육체성의 형식과 리얼리티」, 『창작과비평』44(4), 창작과비평사, 2016, 44쪽.

상성을 선택했지만 빚어진 결과는 다르다. 「투명인간」은 소설 전체가 '연극' 중인 이야기이다. 연극이 시작되는 지점은 명확한데 끝남을 말하기가 모호한 상태에서 소설은 마무리되고 있다. 연극은 현실을 모방하는 모든 예술 중 그 허구성을 가장 직접적으로 드러내는 장치라고 할 수 있다. 즉 현실과 허구의 경계가 명확한 장치인데, 이 연극을 소설 속으로 끌어들이고 있다는 것은, 메타 소설이나 메타 연극처럼, 장르의 재현 방식을 통해 무언가를 말하겠다는 뜻이 된다. 따라서 이 소설에서 초점을 맞춰야 하는 것은 가족, 아버지 부재가 의미하는 가족이데올로기(의 해체)가 아니라 그러한 상상을 가능하게 하는 현실, 현실과 구분되는 어떤 세계, 혹은 연극의 안과 밖이 어떻게 이야기로 엮이고 있는가가 될 것이다.

소설이 끝나면서 연극이 끝났다면 「투명인간」은 '인생은 연극'이라는 연극과 인생의 동질성23)을 논의하는 대상으로 마무리되었을 것이다. 그런데 이 가족연극이 끝이 난 것인지 여전히 진행 중인지를 모호하게 만드는 환상성의 도입으로 「투명인간」의 세계는 불투명하게 된다. 그리하여 「투명인간」의 세계에서는 피로감과 불안감이 만연하고 의혹이 끊이지 않는다. '싸구려 케이크를 게걸스럽게 먹는' 아버지의 모습은 '죽음을 눈 앞에 둔 상처 입고 피 흘리는 괴물이 제 몸에서 떨어져 나온 살점을 씹는 것'처럼 괴기스럽다. 안간힘을 다해 결핍을 채우려는 아버지는 아버지의 자리에 어울리지 않는 모습이다. 그 존재를 지켜보는 가족과 독자는 모두 힘들다.

그래서 우리는 「투명인간」의 환상성에서 피로감과 불안감을 느끼며 가족들이 그랬던 것처럼 이제 이 연극이 끝나기를 바란다. 그런 점에서

---

23) 김성희, 「메타연극 이론」, 『공연과이론』27, 공연과이론을위한모임, 2007, 90쪽.

아버지가 보이지 않는 것이 연극이라는 설정은 안전장치가 된다. 즉 언젠가 연극은 끝날 것이고, 연극이 끝나면 모든 것이 다시 연극 이전의 상태, 우리가 불안을 느끼지 않는 정상적인 현실 세계로 돌아갈 것이라는 기대를 할 수 있기 때문이다. 가족들이 서로를 볼 수 없는 이 고통은 연극이 끝나면 해소될 수 있는 환상일 수 있다.

그러나 「모자」의 세계에서는 다른 세상을 상상할 이유가 없다. 과거, 현재 어디에도 문제와 갈등이 노출되지 않기 때문이다. 아버지가 모자로 변신하는 놀라운 상황에서도 이웃은 '유감이네요'라는 관리된 감정만 드러내며, 성추행을 열정적으로 신고하는 아버지는 어떠한 대꾸도 듣지 못하고 모자로 변신하지만 문제가 되지 않는다. 오히려 아버지가 모자로 변신함으로써 세상은 평화로워진다. 이 세계에서는 다른 세상, 다른 미래를 상상할 명분이 만들어지지 않는다. 잘 조작된 평화로움은 비정상의 일상화, 표준화된 친절함으로 현실을 장악하고 보다 더 세련된 방식으로 모든 문제를 탈감정의 대상으로 치환할 수 있다. 이 세계에서는 삶을 위한 삶만 지속된다.

「모자」는 그 세계에서 연출을 내면화한 사람들의 삶을 펼쳐 보이고 있다. 그리고 자기 감정에 직접적으로 반응하고 그 열정을 행동으로 옮기는 아버지를 모자로 변신하게 함으로써 그가 이제 이 세계에 적합하지 않은 존재임을 알린다. 모든 분노, 증오, 고통의 감정들이 소거된 삶, 사회적으로 약속된 친절함과 무기력한 평화로움만이 우리의 변신을 막을 수 있다면 그것이 조작된 것일지라도 친절하고 평화롭게 사는 사람에게 누가 저항할 수 있겠는가. 「모자」의 세계는 모든 것, 너무 많은 것을 다 알아버렸기 때문에 아버지가 모자로 변신하는 불가해한 내력을 설명할 필요[24]도, 이해할 이유도 없었던 것이다. 친절하고 예의바름으로 언표화되고 있는 「모자」의 스토리가 불편한 이유이다.

5) 환상성이 리얼리티를 획득하는 방식과 세계관의 차이

1990년대 이후 등장한 소설들은 다양한 모티프와 형식을 통해 존재감을 드러냈으며, 그것은 근대 기획이 내포한 불모성의 틈새에서 등장한 안티테제로 해명되었다. 다양성과 함께 엄습한 혼란과 무질서해 보이는 복잡함은 알 수 없는 공포와 불안으로 재현되며 우리의 리얼리티를 구성하는 요소로 진단되었다. 초라해진 아버지나 부재하는 아버지는 근대질서의 중심축을 형성하는 가족로망스의 정상성을 해체한다는 점에서, 부동의 현실에 문제제기를 하는 방법적 모티프이자 공포와 불안을 야기하는 무질서를 상징하는 모티프로 논의되었다.

투명인간과 모자로 변신하는 아버지를 모티프로 하고 있는 「투명인간」과 「모자」는 존재감이 없는 아버지를 내용으로 한다는 점에서는 기존의 왜소해진 아버지 이야기와 유사하다. 그러나 그 이야기를 담고 있는 환상성의 형식이 독자적인 의미를 구현해냄으로써, 두 소설은 내용과 형식의 변증법을 통해 장르의 존재의의를 규명해야 하는 소설의 의무를 완수한 작품이 되고 있다.

환상성은 비현실성을 생산해야 하기 때문에 '무엇을 현실로 볼 것인가'를 전제해야 한다. 또한 그 현실을 어떻게 볼 것인가 하는 태도의 문제는 텍스트 전체를 지배하는 재현의 방식을 달리하게 만든다. 「투명인간」과 「모자」는 그 다름을 결이 다른 스토리로 구성하면서 가치, 지

---

24) 전용갑, 「신환상문학의 서사구조와 세계관」, 『중남미연구』26(2), 한국외국어대학교 중남미연구소, 2008, 161쪽.

향, 전망이 다른 이야기를 만들어 낸다.

「투명인간」과 「모자」는 동일하게 변신의 모티프를 활용하고 있지만 전제하는 현실은 다르다. 전자는 부동의 현실이 있다는 것을 전제함으로써 아버지가 투명해지는 환상성을 불안과 공포를 느끼는 상황으로 재현한다. 이 때 텍스트 내 인물과 동일한 현실에 처해 있는 텍스트 밖 독자는 그 불안과 공포에 일체감을 느끼며 안정감을 회복하고자 한다. 반면 「모자」가 전제하고 있는 비정상의 정상이라는 현실은 아무도 눈치 못 챈 것처럼 평화롭고 천연덕스럽게 재현됨으로써 기만적인 현실을 확인토록 한다. 다른 두 현실을 바라보는 태도 역시 큰 차이를 만든다.

「투명인간」 전체는 갈등, 균열로 재현되어 등장인물과 독자 모두 연극이 끝나기를 희구하게끔 한다. 가짜 현실이었던 연극이 끝나면 슬픔의 정서는 해소되고, 안정적이고 질서 잡혔던 진짜 현실은 다시 회복될 것이기 때문이다. 그러나 「모자」의 세계에는 가시화되는 갈등, 불편함, 대립이 없다. 예측가능하고 계획적이며 친절하고 예의바르기까지한 이 행복하고 평화스러운 세계를 방해할 명분은 없다. 그것이 위선적이고 기만적이어도 그것이 연출되고 조작된 것이라는 사실 자체를 지워버린, 비현실이 현실이 된 세계에서는 수치심도 무력감도 책임감도 봉쇄되기 때문이다.

그리하여 동일한 모티프로 환상성을 생산한 두 소설은 전망이 다른 이야기로 귀결된다. 전통적으로 불안과 공포를 재현했던 환상소설들이 그 정서를 해소[25]하는 방법을 찾도록 하면서 안정감을 회복하고, 그 과정을 통해 믿고 있는 부동의 현실질서를 재확인하는 기능을 했다. 「투

---

25) 츠베탕 토도로프, 앞의 책, 303쪽.

명인간」은 연극을 끝냄으로써 불안으로부터 벗어날 수 있다는 것은 암시하나 그 구체적 방법을 제시할 수 없는 것이 우리의 현실임을 일깨운다. 이 세계에서는 불안을 야기하는 연극을 끝낼 방법을 찾아야 한다는 전망은 가능하다. 하지만 불안과 공포, 망설임이 제거된「모자」의 환상성은 행복해 보이는 세계를 재현해 내고 있다. 그것이 연출된 것이라 할지라도 그 세계에 저항하기는 쉽지 않다. 개인의 감정까지 적절하게 표준화하는 것이 일상화되어 버린 세계, 이미 예의바르고 친절하며 평화로운 유토피아에 다다른 듯한 환상성에 효과적으로 저항하는[26] 것이 쉽지 않기 때문이다.「모자」의 세계에서는 가족들이 이사를 결정하는 것처럼, 불편한 상황에 대한 회피, 생존을 위한 도피만 가능할 뿐이다. 비정상이 정상으로 기능하는 이 세계를 바꾸거나 변화시킬 가능성을 발견하기는 어렵다.

---

26) 미래에 대한 암울한 전망에 대한 어조, 조작된 유토피아, 이 유토피아의 대체물로 도피를 언급하는 것에 대해서는 지그문트 바우만의 입장을 참조했다.
Bauman, Zygmunt,『모두스 비벤디: 유동하는 세계의 지옥과 유토피아』, 한상석 옮김, 후마니타스, 2010, 154-155; 164-168; 172-174쪽.

Ⅲ

현실적 갈등과 이상적 윤리

7. 아버지 형상의 시대적 의미
― 육체성으로 구성된 기억과 이미지로 구성된 기억

1) 재현된 아버지를 통해 볼 수 있는 것

아버지를 어떻게 형상화하는가 하는 문제는 소설의 역사만큼이나 오래된 질문으로, 그 양상은 시대와 문화를 담아내는 소설장르의 고민만큼 다양한 방식으로 변주되어 왔다. 특히 부재하거나 왜소해진 아버지를 형상화하는 것은 한 인간의 성장을 이끄는 상징으로 의미부여되면서 존재의 근원으로 자리잡았다. 생존본능, 결핍, 상처의 흔적으로 이야기되는 아버지 부재에 대한 논의나 존재의 의미가 약화되어 가는 왜소한 아버지에 대한 견해는 상상적 아버지를 거부하거나 가족이데올로기, 가족로망스의 정상성 자체를 해체하는 담론으로 나아가고 있다.

아버지를 대상으로 하는 모티프는 개인과 역사의 비극성을 담고 변주되어 왔던 바, 이 글에서는 「난장이가 쏘아올린 작은 공」(단편, 1976)과 「달로 간 코미디언」(김연수, 2007)에 나타난 아버지 형상의 차이에서 시대적 의미를 읽어내고자 한다. 두 소설은 산업화와 자본주의가 가시적으로 극에 달하는 1970년대와 1980년대를 소설적 배경으로 하여, 그 속에서 가장이자 시민, 그리고 한 개인으로서의 '아버지'의 삶과 죽음(사라짐)을 통해 현실의 갈등을 재현하면서 한국사회의 구조적 모순과 우리의 윤리의식을 돌아보게 한다는 공통점을 지닌다. 그 공통점 안에서도 두 소설은 쓰여진 시대만큼이나 다른 '아버지'의 의미를 생성하고 있다. 이 다름에서 「난장이가 쏘아올린 작은 공」을 다시 읽는 계기가 마련되며, 그 다름을 부조할 수 있는 힘이자 연장[1]이 「달로 간 코미디언」이다.

「난장이가 쏘아올린 작은 공」을 비롯한 1970-80년대에 등장한 아버지와 삼촌의 세대들은 국가나 민족의 문제와 연관되어 그 정당성을 문제 삼았다면, 90년대 이후 작품 속에 등장하는 아버지들은 자식 세대와의 사적 친밀성이라는 코드를 통해 포착되며 고립된 개인이 세계(타인)와 맺는 관계의 진정성이 중요[2]한 화두가 된다. 특히 김연수의 소설에는 역사와 민족이 빠져나간 상태를 살아가는 고립된 개인들이 화자로 등장한다는 점에서 90년대 문학의 주류와 맥을 같이 하면서도, 리얼리즘 소설을 부정하는 시대적 흐름 속에서 "내게는 현실로서 1980년대가

---

1) 「달로 간 코미디언」이 「난장이가 쏘아올린 작은 공」을 새롭게 읽는 도구로 활용되었다는 의미는 아니다. 모든 소설은 그것이 산출된 시대성을 지니기 마련이지만 텍스트가 독자적으로 그 의미를 드러내는 것은 아니다. 독자(연구자)가 그것을 어떻게 읽어내는가가 동일한 텍스트가 끊임없이 연구될 수 있는 원동력일 터이다. 1980년대부터 「난장이가 쏘아올린 작은 공」을 읽어온 필자에게 이 소설이 새롭게 읽힌 이 시대(2000년대 이후)는 기억, 마음, 몸에 관한 담론들에서 데카르트적 관념론을 극복하는 육체의 철학(philosophy in the flesh)이 정립되고, 체화된 사실주의(embodied realism)가 주창되며, 몸이 기억하는 고통을 통해 세상에 몸으로 던져진 인간존재의 의미를 묻는 연구가 가능하다. 리얼리티에 대한 탐구를 육체성의 형식 문제로 풀어내어 어떤 육체로 존재할 것이냐의 문제가 소설을 이해하는 또 다른 눈이 될 수 있음을 보여주는 것이 가능한 시대라 할 수 있다. 그 예가 될 수 있는 참고 문헌은 다음과 같다. 이강임, 「무대 위에 연출된 체화된 기억」, 『현대영미드라마』 23(1), 한국현대영미드라마학회, 2010, 90-94쪽; 정주아, 「육체성의 형식과 리얼리티」, 『창작과비평』44(4), 2016.
2) 서영채, 「유토피아 없이 사는 법」, 『문학동네』9(1), 2002. 봄, 7쪽.

있었고 그림자로서 1990년대가 있었3)”다는 작가의 고백으로 작품의
독특한 자리를 확보하게 된다. 표나게 앞 세대와 단절을 선언하지 않았
지만 「달로 간 코미디언」이 만들어 내는 아버지의 형상은 앞 세대와 다
른 시대의 의미를 견인한다. 그 점이 90년대 이후 수많은 아버지에 대
한 이야기 중에서 이 소설에 주목하는 이유다.

산업화 과정에서 소시민, 하위계층의 소외와 불구성이 신체적으로
상징화된 것으로 논의되었던 ‘난장이 아버지(「난장이가 쏘아올린 작은
공」)의 죽음’은, ‘자연법칙과는 상관없는 특수한 사라짐’의 상태로 존재
의 자리를 내어주는 ‘폐기된 코미디언 아버지(「달로 간 코미디언」)’와
그 비극성을 견줄만하다. 그 과정에서 그들이 각각 꿈꾸었던 공간인 달
나라의 이미지는 공간과 장소에 대한 또 다른 의미들을 구축한다.

또한 신체적 불구성을 표면적으로 드러내는 점, 타인의 기억에 의해
삶이 재구성되고 있는 점, 실존의 장소에서 잉여적 존재로 겉돌면서 또
다른 공간을 상상하는 것을 통해 아버지의 의미를 확장하고 있는 점 등
은 1970년대의 「난장이가 쏘아올린 작은 공」과 2000년대의 「달로 간
코미디언」이 만들어 낸 아버지의 형상을 비교할 수 있게 한다.

1980년대의 현실인식을 바탕으로 「달로 간 코미디언」이 이야기되
고 있지만 그것이 도달하고 있는 지점은 「난장이가 쏘아올린 작은 공」
과 다르다. 「달로 간 코미디언」에 비추어 보았을 때 「난장이가 쏘아올
린 작은 공」을 기존과 다른 독법으로 읽는 눈이 열린다고도 할 수 있다.
이 글은 이 점에 착안하여 전자가 후자를 부조하는 방식으로, 죽거나
사라진 아버지와 그를 둘러싼 환경(집, 달나라, 무대, 사막 등)이 각 시
기의 불안4)과 단절을 매개하면서도 궁극적으로 「난장이가 쏘아올린

---

3) 김연수, 「작가 후기」, 『스무 살』, 문학동네, 2000, 292쪽.
4) 정재림, 「불가능을 실연하는 유령작가의 글쓰기」, 『작가세계』19(2), 2007. 여름, 73쪽.

작은 공」은 세계와의 화해를 포기하지 않는 소설 미학을 구축하고 있음을 보일 것이다.

2) 육체성으로 구성된 기억과 이미지로 구성된 기억

(1) 노동하는 '난장이', 스펙타클 '코미디언'

현대소설사의 한 분기점[5]으로 자리잡은 「난장이가 쏘아올린 작은 공」은 자본주의 사회에서 소외되고 왜소해진 개인(아버지)의 위치를 난장이라는 상징을 통해 그 불구성을 드러내고 있다고 평가되어 왔다. 대결 구도 위에 구축된 서사는 대립적 세계관에 입각해 현실을 파악하고 그 부정성을 초극하고자 하지만 현실적으로 실패하고 마는 비극성을 환기[6]시키고, 이러한 비극성을 생성하는 텍스트의 담론구조는 궁극적으로 근대성과 관련하여 근원적인 비극적 인식을 드러내는 전략[7]으로 분석되고 있다.

작품의 현실적 감수성의 바탕을 1980년대에 두고 있다고 한 「달로 간 코미디언」 역시 고립되고 단자화된 개인들이 등장하며, 누구에게도 이해받지 못한 코미디언 아버지의 일생이 부재를 통해 재구성되고 있다. 드러나는 이야기로 미루어 보면, 두 텍스트는 모두 현대적 생산 조건들이 지배하는 사회에서 세계와 화해할 수 없는, 길을 잃은 인간을 재현하

---

5) 이현식, 「시민문학으로서의 『난장이가 쏘아올린 작은 공』」, 『문예미학』5호, 문예미학회, 1999, 69-71쪽.
6) 우찬제, 「조세희의 『난장이가 쏘아올린 작은 공』의 리얼리티 효과」, 『한국문학이론과 비평』21, 한국문학이론과 비평학회, 2003, 176쪽.
7) 박진영, 「『난장이가 쏘아올린 작은 공』의 비극성과 공포의 수사학」, 『민족문화연구』46, 고려대학교 민족문화연구원, 2007, 185쪽.

고 있음에 틀림없다. 물론 「달로 간 코미디언」은 그러한 세계에서 소통해야 할 그 무엇, 소통의 가능성을 보여주거나 찾고 있다고 논의8)되기도 한다. 하지만 '사막에서 사라진 코미디언'과 그를 찾아 나서는 딸 '그녀'가 도달하는 '사막'은 '소통해야 할 것은 무엇이고, 존재와 존재 사이의 소통(화해)이 가능한가'라는 시원적인 질문에 다시 다가서야 한다는 것을 일깨우는 공간이지 그 실천 가능성까지를 담보하지는 않는다.

유랑극단 시절부터 시작하여 지방 쇼단에서의 무명 코미디언의 삶을 거쳐 TBC 방송국의 쇼 프로그램에 등장하기까지의 아버지의 삶은 누구도 기억하지 못하고, 이해받지 못하는 것이었다. TV출연을 하면서부터 아버지 희극인 안복남 씨는, 바보 연기를 하고 전두환 대통령 취임식에서 '성군이 나셨도다아'를 외치는, 딸에게 수치심을 안긴 존재였다가 어느 날 '가족을 버리고 양옥집을 몰래 판 돈을 들고 애인과 함께 미국으로 도망친' 것으로 기억된다. 아버지는 그렇게 사라졌으며 가족인 그녀의 삶에서도 사라진 존재가 된다.

이러한 아버지의 운명은 스펙타클로 존재하는 그의 직업과 운명을 같이 한다. 가내수공업과 같은 유랑극단에서 쇼단의 코미디언을 거칠 때까지 아버지가 존재했던 시간과 공간에는 관객이 있었고, 아버지의 삶은 관객과의 공동 기억으로 존재하며 기록(역사)될 가능성을 얻게 된다. 즉 개인의 사적 역사는 공적 역사 속으로 들어오거나 균형을 확보할9) 수 있는 가능성이 있었던 것이다. 그러나 TV 속으로 들어가면서부터는 이야기가 달라진다. 직접 경험했던 모든 것이 표상 속으로 멀어지

---

8) 정연희, 「기억의 개인 원리와 소통의 가능성」, 『어문논집』 65, 민족어문학회, 2012; 「김연수 소설에 나타나는 소통의 욕망과 글쓰기의 윤리」, 『현대문학이론연구』41권, 현대문학이론학회, 2010.
9) 손정수, 「살아남은 자의 운명, 이야기하는 자의 운명」, 『작가세계』19(2), 2007. 여름. 112쪽.

고, 특화된 이미지는 보는 사람뿐만 아니라 자기 자신까지 기만한다. 스펙타클은 이미지들의 집합으로 그 볼거리를 내어놓는 것이 아니라 이미지들에 의해 매개된[10] 것으로 설정되기 때문이다. 이는 과거 영상 자료실에서 어떤 맥락도 없이 재생되는, '성군이 나셨도다아'를 외치는 한 장면이 아버지를 '수치의 대상'으로 만드는 일에서도 잘 드러난다.

특히 아버지가 바보연기, 슬랩스틱 코미디언이었던 것을 고려하면, 그의 스펙터클이 화려해지고 직업에 대한 충성도가 높아질수록, 즉 상품가치가 높아질수록 생계 수단인 무대 위에서의 삶과 현실의 괴리가 커지는 상황에 놓이게 된다. 스펙터클의 본질은 기만적인 것, 속이는 것, 사칭하는 것, 유혹하는 것, 속임수를 쓰는 것, 자극적인 것의 등가물[11]로 아버지는 철저하게 수치스럽고 바보스러워져야 상품으로서의 가치를 잃지 않기 때문이다. 스펙터클로 존재할 수밖에 없었던 아버지를 딸인 그녀는 이렇게 기억하고 있다.

> "웃을 일이 아니에요"라는, 그의 유일한 유행어를 말했다. 그럴 때면 그게 코미디의 한 장면이 아니라 실제로 벌어진 일인 것만 같아서 허탈한 웃음이 나왔다. 물론 나중에는 그런 웃음마저도 나오지 않았지만……그가 등장하는 마지막 장면은 여의도에서 벌어진 '국풍 81'의 무대였다……공연 내내 호응하지 않았던 관객들이 그 노래에 장단을 맞출 리는 없었다……'전무후무한 저질 코미디'를 선보였던 것이다……그녀는 20년 전 그 자리에 모였던 사람들과 마찬가지로 큰 소리로 웃음을 터뜨렸다. '성군이라니, 그런 사람을 두고 성군이라고 외쳐대면서 겨우 인기를 유지하다니. 정말 고소했지, 뭐야'…… 그 무대는 그녀의 아버지가 나오는 마지막 TV화면이었다[12].

---

10) Guy Debord, 『스펙타클의 사회』, 유재홍 옮김, 울력, 2014, 13-15쪽.
11) Guy Debord, 『스펙타클의 사회에 대한 논평』, 유재홍 옮김, 울력, 2017, 175쪽.

　물론 이 기억 역시 이미지(TV화면)에 의해 매개된 것으로 아버지에 대한 '그녀'의 기억은 어디까지가 현실이고 어디서부터 가상인지 경계를 짓기 어렵다. 그리고 가족은 물론 관객으로부터도 외면당하는 상품은 스펙터클의 질서 구축과정에서 현실적으로 쉽게 잉여13)가 된다. 바보 가면이 생활수단이었던 아버지가 '전무후무한 저질 코미디를 선보인 것'으로 평가절하되면서 생계를 유지했던 공간이자 꿈의 무대였던 TV 출연 기회를 바로 박탈당하는 것이 이를 잘 보여준다.

　「달로 간 코미디언」의 '코미디언 아버지'에 비추어 보면, 소외와 불구의 상징이었던 「난장이가 쏘아올린 작은 공」의 '난장이 아버지'는 노동으로부터의 소외는 물론 실존하는 인간으로서의 불안으로부터도 구원받을 수 있는 가능성이 높아진다. 우리가 노동으로부터의 소외를 이야기할 때 중심에 두는 것이, 그 노동이 인간을 인간답게 만드는 생명활동인가 아니면 생존을 위한 수단으로서의 활동인가를 따진다. 즉 인간이 자신의 노동에서 자신을 긍정하지 않고 행복하다고 느끼지 않으며, 노동을 하면서 육체적, 정신적 에너지를 발휘하는 것이 아니라 육체를 소모시키고 정신을 황폐하게 만들게 될 때 노동은 자기희생이고 고행과 같은 활동이 된다. 그 결과 노동을 통해 인간으로서의 존재감보다 동물적인 기능 다시 말해 먹고, 마시고, 생식하는 기능을 충족시키는 수단으로 노동의 가치가 전도14)될 때 노동의 소외를 이야기하게 된다.

---

12) 김연수, 「달로 간 코미디언」, 『2007 황순원문학상 수상작품집』, 중앙북스, 2007, 38-40쪽. 이하 인용문단은 본문에 쪽수만 표시함.

13) Zygmunt Bauman, 『쓰레기가 되는 삶들』, 정일준 옮김, 새물결, 2008, 22-23쪽.

14) 정규희, 「조세희『난장이가 쏘아 올린 작은 공』에 나타난 소외양상 연구」, 『문화와 융합』34, 문화와 융합학회, 2012, 39; 44쪽.
　Karl Heinrich Marx, 『경제학 철학초고/자본론/공산당선언/철학의 빈곤』, 김문현 옮김, 동서문화사, 64-71쪽.

마르크스의 노동소외 개념을 따르면 스펙타클 사회에서 볼거리로 존재했던 코미디언 아버지는 노동에서 철저하게 소외된 인물이다. 「난장이가 쏘아올린 작은 공」에 등장하는 모든 인물도 노동으로부터 소외되어 있고, 그러한 현실을 재현하는 것이 이 소설의 의도이기도 하다. 그것을 전적으로 부정할 수는 없지만, 이 노동소외의 의미에는 자본이 지배하는 질서로서의 노동하는 인간이 동일자의 표상으로 전제된다[15)]는 것이 문제적이다. 다시 말해 정상적이고 건전한 것, 세간의 양식에 부합하는 모델이 노동하는 인간으로 설정됨으로써 노동하지 못하는 '난장이 아버지'와 그의 가족들은 비참한 상황을 피할 수 없는 타자들로 거듭나게 되는 것이다. 나아가 노동하는 인간을 모델로 사유를 확장하면 노동하지 않는 삶을 영위하는 난장이와 그의 가족들은 죽음이라는 극한값에 수렴될 수밖에 없다. 그것이 바로 자본의 논리이자, 난장이들을 자본에 구속당한 타자로 만든 논리였다.

그렇다면, 자본이 만들어 낸 동일자의 표상, 다시 말해 노동하는 인간을 절대 도덕 혹은 모델로 상정하지 않는다면 「난장이가 쏘아올린 작은 공」의 난장이에게 접근할 수 있는 전복적 방식도 가능하지 않을까. 난장이 아버지는 불구의 몸이었지만, 그의 노동이 누군가로부터 평가절하되거나 누군가에 의해 생계수단을 박탈당하지는 않는다. 그는 자기 육체로 생계를 유지했고, 평생 일을 했다. 텍스트는 그것을 이렇

---

15) 자본주의와 노동가치론은 부지런히 노동하는 사람만을, 그래서 가치를 생산하기에 가치화에 기여할 수 있는 사람만을 유일하게 가치 있는 사람으로 간주한다. 철학적 인간학은 노동을 인간의 본질이라고 정의하며, 따라서 노동하는 자만이 인간임을 선언한다. 자본은 '노동하는 인간'을 모델로 삼고, 그것을 절대적 도덕으로 강요하고 있음에도 불구하고, 자본 자신이 그에 반하는 비인간들을, 무가치한 노동력을 반복하여 생산하고 있는 것이다.
이진경, 『자본을 넘어선 자본』, 그린비, 2004, 240-242쪽.

게 전해 주고 있다.

> 눈도 어두워지고 머리의 숱도 많이 빠졌다. 의욕은 물론 주의력
> 과 판단력도 줄었다. 아버지가 평생을 통해 해온 일은 다섯 가지이
> 다. 채권매매, 칼 갈기, 고층건물 유리 닦기, 펌프 설치하기, 수도 고
> 치기이다. 이 일들만 해온 아버지가 갑자기 다른 일을 하겠다고 했
> 다. 서커스단의 일이었다.[16)

난장이 아버지가 평생 하던 일을 그만두는 것은, 육체적인 노동이 힘
들어진 즉 자연법칙에 따른 육체성의 고갈을 의미하는 것이지 그의 존재
자체가 전면적으로 부정되는 것은 아니다. 그것은 가장으로서의 난장이
역할을 인정해주는 어머니의 목소리를 통해 증언된다. 아버지의 서커스
단 일을 만류하는 어머니는 영호와 영수에게 다음과 같이 말한다.

> "아버지는 너무 지치셨다." "알겠니? 이젠 아버지를 믿지 마라. 너
> 희들이 아버지 대신 일해야 한다." 어머니가 울었다. (48쪽)

지친 아버지의 육체성에 대해 함께 이야기하고 울어줄 수 있는 가족
들은 또한 지친 아버지의 삶과 역사를 이렇게 이해하는 모습도 보인다.
이는 「달로 간 코미디언」에서 코미디언 아버지를 '수치의 대상', '저질
코미디언'으로 기억하는 것과 매우 상반된다.

> 우리는 아버지에게서 무엇을 바라지는 않았다. 아버지는 그동안
> 충분히 일했다. 고생도 충분히 했다. 아버지만 고생을 한 것이 아니

---

16) 조세희, 「난장이가 쏘아올린 작은 공」, 『20세기 한국소설』, 창비, 2005, 47쪽. 이하
   인용문단은 본문에 쪽수만 표시함.

다. 아버지의 아버지, 아버지의 할아버지, 할아버지의 아버지, 그 아
버지의 할아버지 또―대대로 거슬러 올라간다. 그들은 아버지보다
더 심한 고생을 했을 수도 있다. (38쪽)

아버지가 말했다. "너만은 알고 있어야 한다. 너희 어머니는 병야.
어제 왔던 꼽추 아저씨가 또 올 거다. 나를 막지 마. 다른 일은 이제
힘이 들어 못하겠다. 너는 내가 언제까지나 수도 파이프를 갈아 잇
고, 펌프 머리를 들어 달 수 있을 거라고 믿니? 높은 건물에서 줄을
타고 내려오는 일도 할 수가 없어. 이젠 안 돼." "아버지는 일을 안
하셔도 돼요. 저희들이 일을 하잖아요," "누가 너희더러 일하라고 했
니?" 아버지는 말했다. "너희들은 학교에만 가면 돼. 그게 너희들이
할 일이다," "알았어요, 아버지," 내가 말했다. (51쪽)

「난장이가 쏘아올린 작은 공」의 서사는 자본가(사회구조)와 대립된
구도에서는, 다시 말해 자본의 논리 속에서는, 난장이 아버지와 그 가
족들은 밀려나고 부정되는 사람들, 노동하지 않기에 비참한 상황을 피
할 수 없는 타자들[17]로 해석된다. 그런데 인간이 자기의 삶과 실존에
대해 성찰하게 되는 순간들은 거대담론 속에서라기보다 가까운 것들,
친밀한 것들 사이에서 벌어지는 일과 관련이 깊다. 실제 삶에 직접적으
로 영향을 미치는 것은 사회구조라는 추상적 영역이 아니라 가까이 있
는 것들이다. 그것은 도시재개발, 산업화라는 추상을 철거계고장으로
경험하는 것과 같은 것인데, 그런 점에서 「난장이가 쏘아올린 작은 공」
의 아버지는, 노동하는 인간을 절대가치의 모델로 삼은 자본의 논리 속
에서는 소외와 불구성의 상징이 되었지만, 「달로 간 코미디언」에 비추
어 보았을 때, 노동을 하는 존재로서의 육체성과 가장이자 아버지로서

---

17) 이진경, 앞의 책, 243쪽.

의 존재감은 일관되게 유지되고 있다는 것이 드러난다.

즉 아버지는 감정도 사유도 없는 노동—기계나 생존만이 삶의 목표인 동물적인 모습으로 형상화되지 않는다. 그는 『일만 년 후의 세계』라는 책을 반복하여 읽으며 인간답게 사는 방법을 묻고, 자신이 속한 시공간을 체화한 존재였기에 난장이 가족에게 필요한 "고통을 알아주고 그 고통을 함께 져줄" 감정공동체의 구심점일 수 있었고, "어떤 자세를 취했건 거인처럼 보"인 존재의 의미를 구현했다. 바흐친은 라블레 연구에서 기형적으로 구부정하게 숏은 크로테스크한 몸의 함의를 세계 속에 한 발짝 더 다가설 수 있는 조건을 가시적으로 형상화한 것으로 정의한다. 그의 몸의 물질성이 새로운 모든 물질적, 육체적 세계를 자신 속에서 제시하고 체현하는 적극적인 몸—주체를 구성한다[18]고 보았던 것이다.

(2) 공동의 기록, 개인의 기억

차별화되는 아버지의 존재방식은 텍스트 전체의 구성방식으로 확장된다. 텍스트의 서술형식을 비교해 보면 「난장이가 쏘아올린 작은 공」이 세계와의 화해를 포기하지 않은 소설 미학을 구축하고 있었음이 드러난다. 「달로 간 코미디언」의 '코미디언 아버지'가 '그녀(딸)'의 불완전한 기억과 편집된 이미지로만 존재했던 가짜였다면, 「난장이가 쏘아올린 작은 공」의 '난장이 아버지'는 영호, 영수, 영희와의 관계 속에서, 그리고 어머니와의 직접적인 상호관계 속에서 서술(기억, 기록)되고 있다. 달나라에 대해 대화를 하고, 자식들의 노동쟁의를 지지해주며, 생

---

18) 김경숙, 「『트로일러스와 크레시더』: 주체의 육체성」, 『새한영어영문학』46(2), 새한영어영문학회, 2004, 6-7쪽.(참고로 바흐친의 문헌은 아래와 같다.)
Bakhtin, Mikhail. *Rabelais and His World.* Trans. Helene Iswolsky, Bloomington: Indiana UP, 1984.

애를 함께 기억하고 기록할 수 있는 존재들로서 서로가 서로의 증언자이자 기록자가 되고 있는 것이다. 반면 '코미디언 아버지'에 대한 정보는 2중, 3중으로 거리를 두는 간접화법으로만 전해지고 있어 통일된 전체를 상상하기가 어렵다.

「달로 간 코미디언」은 볼거리가 되어야만 그 실존을 인정받을 수 있었던 아버지의 고독과 슬픔을 이해하기 위해 매우 여러 겹의 과정을 둔다. 즉 '시각장애인 도서관 관장, 그 관장을 찾아가는 화자인 소설가(나), 나의 여자친구였던 그녀, 그녀가 보게 되는 방송국 자료' 이 네 가지의 이야기가 서로 시간차를 두고 맞물려서야 잊혀지고 사라졌던 아버지는 다시 구성될 수 있다. 그런데 재구성된 내용은 등장인물 각자의 내면에서만 의미를 획득한다. 이는 세계와의 화해(소통) 가능성을 열어 두면서도 그것이 쉽지 않음을 드러내는 소설적 형식으로 볼 수 있다.

사라진 아버지를 찾아 나서는 것이 주요 모티프인 「달로 간 코미디언」에서는 주어지는 정보만으로 아버지를 아는 것이 어렵다. 그것은 아버지에 대한 정보를 주는 화자들과 그 서술내용이 모두 다르며, 더 믿을만한 화자가 누구인지도 모호하기 때문이다. 게다가 사라진 아버지에 대한 정보는 제 3자들, 영상 매체에 의해 전달되는 편린들이며, 그 정보를 듣고 기록하는 서술자 역시 제 3자이다. 따라서 소설 전체는 온통 사라진 아버지에 대한 이야기로 채워지지만, 그 이야기는 스펙터클로 존재했던 영상자료만큼이나 파편적이다. 그리하여 사라진 아버지를 재구성하는 것은 편집된 정보들의 짜맞춤이 될 수밖에 없다.

그녀가 기억하는 아버지는 알이 두꺼운 안경을 쓰고 가족들에게
신경질적으로 소리를 지르거나, 아침이면 숙취에서 깨어나지 못하
고 얼음물에 담가둔 물수건을 얼굴에 뒤집어쓰고 누워 있었다……

그녀로서는 아버지의 눈물을 단 한 방울도 이해하지 못했다……
1970년대 내내 보조 MC로 지방 쇼단을 전전하면서 무명 생활을 거
친 끝에 마침내 아버지가 TBC 방송국의 한 쇼 프로그램에 등장했을
때, 그녀는 ‘과연 저 사람이 아버지가 맞는 걸까?’하고 의아하게 여
길 수밖에 없었다……친구들 앞에서 아버지가 연예인이라는 걸 자
랑하던 두 오빠들이 환호작약하는 동안, 그녀는 방 한구석에서 귀를
틀어막고…… (32-33쪽)

그녀는 영상자료원 자료실에서 아버지의 이름을 검색하다가……
마침내 아버지의 모습이 등장했을 때, 하마터면 그녀는 그 자리에서
모니터를 꺼버릴 뻔했다……화면 속에서 희극인 안복남 씨는 청와대
앞길에 모여든 사람들을 앞에 놓고 목이 터져라 “성군이 나셨도다아!”
라고 부르짖고 있었다……그건 너무나 끔찍한 일이었다. (35쪽)

그녀는 단 한 번도 아버지가 안복남 씨라는 걸 스스로 말한 적이 없
었다. 그건 단순히 아버지가 어느 날 가족을 버리고 미국으로 떠나버
렸기 때문만은 아니었다……안복남 씨는 어쩌면 자신이 알던 그 사람
이 아닐지도 몰랐다……왜 안복남 씨가 가족을 버리고 미국으로 도망
쳐버렸는지 이해한다는 건 불가능한 일일지도 몰랐다…… (36-37쪽)

그 안복남 씨가 자기 아버지라고 안 피디가 말하기에 제가 ‘그분
은 지금 어떻게 됐느냐’고 물었습니다. 안 피디는 침을 삼키며 머뭇
거리다가 ‘가족을 버리고 양옥집을 몰래 판 돈을 들고 애인과 함께
미국으로 도망쳐버렸어요’라고 말하더군요. 그래서 제가 말했어요.
‘저런. 치료를 받아야 했을 텐데……’ 그랬더니 안 피디가 그게 무슨
소리냐고 묻더군요. ‘아버님은 시력을 잃어가고 있는 상태였는데,
그걸 몰랐나요?’라고 말했더니 ‘그걸 어떻게 아시나요?’라고 안 피디
가 되묻더군요. (53-54쪽)

　　유학에서 돌아온 뒤 모교에서 교수로 재직 중이던 코디네이터 등
의 증언이 흘러나왔다……'이런 말 하믄 서운하다고 생각하겠지만
서두 당신 아버지는 내 원수다……' ……목소리들은 24년 전 라스베
이거스에서 5만 달러를 들고 사라진 코미디언에 대해 때로는 유창하
게, 때로는 잘 기억나지 않는다는 듯, 때로는 여전히 분노를 이기지
못해, 때로는 그 일이 여전히 혼란스럽다는 듯 더듬더듬 증언하고 있
었다. (60-61쪽)

　안복남 씨의 딸 '그녀'가 기억하는 아버지는 '신경질적이고 끔찍하
며, 수치스럽고 가족을 버린' 사람이다. 하지만 한편으로는 자신이 알
던 그 사람이 아닐지도 모른다는 생각도 한다. 오빠들은 저질 코미디를
선보이던 아버지를 TV에 출연하는 연예인이라고 좋아했다. 도서관 관
장은 TV를 통해서만 아버지를 보았지만 아버지가 시력을 잃어가고 있
었다는 것을 알고 있고, 아버지를 마지막으로 본 유학생은 그를 원수로
기억하고 있다. 그녀가 기억하는 아버지는 어디까지가 진실인지, 아버
지는 왜 가족을 떠나 미국으로 갔는지, 과연 그는 어떻게 되었는지 명
확하게 드러나는 것은 없다.

　　바보 연기를 하느라 안경을 벗은 아버지가 초점이 잡히지 않는 눈
을 게슴츠레 뜨고는 다른 사람들에게 조롱당할 때 그녀는 수치심을
느꼈다……그녀 아버지의 레퍼토리는 '달나라로 간 별주부전'이었
다. 토끼 간을 구해오라는 용왕의 특명으로 로켓을 타고 달까지 찾아
간 별주부 역을 맡아서 시종일관 계수나무에 부딪치고, 먹다 버린 당
근을 밟아 미끄러지고, 토끼의 꾀에 속아서 옷을 다 벗은 채 숫옷 차
림으로 엉금엉금 기어다니는 슬랩스틱 코미디를 선보였다. (33-34쪽)

딸이 기억하는 아버지의 모습은 무대 위의 희극인 안복남 씨 모습으로만 강렬하게 서술된다. 이렇게 "아버지의 눈물을 단 한 방울도 이해하지 못"했던 딸이 다큐멘터리 편집 과정에서, 말해지지 못한 것, 말과 말의 사이에서 침묵으로 존재하던 그 '사이'에 대한 이해와 소통이 사람에 대한 이해이자 삶에 대한 이해이며, 불협화음의 세계와 화해를 시도할 수 있는 과정이 된다는 것을 깨닫고 마침내 아버지가 사라진 길을 따라가 보는 것으로 마무리된다. 그런데 이것이 사라진 아버지와의 소통, 세계와 존재의 화해를 담보할 수는 없다. 모든 깨달음은 등장인물 개개인의 기억과 상상 안에서만 이루어지기 때문이다. 그 과정을 알고 있는 서술자 '나(소설가)'는 타인들에 대한 이해의 가능성을 이렇게도 보여주고 있지만 그것도 '나' 혼자만의 독백이 되고 있다.

> 나는 어느 날 사막에서 실종된 한 남자의 고독을, 그 남자를 이해하기 위해 사막을 향해 달려가는 한 여자의 욕망을, 그리고 그 남자와 그 여자가 보게 될 사막의 빛과 어둠, 열기와 서늘함, 고독과 슬픔을 들었다. (62쪽)

> 이번에는 눈을 감지도 않은 채, 내가 중얼거렸다. 이 관장에게서는 아무런 대답도 들리지 않았다. 나는 혼자서 더없이 밝고 환한 보름달을 마주보고 있었다. 거기에는 나 혼자뿐이었다. (63쪽)

사실 아버지를 이해하기 위한 '그녀'의 목소리는 물론이고 그녀를 이해하고자 하는 화자 '내'가 보고, 느끼고, 들었다고 하는 것은 각자의 침묵과 상상 안에서 벌어지는 일이다. 궁극적으로 타인에게 다다를 수 있는 실천은 없고, 타인의 본질, 실존에 다가가고자 하는 현대인의 자의

식, 열망만이 사막처럼 펼쳐진다고 할 수 있다. '나 혼자뿐이었다'고 하는 텍스트의 마지막 장면이 그것을 잘 보여준다.

이에 비해 「난장이가 쏘아올린 작은 공」에서 노동과 사회로부터 소외되고, 결여와 결핍의 상징이었던 '난장이들'은 하나의 목소리로 등장하면서 난장이 세계의 소통과 화해 양식은 구축되고 있다. 1인칭 서술자 영수, 영호, 영희의 목소리를 차례대로 들어보자.

> 사람들은 아버지를 난장이라고 불렀다. 아버지는 난장이였다 …… 천국에 사는 사람들은 지옥을 생각할 필요가 없다. 그러나 우리 다섯 식구는 지옥에 살면서 천국을 생각했다. 단 하루도 천국을 생각해보지 않은 날이 없다. 하루하루의 생활이 지겨웠기 때문이다. 우리의 생활은 전쟁과 같았다. 우리는 그 전쟁에서 날마다 지기만 했다. 그런데도 어머니는 모든 것을 잘 참았다. (31-32쪽)

> 나는 아버지가 마지막 눈을 감는 날의 일을 생각했다. 죽음은 모든 것의 끝이다…… 나는 인간이 죽은 다음에 또 다른 생을 시작한다는 그(목사)의 말을 이해할 수 없었다. 아버지에게는 숭고함도 없었고, 구원도 있을 리 없었다. 고통만 있었다. 나는 형이 조판한 노비 매매문서를 본 적이 있다. 확실히 아버지만 고생을 한 것이 아니다……그러나 우리는 이미 첫 번째 싸움에서 져버렸다……나는 아버지만도 못할 것이다…….나의 몸은 아버지보다도 작게 느껴졌다. 나는 작은 어릿광대로 눈을 감을 것이다. (67쪽)

> 우리의 생활은 회색이다. 집을 나온 다음에야 나는 밖에서 우리의 집을 들여다볼 수 있었다. 회색에 감싸인 집과 식구들은 축소된 모습을 나에게 드러냈다. 아버지의 실제 모습보다도 작게 축소된 어머니가 부엌으로 들어가다 말고 하늘을 쳐다보았다. 하늘까지 회색

이다……집을 나온다고 내가 자유로워질 수는 없었다. 밖에서 나는 우리 집을 들여다볼 수 있었다. 끔찍했다. 두 오빠와 마찬가지로 나도 학교를 그만두었다. (79쪽)

영수, 영호, 영희가 속해 있는, 아버지와 가족이 처한 현실은 그것이 누구의 입장이고, 어떠한 관점에서 서술되는 것인지 구분할 필요가 없다. 경계 밖으로 밀려난 도시 빈민에 대한 관찰, 전쟁, 지옥, 싸움, 회색으로 상징되는 일상, 구원도 전망도 없는 미래 등으로 서술되는 동일한 현실인식은, 비극적인 것은 맞지만, 각 개인들이 파편화되지도 고립되어 있지도 않음을 드러낸다. 오히려 영수, 영호, 영희의 진술은 가족들과의 상호작용 속에서, 서로를 매개로 상호 보완되면서 아버지와 가족 전체의 모습을 그려 보이고, 아버지 죽음을 하나의 사건으로 완성하는, 공동의 기억이자 기록이 된다.

(가) 아버지는 같은 또래의 사람들보다 많이 늙어 보였다. 우리 식구들밖에 모르는 일이었다……사람들은 이 신체적 결함이 주는 선입관에 사로잡혀 아버지가 늙는 것을 몰랐다. 아버지는 스스로 황혼기에 접어들었다는 체념과 우울에 빠졌다……의욕은 물론 주의력과 판단력도 줄었다…… 어머니의 불안한 음성이 높아졌다……나는 방죽가로 나가 곧장 하늘을 쳐다보았다. 벽돌공장의 높은 굴뚝이 눈앞으로 다가왔다. 그 맨 꼭대기에 아버지가 서 있었다. 바로 한 걸음 정도 앞에 달이 걸려 있었다. 아버지는 피뢰침을 잡고 발을 앞으로 내밀었다. 그 자세로 아버지는 종이비행기를 날렸다. (46-55쪽)

(나) 아버지와 지섭은 우리에게 대기권 밖을 날아다니는 사람들로 보였다. 두 사람은 하루에도 몇 번씩 달을 왕복했다. "살기가 너무

힘들다". 아버지가 말했었다. "그래서 달에 가 천문대 일을 보기
로 했다. 내가 할 일은 망원렌즈를 지키는 일야. 달에는 먼지가
없기 때문에 렌즈 소제 같은 것도 할 필요가 없지. 그래도 렌즈
를 지켜야 할 사람은 필요하다."……"그런데 누가 아버지를 달에
모시고 가겠대요?"…… "그 책을 돌려주세요." 내가 말했다. "그
리고, 그 사람 말을 믿지 마세요. 그는 미쳤어요."……"너희들은
내가 이 땅에서 끝까지 고생하다 바짝 마른 몰골로 죽기를 바라
고 있지? 힘든 일에 눌려 허우적거리다 숨을 거두기를 바라고 있
는 것 아니냐?"……우리 식구와 지섭을 제외하고 세계는 모두
이상했다. 아니다. 아버지와 지섭마저 좀 이상했다. (71-78쪽)

(다) 아버지는 달에 가서 천문대 일을 보게 될 것이라고 말했었다……
나는 달 천문대 밑에 쪼그리고 앉아 있는 아버지의 모습을 상상
했다…… "……아버지는 돌아가셨어. 벽돌공장 굴뚝을 허는 날
알았단다. 굴뚝 속으로 떨어져 돌아가신 아버지를 철거반 사람들
이 발견했어." ……나는 두 손으로 가슴을 쳤다. 헐린 집 앞에 아
버지가 서 있었다. 아버지는 키가 작았다. 어머니가 다친 아버지
를 업고 골목을 돌아 들어왔다. 아버지의 몸에서 피가 뚝뚝 흘렀
다……까만 쇠공이 머리 위 하늘을 일직선으로 가르며 날아갔다.
아버지가 벽돌공장 굴뚝 위에 서서 손을 들어 보였다. (78-95쪽)

황혼기에 접어든 난장이 아버지는 살기 힘들어 달에 가겠다는 말을
반복하고, 그 말을 받아주지 않는 영호와의 대화(나)를 통해 무력감과
우울감을 극대화하다가, 마침내 달이 뜬 시각 벽돌공장 굴뚝에서 종이
비행기를 날리는 모습을 마지막 기억으로 남기며 삶을 완결하게 된다.
「난장이가 쏘아올린 작은 공」은 자본가와 대립되는 서사구조에서는
세계와 화해할 수 없는 비극성을 드러내지만, 영수, 영호, 영희의 서술

은 상호텍스트를 통해 서로의 기억과 경험을 보완하여 아버지를 온전
히 기억하고 재현할 수 있는 가능성을 열어 보인다. 여기에서는 달로
가겠다는 아버지를 이상했다고 말하는 영호의 서술(나)조차도 영수
(가), 영희(다)의 서술내용과 대립하거나 균열을 일으키는 구조를 만들
지 않는다.

아버지 형상이 죽음(「난장이가 쏘아올린 작은 공」)과 사라짐(「달로
간 코미디언」)이라는 다른 방식을 취하게 되는 것은 여기에서 이해될
수 있다. 삶의 육체성을 지녔던 '난장이 아버지'는 그의 소멸을 육체의
소멸(죽음)로 확인 받을 수 있었다. 이 죽음은 가족들이 모여 있는 곳에
서 '뚝뚝 흐르는 피, 복수'의 다짐과 함께 가족들의 공동기억으로 기록
된다. 반면 삶의 육체성을 지니지 못했던 '코미디언 아버지'는 자신을
이 세상에서 추방하는 방식으로 사라진다. 연약한 자들의 생존법으로
알려진 이 사라짐은 죽음을 위장하고 기만하는 방식[19]일 수 있는데, 이
방식마저도 스펙터클의 본질과 닮아 있다. 그리하여 코미디언의 사라
짐은 개인들의 기억 속에서 흩어지고, 난장이의 죽음은 복수를 다짐하
는 공동의 기록으로 남겨진다.

(3) 유토피아와 헤테로토피아

「난장이가 쏘아올린 작은 공」의 등장인물들이 서로의 기억과 경험
을 보완하여 아버지를 온전히 기억하고 재현할 수 있는 것은 모여 살았
던 장소, 돌아오는 곳, 함께 생활했던 경험으로서의 공간을 중심에 두

---

19) 피에르 자위는 스펙터클의 사회에서 드러내지 않기는 저항의 한 방식일 수 있다고
했다. 그러나 저항도 그 시대성을 담보한다는 점에서 스펙터클의 본질을 내재한다
고 보았다.
Pierre Zaoui, 『드러내지 않기 혹은 사라짐의 기술』, 이세진 옮김, 위고, 2017, 45쪽.

고 있기 때문이다. 「난장이가 쏘아올린 작은 공」에서 서사를 전경화하는 장치인, 재개발 사업구역 철거 계고장은 소멸의 장소로서의 집을 보여주고 그것의 사회학적 의미를 전달하기에 충분하다. 1970-80년대 한국의 산업화와 재개발은 도시의 이미지로 상상되었던 유토피아를 현실공간에 건설하는 일이었다. 화려하게 도시화되는 공간의 이면이 곧 철거될 '낙원구 행복동 김불이의 집'이었고, 이 텍스트의 모든 갈등은 이 '철거될 집'으로부터 시작된다. 그런데 재개발 대상이었던 그들의 집은 어떻게 서술되고 있는지 보자.

> 장독대 시멘트 바닥에 '명희 언니는 큰오빠를 좋아한다'고 씌어져 있었다. 집을 지을 때 남긴 낙서였다. 영희가 웃었다. 우리에게는 그때가 제일 행복했다. 아버지와 어머니가 도랑에서 돌을 져왔다. 그것으로 계단을 만들고, 벽에는 시멘트를 쳤다. 우리는 아직 어려 힘든 일을 못했다. 그래도 할 일이 많았다……하루하루가 즐거웠다. (41쪽)

> 지금 선생이 무슨 일을 지휘했는지 아십니까? 편의상 오백 년이라고 하겠습니다. 천 년도 더 될 수 있지만, 방금 선생은 오백 년이 걸려 지은 집을 헐어버렸습니다. 오 년이 아니라 오백 년입니다. (76쪽)

> 우리 집이, 이웃집들이, 온 동네의 집들이 보이지 않았다. 방죽도 없어지고, 벽돌공장의 굴뚝도 없어지고, 언덕길도 없어졌다. 난장이와 난장이의 부인, 난장이의 두 아들, 그리고 난장이의 딸이 살아간 흔적은 거기에 없었다. 넓은 공터만 있었다. (93쪽)

인간 실존의 근원적 중심으로서의 집의 의미를 재차 언급할 필요는 없을 것이다. 난장이 가족들의 근원으로서 이들의 기억 속에서 집은 집이 가지고 있는 신화적 의미로 충족된 곳이다. 그 집이 강제로 철거되는 사회구조 속에서 난장이 가족들의 절망과 영희의 극단적 행동이 현실감 있게 전달되는 것은, 이들에게 집이 추상적인 공간으로서가 아니라 구체적인 경험의 장소이자 존재의 근원으로 자리하고 있다는 것을 반증한다. 집의 의미가 각각의 등장인물들을 통해 의미로 충만되어 있는 장소임은 여러 곳에서 발견된다.

영수를 좋아하던 이웃집 명희가 집을 떠나 일을 하다가 힘들 때마다 돌아오던 곳도 집이었다. 영수, 영호, 영희가 사라질 때마다 돌아가야 하는 곳은 늘 집이었고, 그들의 행복했던 기억은 집의 한 부분에 살아 있다. 난장이 아버지가 달나라에 관한 책을 읽던 '마루의 끝'에서는 생존만을 위한 삶에 대한 저항이 가능하다. 이곳에서는 불공평한 현실에 대해 말하고 일 만년 후의 세계를 꿈꿀 수 있다. 마루의 끝은 인간의 고통, 숭고함, 구원에 대해 사유하며 인간다운 삶을 물을 수 있는 공간이 된다. 영희가 팬지꽃을 키우던 '작은 마당'에는 "긴 머리에 반쯤 가려진 옆얼굴이 아주 예"쁜 소녀가 기타를 치고 있다. 이곳은 집을 나가고, 밤마다 알몸으로 잠을 자고, 그 잠에서 깨었을 때 살인을 저지를 수도 있게 만드는 것이 아파트 입주권이라는 것을 몰랐던 영희로 돌아갈 수 있는 장소이다. 난장이 가족들이 집짓기의 행복한 기억을 환기하는 '장독대' 또한 현실적으로 지옥 같았던 철거대상으로서의 공간에서 다른 꿈을 꿀 수 있는 현실 속의 유토피아이자 다른 공간을 꿈꿀 수 없는 자들의 헤테로토피아[20]로 작용하는 장소라 할 수 있다.

---

20) 푸코는 헤테로토피아를 유토피아와 대비하여 사용했다. 유토피아가 실제 장소를 갖지 않는 비현실적인 공간이라면, 현실적인 장소, 실질적인 장소이며 일종의 반(反)

우리의 장소 경험, 특히 집에 대한 경험은 벗어나고 싶은 욕망과 정착하고 싶은 욕구가 균형을 이룰 때 그 의미를 충족[21]하게 된다. 난장이 가족들은 이 정착의 욕구를 충족하지 못함으로써 뿌리뽑힘의 고통을 전면화하게 되며, 이 고통은 동시에 난장이와 그 가족들이 상상하는 천국을 현실화하고자 하는 삶의 동력이 될 것이라는 전망도 하게 한다. 난장이 가족들이 보여주는 특별한 장소에 대한 애정 때문이다. 평범한 사람들은 일상생활을 통해 애정으로 장소에 의미를 부여하며, 그 안에서 자신을 확장시키고 자기 자신이 될 수 있는 맥락[22]을 만들어 갈 수 있는 것이다.

이것은 등장인물들이 머무르는 공간, 생활의 기억이 감지되지 않는 「달로 간 코미디언」의 공간과 비교할 때 보다 두드러진다. 코미디언의 딸, '그녀'가 기억하는 집은 매우 냉소적으로 서술되고 있다.

전두환 대통령 취임식을 앞두고 배삼룡, 나훈아, 허진, 이주일 등이 '저질 연예인'으로 낙인찍혀 사실상 방송 금지를 당했던 것이다. 저질이라면 그녀의 아버지도 빠져나갈 수 없었지만, 용케도 그는 이후에도 별다른 제재 없이 계속 텔레비전에 출연할 수 있었다. 그때

배치이자 실제로 현실화된 유토피아인 장소를 헤테로토피아라고 부르고자 했다. 어떤 의미로는 온갖 장소들 가운데 중화시키고 혹은 정화시키기 위해 마련된 장소들, 일종의 반(反)공간(contre-espaces)이다. 헤테로토피아는 사회에 의해 고안되고 그 안에 제도화되어 있는 공간으로 사용된 어휘이지만, 그 존재 자체로써 나머지 정상 공간들을 반박하고 이의제기하는 공간이기에, 푸코가 반공간으로 아이들의 예(정원의 깊숙한 곳, 다락방, 인디언 텐트, 목요일 오후 부모의 침대 등)를 끌어와 설명하는 데 착안하여 이 글에서도 반공간, 개인의 경험이나 주관성과 관련되는, 맥락화 된 장소의 의미로 헤테로토피아를 사용했다.
Michel Foucault, 『헤테로토피아』, 이상길 옮김, 문학과지성사, 2014, 13쪽, 47쪽.
21) Edward Relph, 『장소와 장소상실』, 김덕현 외 옮김, 논형, 2005, 102쪽.
22) Edward Relph, 위의 책, 173쪽.

가 아마도 코미디언으로서는 가장 행복했던 시기였을 것이다. 그녀에게는 그 행복이 그녀만의 독방이 있는 2층 양옥집의 형태로 나타났다. 그리하여 그 2층 양옥집의 뒷방 창가에서 그녀는 성에 갇힌 라푼젤이 되어 왕자님을 기다리는 상상도 할 수 있었던 셈이다. (35쪽)

코미디언 아버지에게 가장 행복했던 시기였을 수도 있는 그 때가 그녀의 행복한 기억으로 전이되지는 않는다. 후에 아버지는 이 '양옥집을 몰래 판 돈을 들고 애인과 함께 미국으로 도망' 간 사람이 되므로, 이 집은 독방의 외로움과 빚으로 쫓겨난 곳으로 기억될 것이다.

삶의 육체성, 애착을 지닌 장소에 대한 경험이 없는 사람들에게서는 유토피아도 상상되지 않는다. '난장이의 달나라'는 고통스러운 현실을 벗어나도록 해주는 유토피아였다. 하지만 '코미디언 아버지의 달나라'는 슬랩스틱 코미디와 은밀한 육담과 용비어천가로 채워지는 '전무후무한 저질 코미디'와 '난센스의 시대'성을 재현한 공간이자 특정 장소감을 상실한, 흥분, 오락, 흥미를 제공하는 타자지향의 가짜 유토피아(무대)였다23). 그래서 코미디언 아버지가 사라진 공간, 현실을 넘어 다른 곳으로 가고자 했던 열망에서 다다른 '사막'은 시간과 공간이 멈춘 곳, 어느 쪽을 향해 걸어가도 영원히 바깥일 수밖에 없는 공간 이미지를 환기한다. 이 바깥으로서의 사막은, 집을 상실한 자, 의미 있는 장소를 가지지 못한 자, 뿌리 뽑힌 자들이 도달하는 공간의 이미지와 연계되면서 인간과 세계의 만날 수 없음, 세계 질서로부터의 소외24)의 의미를 더 강화하고 있다.

---

23) Edward Relph, 앞의 책, 215쪽.
24) "장소 만들기는 세계에 질서를 부여하는 것이다"
　　Edward Relph, 앞의 책, 290쪽.

하지만 「난장이가 쏘아올린 작은 공」에서 난장이 가족들은 돌아가야 할 집의 의미를 이미 공동의 기억으로 가지고 있고, 경험 장소로서 자기만의 헤테로토피아를 가지고 있다. 그것이, 현실원리에서는 패배했을지라도, 꿈꾸는 천국을 현실화하고자 하는 동력이 될 것이며 세계와의 화해를 포기하지 않을 것이라는 전망을 가능케 한다.

3) 아버지 형상의 시대적 의미

「난장이가 쏘아올린 작은 공」은 연구사만큼 다양한 방식으로 읽히고 있다. 하지만 난장이(가족)는 자본주의 시대 하위계층의 소외와 불구성, 자본가에게 패배한 노동자, 왜소한 인간(아버지) 등으로 읽히면서, 자본의 논리에 패배한 소시민 논의는 여전히 중심 담론으로 재생산되고 있다. 그것은 부재하는 아버지, 소외된 가장, 집나간 아버지, 실종되거나 사라진 아버지들의 이야기로 변주되거나 투명인간 혹은 모자로 변신하기까지 하는 아버지 형상을 만들어 내기도 한다.

그런데 자본의 논리에서 벗어나 다시 만나게 되는 「난장이가 쏘아올린 작은 공」의 아버지는 또 다른 모습을 드러낸다. 이미지가 현실을 압도하는 이 시대에서 난장이와 그 가족들의 서사는 육체성, 물질성, 실체 있음 등으로 이 시대에 반하는 존재감을 확인시킨다. 그 존재감은 아버지의 삶과 역사를 함께 기억하고 말할 수 있는 가족들에 의해, 그리고 달나라를 꿈꾸던 목소리, 늙고 지쳐가는 몸, 피 흘리며 죽어가는 육체를 함께 직접 경험했던 공유시간에 의해 보장된다.

이는 오직 이미지와 2중, 3중의 간접화법으로 전달된 정보에 의해서만 아버지를 재구성할 수 있는 「달로 간 코미디언」과 비교했을 때 더

확실한 차이를 드러낸다. 산업화가 가속화되던 동시대적 배경을 하고 있지만 「달로 간 코미디언」에서 형상화된 아버지는 실체가 없다. 삶에서 육체성을 지니지 못했던 '코미디언 아버지'는 집을 상실한 자, 의미 있는 장소를 가지지 못한 자, 뿌리 뽑힌 자들이 도달하는 공간(사막)의 이미지와 연계되면서 인간과 세계의 만날 수 없음, 세계 질서로부터의 소외의 의미만 재차 확인하게 한다.

난장이들은 자본가와 대립되는 서사의 틀에서는 현실패배를 드러냈다. 하지만 돌아갈 집, 꿈꾸는 천국을 가진 난장이들은 삶의 육체성, 애착을 지닌 장소에 대한 경험으로 유토피아를 상상할 수 있는 동력을 지녔다는 점에서 세계와의 화해를 포기하지 않는 소설 미학을 구현하고 있다고 할 수 있다. 자본의 논리가 아니라 인간의 논리에서 그러하다.

8. 서발턴의 타자성, 새로운 윤리적 감각
― 황정은의 소설을 중심으로

1) 서발턴은 누구/무엇인가

타자를 추방하고 배제함으로써 동일자로서의 주체를 강조하던 80년대적 담론의 한계를 넘어서고자 했던 1990년대 이후의 새로운 소설들에 '타자들의 귀환'이라는 이름이 붙여진 것이 이미 오래 전이다. 이질적인 것에 대한 관심은 동일성 회복의 전복이자 위반의 상상력에서 비롯되었을 터인데, 이는 타자의 발견을 가능케 하는 동시에 개인의 재발견을 견인했다. 이때의 '개인'이 보여주는 삶의 방식을 두고 '연대가 불가능한 현실 속에서 인간다운 인간의 가능성'을 찾아가는 생존법으로 논의를 이끈 논자는 그 논의[1]의 중심에 황정은의 소설을 배치하고 있다.

우리 시대를 '경제적 동물의 불안을 경쟁적으로 내면화'[2]한 시대로 보든 '포스트 IMF'[3]로 명명하든 혹은 '자비심이나 동정심 같은 정서가 틈입할 여지가 없는 잔혹한 세계'[4]나 '야만적인 나라'[5]로 규정하든 현

---

1) 소영현, 「연대 없는 공동체와 '개인적인 것'의 행방」, 『상허학보』33, 상허학회, 2011.
2) 한기욱, 「문학의 새로움과 소설의 정치성」, 『창작과비평』38(3), 창비, 2010.
3) 박진, 「포스트IMF시대, 문학의 욕망과 욕망의 윤리」, 『작가세계』23(1), 2011.

실(체제)과 그 속의 인간 재현에 대한 논의에서 가장 문제작이자 비범한 예술성을 구현한 작품으로 황정은의 소설을 언급할 수 있다. 유사한 입장에서 언급되는 '윤리적 생존법, 연명의 대응법, 연약한 짐승들의 생존법'6) 등의 용어나 '윤리적인 희망과 절망에 도달'7)했다는 평가에서 짐작할 수 있듯이, 황정은은 현실 논리에 적응해야 한다는 생존법만이 삶의 원칙이 되어버린 이 세계를 그만의 방식8)으로 다르게 재현하면서 주목할만한 성취로 거론되는 데 값하고 있다.

탈식민주의 논의 중 개념 성찰로 주목받은 서발턴(subaltern)9)은, 한국문학 연구에서 민중과 도시빈민, 노동자 등 하층민을 전면화 하고 있는 텍스트를 대상으로 하는 작업에서 주로 호출되는데, 황정은의 텍스

---

4) 김미정, 「인간임을 기억해야 하는 이유」, 『실천문학』, 실천문학사, 2015. 3.

5) 한기욱, 「야만적인 나라의 황정은 씨」, 『창작과비평』43(1), 창비, 2015.

6) 소영현, 위의 글, 154-155쪽.

7) 신형철, 「『百의 그림자』에 부치는 다섯 개의 주석」, 『百의 그림자』 작품해설, 민음사, 2010, 192쪽.

8) 소영현과 신형철이 언급한 '윤리'의 의미와 이 글에서 사용한 '윤리적 감각'은 그 함의가 다르다. 전자는 인간으로서 마땅히 그러해야 함을 내포한다면 후자는 개인(개체)이 판단·선택하면서 만들어 나가는 삶의 방향을 윤리적 감각이라는 말로 의미화했다. 당위보다는 개인의 가치에 더 무게를 두었다는 뜻이다. 이렇게 구분하는 이유는, 당위로서 말할 수 있는 윤리 역시 지배담론의 영향권 내에 있다고 생각하기 때문이다.

9) 서발턴의 개념은 안토니오 그람시, 라나지트 구하, 가야트리 스피박의 이론을 참조했다. 이 글에서 주목한 핵심어는 그람시가 말하는 헤게모니 집단을 제외한 나머지에 속한 사람, 구하가 말하는 엘리트와 대립되는 집단으로 분류되는 사람들, 스피박이 차이의 기호로 범주화한 어떤 속성으로 정리할 수 있다. 이들은 서발턴의 개념을 조금씩 다르게 사용하고 있지만, 공통적으로 종속적 위치를 지칭하는 용어로 썼다. 이 글에서도 하층계급을 포괄하는 용어로 사용한다. 하지만 이들을 집합적으로 지칭하는 용도로만 쓰지는 않았다. 총체성, 동질성을 지향한 주체 개념과의 차이를 드러내는 것이 서발턴 연구에서 중요한 지점임을 강조한 스피박의 견해를 따랐다. 스피박은 이 차이를, 가시화될 수 없는 저항의식과 실천으로 보고 지배담론이 완전히 전유할 수 없는 것, 지배담론의 포획에 저항하는 타자성(부정성)이라고 보았다.

트를 둘러싸고 있는 하층민 화자들이 총체성, 동질성을 지향한 주체 개념과 차이를 드러낸다는 점에서 서발턴에 포괄될 수 있을 것이다. 그런데 서발턴을 표제어로 내세우고 있는 연구들에서 서발턴의 번역어로 선택한 '하위주체'라는 말은 그 의미 연상이 쉽지 않을뿐더러, 더 본질적인 문제는 서발턴에 대한 재위치 등의 의미부여를 위해 '대안적 주체로서의 가능성을 탐문'[10]하거나 '하위계층들이 중심과 주변의 경계를 허물고 내부 식민구조에 균열을 일으키는 양상을 고찰'[11]함에도 불구하고, 그것이 텍스트에서 가시화되지 못한 무언가를 포착할 수 있게 해 준다든가, 연구대상이 된 텍스트가 새롭게 읽힌다든가 하는 계기로 작용하지는 않는다는 것이다. 오히려, '자본의 논리에 희생당하고 착취당하는 수동적 존재가 아니라 저항적 주체로의 가능성을 가진' 새로운 인간군의 등장을 특권화하는 목소리만 확인하게 된다. 이는 스피박이, 역사가들(서술자들)이 탈식민주의의 맥락에서 하층계급의 대항 행위를 낭만화할 위험도 있다고 우려한 부분[12]이기도 하다.

스피박은 서발턴의 위치와 재현, 그리고 그 재현된 서발턴을 읽어내는 과정에서 인도 전통의 순장제를 따르는 '사티'의 예를 들면서, 과부 희생이라고 읽는 쪽이나 그 희생을 결정한 여성들은 단순한 희생자가 아니라 의지를 지닌 선택 주체[13]라고 위치 짓는 담론이나 어느 쪽도 사티의 목소리를 담아내지 못한다고 지적한다. 어느 쪽이든 '인식소적 폭

---

10) 이평전, 「'하위주체' 형성의 논리와 '재현'의 정치학」, 『한국문학이론과 비평』20권 1호(70집), 한국문학이론과 비평학회, 2016, 85쪽.
11) 김학균, 「『서울은 만원이다』에 나타난 도시의 '서발턴' 고찰」, 『한국현대문학연구』 41, 한국현대문학회, 2013, 343쪽.
12) Gayatri Chakravorty Spivak 외, 『서발턴은 말할 수 있는가?』, 태혜숙 옮김, 그린비, 2013, 105-106; 118-119쪽.
13) 김애령, 「다른 목소리 듣기: 말하는 주체와 들리지 않는 이방성」, 『한국여성철학』 17, 한국여성철학회, 2012, 48쪽.

력'이 작용한다는 것이다. 스피박은 '서발턴은 말할 수 있는가'에 부정적인 입장인데, 이는 그들이 실제로 말할 수 없다는 것이 아니라, 그들의 말(정확히는 그들을 대변하는 말)은 정치·사회·역사를 망라한 헤게모니 영역의 체계에서 자리가 만들어지기 때문에 그들은 침묵 당하게 될 수밖에 없음을 역설한 것이다.

따라서 이 연구에서는 서발턴은 어떻게 재현되고 있는가를 묻고자 한다. 이는 앞서, 하위주체라는 용어에 언어 감각적으로 적응하기 어렵다고 했던 불만과 맞물린다. 일반적으로 '하위'라는 말은 위계에 대응하는 것으로 상상된다. 위치와 연관이 되는 이 말과 주체가 짝을 이루었을 때, 이 '하위주체'는 '주체'와 어떻게 구분되는가? 행위 주체로서 행위의 뭔가가 미흡다는 뜻인가? 주체이기는 한 것인가? 더 근원적인 문제는 서발턴에 주체의 이름이 붙고 있는 1차 텍스트, 2차 텍스트를 다시 읽어 보아도 서발턴은 여전히 종속적이거나 아니면 과도하게 의미 부여되고 있다는 점이다.

이러한 의문점들을 보다 구체화해 나가는 것이 답에 접근하는 한 방법이 될 수 있을 것으로 보고, 이 글에서는 서발턴이 재현되는 양상을 살펴볼 것이다. 그것은 누가, 무엇을, 어떻게 말하고 있는가, 우리는 무엇을 들을 수 있는가와 연결된다. 스피박은 우리가 들어야 하는 것이, 총체성과 동질성을 지향하는 주체 개념으로 포착할 수 없는 것, 그 개념에서 미끄러지는 것들이라고 했다. 그것이 서발턴의 위치를 재설정할 수 있다고 본 것이다. 이 글은 바로 그 지점, 서발턴을 대상으로 지배 담론이 전유한 것, 혹은 전유하지 못한 것, 그리고 그 포획에 저항하는 타자성(otherness) 발견의 가능성에 대한 논의가 될 것이다.

2) 재현되는 서발턴

(1) 말하는 자는 누구인가

황정은은 초기작부터 최근작까지 꾸준하게 서발턴을 주인공으로 내세우며 그들의 존재방식, 즉 체제 속의 우리는 어떠해야 하는가를 묻고 있다. 그의 장편 소설『百의 그림자』(2010),『야만적인 앨리스 씨』(2013),『계속해보겠습니다』(2014)가 모두 그에 해당하며, 그 물음은「상류엔 맹금류」(2013)에서 정점에 도달하고 있다.

평론가로부터 이런 소설을 읽게 해주어서 '고맙다'는 찬사를 받은『百의 그림자』는 철거를 앞둔 전자상가 사람들의 이야기이다. 시스템의 비정함과 등장인물들의 선량함이 대조되고 있고, 그 선량함을 지켜 나갈 희망은 은교와 무재의 사랑에서 찾아진다. 폭력적인 도시개발과 그 구조 속의 인간에 대한 이야기이지만 이 소설은 시종일관 흐뭇하고 따뜻하다. 그런데 무엇이 고마운 것인가를 생각해 보자. 폭력적인 현실 세계의 메커니즘 속에서 이런 꿈 같은 이야기로나마 위안을 받을 수 있어서 고마운 것일까, 우리의 미래가 이랬으면 좋겠다고 이야기해주는 사람이 있어서인가, 사람과 사람의 힘으로 비정함을 넘어설 수 있다는 전망을 보여주어서인가. 중요한 것은 '고마움'이라는 기표를 통해 자동반사적으로 상상하게 되는 이 기의들이 어디에서 온 것이며, 누구의 말인가 하는 것이다.

『백의 그림자』에서 따뜻함을 지탱하고 위로를 가능케 하는 힘은 환상적 요소들에서 비롯된다. 어쩌면 환상 속에서만 가능한 위로일지도 모른다. 누구의 목소리인지 모호하게 만들었던 이 꿈 같은 이야기는 황정은의 초기 장편소설로, 이후 서발턴을 재현하는 방식은 진화하고 있다.

『야만적인 앨리스 씨』는 부모의 가정 폭력을 피해 부랑자의 삶을 선택한 앨리시어의 가족사를 들춘다. 앨리시어는 우리가 알고 있다고 믿는, 혹은 구체적으로 알려고 하지 않는 폭력이 일상과 평범함의 테두리 안에서 어떻게 존재하고 있는지를 들려주고자 한다. 그러한 텍스트 전체의 어조를 응축하고 있는 다음 장면은, 환상을 걷어내고, 전사(前史) 혹은 보이지 않는 것과 보이는 것을 상충하게 만드는 독특한 재현방식으로, 추상적으로 폭력적인 세계를 구체적으로 상상하게 만든다.

> 어머니는 **작고 조용한 사람이다**. 일본에서 재봉을 배우고 돌아와 바느질 솜씨가 좋고 **순종적이고 난폭한 말이나 행동은 하지 않는다**. 귀한 사람들처럼 희고 얇은 피부를 가진 그녀는 나쁜 짓을 하지 않는다. **달걀처럼 순진하고 무구하다**고 할 수 있는 정도랄까. 그녀에 관해 물으면 열 가운데 적어도 아홉은 그녀를 선한 사람이라고 말할 것이다. **그녀는 훔치지 않고 거역하지 않고 목소리를 높이는 법이 없다**. 부지런하고 어디서나 **존재감 없도록 겸손하고 사람들이 웃을 때 함께 웃는다**. 그녀가 가장 행복하고 평화로워 보일 때는 평화롭고 행복할 때다. 기생들과 즐기고 놀다 돌아온 가장이 신문지에 싸서 가져온 쇠고기나 꿩고기로 고깃국을 끓여 식구들이 모두 앉아 그것을 먹을 때다. **그녀는 배부르고 평온하다**[14]. (밑줄 강조 인용자)

어머니의 종속적 이미지를 가시화하고 있는 것처럼 포즈를 취하는 이 서술은, 폭력성을 내재한 어머니와 외할머니를 중첩적으로 상상하게 함으로써 말하고자 하는 바를 증폭시키고 있다. 즉 가정폭력을 일삼는 아버지와 그 아버지 옆에서 그림자처럼 살고 있는 듯하지만 역시 폭력을 휘두르는 어머니의 기원을 폭력적이지 않은 언어로, 그러나 '순진

---

14) 황정은, 『야만적인 앨리스 씨』, 문학동네, 2013, 42-43쪽.

무구한' 어머니에 대한 재현이 폭력에 무방비 상태로 노출된 앨리시어의 모습과 연동되도록 만들면서, 드러나지 않는 그 폭력이 얼마나 섬뜩한 것인지를 효과적으로 전달하고 있는 것이다.

어머니가 지나치게 순종적인 가부장적 문화 속에서 자라난 사람들은 그로 인해 화자의 어머니처럼 폭력성을 내재할 수도 있을 거라는 식의 해석은 섣부르고, '웃기는' 일이라고 일축한다. 화자는 어머니의 어머니에 대해 말하면서, 저 작고 조용하며 겸손하고 순진해 보이는 것 속에 숨어 있는 폭력의 근원을 상상해 보라고 주문한다. 그것은 실제로 주먹을 휘두르는 아버지보다 더 무섭게 재현되고 있다. 말해지지 않는 폭력성, 가시화되지 않은 잔인함, 드러나지 않는 무력함, 무책임 등이 어머니의 저 모습에서 섬뜩하게 환기되기 때문이다. 그런데 이렇게 말할 수 있고, 말하고 있는 사람은 누구인가? '그녀를 선한 사람이라고 말할' 열 가운데 아홉을 제외한, 남은 하나뿐인 이 화자는 누구인가.

황정은의 재현 방식이 진화하고 있다고 말한 것은, 보이지 않는 질기고도 내밀한 폭력의 속성을 알아챌 수 있도록 하는 재현 방식 때문만은 아니다. 보이는 이야기에 자동반사적으로 반응하게 만드는, 텍스트 전체를 통어하는 서술에서 등장인물(서발턴)의 말로 옮겨가고 있고, 이 목소리는 보이는 이야기를 넘어 말해지지 않은 이야기를 보다 본질에 가깝게 복원하는 힘을 지녔기 때문이다.

『야만적인 앨리스 씨』에서의 인용 장면은 마치 조용하고, 순진하며, 겸손했던『百의 그림자』뒷모습을 보는 것 같다. 우리는 전자상가 개발 이야기를 전면화한 역사를 알고 있다. 그 폭력성을 후경화하는『百의 그림자』는 우리가 꿈꾸는 세상을 보여주고 있다. 그런데 그 환상성과 뒤섞인 아름다운 이야기를 들려주는 목소리가 누구의 것인가를 물어야 한다. 『야만적인 앨리스 씨』의 인용 부분이 강렬한 것은 어머니와 그 어머니의 어머니를 재현하는 화자가 '야만적인' 사람들이 가지고 있는 순진함의 위험성을 자각했으며, 그것을 위험하지 않은 말로 전할 수 있는 방법을 지속적으로 실현하며 어떠한 지향점을 만들고 있기 때문이다. 그것은 『계속해보겠습니다』에서 더 다듬어지고 있다.

> 실제 어머니가 겪은 것은 책 한권 읽어볼 짬도 없이 집안일을 하며 숙모의 갓난아이를 돌보는 **식모살이였다**. 아이가 어느 정도 자란 뒤로는 숙모의 가게에서 국밥 파는 일을 도왔다. 숙모는 지출을 줄이려고 사람을 고용하지 않고 세끼니와 머물 장소와 약간의 용돈으로 **나의 어머니를 부리다가** 당시로서는 상당히 늦은 나이인 이십대 중반이 되어서야 시장에서 알고 지낸 사람에게 신접살이용 이불 한 채를 **얹어 시집을 보내주었다고 한다. 가족끼리 사정을 봐주어야 한다는 말이 숙모의 입장에서는 꽤 유용하게 사용되었을 것이다**. 어머니는 이 숙모와 **여태도 연락을 주고받으며 좋지도 나쁘지도 않은 관계를 유지하고 있다**. 어찌 됐든 숙모가 아니었다면 할아버지와 그 산골에서 살았을 것이고 **그렇게 사는 삶밖에 다른 것은 몰랐을 거라고 어머니는 말했다**[15]. (밑줄 강조 인용자)

이 장면에는 말하는 나, 나에 의해 말해지는 어머니, 그리고 어머니에게서 전해들은 숙모가 등장한다. 화자가 보기에 숙모는 어머니를 '식모살이 시키고, 부렸다'. 그러나 일을 시킨 당사자 숙모는 '가족끼리 사정을 봐준' 것이라고 생각하고, 일을 당한 어머니는 '숙모가 아니었다면 더 나쁜 삶'을 살았을 거라고 생각하며, '좋지도 나쁘지도 않은 관계'를 계속 유지하고 있다. 이 이야기를 전해주는 화자의 목소리는 어느

---

15) 황정은, 『계속해보겠습니다』, 창비, 2014, 165쪽.

한 쪽으로 기울지 않는다.

현실 논리로 보았을 때 어머니는 희생자에 가까운 것 같지만, 화자의 목소리는 어머니도 그 나름으로 선택한 그의 삶의 전략이 있었고, 그것은 '여태도 연락을 주고 받'는 현재 진행형이므로 그의 삶의 방식이라는 것을 은근히 내비치고 있다. 화자도 어머니와 숙모의 삶과 관계를 어떻게 말해야 하는지를 계속 묻고 있는 것이며, 물어야 할 중요한 문제라는 것을 알고 있다.

(2) 무엇을 말하는가: 서발턴적 종속의 내재적 속성

서발턴의 모습을 보다 핍진한 상태로, 보다 더 미시적으로 재현하고 있는 작품이 「상류엔 맹금류」이다. 이 텍스트는 가난한 가족의 하루 나들이를 통해 서발턴의 속성을 상징적으로 보여준다. 수목원으로 나들이를 떠난 제희 가족은 문학사에서 타자화되어 왔던 사람들이다. 제희의 부모는 실향민으로 분단체제, 가족주의 환경 내에서 타자이자 소수자이며, 누나 넷 중에는 '대학에 진학한 사람이 단 한 명도 없'고, 제희는 '여성성을 내면화한' 남자이다. 무엇보다도 제희네 가족은 모두 가난하다. 특히 제희 아버지는 앞서 서술한 모든 것에, 젊은 시절의 일부는 타국에서 불법 체류자로 지낸 이력이 있고, 결핵을 앓다가 현재는 암 투병 중인 환자이며, 오물주머니를 늘 허리에 차고 있어야 하는 상황까지 덧붙여진 작고 병든 노인이다.

이 가족의 나들이에 제희의 애인이었던 화자 '내'가 끼게 된다. 나들이 장소인 수목원에서 제희 가족은 '나'의 만류와 다른 사람들의 금지의 시선, 비탈길이라는 물리적인 위험을 무시하고 출입이 제한된 계곡쪽으로 길을 만들면서 내려간다. 그리고 축축한 바닥에 점심 먹을 자리를 만들고 준비해 온 음식들을 펼쳐 놓는다. 나들이에 대한 기억 전체를 지배하고 있는, 나를 당혹스럽고 슬프게 만들었던 장면은 다음과 같이 재현된다.

> 제희네 아버지는 바위에 쪼그리고 앉아서 그 물에 손을 씻고 세수를 하고 목을 닦고 양말을 벗고 발을 닦았다. 먹어도 되는 물이라며 입도 헹궜다. 제희네 어머니는 물병 두 개를 물에 담갔다. 관람객들이 우리를 내려다보며 비탈을 오르고 있었다[16].

제희 가족이 점심을 먹은 계곡 옆의 장소는 화자에게 '젖은 흙, 음산함, 썩어가는 잎들, 뭔가가 비참하게 죽었을 거라고 상상되는 곳, 습하고 부패 중인 식물 냄새로 공기가 진한 곳'으로 기억된다. 이 이미지들은 오물주머니를 차고 있는 아버지와 오버랩 되면서 오물, 체액, 땀, 악취, 부패한 물질, 궤사, 습진, 오염된 내의, 늦게 떼어낸 붕대, 변소 등을 환기시키며 통제 불가능한 오염원[17]에 대한 두려움을 불러일으킨다. 이 두려움은, 더러움에 대한 무심함, 무력감, 자포자기의 이미지[18]로 확산된다. 사실 제희 가족이 접촉한 물, 제희 아버지가 얼굴과 발을 닦고 입을 헹군 그 물은 맹금류 축사에서 흘러 내려온 짐승들 똥물이었다.

재현되는 제희 아버지에게서는 이 두려운 모든 것 혹은 더러움의 모든 것이 육화되고 있다. 제희 가족은 더러운 물, 공기, 대지에 접촉한,

---

16) 황정은, 「상류엔 맹금류」, 『2014 젊은작가상 수상작품집』, 문학동네, 2014, 28-29쪽.
17) Georges Vigarello, 『깨끗함과 더러움』, 정재곤 옮김, 돌베개, 2007, 189-197쪽.
18) Bronislaw Geremek, 『빈곤의 역사』, 이성재 옮김, 도서출판 길, 2010, 317-321쪽. 학자들은 빈곤의 개념을 주관적으로나 객관적으로 다른 사람에 비해 소득, 교육, 권력, 기회 등이 박탈되어 있는 상태로 보았다. 이러한 빈곤을 겪고 있는 사람들의 심성은 소외, 무력, 절망으로 설명되며 빈곤은 이제 물질적 측면을 넘어서는 개념으로 확장되었다.

오염된 사람들이 되고 있다. 그 계곡에서 점심식사가 가능한 사람들이 제희 가족이고, 그것을 참고 견딜 수 있는 사람이 제희이다. 하지만 비탈을 오르내리는 사람들은 그렇지 못하다. 제희 가족에게 관심을 보이는 아이를 꾸중하고, 놀라서 소리를 지르며, 마침내 국립공원 관리소에 신고를 하기에 이른다. 신고당하고 관리의 대상이 되는 제희 가족과 화자 '내'가 구분되는 지점도 바로 여기이다. 제희 가족을 지켜보는 화자에게서도 '그렇게 행동해서는 안 되는 공공의 장소라는 검열이 작동'하면서 '나'는 '직관적으로 그 장소가 싫어' '안절부절 서 있'을 수밖에 없었던 것이다. <그림>은 이러한 서발턴의 역사가 매우 오래되었다는 것을 상징적으로 보여준다.

소란 (Le Charivari, 오노레 도미에, 1842)[19]

---

19) Georges Vigarello, 앞의 책, 부록.

그림 속 두 사람은 탁한 센 강에서 물을 끼얹고 있다. 두 사람은 손에 스펀지를 들고 되는 대로 등과 머리에 물을 끼얹는다. 이들이 목욕을 하는 동안 우아하게 차려입은 사람 몇 명이 무관심한 듯한 모습으로 근처 제방을 둘러보고 있다. 사람들이 왕래하는 강가에서 물을 끼얹는 것이 용납되지 않던 때였다. 빈민의 청결을 관리하고 유지하기 위한 조치들이 취해지던 시대적 배경을 뒤로 하고라도, 여기서 눈여겨보아야 하는 것은 목욕을 하는 사람들과 그들을 무관심한 듯 지나치고 있는, 보이는 자와 보는 자 간의 격차[20]가 「상류엔 맹금류」와 크게 다르지 않다는 것이다.

공간의 세분화로 시선이 닿지 않(아야 하)는 사적공간에 대한 개념이 이미 18세기에 생겨났으며, 그 공간은 드러나거나 파헤쳐지면 안 된다[21]. 몸을 씻는 행위는 바로 그 사적 공간에서 이루어져야 하는 일이며, 그것이 공개되는 것은 통제 불가능, 무질서, 금지와 관련된다. 금지를 어기는 것, 악취와 땀, 더러움, 위생적이지 못함, 질병은 사회 불안 요소로 인식된다. 제회 가족(보이는 자)과 그들을 지켜보던 사람들 사이에서 '내'가 '안절부절' 할 수밖에 없었던 내면에는 이 오랜 역사가 각인되어 있다.

역사적으로 가난한 사람들은 가장 미천하고 경멸받는 서발턴이었다. 그들은 조직에서 무시되는 존재였기 때문에 사회에 속하지 못함으로써 사회적 지위의 부재를 그 특징으로 한다. 그래서 단순히 가난하다는 것이 아니라 사회 내에 통합되지 못한다는 점에서 본질적인 문제[22]

---

20) Georges Vigarello, 앞의 책, 244-245쪽.
21) Georges Vigarello, 앞의 책, 210-211; 276쪽.
　　목욕하는 모습은 그 누구도 엿볼 수 없었다. 목욕 공간은 다른 사람들과 함께 하기 위한 공간이 아니다. 남에게 보이지 않도록 배려된, 내밀하고 사적인 공간이다.
22) Bronislaw Geremek, 앞의 책, 317-321쪽.

가 되어 왔던 것이다. 가난한 사람들에 대한 부정적 이미지가 조롱거리, 불쾌감을 주는 존재, 위험한 존재로 서술되었던 것은 중세의 글에서도 발견된다고 한다. 악취, 땀 등의 더러움과 관련된 통제 불가능한 오염원으로 여겨지는 것은 그들이 놓였던 청결하지 못한 열악한 환경과 관련된다. 그 더러움은 온갖 질병, 전염의 독, 비참함, 풍속·도덕을 해치는 것으로 확산되며 악의 진원지, 사회 불안 요소[23]로 타자화되어 왔던 것이다.

그런데 그 타자화되던 속성들은 그동안 "아버지 없음과 가난 때문이라는 이유에서 용서"[24]되어 왔고, 생존의 문제와 결부될 때는 어쩔 수 없는 것으로 받아들여지는 (서사적) 지배담론이 있었던 것 또한 사실이다. 「상류엔 맹금류」가 문제작인 것은, 어쩔 수 없는 것으로 받아들였던 그 서사문법을 깨뜨리는 방식으로 역사적으로 타자화되어 왔던 사람들의 속성을 재현하면서, 그 속성에 대해 누군가는 '신고, 검열, 싫음, 안절부절'의 반응을 나타낼 수 있다는 것을 강렬하게 제시하고 있기 때문이다.

기존의 서사 문법에 따라, 「상류엔 맹금류」의 등장인물들은 존엄한 인간으로 살아갈 수 있는 양식으로서의 생활(life)이 불가능하고 단지 목숨만을 근근이 유지하는 상태로서의 생존(survival)만이 삶의 양식으로 선택될 수 있는 사람들이라고 이해할 수만은 없다. 서발턴이 존엄성을 잃어버린 행위를 하고, 그 행위에 대해 무감각한 태도를 보이는 것은 생존을 선택할 수밖에 없는 사회적 조건에 의한 것이지만, 때로는 그들이 '스스로 선택하는 삶의 전략'[25]이기도 하다는 것을 앞서 『야만

---

23) Georges Vigarello, 위의 책, 189-197쪽.
24) 김한식, 「소년들의 도시, 전쟁과 빈곤의 정치학」, 『비평문학』37, 한국비평문학회, 2010.
   9, 153쪽.

적인 앨리스 씨』의 '어머니'와 『계속해보겠습니다』에서 재현된 '어머
니와 숙모'의 삶에서 보았다. 스피박은 이 두 가지 해석을 모두 경계해
야 한다고 했다. 서발턴을 희생자로 만드는 담론이든, 그 반대의 담론
이든 둘 모두 서발턴의 목소리는 아니라는 이유에서이다.

　과거 악의 담론에 등장했던 괴물, 이방인들 이야기보다 황정은이 재
현하는 아버지들, 어머니들의 저 '존재감 없도록 겸손하고 조용한 평온
함'이 더 입체적으로 섬뜩한 것은 이질성이 아니라 바로 저 평범함 때
문이다. 생존에 급급한 사람들에게서 발견되는 삶의 전략은 이제 계층
에 상관없이 너무 평범하고 익숙한 모습이 되었다. 「상류엔 맹금류」는
그 진부한 것이 문제적이라는 것을 충격적으로 일깨우는 재현 방식으
로 그에 대한 성찰을 가능하게 만든다. 질병, 오물 등으로 상상할 수 있
는 '더러움'을 육화하고 있는 아버지의 삶은, 서발턴적 속성이 우리 삶
에 얼마나 밀착되어 있는지를 보여준다. 아버지는 주변 상인들과 계를
하다가 그것에 문제가 생겨 가산을 탕진하게 된다. 본인의 힘으로 빚을
갚겠다고 선택하지만, 그 빚은 자식들의 몫으로 넘어가게 된다. 빚을
갚기 위해 오래 전에 일본으로 건너가 '불법 체류' 상태에서 일 년 정도
머물렀고, 그 때 모은 엔화는 '구석구석에 숨겨 돌아온' 전력이 있다. 그
일 년 동안 무슨 일이 있었는지 아는 사람은 없으며, 가족인 제희는 궁
금한 적도 없었다는 반응을 보인다.

　생존이 삶의 전략인 제희 가족들, 아버지에게는 공공장소의 규칙 같은
것은 큰 문제가 되지 않는다. 출입 제한 영역인 계곡 쪽으로 내려가면서,
'돌을 옮기고 굵은 나뭇가지를 모으고 꺾어서' 길을 만드는 일은 너무나
도 자연스럽다. 그런 '행동을 해서는 안 된다'는 관리인의 금지는 "알겠

---

25) 정근식, 「차별 또는 배제의 정치와 '소수자'의 사회사 재구성」, 『경제와 사회』100,
　　비판사회학회, 2013, 200쪽.

다, 이것만 다 먹고 올라간다며 '사람 좋게' 웃어 보이는" 것으로 가볍게 깨진다. 수치심을 모르는 그들을 화자 '나'는 이렇게 재현하고 있다.

> 그(아버지)는 부지런했고 주어진 일을 필요 이상으로 꼼꼼하게 처리했으며 한자리에서 긴 시간을 들여 해내야 하는 일을 잘했다. 보수정당의 오랜 지지자였으며 정치를 말할 기회가 있을 때는 약간 들뜬 채로 보수 성향의 신문에서 사용하는 어휘로 말했고 일기를 썼고 신문을 스크랩했고 재활용품을 깔끔한 솜씨로 손수 분리했고 밤에는 머리맡에 낡은 트랜지스터라디오를 틀어두고 누웠다.[26] (괄호는 인용자)

불법행위, 금지 위반과 맞물리고 있는 지나친 성실함, 더러움의 육화와 깔끔한 분리수거, 자식들에게 물려준 빚과 필요 이상의 꼼꼼한 일처리, 하층민의 삶과 보수정당의 오랜 지지자, 몸씻기와 똥물 등으로 예시할 수 있는 상반된 이미지들의 공존[27]은 기괴한 희극성을 띠면서 일종의 불쾌감을 불러일으킨다. 그러나 제희 가족에게 아버지는 '작고 인자한 노인'일 뿐이다. 평생 부모의 빚을 갚으며 살아 온 딸들은 아버지를 두고 "교장이 되었어야 할 사람이었고 최소한은 독학자나 선생님이 되었어야 했을 사람"이라고 말한다. 딸들의 이 말은, 조롱도 아니고 반어도 아니며 그렇다고 존경심도 느껴지지 않는, '속악을 합리화'하는 듯한 목소리로 재현된다.

보통 "가난한 사람들은 부자들보다 더 친절하고 더 통찰력 있"게 그

---

26) 황정은, 「상류엔 맹금류」, 앞의 책, 23쪽.
27) 한기욱은 이와 같은 맥락에 놓인 등장인물을 두고 '괴물 같은 존재', '가증스러운 인물'을 '실감나게 창조'하고 있다고 평하며, 작가가 그 인물의 '처지'에 선 것이 소설가에게는 최고의 '윤리'라고 논했다.
   한기욱, 「야만적인 나라의 황정은 씨」, 앞의 책, 241쪽.

려진다. "하지만 고통은 사람을 고상하게 만들지 않는다. 인격을 왜곡시키거나 불구로 만드는 일이 더 흔하"[28]고, 그것이 보다 현실에 가깝다. 화자의 목소리는 제희 가족의 현실감 없는 현실인식, 판단의 부재, 천박성을 특징으로 하는, 서발턴의 종속성에 대한 저항을 담고 있다. 이 저항감은 『야만적인 앨리스 씨』와 『계속해보겠습니다』에서 이미 감지되었던 것이기도 하다. 스피박이 말하는 헤게모니 구축에 균열을 내는 차이[29]는 이런 재현방식에서 포착된다.

(3) 어떻게 말하는가: 연민의 차단

서발턴의 존재방식을 묻는 정점에 위치한 「상류엔 맹금류」는 건강성, 생명력 등으로 의미화되면서도 구조 속에서 늘 타자가 될 수밖에 없었던 사람들을 호출하여, 그들이 구조 속에서 어떤 모습을 하고 있는지를 성찰하게 만든다. 황정은이 보여주고 있는 서발턴은 억압, 차별, 배제 등으로 주변부에 밀려나 있어서 억울했던 사람들만은 아니다. 그들은 무심함, 천박성, 수치심을 느끼지 못하는 생존 전략으로 살아온 사람들이기도 하다.

황정은의 텍스트들에서 재현되는 서발턴의 공통점은, 그들이 연민을 가로막는 장치들 속에 놓여 있다는 것이다. 근대 이전까지 하층민들은 관리와 통제의 대상이었지만 근대 이후 그들에 대한 태도는 '연민'에 무게 중심을 두면서 구제, 구원의 대상으로 전환되는 역사[30]를 보여준다. 연민의 감정은 비참함에 대한 자동 반응이 아니다. 그것은 다른 사람이 '부당하게' 심각한 불행을 겪고 있다는 인식에 의해 초래되는 고통스런

---

28) Martha C. Nussbaum, 『감정의 격동2: 연민』, 조형준 옮김, 새물결, 2015, 742쪽.
29) 김택현, 「다시, 서발턴은 누구/무엇인가?」, 『역사학보』200, 역사학회, 2008, 650쪽.
30) Bronislaw Geremek, 앞의 책, 372-373쪽.

감정이다. 이 감정은, 대상이 겪는 고통이 심각하며, 그것이 나에게서도 일어날 수 있는 일이라고 판단[31]될 때 요동친다. 그런데 황정은이 재현하는 서발턴들에게는 감정이입이 쉽지 않다. 『百의 그림자』는 아름다운 서사이지만 환상성과 낭만성이 텍스트 전체를 지배하고 있기 때문에, 현실과 허구가 서로를 반추하는 메커니즘 속에서 작동하는 연민의 감정 유동이 어렵다. 『야만적인 앨리스 씨』의 다음 장면은 아버지와 노인이 속악하게 느껴지도록 재현함으로써 두 사람 모두에게 거리를 두게 만드는데, 텍스트 전체의 분위기를 함축하고 있는 장면이기도 하다.

> 우리 아버지는 사기를 친다… 무게를 속인다, 노인들 상대로. **나쁜 게 뭔지 아나? 사람 봐가면서 그런다는 거야**. 좀 쉬워 보이거나, 속는 줄은 알아도 다른 데 가기 어려운 사람들한테만 그런다……**그런데 말이다**…… 노인들도 속인다, 우리 아버지 상대로……**웃기지 않나?** …… (중략) ……고물 실은 수레를 보행기 삼아서, 그게 없으면 제대로 걷지 못하는 노인들이 와서 더 받아가려고 **눈을 이렇게 뜨는 광경을 생각해봐라.** 우리 아버지는 또 그런 사람들을 귀신같이 속인다. **이건 뭘랄까**…[32] (밑줄 강조 인용자)

인용문 화자의 태도에는 서발턴의 어쩔 수 없는 천박함, 비열함, 나약함 등에 대한 부정적 판단이 개입하고 있다. 그것은 소환된 서발턴에 대해 다시 생각하게 만든다. 나 자신과 타자 사이에서 어떤 종류의 공통성을 발견할 때 감정이입이 되고 반응하게 되는데, 화자는 지속적으

---

31) 연민의 인지적 필요조건은 고통이 사소하기보다는 심각한 것이라는 믿음 또는 평가이다. 두 번째 필요 조건은 이 감정을 느끼는 사람의 가능성이 고통을 겪는 사람의 가능성과 흡사하다는 믿음이다.
Martha C. Nussbaum, 앞의 책, 552; 562; 567; 586-587; 607쪽.
32) 황정은, 『야만적인 앨리스 씨』, 문학동네, 2013, 144-145쪽.

로 그들을 타자화하는 태도를 취함으로써 노인, 아버지, 나아가 화자까지 믿을 수 없는 인물로 만들고 있다.

「상류엔 맹금류」 전체를 감싸고 있는 끈적끈적하고 썩어가는 이미지는 혐오감을 불러일으키는 감각이다. 화자는 거기에 '사나운 심정'을 더하여 그날의 나들이를 전해준다.

> **나는 부도덕하다고 생각했다**. 제희네 부모님과는 잘 지냈고 존경심도 가지고 있었으나 그 시점의 선택에 관해서는 그런 생각을 하지 않을 수가 없었다……나는 그것을 골똘히 생각해 볼 때가 있었고 **그때마다 좀 사나운 심정이 되었다**……자신들의 양심과 도덕에 따랐지만 딸들의 인생을 놓고 봤을 때는 **부도덕한 선택이 아니었을까**[33].

> **나는 당황했다**…여기는…**안 되지 않을까요?** 이렇게 하면 **안 되지 않을까요?**……안절부절 서 있었다……내 눈에는 앉을 만한 곳이 보이지 **않았다**……젖은 흙…음산해 보였고…썩어가는 잎들이…나는 거기 내려가는 게 **싫었다**…직관적으로 그 장소가 **싫었다**…뭔가가 비참하게 죽었을 거라고 생각했다…계곡 바닥은 습했고, 부패중인 식물 냄새로 공기가 진했다… (28쪽, 밑줄 강조 인용자)

> 나는 **마음이 아팠다**. 그건 얼마나 **이상한 광경**이었을까. **이상한** 장소에 자리를 펼치고 밥을 먹고 있는 노부부와 그들 곁에서 울적하게 그들을 지켜보고 있는 젊은 남자, 그리고 **그들을 등지고** 앉은 여자. (29쪽, 밑줄 강조 인용자)

질병, 악취, 끈적끈적함, 흘러나오는 것 등은 혐오스러움을 가져온다. 오물(똥, 오줌, 땀 등의 분비물)로 상징되는 더러움에 대한 혐오와

---

33) 황정은, 「상류엔 맹금류」, 앞의 책, 14쪽.

수치심은 연민으로 이어질 수 있는 상상력을 차단한다. 또한 '부도덕, 당황, 아픔, 사나운 심정, 안 된다, 싫었다, 아팠다, 등지다' 등의 부정어들이 그날의 나들이를 기억하는 화자의 지배 언어가 되고 있다. 화자의 이러한 감정은 구별짓기에 적절하며, 타인의 고통이 나에게서도 일어날 수 있다고 여기는 감정이입을 어렵게 만든다. 특히 수목원 나들이의 마지막 장면으로 기억하는, "위쪽에 맹금류 축사가 있더라고 나는 말했다. 똥물이에요. 저 물이 다, 짐승들 똥물이라고요."라고 외치는 화자의 목소리에는 나의 수치심, 더 이상 참을 수 없는 싫음, 달리 어쩔 수 없는 부정 등의 감정들이 그대로 담겨 있다.

화자로 하여금 '똥물'임을 외치게 하는 그 장면이 화자에게는 물론 텍스트 전체를 지배하는 아픈 기억이 되고 있음에도 불구하고, 화자는 똥물이라고 외쳤고, 그것을 나쁜 기억이라고 말하고 있다. 이러한 행위가 이 텍스트가 보여주는 새로운 지점이자 황정은의 화자들이 지속적으로 들려주는 삶의 이야기의 지향성이다.

3) 서발턴의 새로운 위치

황정은의 소설들에서 재현된 서발턴의 속성은 억압하거나 배제할 수 있는 것도 아니지만 화해의 대상이 될 수 있는 것도 아니다. 「상류엔 맹금류」 화자는 그것을 일상이라는 공간 속에서 평범하게 퍼져 있는 더러움의 이미지로 전달하고 있다. 그것은 혐오스럽고 수치스럽지만 실재하는 것이다. 이에 대한 이야기는 그동안 이질적인 것을 뛰어넘거나 조화를 이루고 타협 지점을 찾아갈 수 있도록 하는 경험으로 작동했다[34]. 그런데 황정은의 텍스트는 배제와 동일성에의 염원 모두를 경계하도록 만든다.

황정은의 텍스트들은 구조 속의 서발턴을 미시적으로 들여다보도록 하면서도 쉽게 감정이입이 되지 않도록 한다는 점에서 재현 방식으로서의 목소리가 진화하고 있다고 할 수 있다. 「상류엔 맹금류」는 서발턴의 새로운 위치를 모색할 수 있도록 한다는 점에서 정점에 있다. 그런데 정점에 있는 인물은 제희 가족이 아니다. 이 텍스트를 새롭게 만들고 있는 것은 서발턴으로서 텍스트 내에 존재했던 화자 '나'이다. 화자는 '내'가 될 수 없는 것들과 결별하고 내가 나로서 존재할 수 있는 방식을 모색하고 있다. 지배적 서사 문법에 따라 화자가 제희의 아내가 되고, 그의 가족이 되었다면, 혹은 그 사이에서 갈등하고 있다면 '세계와 화해', '갈등의 해소'를 욕망하는 서사로 읽힐지도 모른다. 이러한 긍정의 소산이 서발턴의 정체성을 차이화할 수 있는 지점은 아니다.

화자는 제희 가족의, 즉 서발턴의 부도덕성, 금지 어기기, 부당함, 부정함 등에 대한 불편함을 그대로 말한다. 그들의 흠은 '언표화 됨으로써 부정한 것으로 공시'[35]된다. 화자는 그들과 화해하거나 타협하지 않는다. '못 배우고 가진 것이 없는 사람들, 하지만 친절한 사람들'에게는 생존이 우선이므로 평범한 악은 용서해야 한다는 서사적 관습, 즉 지배적 문학담론은 부정되고 있다.

그것을 잘 알고 있는 화자이기에 나들이에 대한 기억이 끝나는 순간 "모두를 당혹스럽고 서글프게 만든 것은 내가 아니라고" 말하고 싶어 한다. 화자는 제희와 헤어진 허물의 느낌을 고백하는 것으로, 내가 아닌 사람들과 '섞이지 않음'[36]을 보여준다. 이 나들이에 대한 고백을 통

---

34) Richard Kearney, 『이방인, 신, 괴물』, 이지영 옮김, 개마고원, 2004, 12쪽.
35) Paul Ricoeur, 『악의 상징』, 양명수 옮김, 문학과지성사, 1994, 47; 51쪽.
36) Paul Ricoeur, 위의 책, 48-49쪽.

해 화자는 생존의 욕구를 넘어서는 삶의 방향을 새롭게 만들어갈 수 있다. 화자가 그런 판단을 했다는 뜻에서 "똥물이에요. 저 물이 다, 짐승들 똥물이라고요."라고 외쳤던 장면은 삶의 방향성을 확인하는 강렬한 순간이 된다.

자신에게 주어진 직능에 대한 충실성만이 삶의 준거가 되는 서발턴적 종속의 삶에서 타협과 균형으로 삶을 구성하는 것이 아니라 이렇게 균열을 일으킬 수 있는 순간, 그 지점이 차이를 만드는 순간이 될 것이다. 화자는 "여섯 사람이 손을 잡고 둥글게 앉아서 서로를 그렇게 포옹하는 광경"을 만드는 제희 가족에 균열을 만들면서 개체 내부의 저항을 활성화시킨다. 공동체의 모럴이 아니라 "버려졌다는 생각에 외로워지는" 불안한 나 자신으로 복귀하는 것이다. 그리하여 나의 행위에는 망설임, 서글픔, 침묵과 같은 모습이 끼어들게 된다. 이러한 부정의 과정에서 서발턴의 새로운 윤리적 감각을 포착할 수 있다. 스피박이 말하는, 지배담론이 전유할 수 없는 타자성 혹은 차이의 지점[37]이 여기에서 논의될 수 있을 것이다.

---

37) 서발턴은 통일적인 정체성이라든가 일정한 본질을 지칭하는 개념이 아니라 '차이'를 지시하거나 드러내는 개념으로 볼 수 있다. 이 차이란 단순히 지배집단이 아니 것, 지배집단이 아닌 자들이 서로 동일하지 않는 것, 또는 계급적 위치와 민족적 귀속과 젠더가 상이한 것 등만을 가리키지 않는다. 이 차이는 정치, 문화적 측면에서 지배와 종속의 유기적 구성요소들이 배치되는 관계 내에서 통합과 동일성을 강제할 때 그것이 완성되지 못하도록 거기에 틈새를 내는 저항적 의식과 실천을 말한다. 김택현, 앞의 글, 650쪽.

9. 먼저 온 미래, 가족해체 그 이후
— 가족 이야기로서 황정은 소설 읽기

1) 가족의 변화와 문학적 대응

2005년 등단한 소설가 황정은을 두고 "근래 가장 주목받는 작가, 비범한 예술성 구현, 한국소설이 도달한 가장 주목할만한 성취"[1] 등으로 언급할 때 핵심은 그의 문학이 보여주는 새로움에 있을 것이다. 문학의 새로움은 어느 시대나 낯선 감각, 혹은 새로운 어법 등으로 규명되어 왔듯이, 황정은 문학의 특이성 역시 2000년대 문학의 새로움을 논의하는 연장선에서 주목받고 있다. 속물주의와 냉소주의가 팽배해 있는 시대에 서사문학이 보여줄 수 있는 윤리적 삶이 무엇인지를 드러내고[2] 있다거나, 희망이 없는 세계에서 문학이 무엇을 할 수 있는가를 가시화하는 경지에 도달했다는 논의[3]까지 그를 "현재 한국문학에서 가장 주

---

1) 윤국희, 「황정은 소설에 나타난 '윤리적 폭력' 비판」, 『한국근대문학연구』20(2), 한국근대문학회, 2019, 305쪽.
2) 박진, 「포스트IMF 시대, 문학의 욕망과 욕망의 윤리」, 『작가세계』23(1), 작가세계, 2011, 271쪽; 한기욱, 「문학의 새로움과 소설의 정치성」, 『창작과비평』38(3), 창비, 2010, 406쪽.
3) 김나정, 「침묵, 고쳐 쓰기, 애써 말하기」, 『실천문학』, 실천문학사, 2020; 김요섭, 「다시, 웅성거림의 문학」, 『창작과비평』44(3), 창비, 2016, 382쪽; 김형중, 「'탈승

목받는 작가"4)로 언급하는 데 큰 이견은 없을 것이다.

　황정은 소설의 특이점을 밝히는 논의 중에, 우리 시대를 지옥에 비유하며 그의 소설적 발화의 기반을 환멸, 분노, 불쾌함, 불편함 등으로 언급5)하는 것에 특히 주목하게 되는데, 이러한 정서(감정)가 황정은의 텍스트들에서만 발현되는 21세기적 정서여서는 아니다. 그것이 존재와 삶의 비의를 관통하는 서사를 통해 시대적 의미까지 담아내고 있기 때문이다. 그의 서사는 친밀해 보이지만 친밀하지 않은 가족 이야기를 사건화하고 있어 낯섦과 불편함이 배가된다. 이상하고 낯선 가족이야기는 황정은의 데뷔작 「마더」(2005)에서부터 주요 모티프가 되었으며, 최근작인 『연년세세』(2020)는 가족사의 재구성이라 할 수 있는 연작소설 형식을 띠고 있다. 이 형식은 『계속해보겠습니다』(2014)에서 보여주었던 것으로, 『계속해보겠습니다』, 「상류엔 맹금류」, 「모자」 등에서 만났던 인물들의 미래 모습으로 상상할 수 있는 내용이 『연년세세』에서 서사화된다. 황정은 소설의 상호텍스트성을 염두에 두면, 등장인물들의 삶과 이력은 상호 보족적인 역할을 하여, 가시화된 빈곤, 계층, 폭력의 문제가 생존을 넘어 실존의 문제로 확장된다는 것을 알 수 있다.

　황정은 소설의 주요 모티프인 가족은 다양한 사회의 모순과 이데올로기에 맞닿아 있다6). 그에 대한 문학적 재현, 변주는 다양한 방식으로

화' 혹은 원한의 글쓰기」, 『문학과사회』26(1), 문학과지성사, 2013, 383쪽; 양윤의, 「'없음'과 함께 살아가기」, 『문학과사회』32(2), 문학과지성사, 2-19, 280쪽; 정홍수, 「다가오는 것들, 그리고 '광장'이라는 신기루」, 『문학과사회』33(4), 문학과지성사, 2020, 351쪽; 한기욱, 「야만적인 나라의 황정은씨」, 『창작과비평』43(1), 창비, 2015, 253쪽.

4) 윤국희, 앞의 글, 305쪽.

5) 김형중, 앞의 글, 381-384쪽; 허명숙, 「맥락이 증발한 폭력에 대한 재맥락화」, 『한국문학과예술』13, 숭실대학교 한국문학과예술연구소, 2014, 197쪽.

6) 권명아, 『가족이야기는 어떻게 만들어지는가』, 책세상, 2000, 13쪽.

이루어져 왔다. 근래 가족로망스 해체와 새로운 가족 형태를 모색하는 담론을 통해서, 또는 아버지 부재 모티프를 성장의 관점에서 조명하는 논의7)를 거치면서 소설에서 가족 모티프가 갖는 의미는 세계를 움직이는 체계를 사유하는 작업이라는 것을 알게 된다.

그러한 사유를 추동하는 지젝(Slavoj Žižek)은 오늘날의 오이디푸스적 양태에 문제제기를 하면서 상징적 질서의 전례 없는 변동이 우리를 가부장적 전통의 제약에서 해방 시키기는커녕 그 자체의 새로운 위험과 위협을 낳는다고 진단한다. 물론 그는 이러한 시기가 위협받는 주체를 다시 규정할 수 있는 절호의 시기라고 강조하지만, 한병철은 어둡고 부정적인 시대진단과 비판내용을 '타자의 추방'으로 응축하며 우리시대에 깊은 회의를 드러낸다8). 소설에서 가족 모티프가 세계의 체계를 사유하는 작업이라 했을 때 부권상실을 전면화하고 있는 황정은의 소설들은 (대)타자의 부정성에 연루된 또 하나의 시대담론이 될 수 있다.

가족에 대한 탈신비화 작업은 여전히 진행 중이지만 가족은 언제나 개인의 유일한 위안처이자, 인간의 상상력의 범위 안에서 최초이자 최후의 것이라는 완전성과 불변성의 가치 또한 재확인9)되고 있다. 이 맥락에서 황정은의 가족이야기는 문제적이다. 그의 이야기 속에서 부재하는 아버지, 무능한 가장(부모), 폭력적인 부모, 짐이 되는 가족 등 갈등의 다양한 양태는 서사의 배경이 될 정도로 일상화된다. 가족은 탈신

---

7) 서은경, 「현대문학과 가족 이데올로기(1)」, 『돈암어문학』19, 돈암어문학회, 2006; 「'가족모티프'의 측면에서 바라본 김애란 소설의 변모 과정」, 『돈암어문학』33, 돈암어문학회, 2018; 장성규, 「2000년대 이후 한국문학에 나타난 가족로망스의 변화 양상 연구」, 『인간연구』36, 가톨릭대학교 인간학연구소, 2018.

8) Slavoj Žižek, 『까다로운 주체』, 이성민 옮김, 도서출판b, 2005, 10-15쪽; 한병철, 『타자의 추방』, 이재영 옮김, 문학과지성사, 2017.

9) 권명아, 앞의 책, 13-28쪽.

비화되어 있고, 서사는 해체된 가족 그 이후의 시간으로 무게중심을 옮긴다. "21세기 가족은 더 이상 단일한 집합체(the family)가 아니라, 매 순간 새롭게 구성되는 유동성의 집합체, 즉 가족'들(families)'"[10]의 모습을 보여왔듯이, 황정은이 보여주는 가족이야기도 견고했던 가족이데올로기 해체 이후 새롭게 구성되는 집합체로서 무엇이 그 대안적 역할을 할 수 있겠는지를 모색하고 있다. 그런데 그가 보여주는 공동체, 연대의 새로운 형식들은 의존의 새로운 형태가 되면서 불안하고 위태로운 전망을 하게 한다.

황정은은 최근작 『연년세세』의 말미에서 "사람들은 이 이야기를 가족 이야기로 읽을까? 그게 궁금한 적이 있었고 실은 지금도 궁금하다."[11]고 말한다. 왜 가족이야기를 쓰고서 가족이야기로 읽을까를 궁금해 할까? 가족 구성원 각자 화자가 되는 연작소설 형식의 이 소설은 엄밀히 말하면 가족 구성원들 각자의 서사, 즉 '나'와 '내가 아닌 사람'에 대한 이야기를 병렬해 놓은 것이다. 이 형식 자체가 황정은이 서사화해 온 가족이야기의 도달 지점일 수 있다. 구심력이 약화된 가족이야기(내용)가 이러한 형식과 결합됨으로써, 가부장의 상징적 권위가 몰락한 후 그것을 대체할 질서를 세우고 평화롭게 공존할 수 있는 집합체를 만든다는 것은 본질적으로 불가능한 기획일지도 모른다는 사유에 도달하도록 하기 때문이다.

이 글에서는 황정은의 데뷔작 「마더」(2005)부터 최근작 『연년세세』(2020)가 나오기까지 황정은의 전 작품을 대상으로, 텍스트 간 서로 넘나드는 읽기 방식을 활용하여, 가족 관념, 가족의 가치 등에 질문을 던

---

10) 권유리야, 「김애란 소설에 나타난 친밀감의 착시와 연극적 가족진리」, 『동북아문화연구』, 동북아시아문화학회, 2016, 151쪽.
11) 황정은, 「작가의 말」, 『연년세세』, 창비, 2020, 185쪽.

지는 시대의 변화에 황정은은 어떻게 문학적으로 대응해 왔는지를 살펴, 그것이 매우 위태로운 형식이라는 것을 보일 것이다. 그 과정에서, 위태로움의 극단적 형식이 이미 「마더」에서 재현되었음을 확인할 수 있을 것이다. 궁극적으로, 해체된 가족의 양태를 새롭게 구조화해 온 황정은의 가족이야기는 우리를 가부장적 전통의 제약들에서 자유롭게 만드는 것이 아니고 새로운 위협과 위험 속에 놓여 있음을 확인케 하고 있다는 것을 드러낼 것이다.

2) 가족해체 이후 위태로운 의존의 형식들

(1) 어른 없는 세상의 '친밀한 자매들'

아버지와의 불화, 아버지 없는 세상에서 길 찾기 등 '아버지를 무대화하는(a staging of the Father)' 서사구조는 기존의 제도와 부르주아 질서 사이의 강력한 길항 관계를 드러내는 중요한 서사형식12)으로 규정된다. 이로부터 식민지 시기의 아비부정 서사, 해방공간의 형제애로 구성되는 가족형태, 1990년대 이후 여성 중심의 가족이야기 등이 변별되는 특징으로 논의되며13), 새로운 가족로망스의 특성에서 개인과 시대, 역사의 관계를 조명할 수 있었다. 아버지를 부정하거나 부재하는 상황을 드러내며 구체제와 질서, 권위에 대한 부정을 표면화했던 서사물들은 궁극적으로 새로운 질서를 수립하는 과정을 통해 가족로망스를 완성하는 것으로 의미화되었다. 이때 새롭게 구성되는 질서로서 가족이야기의 변화는 '모계가족의 가능성, 연대와 공동체의 확대, 유동하는 가족

---

12) 권명아, 앞의 책, 145-146쪽.
13) 장성규, 앞의 글, 26쪽.

(들)'14) 등의 이름으로 정리되며 당대의 모순, 시대적 대응을 담아냈다.

황정은의 가족이야기는 전통적 가족로망스 해체 이후에 초점을 맞추고 있다는 점에서 그 연장선에 놓인다. 그의 소설 대부분은 부재나 질병 등으로 무(능)력해진 아버지를 형상화하는 비정한 현실 배경에서 서사화된다. 그러한 배경에서 『百의 그림자』는 사람들 사이의 연대와 사랑이 가능하며, 그리하여 이 세계가 살 만한 곳이라는 희망을 보여준다15)고 평가되기도 한다. 하지만 그가 재현한 "동화 같은 세계상이 연약한 짐승들의 생존법"과 다르지 않고, "사실상 '개인적인 것'의 바깥과 연결된 결합의 회로를 닫아버리는 형식"이기 때문에 "공동체에 대한 사유가 개인적인 것의 동심원 안에 갇혀 버려 궁극적인 대안이 모색될 수 없음을 예견"16)한 서사가 될 수밖에 없다는 논의는, 환상성에 압도된 현실을 재소환해 보면 보다 타당한 견해로 읽힌다.

전통적 가족을 대신하여 황정은이 소환하는 연대와 사랑의 대상들은 허약하고 위태롭다. 아버지가 부재하거나 무력해진 상황을 전경화하고 있는 『계속해보겠습니다』, 「모자」, 「상류엔 맹금류」, 「디디의 우산」 등에서 가족의 테두리, 일원임을 지속하는 힘은 자매들 간의 유대감에서 나온다. 남자 형제가 있다고 해도 "아들이라고 딱히 대우를 받거나 혜택을 누린 것이 아니라, 누나들과 공평하게 먹었고 얻어맞았고 나누어 받(「상류엔 맹금류」, 65쪽)"은, 여성성을 내면화한 인물들로 등장한다.

「모자」나 『계속해보겠습니다』에서 초라하고 무력한 아버지, 부재

---

14) 권유리야, 앞의 글, 166쪽; 서은경, 앞의 글, 2018, 68쪽; 장성규, 앞의 글, 20쪽.

15) 신형철, 「작품해설―『百의 그림자』에 부치는 다섯 개의 주석」, 『百의 그림자』, 민음사, 2010, 173-192쪽.

16) 소영현, 「연대 없는 공동체와 '개인적인 것'의 행방」, 『상허학보』33, 상허학회, 2011, 153-155쪽.

하는 아버지의 자리는 남은 구성원들의 삶을 곤란하게 하는 큰 요소로 작용한다. 수시로 모자로 변하는 아버지 때문에 이사를 자주 다니는 불안정한 삶을 이어갈 수밖에 없는 상황이 되거나, 돌아가신 아버지의 자리를 무엇으로도 채우지 못하는 우울한 어머니 때문에 아이들은 방치된 채 나이를 먹어 간다. 이러한 배경에서 자매, 남매들 사이에서는 아버지를 대신하는 언니(누나)로서의 권위나 위계가 작동하지 않고, 서로가 서로에게 의지처가 되어줌으로써 삶은 지속될 수 있다.

「상류엔 맹금류」에는 부모의 빚 때문에 대학 진학을 포기하고 채무자 역할을 함께 떠안고 성인이 된 네 딸들이 등장한다. 현실적으로 갈등과 불만이 많았을 환경이지만 딸들은 역경을 함께 이겨내고 살아남은 사람들이라는 공감대를 형성한다. 경제적으로 가장의 역할을 다하지 못한 아버지를 "교장이 되었어야 할 사람이었고 최소한은 독학자나 선생님이 되었어야 했을 사람"이라고 한목소리로 말한다. 아버지가 폐암 선고를 받은 후에 딸들은 "손을 잡고 둥글게 앉아서 이 고난을 잘 헤쳐나가자고 스스로에게 또 서로에게 다짐"하고 격려하면서, 함께 살아가는 사람들로서의 가족의 의미를 재확인하고 지속한다.

그러나 이 자매들이 보여주는 유대감이 부권을 대신하는 모계가족의 가능성을 재현한다거나 자매애[17]를 보여주는 것으로 의미화될 수 있는 것은 아니다. 더욱이 난폭한 아버지가 사라진 무대에서 형제들 간의 결속으로 자유와 평등의 새로운 세계를 만든다는 로망스[18]를 완성하는 것도 아니다. 전통적인 체제로부터 일탈하는 이야기 구조는 표면

---

17) 여성들 간의 연대감, 유대감에 초점을 맞춰 가족해체(아버지 부재) 이후 소설에서 모계가족의 가능성, 자매애를 대안적 가족형태로 읽어내는 논의들도 있다. 서은경, 앞의 글, 2018, 76-80쪽; 장성규, 앞의 글, 20-21쪽.
18) Lynn Hunt, 「형제들의 무리」, 『프랑스 혁명의 가족로망스』, 조한욱 옮김, 새물결, 1999, 102-104쪽.

적으로 현실과의 불화를 넘어서서 평화롭게 지낼 수 있는 근거를 제시하는 것 같다. 하지만 아버지의 빈자리에서 의존의 대상이 되었던 혈육이 부조리 속에서도 갈등 상황을 만들지 않기 위해 얼마나 위태로운 상태로 버티고 견디며 살아내고 있는지를 『연년세세』가 증거하고 있다.

병든 아버지를 보살피는 일로 단단한 공동체임을 확인하는 제희 가족의 모습을 보고, 그들의 일원이 되는 것을 포기하는 화자 '나'의 이야기가 「상류엔 맹금류」였다. 『연년세세』에서는, '나'와 제희가 헤어진 이후 제희 가족의 모습으로 상상할 수 있는 이야기가 이어진다. 아버지의 채무 때문에 대학 진학을 못 한 자매들은 일찍 사회생활을 시작했다. 첫째 딸 한영진은 백화점 침구류 매장의 매니저로 유능함을 인정받은 삶을 살고 있다. 그는 자신의 실적 비결을 묻는 질문을 받으면 "내가 엄마 마음을 잘 아는 딸이었다"고 대답하며, "장녀거든 내가. 없는 집 기둥이라서, 엄마랑 각별했다"고 말한다. 그도 그럴 것이 재래시장 구성원들이 연루된 계에서 계주가 사기를 치고 도주한 사건으로 아버지는 가장 노릇을 못 하고 있었고, 한영진은 고등학교를 졸업하자마자 가족의 생활비를 벌었다. 집안의 모든 경조사비, 병원비, 학비를 담당하는 것은 물론, 가족들의 걱정거리가 생겼을 때 그걸 모두 감당한 사람도 한영진이었다. 그는 자신의 삶을 "달리 그걸 할 수 있는 사람이 없었으니까"라고 받아들이고 있는 것 같고, 입 밖으로 속을 드러내지는 않는다.

하지만 장녀 한영진이 자신에게 기대어 각자 삶의 방향을 만들어가는 동생들의 삶을 무조건 지지하고 응원할 수 있는 것은 아니다. 여동생에게는 스스로의 생계를 책임질 것을 반복적으로 이야기하고, 자기의 삶을 돌아보는 순간들에서는 깊은 회의감을 느낀다. 어쩔 수 없었던 환경이었지만, 자신이 번 돈으로 차려지는 밥상은 "자부와 경멸과 환멸과 분노를 견디며" 마주하는 상이었음을 고백한다. 그리고 "왜 나를 당신의 밥상 앞에 붙들어두었는가"라는 원망을 지금까지 가슴에 품고 살아간다. 그러나 가족을 향한 원망이 끝내 말해지지 않을 것이라는 것도 한영진은 알고 있다. 어머니(이순일)는 한영진의 그 속을 누구보다 잘 알고 있지만, 그 또한 미안하다는 말을 하지 못한다.

> 미안하다고 말할 수도 있을 거라고 이순일은 생각했다……그러나 한영진이 끝내 말하지 않는 것들이 있다는 걸 이순일은 알고 있었다. 용서할 수 없기 때문에 말하지 않는 거라고 이순일은 생각했다. 그 아이가 말하지 않는 것은 그래서 나도 말하지 않는다. 용서를 구할 수 없는 일들이 세상엔 있다는 것을 이순일은 알고 있었다.[19]

가족 공동체가 평화롭게 유지되는 것으로 보이는 것은 그 이데올로기가 요구하는 내재된 역할, 임무를 구성원들이 수행하고 있기 때문이다. 권위 있는 가장, 자애롭고 성스러운 어머니, 순응하는 자녀가 그 상징적인 내용일 터이다. 이 내용이 충족될 수 없는 환경에서 자매와 남매들은 이상적 가족의 역할과 임무를 나누어 가지며 서로의 버팀목이 되어주는 것으로 자유와 평등, 평화의 의미[20]를 재구하는 것으로 보인다. 그러나 문제는, 한영진의 속내에서 드러나는 것처럼, 가족 구성원 중의 누군가는 가부장질서의 한 축을 담당하며 억울함을 느끼는 희생자가 된다는 점이다. 희생하는 누군가에게 의지하면서 나머지 구성원들의 의존성과 미성숙은 계속 연장되고, 가장 역할을 했던 한영진은 "경멸, 환멸, 분노", "말 할 수 없는 미안함, 용서를 구할 수조차 없는

---

19) 황정은, 『연년세세』, 창비, 2020, 142쪽.
20) Lynn Hunt, 앞의 책, 125-127쪽.

일"을 가슴 속에 품고 성인이 된다. 그러나 그 억울함과 대면하고 승화시킬 수 있는 어른으로 성장하지는 못 한다. (대)타자를 상실한 인간이 존재감, 자존감을 확립하면서 어른으로 성장해 나가는 시간을 모두 빼앗긴 결과이다.

지젝(Slavoj Žižek)은, 부재하는 아버지를 대신하는 자본의 질서가 가족을 대신하는 제도(학교, 직장, 사회복지 등)로 대용 가족의 기능을 하는 환경을 제공하면서 자본의 질서에 편입된 주체의 실제 성장은 미뤄진다[21]고 말한다. 이 제도들이 주체들의 의존성과 미성숙을 연장할 수 있도록 한다는 것이다. 실질적인 가장이었던 한영진이 '판매왕'으로 거듭나는 그 시간은 자본의 질서에 편입되는 과정이었고, 자매들(남매들)에게는 의존할 수 있는 새로운 형식이 구축되는 시간이었을 것이다. 그 형식 안에서는 성과와 경쟁이 삶의 기준이자 동력이 되므로 내적 성장을 기대하기는 어렵다. 어른으로 성장하지 못하는 성인의 위태로움과 위험함은, 가족들은 모르는 한영진(『연년세세』)의 숨겨진 모습으로 「복경」에서 재현된다.

> 이따금 매니저는 립스틱을 새로 바르고 백화점 근처 지하상가로 내려갑니다. 거기로 내려가서 그녀가 무엇을 하느냐면……구매합니다. 저렴한 스커트와 블라우스와 양말 같은 것을 손에 잡히는 대로 계산대에 쌓아두고 그 매장에서 일하는 사람을 갈굽니다……조금의 미소도 없이 매장 직원을 세워두고 질문이나 트집으로 몰아붙이고 까다롭게 굴면서, 그들이 애먹는 모습을 관찰하는 것입니다. 노골적으로 사람을 무시하는 그 태도는 그녀와 내가 매장에서 겪는 고객들 가운데 가장 유난하고 잔혹하게 구는 사람들과도 꼭 닮아서, 지켜보

---

21) Slavoj Žižek, 『까다로운 주체』, 이성민 옮김, 도서출판b, 2005, 551-557쪽.

는 내가 조마조마하고 민망할 정도입니다. 왜 그렇게 하느냐고 물은 적이 있습니다……꿇으라면 꿇는 존재가 있는 세계. 압도적인 우위로 인간을 내려다볼 수 있는 인간으로서의 경험. 모두가 이것을 바라니까 이것은 필요해 모두에게. 그러니까 나한테도 그게 필요해.[22]

자신이 당한 무시를 그대로 돌려주는 행위를 통해 "자존감을 가지고 자신을 귀하게 여기는 존귀한 사람"으로 살아가고 있음을 확인하는 매니저의 모습은, 자존감, 존재감을 확립하며 어른으로 성장하는 과정을 삭제당한, 인간의 존엄함을 현시하는 어른을 경험할 수 없는 세계의 성인을 보여준다. 노출된 한영진의 폭력성이 더 위험해 보이는 것은, 가족들에게 숨겨진 이 모습이 판매왕을 부러워하는 판매원들의 미래 모습으로 상상되기 때문이다.

어른스럽지 못한 성인의 모습은 텍스트 곳곳에 등장한다. 홍수에 마을이 물에 잠기는 상황에서 낚시를 하던 '할아버지'(『계속해보겠습니다』), 생각이라는 것을 하지 않는 사람으로 그려지는 '아버지와 한중언'(『연년세세』), 타인에 대한 이해와 공감으로 행동해야 하는 때를 판단하지 못하는 '나'(「양의 미래」), 대화를 이어가지 못하고 잘못했다는 말을 들으면 화부터 내는 '아버지'(「웃는남자」), 쓰러지는 노인을 모른 척한 '나'(「웃는남자」), 폭력적 상황에 순응해 버리고 만 '어머니와 외할머니', 어려움을 호소하고 도움을 청하는 아이들에게 관용어구와 형식적 절차로만 응대하는 '사회복지사'(『야만적인 앨리스 씨』) 등 이들은 모두 자신이 처한 상황은 물론 타인의 고통에 대한 이해와 공감이 부족한 사람이고, 생각하고 판단하는 능력을 상실한 사람들이다. 그러한 것을 배우고 익히는 성장의 과정, 배움의 시간이 환경적으로 조성되

---

22) 황정은, 「복경」, 『아무도 아닌』, 문학동네, 2016, 200-201쪽.

지 못한 이유가 가장 큰데, 그것은 경제적 조건과 무관하지 않다.

이 경제적 조건이 세계질서를 잠식한 후라면 문제의 심각성은 더 커질 수밖에 없다. 「양의 미래」는 가출한 딸을 찾으러 다니는 '진주 어머니'의 외양을 통해 이 문제의 본질을 짚어주고 있다.

> 그녀는 매일 서점으로 찾아왔다. 가무잡잡한 피부에 나이가 많고 성장기의 딸보다도 더 작은 몸을 가진 사람이었다. 팔다리가 가늘었고 머리도 작았다. 일정한 비율로 축소된 인간, 덜 자란 인간으로 보였다. 나는 그녀가 가난한 부부의 첫 번째 자녀쯤으로 태어났을 거라고 생각했다. 산모는 양껏 먹지 못했을 것이고 태어난 아이도 제대로 먹지 못하고 자랐을 것이다……그녀는 노산으로 진주를 낳은 듯했다.[23]

인용문단의 '그녀(진주 어머니)'는 황정은 텍스트에 등장하는 여러 인물들과 동일시되며, 사라진 진주의 모습과도 중첩된다. 경제논리 속에서 실패자가 될 수밖에 없는 어머니, 그런 어머니의 보살핌을 받지 못하여 삶의 방향을 잃고 가출한 진주 또한 어른으로 제대로 성장해 나가리라 기대하기는 어렵다. 어머니와는 다른 삶을 기대하며 가출했을 진주의 미래 또한 어머니의 삶의 모습에서 크게 벗어나지 못할 것이다.

경제적 무능력으로 구체화될 수 있는 아버지 권위의 사라짐은 상징적인 부권의 범주를 돌아보게 한다. 선택의 상황, 판단의 순간에 소급될 수 있는 의존의 형식들이자 어떤 확신들로서의 아버지, 사회적 주체로 성장시킨 어른으로서의 아버지는 물리적 존재 여부와 상관없이 비어 있는 것으로 이야기되는 시대다. 친밀한 자매들은 아버지, 어른이 없는 세상에서 무리를 짓는 새로운 형식으로 등장하지만, 그 자매들은

---

[23] 황정은, 「양의 미래」, 위의 책, 56쪽.

어른으로 성장하고 있지 못하며, 내재하는 불안과 분노를 폭력적으로 노출하고 있다. 자매들은 매우 위태로운 삶 한가운데서 그 불안을 감추며 생계를 이어가는 역할에 충실하기 위해 친밀함에 의존할 수밖에 없는 것이다.

(2) 상상의 공동체로서 '확장된 식구(食口)'

가족로망스의 정상성 자체가 해체되면서 새로운 가족의 형태, 소수자들의 연대, 공동체에 대한 담론이 넘친다. 황정은 역시 끊임없이 공존의 논리를 찾아가며 혈연 중심의 자매애에서 '밥을 함께 먹는 사람들'로 시야를 넓힌다. 『계속해보겠습니다』에서 아버지의 자리가 비고, 어머니가 그 빈자리를 채우지 못할 때 남아 있는 아이들의 삶을 지탱할 수 있도록 해준 것은 밥을 나누어 준 이웃이다. 황정은의 전 작품을 통해 동일한 유형의 인물들이 변주를 통해 반복 등장하는데, 『계속해보겠습니다』에서 밥을 나누어주는 '나기 엄마(＝순자)', 『연년세세』의 '순자'[24]가 그러한 유사가족의 가능성을 시사한다.

『계속해보겠습니다』의 자매 '소라와 나나'는 아버지가 돌아가신 후 우울증에 빠진 어머니 때문에 어떠한 보살핌도 받을 수 없다. 연명조차 어려워보이는 이들이 살아갈 수 있었던 힘은 벽을 사이에 둔 이웃 '나

---

24) 『계속해보겠습니다』의 나기 엄마 이름은 '순자'이다. 『연년세세』에서 이순일의 버팀목이 되어준 '순자'와 이름이 같은데, 『계속해보겠습니다』에서 순자의 이력을 설명해주는 부분(164-167쪽)을 보면 피난살이, 식모살이, 파묘 등의 모티프에서 『계속해보겠습니다』의 순자가 『연년세세』의 이순일과 겹친다는 것을 알 수 있다. 그런데 『연년세세』의 이순일 역시 결혼하기 전 이름이 순자였다. 황정은 텍스트에서 순자는 고유명사라기보다 한국의 '모든 순자들'로 이해할 수 있다. 또한 순자, 이순일 모티프는 「상류엔 맹금류」의 제희 엄마로 등장하기도 한다. 「상류엔 맹금류」(2013), 『계속해보겠습니다』(2014), 『연년세세』(2020).

기 엄마'가 무심히 싸주었던 도시락으로 표현된다. 이 도시락은 단순한 한 끼의 밥을 넘어 "(자매들이) 자존심을 지키고 자기연민에 빠지지 않도록 배려하고, 타인의 고통에 대해서 상상하고 생각한"[25] 인간다운 행동의 결과물로 수렴된다. 이 도시락 덕분에 방치된 자매는 '나기'와 한솥밥을 먹은 사람이 되고, 성인이 되어서도 특별한 날 모여 함께 음식을 만들고 밥을 먹는 공동체로 살아갈 수 있다.

『연년세세』의 '이순일'은 전쟁 통에 고아가 되고 먼 친척 집에서 지내게 된다. 혈연관계로 만들어진 새로운 공동체이지만 식모살이를 하는 것으로 서술되며, 철저하게 이방인으로 취급된다. '순자'는, 이순일과 동명(이순일의 결혼 전 이름이 순자)의 동갑 친구이다. 이순일이 아플 때 옆에서 밥을 만들어주고 글을 가르쳐 주었던, "못 먹고 못 자고 못 입는" 식모 이순일에게 배짱이 생길 수 있게 해주었던 친구이다. 그 친구는 이순일이 고모 집에서 도망쳐 간호조무사로 살아갈 수 있도록 도와주었으나, 이순일을 찾는 고모와 고모부에게 간호조무사로 있는 병원을 알려줄 수밖에 없었던 인물이기도 하다. 밀접한 인간관계는 가장 큰 도움과 위로가 되면서도 가장 큰 상처와 배신감을 줄 수 있는 관계이기도 하다. 서로 상대에 대해 가장 많이 알고 있기 때문에 의도와 상관없이 사건이 만들어지는 것이다. 고모 집으로 잡혀와 순자를 만난 이순일은 순자의 뺨을 때렸고, 가출과 배신의 사건 이후 둘의 관계는 끊어진다.

『연년세세』의 순자가 가출한 이순일의 행방을 말할 수밖에 없었던 사정을, 이순일이 모르지는 않았을 것이다. 이순일은 순자가 고통을 감내하면서 자신을 지켜주기를 바라는, 일종의 의리 같은 것을 기대했을

---

25) 김미정, 「인간임을 기억해야 하는 이유」, 『실천문학』, 실천문학사, 2015.3, 441-442쪽.

것이다. 그러한 기대감을 경계하라는 것이 『계속해보겠습니다』의 메시지이고, 기대(사랑)의 내용은 환멸과 분노와 실망과 뒤엉키는 것이 인생의 본질이라는 데 도달하는 이야기가 『연년세세』이다. 책임이나 의무가 소거된 평화로운 관계, "소중하다고 여기는 마음을 늘려가지 않는", 전심전력의 과잉된 감정을 경계하는 이러한 이상적인 공동체는 현실적으로 불가능하다. 고모에게 이순일이 숨어지내는 곳을 알려줄 수밖에 없었던 순자처럼, 각자 "비루하고 속되지만 그 질서 안에서 연명해나가는 서로 다른 대응법"26)이 존재하기 때문이다.

이순일이 고모집으로 보내지기 전, 그리고 고모집으로 보내진 후의 삶을 보더라도 "공동체의 구조적 폭력성이라는 속성을 탈각한 공동체가 과연 가능한가"에 의문을 제기한 논의27)는 여전히 유효하다. 그리고 그것은 열망일 뿐이며 아버지의 질서가 무너진 시대에서 공동체를 상상하고 재현하는 것은 허구적이고 불가능하다는 결론에 동조하게 된다. 『계속해보겠습니다』의 '나기'는 "당신이 상상할 수 없다고 세상에 없는 것으로 만들지는 말아(187쪽)" 달라고 하지만 문제는 이상적인 연대, 공동체를 상상할 수 없는 게 아니라, 그것은 상상 속에서만 존재한다는 것이 핵심이다.

『계속해보겠습니다』의 '소라, 나나'는 성인이 되어서도 '나기'와 남매처럼 지내지만, 나나는 나기에게 이성적으로 사랑한다는 마음을 보였었다. 나기가 받아들일 수 없다고 한 후로도 이들이 변함없이 남매처럼 이상적인 공동체로 지낼 수 있는 것은 나기가 사랑하는 사람이 남자라는 것을 알았기 때문이다. 전통적인 가족관계로 엮이지 않고, "헤어지더라도 배신을 당하더라도 어느 한쪽이 불시에 사라지더라도 이윽

---

26) 소영현, 앞의 글, 155쪽.
27) 소영현, 앞의 글, 137-163쪽.

고 괜찮아, 라고 할 수 있는 정도"의 적당한 관계는 "과잉되는 고통도 경계"[28]할 수 있다는 점에서 이상적이다. 하지만 각자의 현재를 살아가는 삶은 "로맨스와 화해에 관한 기대"를 하지 않을 수 없고, "그것을 기대하는 사람들을 실망시키는" 것이 될 수밖에 없다. 황정은은 이미 「모자」에서 "타자로 인한 성가심에 과민 반응하는"[29] 우리시대에서 폐를 끼치지 않는 이웃으로서의 행동 매뉴얼을 맥락과 감정이 소거된 대화 장면으로 재현한 바 있다. 공감과 이해가 배제된, 그러나 친절과 예의를 장착하여 상처받을 걱정을 하지 않아도 되는 그러한 인간관계 속에서, 아무 말 없이 도시락을 싸주던 '나기 엄마', 자기희생을 감수하고 의리를 지키는 '순자'는 상상 속에서만 존재하는 이웃일 수밖에 없는 것이다.

(3) 자기파괴적인 '혼자 생각하는 개인'

가부장의 상징적 권위가 약화되면서 전통적 가족의 위계와 제약들로부터 자유로울 수 있는 개인은 내면화된 상징적 금지도 없고, 성장을 강제당하지도 않기 때문에 자신의 삶을 기획하고 추구하고 실험하는 데 열정적일 수 있다고 상상할 수 있다. 그러나 부성적 권위가 주던 윤리적 확신이 있던 환경의 주체는 지배적 사회질서와 대결할 수 있는 자율적 비판적 주체로 성장했다면, 자본주의의 경쟁논리를 내면화한 주체는 체제 순응적 '타자—지향적' 인성[30]으로 구조화되면서 오히려 그 성장

---

28) 김미현, 「21세기 한국소설에 나타난 감정 윤리의 동학」, 『우리말글』82, 우리말글학회, 2019, 362-368쪽.
29) Slavoj Žižek, 「이웃들과 그 밖의 괴물들」, 『이웃』, 정혁현 옮김, 도서출판b, 2010, 215쪽.
30) Slavoj Žižek, 『까다로운 주체』, 이성민 옮김, 도서출판b, 2005, 551-557쪽.

이 미뤄짐을 앞서 '한영진'으로 상징되는 인물로 확인할 수 있었다.

큰 타자(아버지)가 없는 상태에서, 성과사회의 경쟁논리만을 내면화한 개인은 "열심히 한다고 되는 것도 아니고, 열심히 해서 되는 게 있다면 나는 열심히 하는데 다른 사람들은 왜 열심히 하지 않지? 하는 비뚤어진 교정의식과, 나는 열심히 하는데 왜 안 되지? 하는 피곤한 자학"31)을 하게 되며, 이 과정에서 개인은 병리적으로 변해 간다. 이 비뚤어진 교정의식과 피곤한 자학은 백화점 '판매왕'의 가혹한 행동으로 나타나고 있다.

> 맞은 편 매장의 그녀가 막내야, 하고 나를 불렀습니다. 나더러 그만 좀 웃으라고 그녀는 말했습니다. 손님을 대할 때 너무 웃는다며 전부터 말하고 싶었는데 그렇게 웃는 거, 싸구려로 보인다고 그녀는 말했습니다. 보고 있는 자기가 다 창피할 때도 있는데 대체 왜 그렇게까지 웃냐고 그거 좀 비굴하게 보이고, 매장에서 일하는 사람들 전체 이미지도 안 좋아질 수 있으니까 적당히 웃으라는 이야기였습니다.32)

백화점 침구류 매장의 매니저는 모든 판매원들의 부러움을 사는 판매왕이다. 앞서 매니저가 백화점 지하매장으로 내려가 거기의 직원을 '갈구는' 장면에서 그녀의 위태로움으로 가득한 내면, 성장하지 못한 성인의 모습을 볼 수 있었다. 그 미성숙한 성과주체는 판매 경쟁에서 뒤처지고 있는 직장 신입사원에게 "싸구려, 창피, 비굴"이라는 어휘를 앞세운 훈계로 비뚤어진 심리상태를 드러낸다.

이어서 백화점 침구류 매장에서 벌어진 난도질 사건은, 매니저와 매

---

31) 소영현, 앞의 글, 147쪽.
32) 황정은, 「복경」, 『아무도 아닌』, 문학동네, 2016, 208쪽.

니저에게 불려갔던 직장 막내를 포함한 모든 판매원들, 나아가 모든 소
비자들이 행위자가 될 수 있다는 것으로 유추되며 그 병리성의 심각함
을 일깨운다.

> 소파가…… 완전히 너덜너덜할 정도로 찢어졌다면서요. 난도질
> 되어 있었다면서요. 무서운 일입니다. 그 가족소파가 진짜 송아지나
> 돼지였다면…… 피를 흘렸겠죠. 옛날에 돌아가신 우리 어머니의 백
> 혈보다 더 빨갛거나 뜨거운, 그런 것이 흘러나왔겠죠. 아 무서워요.
> 무서워.[33]

앞서 매니저가 백화점 지하매장으로 내려가서 그곳의 판매원을 '갈
구던' 폭력은 덜 노출된 공간으로 숨어드는 행위였다면, 소파 난도질
사건은 백화점 한가운데서 폭력성을 전시했다는 점에서 그 위험성이
증폭된다.

아버지(부모)와 외부 구속력의 쇠퇴는 초자아를 약화시키는 반면, 역
설적으로 초자아 속의 공격적이고 명령적인 요소들을 강화한다. 나머
지 본능적 욕망이 가능한 출구를 찾는 것을 더욱 어렵게 만들기 때문
에, 아버지 권위를 내면화하는 것을 불가능하게 만드는 사회적 변화는
초자아를 제거하는 것이 아니라 초자아의 죽음 본능을 맹렬하고 무자
비하게 분출시키고, 그것을 강화한다[34].

「마더」는 바로 이러한 환경에서 공격적이고 위태로우며 성장하지
못한 성인, 죽음 본능을 자학적으로 분출시키고 있는 개인을 극대화하
고 있다. 「마더」의 현대정육도매센터에서 일하고 있는 '오'는 아기였을

---

33) 황정은, 「복경」, 위의 책, 209쪽.
34) Christopher Lasch, 『나르시시즘의 문화』, 최경도 옮김, 문학과지성사, 1989, 213쪽.

때 종이가방에 담겨 전철에 버려졌다. '오'는 자기를 버린 사람을 "나를 낳은 여자, 그 여자"라고 부르지만 사춘기 때 '엄마'를 찾고 싶다는 마음을 TV프로그램이라는 간접적 방식을 경유하여 드러낸 적이 있다. 그러나 '오'의 사연을 경청하고 반응하는 사람은 아무도 없었다. 현재, 정육점 사장과 또 다른 직원 윤과 점심을 먹는 장면은, 엄마에게 버려진 '오'의 내면은 물론 그의 성장 과정과 삶 전체가 어떤 식으로 고립되고, 얼마나 불안정하고 위태로운지를 보여준다.

　　밥을 먹을 시간이 되었다고 말한다. 사장은 볶음밥을 먹고 또다른 직원인 윤은 울면을 먹는다. 오는 플라스틱 의자를 가게 밖에 내어놓고 그 위에 앉아서 자장면을 먹는다. 사장과 윤은 벌써 오래 전부터 오에게 안으로 들어와 밥을 먹으라는 말을 하지 않는다.[35]

　　독일어 선생은 오를 교탁 앞으로 불러내서 여섯 차례 뺨을 때렸다……학교를 졸업하고 저 남자를 우연히 만나면 입을 찢어버리자고 마음을 먹었다…… 그 고등학교에 재직한 일이 있느냐고 물어봐야겠다. 그렇다고 대답을 한다면 이빨 틈에 나이프를 밀어넣고, 볼쪽으로 단숨에 날을 당겨, 입을 찢는다. 지금? 지금. 오는 팔을 늘어뜨린 채 손바닥을 말았다.[36]

　엄마에게 버려졌다고 말하는 '오'에게 아버지라는 존재는 애초에 없었다. 유년기를 보냈던 고아원의 엄마들은 관용어구와 형식적 절차로 (『야만적인 앨리스 씨』의 사회복지사처럼) 대했을 것이고, 청소년기의 '독일어 선생'은 폭력으로 자신의 권위를 드러냈다. '오'의 성장 과정 어

---

35) 황정은, 「마더」, 『일곱시 삼십이분 코끼리열차』, 문학동네, 2008, 218쪽.
36) 황정은, 「마더」, 위의 책, 216쪽.

디에도 어른(아버지)은 없었다. 믿고 의지하며 친밀감을 형성하는 관계를 알지 못하는 '오'가 함께, 모여서 밥을 먹는 일에 익숙하지 못한 것은 어쩌면 당연한 것인지도 모른다.

안정된 자아는 타인에 직면하면서 형성된다. 나를 사랑하고, 칭찬하고, 인정하고, 평가해주는 타자를 통해 인간은 존재감을 확인하게 된다. 여기에는 사람 사이의 갈등도 포함된다. 갈등을 처리하는 과정에서 누적된 파괴적 긴장감이 완화되고 안정된 관계와 정체성을 성립[37]할 수 있기 때문이다. 그런데 '오'의 점심 식사 장면은 타인과의 긍정적인 관계 형성이 사라진 것은 물론 갈등조차도 허용되지 않는 관계라는 것을 알 수 있다. '사장과 윤'이 '오'에게 가게 안으로 들어와 함께 밥을 먹자고 하던 때가 있었을 것이다. 그러나 그것이 소모적인 갈등의 요소가 될 때 타자와의 형식적 소통마저도 중단될 수밖에 없다.

그런 '오'가 일주일에 한 번 참여하는 모임이 있다. 자살하고 싶은 사람들의 온라인 모임인 '티파니'인데, 여기서도 죽음에 대한 소통은 이루어지지 않는다. 회원들은 각자, 정기적으로 질문하는 '살고 싶은가'에 어떤 반응을 하는지 관찰만 할 뿐이다. 이 추상적이고 공허한 만남은 대상과의 결속이 사라진 '오'의 고립감, 두려움, 불안감을 고조시키면서 자신의 부족함, 존재감 결여를 확인시킬 뿐이다. 버려진 개를 데려와 '마더'라는 이름을 붙이고, '마더'가 병들어 죽어가는 과정을 물질적, 감각적, 화학적 감응으로 지켜보는, 물질성에 대한 몰입은 실체가 없는 것 같은 '오'의 공허한 삶에서 타자와의 관계를 갈구하는 마지막 비명으로 들리기도 한다.

---

37) 한병철, 『타자의 추방』, 이재영 옮김, 문학과지성사, 2017, 34-42쪽.

마더의 몸이 터질 듯 팽팽하다. 오는 마더의 몸에 손을 얹는다. 미지근하다. 유리섬유처럼 털이 뻣뻣하다. 둥근 갈비뼈 밑에서 툭, 툭, 툭, 진동이 느껴진다. 콧구멍에서 분홍색 거품이 밀려나온다. 경련이 시작된다. 필사적으로 숨을 들이쉬려는 노력으로 마더의 턱이 벌어진다. 잇몸이 회백색으로 질리고 눈이 돌아간다. 네 개의 다리가 나무막대처럼 꼿꼿해진다. 발톱 끝까지 굳은 상태가 몇 초간 이어진다……뇌가 죽었다. 마더는 오랜 시간을 들여 죽는다. 경련과 고통스러운 호흡이 번갈아 이어진다……불그스름한 거품이 마더의 콧등과 이빨 틈으로 흘러내린다……

　　의사에게 전화를 건다. 마더의 시체를 어떻게 하면 좋을지 묻는다. 애완동물의 사체는 쓰레기봉투에 넣어서 버리도록 법으로 제정되었다고 의사가 말한다.38)

'오'가 자신의 처지와 동일시하며 숨소리와 체온을 나누던 유일한 존재 '마더'는 봉투에 담겨 쓰레기로 처리된다. '마더'가 죽어가는 과정은, 누구도 지켜봐줄 사람 없는 '오'의 마지막 모습일 수도 있다. 태어나서 마치 쓰레기처럼 버려졌고, 연고자 없는 죽음을 상상할 수밖에 없는 '오'는 자신은 물론 자기를 버릴 수밖에 없었던 엄마도 "이 세상에 머물도록 허락받지 못했거나 다른 사람들이 그것을 바라지 않는, 쓰레기가 되는 삶"39) 속에 있다고 여길 수밖에 없다.

엄마에게 버려지고, 고아원에서 보낸 유년기는 늘 예민한 상태일 수밖에 없었으며, 그 예민함이 표출되던 학창시절 선생님에게 폭력을 당한 '오'의 오랜 상처의 모든 형태는, 타자와의 관계 속에서 해소되거나 승화될 길을 찾지 못한다. 그리하여 "자아의 실패를 응징하는 초자아의

---

38) 황정은, 「마더」, 앞의 책, 228-230쪽.
39) Zygmunt Bauman, 『쓰레기가 되는 삶들』, 정일준 옮김, 새물결, 2008, 22-23; 176쪽.

분노는 대부분의 에너지를 공격적 충동으로 이끈다"[40]. 이 공격성은 자기파괴의 과정을 초래하는데, '오'에게서는 가위로 자기 눈을 찌르는 자기상해(자살)로 이어진다.

'오'의 자기파괴에 이르는 과정은, 가출한 '진주'(「양의 미래」), 층간 소음 속에서 실존을 확인하는 '나'(「누가」), 오랫동안 과거의 일들을 생각하고 있는 '나'(「웃는 남자」), 자신의 현재를 사유하지 못하는 것으로 보이는 '한만수'(「연년세세」), 동생을 잃고 부랑자가 된 '앨리시어'(『야만적인 앨리스 씨』), 사랑하는 사람의 뼛조각을 훔치기 위해 눈밭을 헤매는 '나'(「뼈도둑」) 등 황정은의 소설에 등장하는, 혼자 생각이 많은 인물들의 현재와 미래 모습으로 오버랩된다. 이들 모두는 각자의 "배드 섹터"를 가지고 있다. "나쁜 기억을 품은 사람은 언젠가는 자멸한다"는 내용을 재현하고 있는 「마더」는 그 배드 섹터를 승화시키는 방식을 찾지 못한다. 고립된 개인은 타자와의 소통 속에서 자신의 생각을 미답의 영역으로 밀고 나가는 성장의 과정을 경험하지 못하고, 같은 생각을 반복, 지속하는 조작[41] 속에서 공회전하기[42] 때문이다. (대)타자의 사라짐은, 다른 양태의 타자를 구조화하려는 움직임들 속에서도 인간을 자유롭게 만드는 길을 찾지 못하고 개인의 병리학적 변화를 낳고 있는 것이다.

3) 먼저 온 미래, 불가능한 구원

황정은은 데뷔작 「마더」에서 혼자 살아가는 인간 '오'가 자살에 이르는 과정을 보여주는 것으로 (대)타자가 사라진 우리시대의 위험성을 경

---

40) Christopher Lasch, 앞의 책, 212쪽.
41) 한병철, 앞의 책, 89쪽.
42) 황정은, 「마더」, 앞의 책, 227쪽.

고했다. 본질적으로 인간은 결핍되어 있다. 그 결핍은, "주체 내부의 상처, 미완성의 자신, 실패하는 자기와 마주하는 것"으로 구체화될 수 있다. 이 "결핍은 치료하거나 해소할 수 있는 증상이 아니라 삶의 과정이 치유의 과정이라고 할 수 있다. 이 과정은 사회질서 속으로 진입하여 사회화를 거치는 것으로 경험된다. 이것이 주체의 조건"43)이다.

이 조건의 전제가 되는 타자는 윤리적 책임의 토대가 되는 비실체적인 것으로 상징될 수도 있고, 에고가 존경하고 따라하고 싶은 타자, 혹은 사랑해야 할 이웃으로서의44) 의미로 재현될 수도 있다. 「마더」는 버림 받은 존재, 역할 모델이 없는 유년기, 관계 맺고 성장하는 경험을 하지 못하는 성인이 파멸에 이르는 과정을 보여주어, 자살에 이르는 한 청년의 문제가 개인의 병리적 문제에 그치는 것이 아니라 타자를 설정할 수 없는45) 우리시대, 현재와 미래의 문제임을 일깨운다.

「마더」 이후 황정은의 소설은 이 시대 인간이 구원될 수 있는 삶의 양태들을 모색하듯이 약화된(사라진) 아버지의 자리를 대신할 수 있는 혹은 타자의 의미를 구축할 수 있는 연대, 공동체의 가능성을 타진하게 된다. 자매애, 밥을 나눠 먹는 친절한 이웃, 우정을 나누는 관계, 사랑은 모두 황정은의 소설에서 타자를 설정할 수 있는 주요 모티프가 되고 있다. 자존감, 나의 존재감은 나 스스로 만들어낼 수 없기 때문이다. 이러한 서사를 통해, 타자가 추방되는 이 시대에서도 인간은 자기를 해치는 자기파괴에 이르지 않고 안정된 자아를 형성하면서 성장할 수 있기를

---

43) Slavoj Žižek 외, 『나의 타자』, 강수영 옮김, 인간사랑, 2018, 11쪽.
44) Slavoj Žižek 외, 위의 책, 15쪽.
45) 한병철은 타자가 존재하던 시대는 지나갔음을 다음과 같이 선언한다. "타자가 존재하던 시대는 지나갔다. 비밀로서의 타자, 유혹으로서의 타자, 에로스로서의 타자, 욕망으로서의 타자, 지옥으로서의 타자, 고통으로서의 타자가 사라진다"
한병철, 앞의 책, 7쪽.

기대하는 것이다.

그러나 아버지가 사라진 곳에서 자유롭고 평등해 보였던 관계들은 가부장적 상징적 권위의 몰락에서 생겨나는 새로운 의존의 형식46)이 되면서, 인물들은 내면화된 상처와 스스로 대면하는 성장을 이루지 못하고 스스로를 징벌하는 원점으로 돌아가는 것을 보게 된다. 경제적으로 집안의 가장 노릇을 했던 맏딸(큰 언니)은 자신이 희생자라는 생각에서 비롯되는 원한에서 벗어나지 못하면서 보람 없는 삶에 대한 환멸과 분노를 폭력적으로 표출하고 있다. (대)타자를 상실한 인간이 존재감, 자존감을 확립하면서 어른으로 성장하는 과정을 경험하지 못한 결과이다. 자매들은 서로의 버팀목이 되면서 시간을 공유했지만 경제질서를 내면화하는 그 시간이 어른으로 성장해 가는 시간은 아니었던 것이다.

가족의 범위를 확장하여 이웃으로 시야를 넓힐 때, 밥을 함께 먹는 것으로 상징되는 공동체, 연대를 상상할 수도 있었다. 그런데 이 공동체가 지속될 수 있는 조건, 즉 "헤어지더라도 배신을 당하더라도 어느 한쪽이 불시에 사라지더라도 이윽고 괜찮아, 라고 할 수 있는 정도의 감정을 유지하는 것"은 상상할 수 없어 불가능한 것이 아니라, 상상 속에서만 존재할 수 있는 것이기에 공허하다.

부성적 권위의 자리를 자본의 경쟁 논리로 채운 개인은 내적 불안을 승화시킬 방법을 찾지 못한다. 우울한 주체는 공허한 자기를 느끼기 위해 "자기에게 생채기를 내며 자기 존재를 확인"47)하는, 자기파괴의 과정으로 들어가게 된다. 「마더」는 우리시대의 위험을 경고한 출발점이지만 타자가 추방되고, 연대와 공동체가 상상으로만 존재하는 현재, 불안하고 미성숙한 개인이 다다를 수 있는 도착 지점 또한 예언했다48).

---

46) Slavoj Žižek, 『까다로운 주체』, 이성민 옮김, 도서출판b, 2005, 555쪽.
47) 한병철, 앞의 책, 40쪽.

그것을 넘어서고자 새로운 삶의 양태들이 '친밀한 자매들', '확장된 식구(食口)', '생각 많은 개인'들로 모색되었지만, 이 형식들은 성장하지 못한 채 자기파괴로 이어지는 개인을 양산하는 위태롭고 비현실적인 의존의 형식들이라는 것 또한 확인할 수 있었다. 황정은의 가족이야기는 구원의 불가능성에 연루된 또 하나의 담론이 되고 있는 것이다.

---

48) 이 글의 제목 '먼저 온 미래'는 두 가지 의미를 함축한다. 황정은 소설들이 부권상실 이후 삶을 재현함으로써 우리의 가깝고 어두운 미래를 보여주고 있다는 의미와 황정은 소설 전체를 발표 순으로 놓고 보았을 때 데뷔작에서 이미 최근작이 도달할(미래) 곳을 보여주었다는 의미가 그것이다.

IV

새로운 소설이 재현하는 세계

10. 새로운 소설의 문학성·문학적 가치
— 정보라『저주토끼』를 중심으로

1) 새로운 문학은 어떻게 견인되는가

2024년 10월 한강 작가가 노벨문학상 수상자로 선정된 후 문인들의 축하 인터뷰가 이어졌다. 그 가운데 박상영과 정보라가 한국의 한 매체에 나란히 등장하여 시선을 끌었다. 정보라는 누구인가 라는 의문 때문이다. 더 나아가 한강의 노벨문학상 수상 소식을 전하는 ≪더 가디언≫은 한국인으로는 유일하게 정보라를 작가이자 번역가로 소개하며 그의 축하 메시지를 전하고 있다[1]. 인지도가 낮다는 것은 다양한 관점에서 이유를 설명할 수 있겠으나, 한국 문학장 내에서 인정하는 문학상이나 작가상이라는 권위를 통해 문단권력을 획득하지 못했다는 의미가 크다. 현재 한국에서 제도권 문학으로 진입할 수 있는 대표적인 방법은 등단이다. 근대 동인지 시대 이후 신춘문예를 거쳐 2000년대 이후 중앙문예지를 통한 등단 방식이 권위를 얻고 있는 현재 문단상황을 고려하

---

[1] <한국 작가 한강, 2024년 노벨문학상 수상>, ≪더 가디언≫, 2024.10.10.
https://www.theguardian.com/books/2024/oct/10/south-korean-author-han-kang-wins-the-2024-nobel-prize-in-literature?CMP=share_btn_url (검색일 2025.2.13.)

면2), 정보라의 낯설음을 이해하는 데는 그의 등단 배경도 한몫한다. 등단부터 지속적 지면 확보, 단행본 출간, 문학상 등으로 경력을 이어갈 수 있는 메이저 문예지 인증과정 없이는 작가로 공인받기가 어려운 것이 한국 문단 현실이다3).

정보라는 2008년 작품 「호」로 제 3회 디지털 작가상을 받으면서 등단했고4), 2022년 『저주토끼』로 부커상 인터내셔널 부분 최종 후보에 올랐다. 부커상 인터내셔널 부분 수상자(한강)이자 후보자(박상영, 정보라)였다는 공통항이 앞서 언급한 축하 인터뷰와 연결된다. 정보라의 『저주토끼』는 2023년 전미도서상 최종후보에5), 『너의 유토피아』는 2025년 SF문학상 후보에 올랐다는 소식6)은 작가가 국내보다는 국외에서 더 인정받고 있다는 생각을 낳는다. 그런데 이렇게 국제문학상 최종 후보로 지명되면서도 한국에서 작가나 작품의 지명도가 낮다는 점은 매우 의아하다. 이는 박상영의 경우와 비교해도 두드러진다. 그는 외국 문학상 수상후보 전후로 한국에서 수여하는 문학상에도 이름을 올렸으며, 널리 알려진 작품은 대중문화 콘텐츠(영화)로 각색되기도 했다.

작가는 『저주토끼』 말미에서 "책 전체를 통해서 전달하려는 특별한

---

2) 박헌호, 「동인지에서 신춘문예로- 등단제도의 권력적 변환」, 『대동문화연구』53, 성균관대학교 대동문화연구원, 2006, 7-8, 35쪽; 김필남, 「등단 제도를 통해 본 소설가 그 이후」, 『오늘의 문예비평』101, 오늘의 문예비평, 2016.6, 271쪽; 이청, 「등단 시스템의 변화와 복수 등단의 의미」, 『로컬리티 인문학』19, 부산대학교 한국민족문화연구소, 2018, 262쪽.
3) 김필남, 위의 글, 280-281쪽.
4) 김윤희, 서세림, 「정보라의 단편소설에 나타난 포스트휴먼 인공지능의 관계 맺기」, 『다문화콘텐츠 연구』47, 중앙대학교 문화콘텐츠기술연구원, 2024, 95쪽.
5) <정보라 소설 '저주토끼', 전미도서상 최종 후보 선정>, ≪YTN≫, 2023.10.4. https://www.ytn.co.kr/_ln/0106_202310042350022566 (검색일2025.2.15.)
6) <정보라, 세계적 권위 SF문학상 후보...지평 넓히는 K-문학>, ≪YTN≫, 2025.1.28. https://www.ytn.co.kr/_ln/0106_202501280215517145 (검색일 2025.2.15.)

교훈이나 메시지는 없다. 『저주토끼』는 환상호러 단편집이고, 환상호러 장르는 대중문학에 속하며, 대중문학은 교훈이나 가르침보다는 즐거움을 위해 존재하는 장르이다. 그러므로 즐겁게 읽어주시면 좋겠다.”7)는 말을 전하고 있다. 더불어 “대중적 서사의 매력으로 독자들의 큰 관심을 이끌고 있는 비문단 권역 작가”로 소개되며 한국문학의 다양성을 해외에 알리고 그 지평을 넓히는 데 일조하고 있다는 평가8)를 받기도 하여 낯설음에 의구심이 더해진다. ‘대중문학’, ‘대중적 서사’, ‘국제문학상’, ‘비문단 권역 작가’라는, 조합하기 어려운 것들의 결합으로 작가의 정체가 드러나기 때문이다.

근대 이후 문단권역은 문학상 수여 등의 활동으로 대표되는 선별과 배제의 권력 실행으로 ‘고급’ 작품에 대한 감각과 취향의 기준을 대중들에게 제공하는 방식으로 작동해왔다. 이것은 한국문단에 국한된 이야기는 아니다9). 물론 2000년대의 문학 기원론 이후 2006년 전후로 논란이 되었던 근대문학 종언에 대한 징후들은 신화화해왔던 문학이 근대에 만들어진 구성물이라는 것을 일깨웠으며, 이 시대 독자들에게 강한 호소력을 행사한 대중문학의 수준을 제고하도록10) 돕고 있다.

그랬을 때 정보라 작가가 언급한 대중문학의 함의, 즉 ‘전달하려는 특별한 교훈이나 메시지는 없다. 즐거움을 위해 존재하는 장르’라는 말은 오래 전의 대중문학(소설) 논쟁을 소환하며 흥미로운 문제를 제기한

---

7) 정보라, 『저주토끼』, 래빗홀, 2023, 355쪽.
8) 이구용, 「세계 속에서의 한국문학: 해외진출 언어권 확대 방안 연구」, 『국제언어문학』57호, 국제언어문학회, 2024, 39쪽.
9) 천정환, 『근대의 책읽기』, 푸른역사, 2003, 390-447쪽; 천정환, 정종현, 『대한민국 독서사』, 서해문집, 2018; 최원식, 『문학』, 소화, 2012, 45-49쪽; Alberto Manguel, 『독서의 역사』, 정명진 옮김, 세종서적, 2000.
10) 최원식, 위의 책, 21-51쪽.

다. 교훈이나 메시지가 없는 즐거움, 즉 이 시대 독자들이『저주토끼』를 읽으며 느끼는 '즐거움, 새로운 재미'는 무엇일까를 묻지 않을 수 없다. 더불어 이것은 현재 대중문학은 대중문학이 아닌 것과 어떻게 구별되며, 우리시대 소설의 가치는 어디에 있는가로 확산된다.『저주토끼』를 다 읽고 나면 모든 내용은 휘발되고, 각 편 전체가 모티프로 삼고 있는 불안한 정서는 변죽만 울리다 사라지기 때문이다. 이야기로 전달되었던 각 편들은 기억으로 지속되지 않으니 이야기로서의 힘도 약한 것 같다. 물론 여기에서 비롯된 의아함은 "근대 이후 소설 장르를 이야기하면서 독자가 소설을 읽으며 기대하는 작품 읽기의 감각과 기준에 근거한 제도화 과정"11)에서 비롯된 것일 수 있다.

애나 오구시쿠(Anna Auguscik)는 맨부커상의 의미를 두고 "최고의 소설에 수여되는 것이 아니라 상을 통해 공론의 장을 마련하여 최고의 소설을 만들어 간다"12)는 말로 기존의 정전의 구성을 넓혀가는 것이 아니라 소재의 다양성과 취향의 존중, 자유로운 재능 발휘의 가능성을 강조하고 있다. 그렇다면 어떠한 가능성으로 최고를 지향하는 소설이 될 수 있는지『저주토끼』를 공론의 장으로 불러낼 필요는 있어 보인다. 이 글은, 국내에서는 비문단 권역 작가로 언급되면서도 국제문학상 후보로 꾸준히 이름을 올리고 있는 정보라의『저주토끼』가 왜 문제적인지를 소설적 가치, 문학성을 묻는 방식으로 접근해 보고자 한다.

---

11) 천정환, 앞의 책, 414-415쪽.
12) 오은영, 「한강의 맨부커상 이후 한국문학, 변방에서 세계문학의 중심으로 이동하다」,『외국문학연구』97, 한국외국어대학교 외국문학연구소, 2024, 48쪽, 재인용.

2) 문학상의 권위와 문학성

한국에서 등단하고 작가로서의 활동을 이어가는 데 문학상의 영향력
은 크다. 서구는 단행본 출판을 통해 작가로 등단하지만[13] 우리나라는
등단부터 공모전에서 상을 받는 시스템으로 진입하여 메이저 문예지,
출판사가 주최하는 각종 문학상으로 생존 영역을 확보하기 때문이
다[14]. 세계문학상은 두말할 필요가 없는 것이 국제문학상 수상자가 눈
에 띄게 많아진 이후 한국문학의 영역 확대는 해외 출간 종수로도 확인
된다. 번역원에 따르면 해외출판사 번역출판지원사업의 신청 건수가
160건으로, 2024년 상반기에만 2014년 대비 10배가 넘는 신청이 어어
진 것으로 나타난다[15]. 이는 국내 독자, 즉 수요 증가에도 영향을 미칠
것임은 분명하다.

2010년대 이후 국제문학상 수상과 세계문학 또는 세계시장에서 한국
문학의 위상과 존재감이 커지는 선순환구조를 만들어내는 데는 번역의
중요성이 강조되지만 그 기반이 되는 것은 문학성이다.[16] 한강 작품도
영역되어 외국 주요 언론의 관심을 지속적으로 이어가다가 역사적 트라
우마와 인권문제에 특히 주목하는 스웨덴 문학계의 이목을 끌었고[17],

---

13) 박헌호, 앞의 글, 7쪽.
14) 손아람 외4, 「특집좌담 한국문단의 구조를 다시 생각한다」, 『문학동네』, 문학동네,
　　2015, 가을, 91-103쪽. 좌담회에 참여한 5인 중 인용한 내용에 해당하는 말을 한 사
　　람을 저자명으로 표기했다. 이후 표기도 이러한 기준으로 한다.
15) 한국문학번역원, <보도자료 2024년에도 해외에서 '훨훨' 나는 한국문학>, 문화체육
　　관광부, 2024.7.1. 2쪽.
　　https://ltikorea.or.kr/kr/board/press/boardView.do?bbsIdx=15275 (검색일 2025.2.13.)
16) 곽효환, 「세계문학으로서의 한국문학 현황과 전망」, 『한국문예창작』21(1), 한국문
　　예창작학회, 2022, 21-30쪽.
17) 홍재웅, 「스웨덴이 본 한강의 문학: 노벨문학상과 그 너머」, 『외국문학연구』97, 한
　　국외국어대학교 외국문학연구소, 2024, 14-21쪽.

2016년『채식주의자』가 부커상을 받은 이후 한강의『소년이 온다』는 영역본을 중역하는 방식으로 이탈리아에서 말라파르테 문학상을 수상한다[18]. 부커상 이전 한강의 작품에 대한 영미권 반응은 오리엔탈리즘이 작동하는 것과 같은 내용도 눈에 띄었다면, 부커상 이후 인지도가 높아지는 것은 물론 세계문학의 정전으로 편입될 수 있다는 데로 확장되면서 노벨문학상 수상으로 이어질 수 있었다[19].

한강의 노벨문학상 수상 이후 세계문학의 중심으로 이동하고 있는 한국문학을 전망하면서 한강의 부커상 수상이 중요한 분기점으로 이야기되는 가운데, 부커상 최종 후보작으로 지명되었던 정보라의『저주토끼』가 자연스럽게 언급되며 작품과 작가에 대한 기대를 높이고 있다.

『저주토끼』각 편의 모티프는 모두 불안과 공포를 다룸으로써 일관성 있는 정서를 조직하고 있다. 그 불안과 공포의 상상력을 마술적 리얼리즘 관점에서 논의한 이원진은 "환상적이고 초현실적인 요소를 활용해 현대의 가부장제와 자본주의의 참혹한 공포화 잔혹함을 이야기하는" 서사적 효용성을 가진다고 보았다. 나아가 "현실의 거대해지는 악에 대응하기 위한 대안적 서사 논리를 제공"[20]한다는 의미를 이끌어내기도 한다. 더불어 2025년 SF문학상 후보로 지명되었듯이 정보라의 소설은 장르(SF)소설, 환상소설이라는 하위 장르의 문법 안에서 불공정한 사회구조, 고정된 규범, 위계질서, 계급문제 등이 어떻게 구축되고 정당화되고 있는지를 보여주고 있다[21]고 의미화되기도 한다.

---

18) 박문정, 「한강의 노벨문학상 수상과 이탈리아 언론」,『외국문학연구』97, 한국외국어대학교 외국문학연구소, 2024, 172-174쪽.
19) 오은영, 앞의 글, 41-51쪽.
20) 이원진, 「소설「저주토끼」와 드라마 <악귀>에 나타난 마술적 실재론」,『영상문화』43, 한국영상문화학회, 2023, 94; 103; 117-118쪽.
21) 김윤희, 서세림, 앞의 글; 왕춘뢰, 「정보라 소설에 나타난 노동 계급 연구」,『스토리

정보라는 본인의 소설을 대중문학이라 규정하고 있는데, 이는 논의의 방식도 달라져야 한다는 의미로 보이기도 한다. 즉 "문학작품을 두고 문학성을 지닌 해석학적 대상으로 다루기 보다는 시장과 제도, 미디어 속에 놓인 문화현상"22)으로 다루거나 "공공재로서 새로운 미디어 현실에 부합하게 유연한 태도로 좋은 작가를 발굴하고 새로운 문학적 전범을 구성하는"23) 새로운 체제로서의 문학담론이 필요하다는 뜻으로 말이다.

현대문학사에서 대중소설(문학)론을 돌아보면, 자본주의와 매체 발달에 따른 대중사회 등장, 그 대중의 위안, 오락 욕구를 반영한 문학, 저널리즘적 환경에서 상품성을 띠고 등장한 것이라는 의미 규정은 이미 1920년대 중반 이후부터 시작되었다24). 대중소설의 통속성, 상업성, 외설시비 등을 이유로 개탄의 대상으로 주로 논의되다가 1970년대에 이르러 기류가 변화하게 된다. 대중소설과 본격소설을 구분하고 대중소설의 가치를 폄하하는 태도는 "엘리트적 사고의 경직성"을 드러내는 것이라는 의견과 함께 대중소설이 "'상당한 수준으로 육박'했으며, 대중소설의 긍정적 영향력"을 살펴야 한다는 의견25)도 제시되었던 것이다. 문화의 지각변동 시기로 일컬어지는 1990년대 이후 대중소설은 독

앤이미지텔링』27, 건국대 스토리앤이미지텔링연구소, 2024.
　정보라 소설에 대한 선행연구가 아직은 많지 않다. 작가 본인의 계급에 대한 논의 (「한국 SF문학 속의 계급」, 『문학과사회』36(2), 문학과지성사, 2023.)를 포함하여 '계급'에 대한 소재적 접근이 눈에 띄고, 본격적 장르 논의는 없다.
22) 천정환, 앞의 책, 9쪽.
23) 천정환, 정종현, 앞의 책, 321쪽.
24) 강옥희, 『한국근대 대중소설 연구』, 깊은샘, 2000, 28-29쪽; 오혜진, 「대중소설론의 변천과 의의 연구」, 『우리문학연구』22집, 우리문학회, 2007; 천이두, 「대중문학의 성격과 기능」, 『대중문학이란 무엇인가?』, 평민사, 1995, 33-37쪽; 천정환, 『근대의 책읽기』, 푸른역사, 2003, 28쪽; 최미진, 『1960년대 대중소설의 서사전략연구』, 푸른사상, 2006, 30-33쪽.
25) 오혜진, 위의 글, 297-322쪽.

립적인 연구대상으로 수용되며, 그 가치, 영향력, 범주, 실체 등에 대한 관심이 고조된다.

『저주토끼』가 대중소설(장르문학)인가 순문학인가가 문제적인 것은 독자이자 연구자로서의 기대치 때문이다. 작가 본인은 『저주토끼』를 대중소설로 규정하고, 그의 소설집 『너의 유토피아』는 SF문학상 후보로 지명되었지만 독자로서 그의 작품을 만나게 된 경로는 부커상 후보작이라는 타이틀로 통하고 있으며 독서 과정은 이 상이 갖는 의미에 기대고 있기 때문이다. 부커상의 의미26)는 우리나라에서 부커상 인터내셔널 수상자이자 후보자였던 한강(2016, 2018), 박상영(2022), 천명관(2023), 황석영(2019, 2024) 등이 순문학 권역에서 활동하는 작가들이라는 점으로도 미루어 짐작할 수 있다.

21세기에 문단 권역의 소설과 비문단 권역의 소설을 구분하고, 본격소설과 대중소설을 구별짓는 것은 시대착오적으로 보일 수 있다. 그럼에도 불구하고 『저주토끼』가 만드는 즐거움은 무엇인가, 대중서사를 소설이라는 장르로 통칭할 수 있는가에 대한 의문을 제기하지 않을 수 없다. 『저주토끼』의 문장과 문체가 만들어내는 속도감, 내용의 낯설음, 소재와 분위기가 만들어내는 기괴한 조합은, 광범위한 대중 독자를 염두에 둔 "서사의 평이함, 사회적 규범에의 순응성, 감동을 줄 수 있는"27) 요소 등으로 요약되는 대중소설에 대한 선입견을 넘어선다. 그런데 서사문학으로서의 완성도 측면에서는 이야기로서의 재미, 독서

---

26) 부커상의 권위와 심사위원의 특징은 한국 수상작(후보작)의 번역자이기도 했던 심사위원 안톤 허의 이력으로도 미루어 짐작할 수 있다. 안톤 허는 소설가이자 번역가이며 문학을 전공한 학자이기도 하다.
　　https://thebookerprizes.com/the-booker-library/prize-years/international/2025 (검색일 2025.2.13.)
27) 강옥희, 앞의 책, 28쪽.

의 충족감이 부족한 것도 부인할 수 없다. 물론 작가는『저주토끼』전체를 통해 전달하려는 특별한 교훈이나 메시지는 없다고 강조했다. 그렇다면 '상당한 수준으로 교육받은' 독자는 왜 돈과 시간을 들여 다른 콘텐츠가 아닌 소설『저주토끼』를 읽어야 하는가. 문학성을 담보하는 국제문학상과 결부되어 있는 이 이야기가 서사문학으로서의 새로움을 견인하고 있는지를 밝혀가면서 이 의문들을 해소해 보고자 한다.

3) 문학성을 담보하지 못하는 새로운 문학

(1) 등장인물을 압도하는 이야기 전달자

소설집『저주토끼』는 열 편의 단편소설을 묶고 있다. 등장인물이 최소 열 명은 된다는 뜻인데 소설을 모두 읽고 나도 입체적으로 재구성되는 인물이 없다. 시간이 조금 더 흐르고 나면 각 편의 등장인물들이 섞이기도 한다. 각각의 인물들이 자신이 처한 상황, 맥락 즉 자신의 현실과 밀착된 세계 안에서 자기 서사를 이끌어가는 것이 아니라 관찰되는 대상으로만 서술되고 있기 때문이다. 화자는 전달하는 이야기의 큰 흐름에만 집중하기 때문에 각 편의 등장인물들은 성별이나 나이, 직업 등 구별될 수 있는 특징으로 캐릭터화되지 못한다.

표제작「저주토끼」는 대대로 저주 용품을 만드는 일을 이어오고 있는 집안의 이야기이다. 이야기를 전달하는 화자는 그 가업을 잇고 있는 손자로 가업의 금기를 어긴 할아버지의 사연을 전하고 있다. 할아버지가 가업의 금기를 어겼기 때문에 죽어도 저승으로 가지 못하고 이승에 붙들려 있으면서 밤마다 손자인 화자를 찾아와 그 사연을 반복적으로 들려주는 것이다. 저주 용품을 만드는 사람은 대외적으로는 대장간을 하는 것으로 되어 있으나 명확하게는 무속인과 같은 천민 취급조차 받지 못하는 기피 대상이었다. 그것은 수군거림, 소문, 겁에 질림, 호기심에 찬 시선으로 반복 확산된다. 그런 문화 안에서 그 지역의 유지인 양조장집 아들이 할아버지와 친하게 놀아주면서 할아버지는 또래 집단에 받아들여지게 된다. 이런 배경에서 할아버지는 화자에게 그 시절 양조장집에 대해 이야기할 때 이런 말을 반복한다.

> "그 집 부모님이 참 깨어 있는 분들이셨어."
> "돈 있고 힘 있다고 남한테 함부로 대하지 않고, 동네 사람들 누구한테나 허리 숙여 인사하고 경조사 있다고 하면 누구보다 먼저 나서서 도와주시는 분들이었거든."
> (중략)
> "대학도 우리는 그 녀석이 사장님이 될 테니까 당연히 상과를 갈 줄 알았는데 공과를 갔어. 손으로 고두밥 지어서 술빚던 시절 그 맛을 그대로 유지하면서 대량 생산을 하겠다는 거야. 고등학교 갓 졸업한 열아홉 살짜리가 자기 집안 술맛으로 전국을 제패하겠다고, 아주 야심만만했지."[28]

인용문에서 시선을 끄는 부분은 내용만이 아니라 할아버지의 어투이다. 천민 취급조차 받지 못했던 기피 대상으로서의 할아버지의 말은 「안녕, 내사랑」의 '인공지능 로봇 개발자', 「재회」의 '폴란드로 유학 간 대학원과정 학생'의 화법과 비교했을 때 말의 주체가 구분되지 않을 만큼 유사하다.

---

28) 정보라, 「저주토끼」, 『저주토끼』, 래빗홀, 2023, 12-13쪽. 이후 인용은 인용문단 끝에 작품명과 쪽수만 표시한다.

인공 반려자를 개발하고 시험하는 것은 무척 즐겁고 보람 있는 일이었다. 매번 새로운 모델을 시험할 때마다 나는 기술의 발달과 그 구현의 정교함에 놀랐다. 인공 반려자는 종종 진짜 인간보다 훨씬 더 섬세하고 배려가 깊고 참을성이 있었다. (「안녕, 내사랑」, 140쪽.)

나는 그가 의미 있다고 여기는 무시무시하고 잔혹한 명료함을 이해할 수 있었다. 당장의 생명, 혹은 앞으로의 삶이 경각에 달렸다는 절박한 위기감과 거대한 공포. 그런 상황에서 자신을 죽일 수 있지만 살릴 수도 있는 한 사람이 있다면 모든 생존 본능이 그 한 사람을 만족시키는 데 쏠리는 것도 이해할 수 있다. (「재회」, 348쪽.)

「저주토끼」, 「안녕, 내사랑」, 「재회」에서 인용한 인물들은 직업, 나이, 성별이 모두 다르지만 한 사람의 목소리처럼 들린다. 더불어 사람이 아닌 존재들, 「머리」의 '머리', 「저주토끼」, 「차가운 손가락」, 「즐거운 나의집」, 「재회」의 '유령', 「안녕, 내사랑」의 '샘, 세스(기계인간)'조차 새로운 설정임에도 불구하고 이야기 전체를 추동하고 뒷받침하는 캐릭터로 기능하지 못한다. 특히 「재회」의 인용 부분은 「저주토끼」에서 평생 저주 용품을 만들어 온 화자의 말이라고 하여도 이물감이 전혀 느껴지지 않을 정도로 어투, 태도, 내용이 서로 포섭된다.

지금과 같은 삶을 계속 산다면 나도 언젠가 할아버지처럼 죽어도 죽지 못한 채 달 없는 밤 어느 거실의 어둠 속에서 나를 이승에 붙들어두는 닻과 같은 물건 옆에 영원히 앉아 있게 될 것이다.

그러나 내가 저 창가의 안락의자에 앉게 될 때쯤, 내 이야기를 들어줄 자식도, 손주도 처음부터 존재하지 않을 것이다.

그렇게 생각하며 나는 방문을 닫고 완전한 어둠 속에 홀로 선다.

이 뒤틀린 세상에서, 그것만이 내게 유일한 위안이다.

(「저주토끼」, 37쪽.)

그래서 『저주토끼』 각 편은 사건을 재구성하고 인물을 이해하는 등의 복잡한 활동 없이 화자가 하는 말만 들으면 된다. 지배적인 화자 때문에 매우 수동적인 이야기 듣기가 이루어지는 것이다. 문제는 화자가 정리하고 맥락화하는 이야기만 믿어야 한다는 것인데, 여기에는 그 화자가 믿을만한가 하는 문제도 발생하지 않는다. 별다른 소설적 장치가 작동하지 않기 때문이다. 그래서 「저주토끼」의 화자가 전하는 이야기에 따라 할아버지는 학생 시절 그의 모든 생존 본능이 술도가집 아들에게 쏠려 있었다는 것을 받아들여야 하고, 그 친구 집안을 위해 할아버지가 자신과 자기 집안을 걸고 금기시하는 개인적인 저주 용품을 만들었다는 것도 수용해야 한다. 개인적으로 저주 물건을 만들어서도, 개인적 저주에 사용해서도 안 된다는 집안의 불문율을 어기는 것은 자신의 무덤을 만드는 일이라는 것이 오래도록 전해 내려온 집안의 지혜였는데도 말이다.

「저주토끼」의 화자는 할아버지, 아버지, 자신으로 이어온 가업을 두고 "돈과 권력이 정의이고 폭력이 합리이자 상식인 사회에서 상처 입고 짓밟힌 사람들이 막다른 골목에 몰렸을 때(37쪽)" 자신(들)이 마지막 해결책이라고 존재의미를 설명한다. 하지만 이 설명으로도, 부탁을 받지도 않았는데 스스로 저주토끼를 만든 할아버지의 행위와 삶이 이해되는 것은 아니다. 할아버지는 짓밟힌 친구를 위해 은혜를 갚고 값진 희생을 한 사람인가, 자본주의의 폐해를 자본주의 이전 세계의 기제로 되갚아준 동화 속 영웅인가. "삶의 의미는 소설의 중심을 이루고, 이야기는 이 중심을 둘러싸고 펼쳐"[29]질 때 할아버지의 이야기는 가치를 지니게 되고, 이 이야기를 기억하고 반복하는 행위자로서 할아버지도 존재 의미를 갖게 된다. 그러나 이야기를 반복하는 할아버지의 삶과 존재의 의미는 재구성되지 않는다.

돈이 권력이 되는 시대이고 그 권력을 남용하는 것이 사회문제이자 자본주의 사회의 큰 악의 근원이 된 지는 오래다. 그렇다고 그 권력을 가진 자가 예의와 겸손을 보이는 것에 대해 할아버지가 보이는 필요 이상의 상찬, 당연한 듯 인정되는 양조장집 부의 승계, 상속, 증여는 물론이고, 지역 유지로서의 물적 토대 위에서 가능했던 열아홉, 서른 어린 친구의 야심에 무한한 응원을 보낼 수 있는 할아버지의 마음의 정체까지 이해할 수 있는 것은 아니다.

반복되는 이야기가 만드는 가치를 교훈, 조언이라고 할 때[30] 할아버지의 이야기는 어떤 의미가 있을까. 손자인 화자 역시 평생 저주용품을 만들어 온 사람이지만 그의 캐릭터가 현실적 구체성과 물질성 위에서 재구성되는 것이 아니기 때문에 대를 잇는 것으로 설정된 화자와 할아버지의 삶도 유기적인 이야기로 거듭나지 못한다. 화자는 할아버지의 이야기만 듣고 전하는 역할로 그 존재 의미가 제한된다. 화자의 의미를 확장하면, 우리시대에 정의, 합리, 상식을 지혜로 믿고 있었던 사람들이 그것에 상처 입고 짓밟힌 '이야기를 들어주는 것', 할아버지가 계속 말할 수 있도록 자리를 만들어 주는 것, 그리하여 할아버지가 평생 이야기하지 못한, 저주 용품을 만들며 일생을 보냈으나 누구에게도 드러낼 수 없었던 시간을 인정해주는 역할을 하고 있다고 해석할 수 있다. 그것은 화자 자신이 살아온 시간에 보내는 위로로 보이기도 하다.

그렇다면 「저주토끼」는 이제 할아버지가 어디서 어떻게 돌아가셨는

---

29) 발터 벤야민, 『발터 벤야민의 문예이론』, 반성완 편역, 민음사, 1983, 183쪽.
30) 발터 벤야민, 위의 책, 186-187쪽.

지, 시신은 어떻게 되었는지, 무덤은 어디에 있는지를 아는 것이 중요하지 않다. 할아버지가 만든 저주토끼가 누구에게 어떤 저주를 내렸는지, 그 저주 행위가 어떤 조언이나 교훈을 전하는지를 밝히는 것도 마찬가지다. 밤마다 같은 이야야기를 반복하는 할아버지의 말을 처음 듣는 것처럼 들어주는 화자의 태도, 할아버지가 계속 찾아와 이야기할 수 있도록 추임새를 넣으며 서로의 존재감을 확인하도록 하는 화자의 배려, 상처 입고 짓밟힌 사람이었던 할아버지의 이야기를 들어주는 존재로서의 화자가 「저주토끼」에서 필요했던 것이다.

이 때, "이야기를 들어줄 후손이 아무도 없다"는 것이 화자에게 '유일한 위안'이라고 말한 뜻이 이해된다. 상처 입고 짓밟히는 할아버지의 삶이 화자에게로 이어졌지만 화자 이후로는 그 삶이 이어지지 않을 것이기 때문이다. 화자가 할아버지의 말을 들어주는 것으로 서로에게 의지가 되어주며 뒤틀린 세상에서의 삶, 저주 받은 삶이 위로 속에서 끝날 수 있는 것이다. 할아버지의 이야기가 더 이상 이어지지 않을 때, '저주토끼' 이야기를 알고 있는 인물들이 모두 사라질 때 서로는 서로에게 구원자가 될 수 있다. 이야기와 그 이야기를 알고 있는 모든 사람들이 사라지는 것을 통해 삶의 의미(구원)에 도달한다고 말하는 화자는 매우 무책임하다.

(2) 소설과 인공적 서사

소설이 의미를 지니는 것은 인간의 경험을 특별한 형식에 담아냄으로써 현실성을 획득하는 동시에 삶의 의미, 본질에 접근하는 힘을 발휘하기 때문이다. 무엇을, 어떻게 재현하고 있는가 하는 문제는 그래서 중요하다. 소설적 문법 안에서는 물론, 그 문법을 넘어서고자 하는 의식적 지향은 다양한 실험적 양식으로 새로움을 증명하고자 하는데 "이야기가 소설의 원사이자 중요한 육체적 현실"31)이라는 데는 재론의 여지가 없다. "21세기 한국의 젊은 소설이 사실주의 모델로부터 거의 완벽히 이탈"32)하고 있다는 진단도 다양한 서사양식, 새로운 재현 방식, 다시 말해 새로운 이야기가 현실을 어떻게 재소환하는가를 물어야 한다는 뜻이지 이야기를 통해 현실적 삶의 의미, 본질에 접근하는 서사적 힘을 부정하는 단계에 와있음을 뜻하는 것은 아니다.

『저주토끼』를 두고 작가는 환상호러 대중문학이고 즐거움을 위해 존재하므로 즐겁게 읽어달라는 말을 남겼지만, 사실주의 모델로부터 이탈하고 있는 낯선 이야기임에도 매혹적으로 다가오지 않는 것은 환상(「저주토끼」, 「바람과 모래의 지배자」), 현실과 다른 세계의 경계를 넘나드는 상상(「머리」, 「차가운 손가락」, 「몸하다」, 「즐거운 나의집」, 「재회」), 고대와 중세를 넘나드는 특별한 시간경험, 공간 설정(「덫」, 「흉터」, 「바람과 모래의 지배자」) 등이 이미 다양한 대중문화 콘텐츠로 익숙해진 소재들이자 형식들이기 때문이다. 다매체적 요소들은 "소설 영역으로 들어와 소설 영역을 확장시키고 있는"33) 21세기 한국문학의 새로운 징후로 언급되어 왔던 것들이기도 하다. 21세기 작가들은 영화, 연극, 웹툰, 인터넷 등 대중매체의 세례 속에서 성장했다. 그 상상력을 소설 형식 속으로 흡수하였다고 언급되는 천명관도 『고래』로 2023년 부커상 최종 후보에 올랐는데 "설화, 신화, 기담, 민담, 영화, 신파극, 무협지, 만화, 판타지 등 다양한 대중문화의 요소들을 다채로운 이야기의

---

31) 정홍수, 「이야기와 여백, 다시 태어나는 소설」, 『문학과사회』26(3), 문학과지성사, 2013, 239쪽.

32) 최원식, 앞의 책, 247쪽.

33) 고인환, 「젊은 소설의 존재 방식에 대한 몇 가지 생각」, 『오늘의 문예비평』68, 오늘의 문예비평, 2008, 봄, 55쪽.

카니발로 보여준다"34)는 평가를 받은 바 있다. 이 평가는『저주토끼』에
도 그대로 적용할 수 있다. 다양한 매체 형식의 수용이 시대적 흐름이라
면 새로운 이야기의 재미는 역시 서사적 완성도에서 찾을 수밖에 없다.

　『저주토끼』의 이야기들이 새로운 듯하면서도 낯설지만은 않은 이유
도 여기에 있다. "모래사막 위 허공에 황금 톱니바퀴로 이루어진 배가
떠 있었다"로 시작하는「바람과 모래의 지배자」는 영화 <듄(dune)>
의 모래사막 배경, 애니메이션 <하울의 움직이는 성>에서 살아움직
이던 성을 연상하면서 읽게 된다. 익숙한 배경 이미지, 저주에 걸린 아
름다운 왕자, 저주를 풀러 떠나는 신부(공주), 사랑과 배신, 끝없는 인간
의 욕망 등이 언급한 콘텐츠들의 공통분모이다. 그럼에도 <듄(dune)>
과 <하울의 움직이는 성>이 몰입도 높은 이야기와 장면으로 대중적
으로 성공한 것에 비해 서사문학인「바람과 모래의 지배자」는 이야기
가 만들 수 있는 흥미로운 몰입감을 만들지 못한다. 서사적 완성도와
관련된다고 볼 수 있는데, 내포된 불협화음이 있을지라도 이야기가 갖
는 통일성, 새로운 의미를 견인하는 역동성, 서사를 통해 확장되는 세
계관 등에 대한 기대가 충족될 때 이야기는 설득력을 갖는다35). 그런데
「바람과 모래의 지배자」의 공주는 왜 일면식도 없었던 왕자의 저주를
풀기 위해 자기의 삶과 목숨을 담보로 하는지, 하늘을 나는 황금 배의
주인은 또 왜 처음 보는 공주에게 자기와 함께 하기를 권유하고, 시간
의 한계를 넘는 무한한 삶을 약속하는지 설득되지 않는다.

　"오래 전 어디선가 읽은 옛날 이야기"라는 전제로 시작하는「덫」과
「흉터」도 시간과 공간을 특정하지 않는 우화 혹은 (잔혹)동화 같은 형
식을 취하고 있다. 그런데 동화와 신화 형식의 미덕인, 인간 욕망의 심

---

34) 고인환, 위의 글, 55쪽.
35) 폴 리쾨르,『시간과 이야기 1』, 김한식 이경래 옮김, 문학과지성사, 1999, 9쪽.

연을 비춰주는 알레고리로 접근하기에는 새롭게 의미에 접근할 수 있
도록 하는 이야기의 동력이 약하다. "마틴 가드너(Martin Gardner)는 동
화 『신기한 나라의 앨리스』를 두고 대학생이 될 때까지 이 작품에 흥미
를 느낄 수 없었던 것이 일관성 없는 줄거리, 갑작스런 전환, 무슨 뜻인
지도 모를 대화, 별로 유쾌하지 않은 캐릭터들의 해학, 역설 등의 철학
적 의미를 포착하지 못했"36)기 때문이라고 겸손하게 표현하며, 이 동
화는 가볍게 읽을 대상이 아니라 '학제적 연구의 대상'으로 관심과 관
찰의 의지가 필요하다고 역설하기도 했다. 하지만 우화 형식을 취하고
있는 「덫」과 「흉터」가 "우리가 사는 현실의 숨은 그림을 다시 보여주
는 재미를 준다든가 사회상을 재구성하거나 캐내야 하는 비밀스러운
힘을 가진 이야기가 텍스트 속에 숨어 있는"37) 것은 아니어서, 마틴 가
드너가 안내하듯이 관심과 관찰의 의지를 지속하기는 어렵다. 「덫」과
「흉터」 그리고 「바람과 모래의 지배자」를 읽고 나면 '그래서?'라는 의
문만 남는다.

　「즐거운 나의집」과 「차가운 손가락」은 시공간을 우리의 현실로 설
정하고 있지만, 혹은 그런 설정 때문에 이야기의 갑작스러운 전환, 일
관성 없는 줄거리가 서사의 완성도를 떨어뜨리는 요소로 더 부각된다.
「즐거운 나의집」에서 그녀는 결혼 8년째 해에 4층 건물을 산다. 조용
하고 평화로운 삶을 원했던 그녀는 소박하지만 따뜻한 공동체를 찾다
가 땅값이 싼 그 동네에서 건물을 산 것이다. 그런데 건물을 산 뒤부터
문제가 시작된다. 세입자가 들어오지 않아 비어 있는 층, 주차 문제로
고소를 한 이웃, 권리금을 내놓으라는 세입자, 지하실에서만 노는 아
이, 바람난 남편, 동업 갈등 등 개연성 없는 사건의 연속으로 재구성된

---

36) 김용석, 『서사 철학』, 휴머니스트, 2009, 370쪽.
37) 김용석, 위의 책, 374-377쪽.

다. 근래 문학작품을 두고 "새로운 미디어 현실에 부합하게 유연해질 필요가 있다"[38]고 요구하는 것은 작품(작가)만이 아니라 독자에게도 요청되는 태도일 수 있다. 잘 짜여진 치밀한 서사를 기대하지 않는다 하더라도 「즐거운 나의집」의 재미는 어디에서 찾아야 하는가 하는 의문은 독서과정을 통해 증폭된다.

　평화로워 보이는 이웃사람이 삶의 갈등을 유발하는 자들이 되고, 우리시대 수입원이 될 수 있는 집의 의미를 묻기도 하며, 문제의 연속인 인생에서 자본주의에 매몰되지 않는 대안적 삶이라는 것이 가능한가를 묻는 듯하다가 궁극적으로 이 모든 에피소드들은 '그녀'가 일상에서 경험하는 불안을 보여주는 소재였을 뿐이라는 것이 드러난다. 그 비유기적인 갈등 요소들이 해소되고 제거되는 과정에는 맥락 없는 죽음만 있고, 그것을 가능케한 힘은 비현실적 초능력이다. 텍스트에서 그녀에게 갈등을 제공했던 사람은 모두 석연치 않게 죽는다. 그 죽음은 사건, 사고로 위장되지만 교통사고, 토막살인, 시신의 일부가 사골 냄비 속에서 끓는 상태로 발견되는 등 보복, 저주처럼 보인다. 텍스트는 그 죽음이 건물주인 그녀와 지하에서 함께 놀던 유령 아이의 초능력에 의한 것이라는 것을 암시한다.

　　처음 만났을 때 아이는 지하실의 희끄무레한 그림자에 불과했다.
　　지금 아이는 분명한 형체를 가지고 체온과 살갗의 촉감이 확연히
　느껴지게 되었다.
　　그녀는 그 사실이 자랑스러웠다.
　　"엄마하고 둘이 살자,"
　　그녀가 하얀 그림자 아이를 품에 꼭 껴안으며 말했다.

---

38) 천정환, 정종현, 앞의 책, 321쪽.

　　“엄마하고 둘이서 행복하게 살자.”
　　어두운 콘크리트 건물의 검은 지하실에서 오랫동안 엄마를 기다
렸던 조그만 아이의 혼적이 드디어 찾아낸 그녀를 바라보며 활짝 웃
었다. (「즐거운 나의 집」, 290쪽.)

　　그녀가 건물을 사기 전부터 그 집에 살고 있었던 것으로 보이는 유령
아이는 왜 사람들을 죽이는가. 엄마를 만들기 위해, 그녀를 엄마로 곁
에 두기 위해서는 주변 사람들을 다 없애야 하는 건가. 그것에 동조하
여 유령 아이와 함께 집 안에서만 살고자 하는 그녀는 왜 그런 선택을
하는가. 자본주의에 매몰된 일상이 평화롭지 않고 삶은 불안의 연속이
지만, 현실에 있지 않은 존재에 기대어 혼자 살아가는 삶을 선택한다는
것은 어떤 의미가 있을까. 유령 아이의 마음에 들지 않게 되면 그녀는
어떻게 될까. “엄마하고 둘이서 행복하게 살자.”는 마지막 다짐이 섬뜩
하게 들리는 것은, 그녀가 경험하는 일상의 갈등들이 자해, 토막살인,
시신의 일부를 냄비 속에서 끓이는 것, 교통사고로 중태에 빠지게 하는
것으로 해결되었으며, 그 해결책을 발판으로 그녀의 ‘행복한 삶’을 바
라고 있기 때문이다. 그것은 죽은 자들의 삶과 무엇이 다른가.
　　이야기를 통해 지혜를 전달하던 시대가 종말에 이른 것은 오래 전이
다. 그 이야기는 실제적 삶의 재료로 짜이고 전달되면서 조언이자 지혜
가 되었다. 이야기 예술의 종말을 얘기하는 것은 진리의 서사적인 면,
즉 지혜가 사멸되고 있기 때문이라는[39] 벤야민의 설명을 빌리자면, 타
인으로부터 고립된, 이야기를 하고 들어줄 사람이 없는 고독한 개인의
장르였던 소설은 경험의 직접성 대신 사건들에 질서와 정당성을 부여
하여 삶의 의미를 해명하고 재구성할 수 있도록 하는 형식으로 그 존재

---

39) 발터 벤야민, 앞의 책, 169쪽.

의미를 확인해 왔다. 그랬을 때「즐거운 나의집」은 고립된 개인이 계속 고립된 상태를 선택하는 내용을 비유기적 이야기 형식으로 전달하고 있다는 점에서, 이야기도 아니고 소설도 아닌 지점에 위치한다. 이것은 『저주토끼』각 편들의 공통분모이기도 하다. 여전히 고독한 개인은 서사가 불가능한 시대를 유령 아이를 끌어안고, 둘이 행복하게 살자고 다짐하는 것으로 무엇에 도달할 수 있을까. 예술은 설명이 필요 없는 영역이지만『저주토끼』의 새로운 미적 기준은 설명이 필요해 보인다.

4) 문학성이라는 가치

　문학작품을 문화현상으로 다루는 것이 필요하다고 보는 연구자들이 많이 등장하는 가운데, "문학작품을 문학성을 지닌 해석학적 대상"으로 다루는 것이 '고고하고 심오한 태도'와 결부되어 있을 거라는 암묵적 시선 또한 문학의 위상 변화를 느끼게 하는 지점이다. 소설을 읽으면서 느끼는 만족감이 문학성에서 유래한다고 할 때 그것이 "수상쩍은 가치"[40]라고 말할 수밖에 없을 정도로 불투명한 것이라 할지라도 바로 그 불투명한 충족감 덕분에 독자가 존재하는 것이다. 문화현상으로서의 볼거리들이 넘쳐나는 이 시대에 왜 품을 들여 소설을 읽는가를 생각해 보면 답은 보다 분명해진다.

　서사예술로서의 소설을 읽으면서 충족되는 것은 흥미로운 이야기에 몰입하는 재미와 비밀스러운 삶의 의미를 나 혼자 혹은 나도 엿보고 있다는 데서 오는 안도감이다. 그 흥미를 견인하는 감각이 "제도화되거나

---

40) 신형철 외4,「특집좌담 한국문단의 구조를 다시 생각한다」,『문학동네』, 문학동네, 2015, 가을, 106쪽.

일상화된 교육 체계에 의해 내면화된"41) 것이라 하더라도, 주체가 구성되는 것이라는 데 동의한다면 교육에 의해 훈련된 감각, 감정으로 문학성을 따지는 것은 고급한 취향이나 고고하고 심오한 태도라기 보다 익숙하고 친숙한 영역 안에서 삶의 의미를 찾고자 하는 보통 인간의 적극적인 활동이라는 것에도 동의할 수 있을 것이다.

문학상이 제도 문학의 틀을 공고히 하고 반복 재생산하는 통로로서의 권위를 지녔던 만큼 권력으로서의 역할에 대한 비판적 담론들이 있어 왔다. 그 비판은, 상을 통해 최고의 소설이라는 이름으로 모델을 재생산하는 것이 아니라 부커상의 예처럼 최고의 소설을 만들어가는 공론의 장을 마련하는 역할로 스스로의 의미를 다시 쓰는 방향도 만들어 냈다. 이 글은 그 장에 참여하는 한 입장에서 부커상 최종 후보작이었던 『저주토끼』를 대상으로 소설의 문학성에 문제제기를 해보았다. 소설이 다양한 형식과 양식을 흡수하는 장르라 할지라도 소설로서의 가치는 서사문학이라는 점에서 찾아진다. 우선 이야기가 재미있고 흥미로워야 한다는 뜻이다. 그리하여 『저주토끼』 각 편의 이야기들이 흥미롭지 않음에 문제제기를 하였다.

할아버지가 전해 주는 이야기, 전해 들은 옛날 이야기, 오래 전 어디선가 읽은 이야기의 형태를 취한 「저주토끼」, 「덫」, 「흉터」, 「바람과 모래의 지배자」, 「재회」는 시간과 공간을 막연한 옛날, 오래 전으로 설정함으로써 동화나 우화 같은 느낌을 주지만 인간 욕망의 심연을 재조명하거나 우리 현실의 숨은 의미를 찾을 수 있도록 돕는다든가 사회상을 재구성하는 힘을 발휘하는 것이 아니어서 서사적 매력과 힘을 발견하기는 어려웠다.

---

41) 천정환, 앞의 책, 472쪽.

서사가 흥미롭지 않은 또 하나의 이유는 이야기가 입체적으로 재구성되는 것이 아니기 때문이다. 이야기를 전달하는 화자의 목소리는 등장인물들을 압도하면서 이야기의 전체 흐름과 분위기를 지배하고 있다. 화자가 아니라 텍스트 밖 실제 소설가의 목소리로 들릴 만큼 소설적 장치들이 빈약하다. 그리하여 「저주토끼」, 「안녕, 내사랑」, 「재회」의 등장인물들은 직업, 나이, 성별이 모두 다름에도 불구하고 한 사람의 목소리처럼 들리고, 「머리」와 「몸하다」는 이야기와 등장인물들이 혼동될 만큼 동일한 목소리가 두 이야기의 중심에 있다.

한국 문학이 국제 문학상을 통해 널리 알려지면서 세계문학 속의 한국문학을 논의하는 자리가 많아졌다. 이것은 문학적 수준, 취향, 문학적 성과, 한국문학의 위상 측면에서만이 아니라 출판자본, 문화상품, 번역출판지원 사업 등의 관점에서도 주목받고 있다. 문학상의 위력은, 국내에서 별로 알려지지 않았던 『저주토끼』가 부커상 최종 후보작이라는 타이틀로 알려지면서 노벨상 수상자이자 부커상 수상자인 한강과 같은 지면, 동일한 매체에 나란히 이름을 올리는 데서도 확인된다. 그럼에도 불구하고 본 논문은 『저주토끼』가 최고의 소설을 만들어가는 과정에 있는 이야기인지를 공론장으로 불러내어 묻고자 했다. 『저주토끼』의 이야기들이 새로운 이야기, 재미있는 이야기가 될 수 있는지, 우리시대에는 어떤 이야기가 재미있는 이야기인지를 소설의 가치 측면에서 따져본 것이다.

참고문헌

참고문헌

1. 1930년대 여류문사와 여성작가

■ 1차 자료

『가정의우』, 『동광』, 『문예월간』, 『문화』, 『비판』, 『삼천리』, 『신가정』, 『신동아』, 『여성』,
『조광』, 『동아일보』, 『중앙일보』, 『조선일보』

서정자(편), 『박화성 문학접집』18, 푸른사상, 2004.

신두원(편), 『임화 문학예술전집3: 문학의 논리』, 소명, 2009.

이광수, 『이광수 전집 10』, 삼중당, 1971.

이상경(편), 『강경애 전집』, 소명, 1999.

정호웅, 손정수(편), 『김남천 전집 I』, 박이정, 2000.

■ 2차 자료

권명아, 「황민화와 여성 정체성 집단 간의 위계적 차이화의 과정」, 『역사적 파시즘』, 책
　　　세상, 2005.

김복순, 「강경애의 '프로-여성적 플롯'의 특징」, 『한국현대문학연구』25집, 2008. 8.

김양선, 「여성작가를 둘러싼 공적 담론의 두 양식」, 『한국 근대문학의 형성과 문학장의
　　　재발견』, 소명, 2004.

＿＿＿, 「근대 여성문학의 형성원리 연구」, 『어문연구』35권 4호(136호), 2007. 겨울.

김연숙, 「사적 공간의 미시권력, 소문」, 『한국의 식민지 근대와 여성공간』, 여이연, 2004.

＿＿＿, 「저널리즘과 여성작가의 탄생: 1920-1930년대 여기자 집단 중심」, 『여성문학연
　　　구』14호, 2005.12.

김연숙, 「사회주의 사상의 수용과 여성작가의 정체성」, 『탈식민의 역학』, 소명, 2006.
라영균, 「문학장과 문학성」, 『외국문학연구』17호, 2004.8.
민족문학사연구소, 『한국 근대문학의 형성과 문학장의 재발견』, 소명, 2004.
___________, 『탈식민의 역학』, 소명, 2006.
박정애, 「창조된 '여류'와 그들의 이원적 착란」, 『현대문학의 연구』20집, 새미, 2003.2.
심진경, 「문단의 '여류'와 '여류문단'」, 『상허학보』13집, 상허학회, 2004.
안숙원, 「백신애의 반미학과 페미니즘」, 『여성문학연구』4호, 2000.
유진월, 「『신여자』에 나타난 근대 여성들의 글쓰기 양상 및 특성 연구」, 『여성문학연구』
　　14호, 2005. 12.
이봉범, 「1920년대 부르주아문학의 제도적 정착과 『조선문단』」, 『탈식민의 역학』, 소
　　명, 2006.
이상경, 「여성 활동가와 모던 걸 사이에서」, 『문학사상』, 2002.1
_____, 「임순득, 혹은 여성문학사의 재구성」, 『한국 근대여성문학사론』, 소명, 2002.
_____, 「식민지에서의 민족과 여성의 문제-최정희와 임순득」, 『실천문학』, 2003.봄.
_____, 「1930년대의 신여성과 여성작가의 계보연구」, 『여성문학연구』12호, 2004.12.

Bourdieu, Pierre, 『예술의 규칙』, 하태환 옮김, 동문선, 1999.
Honneth, Axel, 『인정투쟁』, 문성훈 외 옮김, 동녘, 1996.

2. '신여성이라는 현실'이 재현되는 다른 방식

■ 1차 자료
이상경(편), 《강경애 전집 제2부》, 소명, 1999.
서정자(편), 《박화성 문학전집16》, 푸른사상사, 2004.
오태호(편), 《이선희 소설 선집》, 현대문학, 2009.

■ 2차 자료
강정구, 「창비 세대와 그 이후의 '현실', 그리고 리얼리즘」, 『계간 시작』8권 3호, 2009. 8.
공제욱, 정근식(편), 『식민지의 일상: 지배와 균열』, 문화과학사, 2006.
권희영, 「한국의 근대성과 신여성의 병리」, 『정신문화연구』25권 4호, 2002. 겨울.

김경수, 「강경애 장편소설 재론」, 『여성문학연구』16호, 2006.

김경일, 「서울의 소비문화와 신여성」, 『서울학연구』19, 서울시립대 서울학연구소, 2002.9.

_____, 『여성의 근대, 근대의 여성』, 푸른역사, 2004.

_____, 「1920-1930년대 한국의 신여성과 사회주의」, 『한국문화』36, 서울대 규장각 한국학연구원, 2005.12.

김수진, 『신여성, 근대의 과잉』, 소명, 2009.

김연숙, 「사회주의 사상의 수용과 여성작가의 정체성」, 『어문연구』33권, 4호, 2005. 겨울.

김영민, 『한국 근대문학 비평사』, 소명, 1999.

목수현, 「욕망으로서의 근대」, 『아시아문화』26호, 한림대 아시아문화연구소, 2010.8.

문학과사상연구회, 『이광수 문학의 재인식』, 소명, 2009.

서지영, 「산책, 응시, 젠더: 1920-30년대 '여성 산책자'의 존재방식」, 『한국근대문학연구』21. 2010.4.

심진경, 「문단의 '여류'와 '여류문단'」, 『상허학보』13집, 상허학회, 2004.

연세대학교 국학연구원(편), 『일제의 식민지지배와 일상생활』, 혜안, 2004.

오태호, 「이선희 소설에 나타난 젠더의식 연구」, 『한국문학이론과 비평』48집, 2010.9.

이경란, 「1930년대 농민소설을 통해 본 '식민지 근대화'와 농민생활」, 『일제의 식민지배와 일상생활』, 혜안, 2004.

이경훈, 「현실의 전유, 텍스트의 공유」, 『상허학보』19, 상허학회, 2007.2.

이봉범, 「1920년대 부르주아문학의 제도적 정착과 『조선문단』」, 『탈식민의 역학』, 소명, 2006.

이선옥, 「이선희-집과 거리의 긴장의 미학」, 『역사비평』39, 역사비평사, 1997.5.

이성은, 「식민지 근대 카페 여급의 정치경제학적 위치성과 정체성에 관한 연구」, 『한국여성학』23권2호, 한국여성학회, 2007.6.

지수걸, 「식민지 농촌현실에 대한 상반된 문학적 형상화」, 『역사비평』22, 역사비평사, 1993.

최창근, 「1920-30년대 목포 노동자들의 현실과 문학적 재현」, 『국어국문학』154호. 2010.4.

태해숙 외, 『한국의 식민지 근대와 여성공간』, 여이연, 2004.

하신애, 「식민지 여성 소비자와 1930년대 후반의 근대 인식」, 『한국현대문학연구』37. 2012.

하정일, 「자율적 개인과 부르주아 결사로서의 민족」, 『이광수 문학의 재인식』, 소명, 2009.

White, Hayden, 「리얼리티 제시에서의 서술성의 가치」, 『현대 서술 이론의 흐름』, 전은경 옮김, 솔, 1997.

3. 방법으로서의 퀴어

■ 1차 자료

박상영, 「알려지지 않은 예술가의 눈물과 자이툰 파스타」, 『2018 젊은 작가상 수상작품집』,
　　문학동네, 2018.
박상영, 『대도시의 사랑법』, 창비, 2019.

■ 2차 자료

강유진, 「남성 퀴어의 성 정체성과 소설적 재현」, 『문화와융합』42(9), 한국문화융합학회,
　　2020.
김건형, 「알려지지 않은 농담의 역학과 예술가의 이름」, 『문학과사회』31(4), 문학과지성사,
　　2018.
＿＿＿＿, 「한국 퀴어 소설에 나타난 자기 반영적 서술 전략」, 『횡단인문학』6호, 숙명여자
　　대학교 인문학연구소, 2020.
김미현, 「연애부터 연애까지」, 『문학과사회』14(1), 문학과지성사, 2001.
김형중, 「성(性)을 사유하는 윤리적 방식」, 『창작과비평』34(2), 창비, 2006.
노태훈, 「깨어 있는 꿈 - 예술가의 정체성, 퀴어라는 장르」, 『2018 제9회 젊은작가상 수상
　　작품집』, 문학동네, 2018.
백종륜, 「한국, 퀴어 문학, 역사: ‘한국 퀴어 문학사’를 상상하기」, 『여/성이론』41, 도서출판
　　여이연, 2019.
보　배, 「우주의 등에는 기억이 있다」, 『문학과사회』32(4), 문학과지성사, 2019.
서동진, 「인권, 시민권 그리고 섹슈얼리티」, 『경제와 사회』, 비판사회학회, 2005.
심영의, 「관계와 사랑의 본질 그리고 퀴어 소설(들)」, 『민주주의와 인권』21(1), 전남대학
　　교 5.18연구소, 2021.
오혜진, 「지금 한국 퀴어문학장에서 ‘퀴어한 것’은 무엇인가(1)」, 『문학과사회』31(4), 문
　　학과지성사, 2018.
＿＿＿＿, 「구겨버린 입장권」, 『문화과학』100, 문화과학사, 2019.
유민석, 「퀴어에 대한 언어, 퀴어의 언어」, 『여/성이론』32, 도서출판여이연, 2015.
인아영, 「퀴어-되기를 위한 주제와 변주」, 『문학과사회』31(3), 문학과지성사, 2018.
이　경, 「밀레니‘올’들이 사는 법」, 『오늘의 문예비평』, 오늘의 문예비평, 2020.
임동현, 「동성애적 정체성 형성의 퀴어이론적 분석: 노년 게이 남성의 구술생애사를 중

심으로」, 『미디어, 젠더&문화』34(3), 한국여성커뮤니케이션학회, 2019.

정미경, 「매개체로서의 동성애」, 『뷔히너와 현대문학』43, 한국뷔히너학회, 2014.

정은경, 「현대 소설에 나타난 '동성애' 고찰」, 『현대소설연구』39, 한국현대소설학회, 2008.

차미령, 「너머의 퀴어」, 『창작과비평』45(2), 창비, 2017.

최윤정, 「소설이라는 스탠드 업 코미디」, 『실천문학』, 실천문학사, 2019.

하신애, 「나의 가장 사적인 모빌리티(Mobility)」, 『현대소설연구』84, 한국현대소설학회, 2021.

한 계, 「퀴어가 특수하지 않은 시대가 오기를 바라며」, 『자음과모음』45, 자음과모음, 2020.

허 윤, 「퀴어들의 밤」, 『오늘의 문예비평』, 오늘의 문예비평, 2021.

Badiou, Alain, 『사랑예찬』, 조재룡 옮김, 길, 2010.

__________, 『존재와 사건』, 조형준 옮김, 새물결, 2013.

Butler, Judith, 『젠더 트러블』, 조현준 옮김, 문학동네, 2008.

Giddens, Anthony, 『현대사회의 성·사랑·에로티시즘』, 배은경, 황정미 옮김, 새물결, 1996.

Jagose, Annamarie, 『퀴어이론 입문』, 박이은실 옮김, 여이연, 2012.

Ricœur, Paul, 『시간과 이야기 2』, 김한식, 이경래 옮김, 문학과지성사, 2000.

Wilson, Colin, 「퀴어 이론과 그 정치」, 『마르크스21』24, 이정구 옮김, 책갈피, 2018.

4. 명랑 ― 현실 재현의 태도로서 '명랑(성)'의 의미

■ 1차 자료

김애란, 『달려라, 아비』, 창비, 2005.

황정은, 『일곱시 삼십이분 코끼리열차』, 문학동네, 2008.

■ 2차 자료

권명아, 『가족 이야기는 어떻게 만들어지는가』, 책세상, 2000.

권유리야, 「김애란 소설에 나타난 친밀감의 착시와 연극적 가족진리」, 『동북아 문화연구』48, 동북아시아문화학회, 2016.

김경미, 「D. H. 로렌스의 '어른 같은 아이'와 '아이 같은 어른': 『연애하는 여인들』의 위니프레드와 뢰르케」, 『영어영문학 연구』59(1), 2017.

김미정, 「'김애란식 긍정성'의 이면」, 『자음과모음』13, 자음과모음, 2011.

김수림, 「제국과 유럽: 삶의 장소, 초극의 장소」, 『상허학보』23, 상허학회, 2008.

김예림, 「전시기 오락정책과 '문화'로서의 우생학」, 『역사비평』, 역사비평사, 2005.

김지영, 「일제강점기 유모어소설의 현실인식과 시대적 의미」, 『우리문학연구』44, 우리문학회, 2014.

______, 「'명랑성'의 시대적 변이와 문화정치학」, 『어문논집』78, 민족어문학회, 2016.

김　철, 「우울한 형/명랑한 동생- 중일 전쟁기 '신세대 논쟁'의 재독(再讀)」, 『상허학보』25, 상허학회, 2009.

김한식, 「이야기의 논리와 재현의 패러다임」, 『프랑스어문교육』34, 한국프랑스어문교육학회, 2010.

김홍준, 「서바이벌, 생존주의, 그리고 청년 세대: 마음의 사회학의 관점에서」, 『한국사회학』49(1), 한국사회학회, 2015.

박숙자, 「'통쾌'에서 '명랑'까지: 식민지 문화와 감성의 정치학」, 『한민족문화연구』30, 한민족문화학회, 2009.

박진숙, 「박태원의 통속소설과 시대의 '명랑성'」, 『한국현대문학회 학술발표회자료집』, 한국현대문학회, 2009.

박진영, 「명랑한 상상, 즐거운 생성」, 『한국어문학』, 한국어문학국제학술포럼, 2005.

박형신, 정수남, 『감정은 사회를 어떻게 움직이는가: 공포 감정의 거시사회학』, 한길사, 2015.

서영채, 『미메시스의 힘』, 문학동네, 2012.

서은경, 「'가족모티프'의 측면에서 바라본 김애란 소설의 변모 과정」, 『돈암어문학』33, 돈암어문학회, 2018.

소래섭, 『불온한 경성은 명랑하라』, 웅진지식하우스, 2011.

소영현, 「한국사회와 청년들: '자기파괴적' 체제비판 또는 배제된 자들과의 조우」, 『한국근대문학연구』26, 한국근대문학회, 2012.

______, 「연대 없는 공동체와 '개인적인 것'의 행방」, 『상허학보』33, 상허학회, 2011.

신형기, 「총력전과 멜로드라마」, 『민족이야기를 넘어서』, 삼인, 2003.

유기환, 「미메시스에 대한 네 가지 시각」, 『세계문학비교연구』33, 세계문학비교학회, 2010.

장성규, 「2000년대 이후 한국문학에 나타난 가족로망스의 변화 양상 연구」, 『인간연구』36, 가톨릭대학교 인간학연구소, 2018.

정민구, 「김수영의 시에 나타난 가족 사유의 한 양상」, 『어문논총』35, 전남대 한국어문학연구소, 2019.

차승기, 「추상과 과잉」, 『상허학보』21, 상허학회, 2007.

______, 「전시체제기 기술적 이성 비판」, 『상허학보』23, 상허학회, 2008.

한병철, 『피로사회』, 김태환 옮김, 문학과지성사, 2012.

Freud, Sigmund, 『프로이트 8: 농담과 무의식의 관계』, 임인주 옮김, 열린책들, 1997.

Kemode, Frank, 『종말 의식과 인간적 시간』, 조초희 옮김, 문학과지성사, 1993.

Marcuse, Herbert, 『일차원적 인간』, 박병진 옮김, 한마음사, 2009.

Reinhard, Kenneth 외, 『이웃』, 정혁현 옮김, 도서출판b, 2010.

Ricœur, Poul, 『시간과 이야기 1』, 김한식, 이경래 옮김, 문학과지성사, 1999.

5. 불안 ― 불안의 미메시스

■ 1차 자료

황정은, 「낙하하다」, 『파씨의 입문』, 창비, 2012.

______, 「누가」, 『아무도 아닌』, 문학동네, 2016.

■ 2차 자료

강지희, 「도시의 악몽을 빠져나오는 방법」, 『문학과사회』23(3), 문학과지성사, 2010.

김동규, 『철학의 모비딕』, 문학동네, 2013.

김미현, 「21세기 한국소설에 나타난 감정 윤리의 동학- 긍정의 정치학을 중심으로」, 『우리말글』82, 우리말글학회, 2019.

권순홍, 「불안의 실존론적 구성과 비본래성의 가능성」, 『철학논총』78집, 새한철학회 논문집, 2014.

______, 「현존재의 실존과 불안의 두 얼굴-근원적 불안」, 『현대유럽철학연구』51집, 한국하이데거학회, 2018.

김길웅, 「존재와 불안」, 『독일어문화권연구』27, 서울대 독일어문화권연구소, 2018.

______, 「문학적 인간학의 관점에서 본 '감정'」, 『괴테연구』29, 한국괴테학회, 2016.

______, 「불안과 근대: 낭만주의 시대의 유토피아로서 미적인 것」, 『독어독문학』58(2), 한국독어독문학회, 2017.

김길웅, 「불안, 시간 그리고 존재」, 『독일언어문학』86집, 한국독일언어문학회, 2019.

김지영, 「계몽의 불안과 공포의 영토화」, 『어문논집』87, 민족어문학회, 2019.

김홍중, 「서바이벌, 생존주의, 그리고 청년 세대: 마음의 사회학의 관점에서」, 『한국사회학』49집 1호, 한국사회학회, 2015.

김효순, 「이상 문학의 불안과 마키노 신이치 문학의 방법」, 『일본근대학연구』36, 한국일본근대학회, 2012.

박찬국, 『하이데거의 『존재와 시간』 강독』, 그린비, 2014.

______, 『삶은 왜 짐이 되었는가』, 21세기북스, 2017.

백지연, 「삶의 전환을 꿈꾸는 돌봄의 상상력」, 『창작과비평』49(2), 창비, 2021.

박일태, 「불안의 형이상학적 의미」, 『철학연구』130집, 철학연구회, 2020.

서영채, 『미메시스의 힘』, 문학동네, 2012.

______, 「계몽의 불안: 루쉰과 이광수의 경우」, 『한국현대문학연구』51, 한국현대문학회, 2017.

신수정, 「2000년대 소설에 나타나는 유령 화자의 의미」, 『한국문예창작』18(2), 한국문예창작학회, 2015.

신승희, 「현대사회의 불안을 보는 한 문학적 시선」, 『한국문예비평연구』49, 한국현대문예비평학회, 2016.

윤국희, 「황정은 소설에 나타난 '윤리적 폭력' 비판」, 『한국근대문학연구』20(2), 한국근대문학회, 2019.

이미나, 「황정은 소설에 나타난 '공감'의 사유와 '공존'하는 연대의 가능성」, 『인문과학연구』42, 대구가톨릭대학교 인문과학연구소, 2021.

이소영, 「호모 파티엔스(Homo Patiens)의 서사와 인권」, 『현대문학이론연구』85, 현대문학이론학회, 2021.

이양숙, 「도시공간의 게토화와 불안의 정동」, 『국어국문학』195, 국어국문학회, 2021.

이행선, 「장강명의 소설 『한국이 싫어서』(2015)에 나타난 한국사회 내 불안의 속성과 이민의 의미」, 『인문사회과학 연구』31권 1호, 세명대학교 인문사회과학 연구소, 2023.

전기화, 「황정은 다시」, 『창작과비평』46(3), 창비, 2018.

조홍준, 「시간은 어떻게 공간이 되는가?」, 『동서철학연구』105, 한국동서철학회논문집, 2022.

황영경, 「김숨 소설 속의 주거 공간, 불안의 극대화 설정구조 양상」, 『인문사회21』10권 5호, 아시아문화학술원, 2019.

Alain de Botton, 『불안』, 정영목 옮김, 이레, 2005.

Bauman, Zygmunt, 『액체 현대』, 이일수 옮김, 필로소픽, 2022.

Beck, Ulrich, 『위험사회』, 홍성태 옮김, 새물결, 2006.

Reinhard, Kenneth, 『이웃』, 정혁현 옮김, 도서출판b, 2010.

Verhaeghe, Paul, 『우리는 어떻게 괴물이 되어가는가』, 장혜경 옮김, 반비, 2015.

6. 환상 — 환상소설의 두 경향

■ 1차 자료

손홍규, 「투명인간」, 『2010 이상문학상 작품집』, 문학사상, 2010.

황정은, 「모자」, 『일곱시 삼십이분 코끼리열차』, 문학동네, 2008.

■ 2차 자료

강계숙 외, 「좌담: 한국 소설의 현재와 미래」, 『문학과사회』22(1), 문학과지성사, 2009.

권명아, 『가족이야기는 어떻게 만들어지는가』, 책세상, 2000.

권유리야, 「김애란 소설에 나타난 친밀감의 착시와 연극적 가족진리」, 『동북아 문화연구』48, 동북아시아문화학회, 2016.

김근식, 「아버지의 부재를 통한 변신의 미학」, 『노어노문학』26(4), 한국노어노문학회, 2014.

김동윤, 「아리스토텔레스의 미메시스 개념과 허구적 이야기의 역동적 해석학」, 『작가세계』7(2), 작가세계, 1995.

김성희, 「메타연극 이론」, 『공연과이론』27, 공연과이론을위한모임, 2007.

백지연, 「사라진 아비와 글쓰기의 기원」, 『창작과비평』33(2), 창비, 2005.

백지은, 「2000년대 소설에서 '환상'을 사유하기」, 『Journal of Korean Culture』, 한국어문학국제학술포럼, 2015.

서영채, 「유토피아 없이 사는 법」, 『문학동네』9(1), 2002. 봄.

서은경, 「'가족모티프' 측면에서 바라본 김애란 소설의 변모 과정」, 『돈암어문학』33, 돈암어문학회, 2018.

송연주, 「여성소설에 나타난 변신 모티프와 환상성 연구」, 『한국문학이론과 비평』41, 한국문학이론과 비평학회, 2008.

심진경, 「환상의 기원, 환상문학의 논리」, 『실천문학』, 실천문학사, 2000. 11.

______, 「극장적 세계와 탈정념 주체의 탄생」, 『창작과비평』42(4), 창비, 2014.

______, 「황정은 소설의 환상과 리얼」, 『한민족문화연구』49, 한민족문화학회, 2015.

오양진, 「소외, 혹은 환상문학의 가능성」, 『상허학보』34, 상허학회, 2012.

유기환, 「미메시스에 대한 네 가지 시각」, 『세계문학비교연구』33, 세계문학비교학회, 2010.

이재복, 「몸의 담론으로 「변신」을 읽는다」, 『문학과경계』3(3), 문학과경계·마음과경계, 2003.9.

전용갑, 「하이메 알라스라키의 신환상성 이론과 한국문학」, 『비교문학』64, 비교문학회, 2004.10.

______, 「E.T.A 호프만, 비오이 까사레스, 프란츠 카프카- 환상성의 세 경향」, 『세계문학비교연구』16, 세계문학비교학회, 2006.

______, 「신환상문학의 서사구조와 세계관」, 『중남미연구』26(2), 한국외국어대학교 중남미연구소, 2008.

______, 「환상성 개념의 사회적, 역사적 조건 연구」, 『세계문학비교연구』24, 세계문학비교학회, 2008, 가을호.

______, 「신환상성, 마술적 사실주의, 아메리카의 경이로운 현실: 장르비교를 위한 이론적 고찰」, 『중남미연구』33(1), 한국외국어대학교 중남미연구소, 2014.

______, 「서구 환상문학의 이론적 관점에서 본 한국의 환상문학」, 『세계문학비교연구』48, 세계문학비교학회, 2014.

장성규, 「2000년대 이후 한국문학에 나타난 가족로망스의 변화 양상 연구」, 『인간연구』36, 가톨릭대학교 인간학연구소, 2018.

정주아, 「육체성의 형식과 리얼리티」, 『창작과비평』44(4), 창비, 2016.12.

최성만, 「탈마법화시키는 마법- 벤야민의 미메시스적 읽기」, 『문화과학』25, 2001.

홍진호, 「환상과 현실- 환상문학에 나타나는 현실과 초자연적 사건의 충돌」, 『카프카연구』21, 한국카프카학회, 2009.

Agamben, Giorgio, 『장치란 무엇인가』, 양창렬 옮김, 난장, 2010.

Bauman, Zygmunt, 『모두스 비벤디: 유동하는 세계의 지옥과 유토피아』, 한상석 옮김, 후마니타스, 2010.

Honneth, Axel, 『인정투쟁』, 문성훈, 이현재 옮김, 사월의책, 2011.

Ricoeur, Paul, 『시간과 이야기 1』, 김한식, 이경래 옮김, 문학과지성사, 1999.
Stjepan Gabriel Meštrović, 『탈감정사회』, 박형신 옮김, 한울, 2014.
Todorov, Tzvetan, 『환상문학 서설』, 최애영 옮김, 일월서각, 2013.

7. 아버지 형상의 시대적 의미

■ 1차 자료
조세희, 「난장이가 쏘아올린 작은 공」, 『20세기 한국소설』, 창비, 2005.
김연수, 「달로 간 코미디언」, 『2007황순원 문학상 수상작품집』, 중앙일보, 중앙북스, 2007.

■ 2차 자료
김경민, 「법률적 인간의 출현과 문학적 형상화」, 『한국문학이론과 비평』20(4), 한국문학
        이론과 비평학회, 2016.
김예림, 「빈민의 생계윤리 혹은 탁월성에 관하여」, 『한국학연구』36, 인하대학교 한국학
        연구소, 2015.
_____, 「어떤 영혼들: 산업노동자의 심리 혹은 그 너머」, 『상허학보』40, 2014.
김치수, 「아버지 부재 속에서 살기」, 『문학과사회』8(3), 1995.
박준상, 『바깥에서- 모리스 블랑쇼와 '그 누구'인가의 목소리』, 그린비, 2014.
박진영, 「난장이가 쏘아올린 작은 공의 비극성과 공포의 수사학」, 『민족문화연구』46, 2007.
백지연, 「사라진 아비와 글쓰기의 기원」, 『창작과비평』33(2), 창비, 2005.
서영채, 「유토피아 없이 사는 법」, 『문학동네』9(1), 2002. 봄.
손정수, 「살아남은 자의 운명, 이야기하는 자의 운명」, 『작가세계』19(2), 2007. 여름.
송재룡, 「한국 사회의 '삶의 정치학'과 아버지」, 『현상과인식』28(4), 한국인문사회과학회,
        2004.
이진경, 『자본을 넘어선 자본』, 그린비, 2004.
이현석, 「선의 의무와 악의 권리」, 『한국현대문학연구』44, 한국현대문학회, 2014.
이현식, 「시민문학으로서의 난장이가 쏘아올린 작은 공」, 『문예미학』5, 문예미학회, 1999.
전영의, 「허수아비 춤의 자본주의 권력과 공간의 의미망」, 『현대소설 연구』54, 한국
        현대소설학회, 2013.
정연희, 「기억의 개인 원리와 소통의 가능성」, 『어문논집』65, 민족어문학회, 2012.

정연희, 「김연수 소설에 나타나는 소통의 욕망과 글쓰기의 윤리」, 『현대문학이론연구』
　　　41, 현대문학이론학회, 2010.
정재림, 「불가능을 실연하는 유령작가의 글쓰기」, 『작가세계』19(2), 2007. 여름.
홍기돈, 「가면 만들기/ 가면 지우기」, 『실천문학』, 2005. 봄.
홍혜원, 「가족 로망스와 성장」, 『인문학연구』95, 충남대 인문과학연구소, 2014.

David Harvey, 『희망의 공간-세계화, 신체, 유토피아』, 최병두 옮김, 한울, 2009.
Edward Relph, 『장소와 장소상실』, 김덕현 외 옮김, 논형, 2005.
Giorgio Agamben, 『호모 사케르』, 박진우 옮김, 새물결, 2008.
Guy Debord, 『스펙타클의 사회』, 유재홍 옮김, 울력, 2014.
Henri Lefebvre, 『공간의 생산』, 양영란 옮김, 에코리브르, 2011.
Karl Heinrich Marx, 『경제학, 철학 초고/자본론/공산당선언/철학의 빈곤』, 김문현 옮김,
　　　동서문화사, 1994.
Michel Foucault, 『헤테로토피아』, 이상길 옮김, 문학과지성사, 2014.
Thomas Lemke, 『생명정치란 무엇인가』, 심성보 옮김, 그린비, 2015.
Yi-Fu Tuan, 『공간과 장소』, 구동회, 심승희 옮김, 대윤, 1995.
　　　＿＿＿＿＿, 『토포필리아』, 이옥진 옮김, 에코리브르, 2011.
Zygmunt Bauman, 『쓰레기가 되는 삶들』, 정일준 옮김, 새물결, 2008.

8. 서발턴의 타자성, 새로운 윤리적 감각

■ 1차 자료
황정은, 『百의 그림자』, 민음사, 2010.
　＿＿＿, 『야만적인 앨리스 씨』, 문학동네, 2013.
　＿＿＿, 『계속해보겠습니다』, 창비, 2014.
　＿＿＿, 「상류엔 맹금류」, 『2014 젊은작가상 수상작품집』, 문학동네, 2014.

■ 2차 자료
김애령, 「다른 목소리 듣기: 말하는 주체와 들리지 않는 이방성」, 『한국여성철학』17, 한
　　　국여성철학회, 2012.

김택현, 「'서발턴(의) 역사'와 로컬 역사/로컬리티」, 『로컬리티 인문학』2, 부산대학교 한국민족문화연구소, 2009.

______, 「다시, 서발턴은 누구/무엇인가?」, 『역사학보』200, 역사학회, 2008.

김한식, 「소년들의 도시, 전쟁과 빈곤의 정치학」, 『비평문학』37, 한국비평문학회, 2010.

박미지, 「가야트리 스피박의 서발턴 윤리학」, 『인문논총』73권 4호, 서울대학교 인문학연구원, 2016.

이평전, 「'하위주체' 형성의 논리와 '재현'의 정치학」, 『한국문학이론과 비평』70집(20권 1호), 한국문학이론과 비평학회, 2016.

정근식, 「차별 또는 배제의 정치와 '소수자'의 사회사 재구성」, 『경제와 사회』100, 비판사회학회, 2013.

천정환, 「서발턴은 쓸 수 있는가」, 『민족문학사연구』47권, 민족문학사연구소, 2011.

최성희, 「끊임없이 귀 기울이길 요청하는 서발턴」, 『코기토』75, 부산대학교 인문학연구소, 2014.

Bronislaw Geremek, 『빈곤의 역사』, 이성재 옮김, 도서출판 길, 2010.

Gayatri Chakravorty Spivak 외, 『서발턴은 말할 수 있는가?』, 태혜숙 옮김, 그린비, 2013.

Georges Vigarello, 『깨끗함과 더러움』, 정재곤 옮김, 돌베개, 2007.

Martha C. Nussbaum, 『감정의 격동2: 연민』, 조형준 옮김, 새물결, 2015.

Paul Ricoeur, 『악의 상징』, 양명수 옮김, 문학과지성사, 1994.

Richard Kearney, 『이방인, 신, 괴물』, 이지영 옮김, 개마고원, 2004.

9. 먼저 온 미래, 가족해체 그 이후

■ 1차 자료

황정은, 『일곱시 삼십이분 코끼리열차』, 문학동네, 2008.

______, 『백의 그림자』, 민음사, 2010.

______, 『파씨의 입문』, 창비, 2012.

______, 『야만적인 앨리스씨』, 문학동네, 2013.

______, 『계속해보겠습니다』, 창비, 2014.

______, 『아무도 아닌』, 문학동네, 2016.

황정은, 『연년세세』, 창비, 2020.

■ 2차 자료

권명아, 『가족이야기는 어떻게 만들어지는가』, 책세상, 2000.

권유리야, 「김애란 소설에 나타난 친밀감의 착시와 연극적 가족진리」, 『동북아문화연구』 48, 동북아시아문화학회, 2016.

김경미, 「D.H. 로렌스의 '어른 같은 아이'와 '아이 같은 어른'」, 『영어영문학연구』50(1), 영어영문학회, 2017.

김나정, 「침묵, 고쳐 쓰기, 애써 말하기」, 『실천문학』, 실천문학사, 2020.

김미정, 「인간임을 기억해야 하는 이유」, 『실천문학』, 실천문학사, 2015. 3.

김미현, 「21세기 한국소설에 나타난 감정 윤리의 동학」, 『우리말글』82, 우리말글학회, 2019.

김요섭, 「다시, 웅성거림의 문학」, 『창작과비평』44(3), 창비, 2016.

김형중, 「'탈승화' 혹은 원한의 글쓰기」, 『문학과사회』26(1), 문학과지성사, 2013.

박　진, 「포스트IMF 시대, 문학의 욕망과 욕망의 윤리」, 『작가세계』23(1), 작가세계, 2011.

서은경, 「현대문학과 가족 이데올로기(1)」, 『돈암어문학』19, 돈암어문학회, 2006.

_____, 「'가족모티프'의 측면에서 바라본 김애란 소설의 변모 과정」, 『돈암어문학』33, 돈암어문학회, 2018.

소영현, 「연대 없는 공동체와 '개인적인 것'의 행방」, 『상허학보』33, 상허학회, 2011.

_____, 「한국사회와 청년들: '자기파괴적' 체제비판 또는 배제된 자들과의 조우」, 『한국근대문학연구』26, 한국근대문학회, 2012.

양윤의, 「'없음'과 함께 살아가기」, 『문학과사회』32(2), 문학과지성사, 2019.

윤국희, 「황정은 소설에 나타난 '윤리적 폭력' 비판」, 『한국근대문학연구』20(2), 한국근대문학회, 2019.

이양숙, 「메트로폴리스의 시공간과 청년의 감정: 21세기 초 도시청년의 감정구조」, 『외국문학연구』62, 한국외국어대학교 외국문학연구소, 2016.

_____, 「도시적 삶과 폭력의 양상」, 『외국문학연구』67, 한국외국어대학교 외국문학연구소, 2017.

장성규, 「2000년대 이후 한국문학에 나타난 가족로망스의 변화 양상 연구」, 『인간연구』 36, 가톨릭대학교 인간학연구소, 2018.

정여울, 「구원 없는 세계에서 살아남기」, 『문학과사회』23(4), 문학과지성사, 2010.
정윤희, 「'신빈곤'에 관한 문학적 서사」, 『세계문학비교연구』44, 세계문학비교연구학회,
　　　2013. 가을.
정홍수, 「다가오는 것들, 그리고 '광장'이라는 신기루」, 『문학과사회』33(4), 문학과지성사,
　　　2020.
한기욱, 「문학의 새로움과 소설의 정치성」, 『창작과비평』38(3), 창비, 2010.
　　　, 「야만적인 나라의 황정은씨」, 『창작과비평』43(1), 창비, 2015.
허명숙, 「맥락이 증발한 폭력에 대한 재맥락화」, 『한국문학과예술』13, 숭실대학교 한국
　　　문학과예술연구소, 2014.
황정아, 「'이미 와 있는 미래'의 소설적 주체들」, 『창작과비평』40(4), 창비, 2012.
한병철, 『타자의 추방』, 이재영 옮김, 문학과지성사, 2017.

Bauman, Zygmunt, 『쓰레기가 되는 삶들』, 정일준 옮김, 새물결, 2008.
Hunt, Lynn, 『프랑스 혁명의 가족로망스』, 조한욱 옮김, 새물결, 1999.
Lasch, Christopher, 『나르시시즘의 문화』, 최경도 옮김, 문학과지성사, 1989.
Žižek, Slavoj, 『까다로운 주체』, 이성민 옮김, 도서출판b, 2005.
　　　　　, 『이웃』, 도서출판b, 정혁현 옮김, 2010.
Žižek, Slavoj 외, 『나의 타자』, 강수영 옮김, 인간사랑, 2018.

10. 새로운 소설의 문학성·문학적 가치

■ 1차 자료
정보라, 『저주토끼』, 래빗홀, 2023.

■ 2차 자료
강옥희, 『한국근대 대중소설 연구』, 깊은샘, 2000.
고인환, 「젊은 소설의 존재 방식에 대한 몇 가지 생각」, 『오늘의 문예비평』68, 오늘의 문예
　　　비평, 2008, 봄.
곽효환, 「세계문학으로서의 한국문학 현황과 전망」, 『한국문예창작』21(1), 한국문예창작
　　　학회, 2022.

김승후, 「로컬의 이야기는 세계적 보편성을 가질 수 있나?」, 『인문콘텐츠』73, 인문콘텐츠학회, 2024.

김용석, 『서사 철학』, 휴머니스트, 2009.

김윤희, 서세림, 「정보라의 단편소설에 나타난 포스트휴먼 인공지능의 관계 맺기」, 『다문화콘텐츠 연구』47, 중앙대학교 문화콘텐츠기술연구원, 2024.

김필남, 「등단 제도를 통해 본 소설가 그 이후」, 『오늘의 문예비평』101, 오늘의 문예비평, 2016.6.

박문정, 「한강의 노벨문학상 수상과 이탈리아 언론」, 『외국문학연구』97, 한국외국어대학교 외국문학연구소, 2024.

박헌호, 「동인지에서 신춘문예로- 등단제도의 권력적 변환」, 『대동문화연구』53, 성균관대학교 대동문화연구원, 2006.

손아람 외4, 「특집좌담 한국문단의 구조를 다시 생각한다」, 『문학동네』, 문학동네, 2015, 가을.

손정수, 「변형되고 생성되는 최근 한국소설의 문법들」, 『자음과 모음』1, 자음과모음, 2008.

오은영, 「한강의 맨부커상 이후 한국문학, 변방에서 세계문학의 중심으로 이동하다」, 『외국문학연구』97, 한국외국어대학교 외국문학연구소, 2024.

오혜진, 「대중소설론의 변천과 의의 연구」, 『우리문학연구』22집, 우리문학회, 2007.

왕춘뢰, 「정보라 소설에 나타난 노동 계급 연구」, 『스토리앤이미지텔링』27, 건국대학교 스토리앤이미지텔링연구소, 2024.

이구용, 「세계 속에서의 한국문학: 해외진출 언어권 확대 방안 연구」, 『국제언어문학』57호, 국제언어문학회, 2024.

이원진, 「소설 「저주토끼」와 드라마 <악귀>에 나타난 마술적 실재론」, 『영상문화』43, 한국영상문화학회, 2023.

이 청, 「등단 시스템의 변화와 복수 등단의 의미」, 『로컬리티 인문학』19, 부산대학교 한국민족문화연구소, 2018.

정홍수, 「이야기와 여백, 다시 태어나는 소설」, 『문학과사회』26(3), 문학과지성사, 2013.

천이두, 『대중문학이란 무엇인가?』, 평민사, 1995.

천정환, 『근대의 책읽기』, 푸른역사, 2003.

천정환, 정종현, 『대한민국 독서사』, 서해문집, 2018.

최미진, 『1960년대 대중소설의 서사전략 연구』, 푸른사상, 2006.

최원식, 『문학』, 소화, 2012.

홍덕구, 「한국 현대 SF의 과학자 재현양상」, 『대중서사연구』29(3), 대중서사학회, 2023.

홍재웅, 「스웨덴이 본 한강의 문학: 노벨문학상과 그 너머」, 『외국문학연구』97, 한국외
국어대학교 외국문학연구소, 2024.

Benjamin, Walter, 『발터 벤야민의 문예이론』, 반성완 편역, 민음사, 1983.

Manguel, Alberto, 『독서의 역사』, 정명진 옮김, 세종서적, 2000.

Ricoeur, Paul, 『시간과 이야기 1』, 김한식 이경래 옮김, 문학과지성사, 1999.

<정보라 소설 '저주토끼', 전미도서상 최종 후보 선정>, ≪YTN≫, 2023.10.4.
　　　https://www.ytn.co.kr/_ln/0106_202310042350022566 (검색일 2025.2.15.)

<정보라, 세계적 권위 SF문학상 후보...지평 넓히는 K-문학>, ≪YTN≫, 2025.1.28.
　　　https://www.ytn.co.kr/_ln/0106_202501280215517145 (검색일 2025.2.15.)

한국문학번역원, <보도자료 2024년에도 해외에서 '훨훨' 나는 한국문학>, 문화체육관
광부, 2024.7.1.
　　　https://ltikorea.or.kr/kr/board/press/boardView.do?bbsIdx=15275 (검색일
　　　2025.2.13.)

<한국 작가 한강, 2024년 노벨문학상 수상>, ≪더 가디언≫, 2024.10.10.
　　　https://www.theguardian.com/books/2024/oct/10/south-korean-author-han-
　　　kang-wns-the-2024-nobel-prize-in-literature?CMP=share_btn_url (검색일
　　　2025.2.13.)

부커상 홈페이지
　　　https://thebookerprizes.com/the-booker-library/prize-years/international/2025
　　　(검색일 2025.2.13.)

소설의 현실재현 방법 연구

초판 1쇄 인쇄일	2025년 8월 12일
초판 1쇄 발행일	2025년 8월 20일

지은이	이은주
펴낸이	한선희
편집/디자인	정구형 이보은 박재원 안솔비
마케팅	정진이 근지은
영업관리	한선희 정찬용
책임편집	안솔비
인쇄처	으뜸사
펴낸곳	국학자료원 새미(주)

등록일 2005 03 15 제25100−2005−000008호
경기도 고양시 덕양구 권율대로656 클래시아더퍼스트 1519호
Tel 02-442−4623 Fax 6499−3082
www.kookhak.co.kr
kookhak2010@hanmail.net

ISBN	979-11-6797-227-9 *93800
가격	25,000원